若きマン兄弟の確執

若きマン兄弟の確執

三浦　淳著

知泉書館

はじめに

本書は、二十世紀ドイツに大きな足跡を残した兄弟作家ハインリヒ・マンとトーマス・マンの若い頃の関係を明らかにしようとするものである。具体的には、一九〇三年から一九〇五年頃、ハインリヒが三十二歳から三十四歳にかけての時期を扱っている。トーマスはハインリヒより四歳年下であった。

トーマスはノーベル文学賞を取ったこともあり邦訳も多く、日本でも知名度が高い。しかしその兄ハインリヒとなると、いくつかの作品が邦訳されてはいるものの、日本では馴染みが薄いというのが実情だ。その二人の若い頃の関係と言われても、いったいどんな意味があるのか、と首をかしげる人も多かろう。しかしことトーマス・マンの文学を考えるとき、兄ハインリヒの存在は絶対に無視できない重みを持っているのである。加えて、ここで取り上げる若い二人の関係は、単に兄弟作家の問題であるにとどまらず、十九世紀末から二十世紀前半に及ぶ文学や芸術の動向と切り離せない関わりを有している。

具体的に述べよう。トーマスの短篇小説の代表作といえば『トニオ・クレーガー』である。この作品が同時代や後世の作家たちに与えた影響の大きさを否定する者はいまい。一般にこの作品は市民と芸術家の対立、そしてその狭間で悩む主人公の姿を描いたものと言われている。ロマン主義の時代、すなわち芸術家の時代であった十九世紀が終わり、新しい世紀の芸術家のあり方を根源的に問いただす問題意識がこの作品を貫いているということだ。

さて、「市民対芸術家」という図式が『トニオ・クレーガー』を成り立たせていることは間違いないのだが、では作品内で「市民」と「芸術家」としてどのような人物が登場するか、と問われたらどう答えたらいいだろうか。「市民」は比較的容易に挙げられる。トニオが思いを寄せるハンスやインゲ、成績が芳しくない上に詩などを書いている息子トニオに苦い視線を送る父などが「市民」なのだ。では「芸術家」はどうだろう？　ここで「芸術家」というのは、職業として芸術の創造に従事する人間のことである。そう言われると、答に窮する人が多いのではなかろうか。トニオの母は一種ボヘミアン気質のイタリア人であるが、芸術家そのものではない。作品の中央におかれた章でトニオがロシア人の女流画家と交わす長い会話――というかトニオのモノローグ――の中に若干芸術家らしい人物が登場するが、ハンスやインゲがくっきりしたイメージを読者に呼び起こすのに比較すると、彼ら「芸術家」の造型はいかにもインパクトが弱い。例えばのちに『ヴェネツィアに死す』で示されたグスタフ・フォン・アッシェンバハの姿と比べてみれば、その違いは明らかだろう。

ではなぜ「芸術家」の姿は『トニオ・クレーガー』の中で正面切って描かれなかったのだろうか？　それはこの作品で想定された「芸術家」が兄ハインリヒその人だったからである。この作品は兄への批判を内包していた。しかし、身内であるが故にその姿を余り具体的には描けなかった、というのが真相なのである。詳しくは本論を読んでいただきたいが、この時期の「芸術家」概念や作家としてどう生きていくかという問題は、トーマスにとっては兄抜きでは考えることすらできないものであったし、また弟のそうした問題意識は逆に兄の側にも作用して、弟とは違った方向性をとらせたのであった。

もう一点述べておこう。ハインリヒとトーマスの関係を考えるとき、一般には第一次大戦からナチ時代を経て第二次大戦までの時期に中心がおかれることが多い。その頃の二人の思想的政治的立場の変化が典型的なものと思われるからだろう。ドイツ帝政批判の立場にたった兄ハインリヒと、フランスなどの西欧に対してドイツ精神を擁護する立場にたった弟トーマス。この頃書かれた前者の『ゾラ』と後者の『非政治的人間の考察』は鮮やかな対照をなす書物である。それは当時のドイツ知識人のあり方の、ひいてはそもそも人間としてのタイプの、典型的対立とも見られた。やがて右翼によるテロの激化や国内情勢の不安定化と共にトーマスもヴァイマル共和国を支持する立場に転じる。二人はヒトラー政権に抗して共に亡命し、言論の武器をもってファシズムと戦うに至る。[1]

以上は大ざっぱな、一般に流布したマン兄弟の肖像であるが、決して誤りとは言えないだろう。政治とイデオロギーが宿命と化した二十世紀に生きなければならなかった作家の生涯として、この二人のたどった道は興味深いものがあり、作家も社会状況から逃れられないという一般論からすれば、確かに二人はこうした生き方をしたのである。

しかし、彼らの若い時期の関係に目を向けると、時代の要請によって一定の立場を代表しなくてはならなかった第一次大戦期以降とは違って、様々な可能性の前に立ち一種不安定な状態で生きていた二人の姿が浮かび上がってくる。作家は、地位が確立し評価が定まることが創作にプラスになるとは限らない。青年らしい名誉欲や野心もあるとはいえ、将来への漠然たる不安にさいなまれたり自分でも説明のつかない衝動や葛藤を抱えて生きる日々が、かえって創作に幸いすることも珍しくないからである。トーマスの場合、中期の『魔の山』や後期の『ファウストゥス博士』もあるとはいえ、処女長篇『ブッデンブローク家の人々』がノーベル賞受賞の主要理由であり、また今日まで親しまれている代表的な短篇『トニオ・クレーガー』と『ヴェネツィアに死す』はいずれも初期に書かれたものである。兄ハインリヒの場合、弟ほどのポピュラリティを今日まで獲得していないが、映画化されたために有名になった長篇『ウンラート教授』（映画名は『青い天使』〔邦題は『嘆きの天使』〕）も短篇の代表作とされる『ピッポ・スパーノ』も、また彼の文名を一躍高からしめた長篇『臣下』とエッセイ『ゾラ』にしても、一九一五年までに完成していたのである。(2)

つまり、この兄弟作家の根幹は、作家が多くそうであるように、若い時分に作り上げられているということだ。それればかりではない。第一次大戦期の政治的な対立も、戦争が起こって二人の政治的資質の違いが不意に露呈したものではない。フランスを支持する「進歩主義的な」ハインリヒと、ドイツを支持する「保守的な」トーマスという図式は、実は大戦勃発に先立つこと約十年、本書が扱う時期に用意されていたのである。逆に言うなら、若い頃の兄弟作家を知らなければ、第一次大戦期の二人の対立を根底から理解することは不可能なのである。その意味で、若い兄弟作家の確執とその意味合いを把握しておくことは、中年期以降の二人を研究するためにも欠かせない作業と言えるのだ。

なお、本書の叙述法についてあらかじめ一言述べておきたい。トーマスに関してはすでに邦訳の全集が出ており、小説全部と重要なエッセイ・書簡類が収められているし、他にも文学全集や文庫本で入手可能な作品が少なくない。日本人ドイツ文学者によるトーマス・マン研究や紹介には長い歴史があり、彼の作品は我々にはある程度馴染みになっていると言ってよい。したがって彼の作品については、本書では必要な場合を除き特に内容の紹介は行わない。読者が予備知識を持たない場合は、邦訳でじかに作品にあたっていただくなり、註や巻末で紹介した邦語文献で概略を頭に入れていただくことが容易にできると考えるからである。

これに対してハインリヒの場合はいささか事情を異にする。彼の作品は小説・エッセイとも数えるほどしか邦訳がなく、特にここで扱おうとしている時期のものでは短篇小説が若干訳されているに過ぎない。(『逸楽境にて』と『ウンラート教授』は戦前は邦訳が出ていたが、現在は入手が難しい。)また、日本では彼を研究する学者が少なく、ドイツ文学者でもその作品には余り馴染みがないというのが実情である。実はドイツ語圏ですらトーマス・マン研究家がハインリヒ・マンについてはろくに知らなかったり、根拠のない予見を抱いていたりする例が少なくない。したがって本書では、ハインリヒの作品については最初に内容の紹介を行ってから種々の分析に入りたいと思う。本書での兄弟作家の扱いに差があるのは、以上のような理由によるものである。

最後に内容を概観しておこう。第一章ではマン兄弟の確執を生む要因となったハインリヒの長篇『女神たち』の紹介と分析を行っている。なお、この小説が本邦未訳であるのに加え、二人の葛藤の発端と根底をなす重要作品であることを勘案して、第一節でかなり詳しく筋書きをたどっているが、わずらわしいと思われる読者は第二節から読み始めて下さっても結構である。

第二章では『女神たち』をトーマスがどのように批判したかを、第三章ではトーマスの著名な短篇『トニオ・クレーガー』がこの時代の兄弟の問題意識をふまえるとどのように読み得るかを、第四章では『トニオ・クレーガー』へのいわば返歌としてのハインリヒの短篇『ピッポ・スパーノ』を論じている。

第五章では『女神たち』に続くハインリヒの長篇『愛を求めて』を紹介・分析し、第六章では『愛を求めて』を読んで噴出した弟の兄に対する批判を、そしてそれに対する兄の反応を、本邦未訳の書簡を紹介しつつ論じた。

第七章では兄弟の葛藤に転回点をもたらしたトーマスの結婚を主として彼の作品構想との関連で論じ、この時代の作品構想が実生活と密接なつながりを持つことを論証した。

第八章では弟からの批判を受けてハインリヒの作品がいかに変化していったかを、著名な長篇『ウンラート教授』をも含めて吟味した。そして第九章では、トーマスの結婚がハインリヒに大きな影響を与え、なおかつ近代的な知識人としてのハインリヒを誕生させた経緯を、主として母の書簡とエッセイ『ギュスターヴ・フロベールとジョルジュ・サンド』によって論証し、あわせて長篇『種族の狭間で』に見られるハインリヒの結婚観を、トーマスの『大公殿下』と比較しつつ論じた。

巻末に付録として『ギュスターヴ・フロベールとジョルジュ・サンド』の邦訳を掲載した。これはハインリヒの代表的エッセイであるばかりではなく、彼の作家的転回を示す貴重な証言でもあるが、不幸にもこれまで邦訳がなされていなかった。

本書は、この翻訳を添えることで、若いマン兄弟の確執と苦闘を十全に示すものになり得たと確信している。

目次

若きマン兄弟の確執

第一章　ハインリヒ・マンの『女神たち』三部作

ハインリヒ・マンは一九〇二年末に長篇小説『女神たち Die Göttinnen』を出版した（本の奥付には一九〇三年と記載されたが、実際には前年末にできていた）。副題の『フォン・アッシィ公爵夫人の三つの物語 Die drei Romane der Herzogin von Assy』が示すとおり三部作であり、彼の長篇としては『ある家庭にて In einer Familie』（一八九四年）、『逸楽境にて Im Schlaraffenland』（一九〇〇年）に続いて三作目ということになる。

この長篇は、主舞台をアドリア海沿岸のダルマティア及びイタリアにとり、奔放に生きるアッシィ公爵夫人の生涯を描いたものである。第一部「ディアナ」では、ヒロインの公爵夫人はすべてを破壊する処女神よろしく故郷に革命を起こそうと策動し、第二部「ミネルヴァ」では芸術に熱中し、第三部「ウェヌス」では恋多き女となって情事にふける。

『女神たち』は邦訳もなく日本では馴染みの薄い作品であるから、ここではまずその内容を筋や文体といった点からやや詳しく紹介し、その上でこの長篇三部作がハインリヒ・マンにとって何であったのか、また兄弟の関係という点から見ると何を意味したのかを考えてみよう。

第一節　あらすじ

作品全体の枠組みを提供しているのは、各部の題ともなっている「ディアナ」、「ミネルヴァ」、「ウェヌス」という女神の性格である。この枠組みは第二部「ミネルヴァ」の第一章でかなり明瞭な形で語られている。

第二部は、一八八二年五月に公爵夫人がヴェネツィアの邸宅に知人たちを招いて宴を催すところから始まる。主賓である高名な女流彫刻家プロペルツィア・ポンティは「ディアナの間」と名づけられた広間に案内され、広間の名のもととなった絵を見て「あのディアナはあなたですわ、公爵夫人」と言う。絵の作者ヤーコブスも「ひょっとしたら私は、フォン・アッシィ公爵夫人の中に現れたディアナを作ったのかも知れません」と言うが、公爵夫人は「ひょっとしたら私は昔はディアナだったかも知れません。でも今は違います」と言明する。(GW, S. 267, CL, S. 254f.)[1] これによって、第一部では革命家として既成秩序破壊に奔走していた過去の自分と、美術に没頭する現在の自分とをはっきり区別しているヒロインの姿勢が判明する。

次いで「ミネルヴァの間」に案内されたプロペルツィアは、今度は「あのミネルヴァはあなたですわ、公爵夫人」と言う。(GW, S. 269, CL, S. 257) また、この直後に官能の具現のような女レディ・オリンピアが到着して、自分の異性への感情と絡めて「私は愛のない美術は分かりませんわ」と言ったのに対し、目下愛人との不幸な関係に悩んでいるプロペルツィアが「私は愛に望みが持てないからこそ作品を作るのです。軽蔑によって、敵意によって作るのです」と発言すると、公爵夫人は「私は彫刻が私を幸せにするから好きなんです。私と彫刻以外には何もありません。私は彫刻以外は知らず、彫刻も私以外は知らないのです」と断言する。するとプロペルツィアは再び「それはあなたがパラス〔ミネルヴァ〕だからですわ」と答えるのである。(GW, S. 272, CL, S. 259f.)

さらに、宴での乱れた男女関係を見た公爵夫人は自分の血も騒ぐのを覚えるが、その直後に、ディアナの間とミネルヴァの間への言及があってから「ウェヌスの間」の描写がある。(GW, S. 287, CL, S. 274) それから、ヴェストファーレンの貴族ゴットフリート・フォン・ジーベリントが公爵夫人と話し始める。その話の中で彼は「公爵夫人、あなたはかつてディアナでした。今あなたはパラスです。第三の間はまだとりとめのない夢想の中であなたを待っています。ウェヌスがまだ欠けていますな」と言うのである。(GW, S. 291f. CL, S. 277f.)

夫人はファーストネームをヴィオランテ[2]といい、ダルマティア（アドリア海をはさんでイタリアの対岸。現在はボスニア・ヘルツェゴヴィナ）に育った。彼女の遠い先祖は北欧出身で、一族はかつてはヨーロッパ中で政治や陰謀に関わって活発に活動してきた。《彼らは皆、戦いと熱情と略奪と熱く急激な恋の人間であった。》(GW, S. 13, CL, S. 13)

しかし第一部「ディアナ」の第一章では、アッシィ家の人間として生き残っているのは、アッシィ公爵とその弟の伯爵、伯爵の娘でヒロインのヴィオランテの三人だけである。彼女の父である伯爵は領地を離れて財産を食いつぶすような贅沢三昧の生活を送り、彼女のところには年一度しか戻らない。彼女の母が誰かは不明である。伯爵は来るたびに違う女を同伴しているが、ヒロインが十五歳の夏オランダ女を連れてくる。そしてその半年後、突然伯父（アッシィ公爵）がやってきてヒロインの父が事故で死んだことを告げる。悲しむ彼女を公爵は見る。

彼女の体はスマートかつしなやかで、力を秘めていた。重い髪は彼女の一族が生きてきた南国特有の黒い色で、目は彼女の遠い先祖がいた北欧の海のように青灰色だった。彼は考えた。〈彼女はまさにアッシィ家の女だ。彼女は我々がかつて持っていた冷たい力を持っているし、やはり我々にかつてはあったシチリアの神経を焦がすような火をも備えている。〉(GW, S. 21, CL, S. 20)

こうして公爵は姪をアッシィ家の跡継ぎとして世に送り出す決心をし、彼女と名目上の結婚をする。そしてパリ、ついでウィーンの社交界にデビューさせる(一八六八年)。彼女は社交界でセンセイションを巻き起こす。やがて伯父であり名目上の夫であるアッシィ公爵は死に、彼女には莫大な財産と公爵夫人という称号が残されるのである。「孤児で金持ちは西洋では最高の身分」(3)という条件が整ったことになる。

さて、ダルマティアのザーラ Zara(現在は一般にザダル Zadar という都市名で知られている)に戻った彼女は、ダルマティア王ニコラウスを囲む宮廷人の堕落した生活を見、また世継ぎの王子フィリップに惚れられて後を追い回されたりする。彼はそのひ弱な性格からして、将来王になる人物とはとても思われない。ヒロインはある日ひょんなことからパヴィックという男と知り合う。彼は、貧しく虐げられている民族のために闘っており、貴族たちに恐れられていると称している。彼の挙動からはイエス・キリストに自分を擬する様子がうかがわれる。それを機にヒロインは革命運動にのめりこんでゆく。その言動の過激さはパヴィックをも驚かさずにはいない。彼女の周囲には様々な人物が登場する。金策のためにヒロインの所領管理を依頼されるユダヤ人ルストシュク男爵、革命運動闘士として輝かしい経歴を持ったサン・バッコ侯爵など。パヴィックはそれまでも革命運動を通して何人もの女と情を交していたが、美しいヒロインともある晩ソファの上で結ばれる。しかし彼女は精神的には以後もディアナのごとく処女であり続け、二度とパヴィックと特別な関係になることはない。

やがてある事件でパヴィックの臆病さと見かけ倒しが露見し、それを境にヒロインとパヴィックの位置関係は逆転し、彼はひたすら夫人に仕える者となる。しかし革命の企ては露見して失敗し、彼女はイタリアに逃亡する。一八七六年、彼女が二十五歳のときである。（この逃亡のシーンから第一部は始まり、以下彼女の少女時代から時代を追って叙述が進行するように構成されている。）

イタリアに渡ったヒロインはカトリック僧タンブリーニと知り合う。彼は教会がダルマティアの革命を支援する可能性を匂わせ、その代わり彼女に入信せよと迫る。彼女は承知する。ヒロインはローマに居住し、そこでも様々な人物に取り巻かれる。女流詩人であるベアトリーチェ・ブラ、領主夫人だったが夫の死後枢機卿の情婦に身を落とし金銭の亡者になっているククルやその娘リリアンとヴィノンなど。ヒロインはブラに革命計画の出納係を依頼する。ところがそのブラは、美男子ピゼッリに一目惚れして彼に貢ぐ生活を送るようになり、やがて革命用資金にも手をつけ始める。一方革命の勇士サン・バッコはヒロインに求婚し、あなたと一緒にいるか、さもなければ革命支援のためブルガリアに行くかどちらかだと手紙に書いてくる。ブルガリアへ行って欲しいと公爵夫人は返事をする。

放埒な人間関係とは対照的に、古典的とも言える美しい静謐な風景描写が所々にちりばめられている。例えば、

カエリウス〔ローマの丘の名〕の家に、ブラは他の誰よりもしばしば姿を見せた。ぶどうの葉が色づく傾斜地の畑に、彼女は声をかけることもなく入ってくるのだった。若い二人は白い服を着ていた。フォン・アッシィ公爵夫人の黒いお下げ髪はうなじに垂れ、すみれ色の刺繡の上で上下していた。彼女の女友だちの灰色がかったブロンドの髪は薔薇色の襟の上にかかっていた。そしてお互いに触れることもなく、二人はしなやかな棚

の下の影になった部分を行きつ戻りつした。葉の隙間から見える小さな空が影の部分を青く照らしていた。通路の終わりの柱のところで二人は時折立ち止まり、軽く肩を触れ合わせながら、ぶどうの誘惑げな赤い群れの切れ目から一緒に向こうをうかがおうとするのだった。ブラが見たものは下の畑にはえた一本の灌木、或いはその花の一部で、そこにはちょうど蝶がとまっていた。公爵夫人の眼差しはやがて遠方に公共広場《フォールム》を見いだし、ドームの中に入り、目まいや恐怖感もなく柱を上へと登った。彼女がそこに派遣したのは彼女の夢、自由と地上の幸福という夢だった。トーガ〔古代ローマ人の長上着〕に身を収めた夢は、厳かに黙して、からの台座群の間や、むした苔で割れたタイルの上を動き回った。この場所こそが――そう彼女には感じられた――タイルが揺らぎ割れる以前には夢の住む家に他ならなかったのだ。

そうして数時間を過ごして、ワイン色の夢想が何度か二人の眼前に繰り広げられると、二人は姉妹となりお互いを親称で呼び合った。(GW, S. 145, CL, S. 137)

さて、彼女は一八八〇年に有力なジャーナリストのデッラ・ペルゴラと知り合う。彼は、文筆活動で支援するからその代わりあなたの愛が欲しいと訴える。彼女は内心立腹するが、相手を利用してやろうともくろみ、承知するふりをする。彼女は狩猟の女神ディアナのようだと彼は思う。(第一部の表題を直接暗示する表現はこれが最初である。(4))

ヒロインはさらに画家ヤーコブス・ホルムと知り合う。ヒロインが美術に興味を抱き始める契機であり、これが第二部の下地となる。ヒロインは画家に、あなたを一定の給料で迎え入れたいと言う。その後、彼女は以前会う機会があった高名な女流彫刻家プロペルツィア・ポンティを訪問する。その屋敷に並ぶ彫刻群に彼女は圧倒され、彫刻家への畏敬の念に襲われる。プロペルツィアは公爵夫人のプロフィールを粘土で作るが、できたのは男の顔であった。

一方ジャーナリストのペルゴラは、文筆活動を通して夫人を支援したので約束どおり愛をいただきたいと言って迫っていたが、ヒロインが応じないので立腹し、かつて彼女がパヴィックと一度だけ関係を持った事実を新聞に書き立てる。あの一件をパヴィックはこの男に喋ってしまっていたのだ。新聞を手にした公爵夫人は、たまたま訪れてきたサン・バッコに対し、自分は以後ローマからも革命活動からも身をひくと宣言する。サン・バッコはペルゴラを殺すと言って出かけようとするが詰めかけた記者たちに阻まれて果たせない。しかしペルゴラはパヴィックの部下に殺される。数日後、ダルマティアの叛乱は鎮圧されたという知らせがくる。

ダルマティア公使が夫人を訪ねてくる。ダルマティアの叛乱が鎮圧されたことを受けて、これまで公爵夫人の財産を封鎖する措置をとってきたがこれを解除するので帰国して欲しいと要請する。また、僧侶のタンブリーニが革命のためとして夫人から受け取っていた金を横領していたこと、彼がニコラウス王側にも革命を阻止するからと金をせびっていたこと、パヴィックが贅沢三昧な生活を送っていたこと、革命派の出納係ブラが任された金に手をつけていることなどを公使は次々と指摘する。

革命の内実を知らされたヒロインは、自分が一人ぼっちだと感じ、これまで自分の名において行われてきたことすべてに自分はまったく関与していなかったと思う。そしてそう認識した彼女は元気をなくすどころかかえって体の中に力を感じるのだ。そこへブラが愛人に殺されたという知らせが入る。ヒロインがローマを去るため家を出ようとしたところにタンブリーニがやってくる。彼女は彼に、もう金はないし革命には何の義務も感じないと言う。タンブリーニは財産封鎖が解除されたではないかという彼の指摘に、宮殿を建てて彫刻を揃えると彼女は答える。タンブリーニはさらに、下級僧侶や農民のことを考えよ、あなたのため血を流した何千という人々、飢えたその妻や子供たちはどうなるのだと言って迫るが、公爵夫人は敢然とこう答える。

「そういう人たちはもう死んでいるか、或いは死んだも同然です。私を待っている美術品たちは、逆に何物にも代え難い存在なのです。そうした物たちが無粋なものの影になって忘れられ朽ち果てていくのを私は見過ごすわけにはいきません。意味も固有の運命もない何千という人間の命など、私とあなたにとっては――お互い正直になろうではありませんか！――完全にどうでもいいものなのです。」(GW, S. 257, CL, S. 244f.)

こうしてヒロインはヴェネツィアに向けて出発し、第一部が終わる。

＊　＊　＊

第二部「ミネルヴァ」は、第一部と第三部とにはさまれて、あたかも協奏曲の緩徐楽章のような趣きを持っている。作品の最初と最後でヒロインが対象こそ異なるにせよともかく行動的な生き方に終始するのに対し、この第二部では様々な美術品を収集し、宴を催しては友人知人たちと語り合う。しかしそこには、第一部第三部とは違って、陽光あふれる風土のもとで思考するより先に行動してしまう人間たちが発散している生の息吹といったものが希薄であり、三部作の中で最も魅力に乏しい部分となっているように思われる。『女神たち』三部作は各部ごとに分量的にほぼ同じにできているが、この第二部の冒頭で先に述べた作品全体の構図がかなり露骨に語られるのも、また終わり頃になると実質的にヒロインがウェヌスになってしまっているのも、この部分を埋めるのに作者が苦労したためではないか。随所におびただしい彫刻の描写が執拗なまでに繰り広げられるが、それは芸術の素晴らしさよりも、むしろ内部が空洞になった人間がすがりつく仮象の空しさのようなものを感じさせてしまうのである。(5)

さて、前述のようにこの第二部はヴェネツィアを舞台とし、ヒロインの邸宅での宴から始まるのであるが、その場で、高名な女流彫刻家プロペルツィアがフランス人モルテイユとの不幸な恋愛に悩んでいることが判明する。彼はプロペルツィアを裏切って伯爵令嬢クレリアと婚約したのである。モルテイユは一度はクレリアと喧嘩をしてプロペルツィアのもとに戻ってくるが、結局クレリアとよりを戻し彫刻家を再度裏切ってしまう。そのためにプロペルツィアは自殺するのである。

また、ヒロインの取り巻きで宴の参加者の一人ジーベリントは万事を否定的な目で見るニヒリズムの権化のような男である。そんな彼に官能の権化レディ・オリンピアは興味を持ち一夜を共にする。翌日ジーベリントは高揚した気分で現れるが、日が変わるとレディ・オリンピアはもう彼を相手にせず、彼は発作を起こして倒れてしまう。このようにヒロインの周囲は相変わらず放埒さと裏切りの渦である。

親しい友人プロペルツィアに死なれた公爵夫人は鬱々とした日々を送るが、ある日ヴェネツィア総督宮殿のあたりを歩いていてアーケードの彫刻を見、先祖と自分を比較する。

〈私は余りに強かった父祖たちの、最後の弱い娘なのではないかしら？　(……)　彼らは町を作り、色々な民族を従え、様々な領地を支配し、王朝を建て、王国を築き上げた。アッシィ家のそうした生の豊かさを、私は想像できるかしら？〉(GW, S. 340, CL, S. 324)

そうした想像を可能にする手段として芸術が考えられるのである。この直後彼女は荘重な行列に出会い、その中に自分の先祖の姿を認めて驚く。無論それは幻覚なのだが、これを契機に彼女は芸術によって先祖に匹敵する業を行おうと決意する。これによってミネルヴァとしての彼女のあり方は完全にその意義を獲得したことになる。

その後、かつて第一部で革命に失敗して故国を追われイタリアに逃れた際に不思議な出会い方をした女性ジーナ(6)と再会し、その息子ジョヴァンニとも知り合う。彼は愛称をニーノといい、まだ十三、四歳の少年である。彼は公爵夫人から親称で話してよいという許可を得て、夫人にヨラ(Yolla)という愛称をつける。彼が公爵夫人に寄せる幼い思慕や彼と彼女の交際が第二部の少なからぬ部分を占めている。彼のナイーヴさは、第一部に(そして第二部にも)見られた様々な陰謀、裏切り、愛欲、打算などの羅列と比べると正反対のものであるが、こうした単純さの描写は作家ハインリヒ・マンの一つの資質なのであろう。その一方でヒロインは、シニカルなジーベリントや画家ヤーコブスと様々な議論を交わす。

しかし第一部の革命の勇士サン・バッコがふとしたことからモルテイユと決闘し重傷を負う事件に象徴されるように、すべては生が燃焼し尽くした後のうつろいゆく時代の産物といった印象を免れない。彼は見舞いに来たヒロインに言う。「時代がすっかり変わってしまったのですな。もう私のような生き方があったなんてことは、今日の人間にはほとんど想像することも不可能でしょう。まだ疑うことを学んでいない〔ニーノのような〕少年たちの間でだけ私は私でいられるのです。」(GW, S. 403, CL, S. 385)

ハインリヒ・マンの小説の本領が思考にないことは、この第二部で明らかである。作中の人物たちはなるほど様々な議論を繰り広げるが、それらはかなり単純なものであるか、通俗哲学の域を出ないものである。むしろ彼の本領は、善悪の彼岸とでも言うべき人物たちの放恣な行動と、強烈な陽光に照らし出された色彩豊かな風物の描写であろう。宴の席での議論が大きな部分を占めているように見えるこの第二部「ミネルヴァ」ですら、最も強い印象を残すのは登場人物たちの議論ではなく、またニーノの子供っぽい思考やヒロインへの憧れでもなく、途中で自殺する女流彫刻家プロペルツィアが、彫刻を志すきっかけとなった事件を語るシーンなのである。それは放浪者に暴行された体験であった。

「私にはまだあの野原がまざまざと目に浮かぶ……。クリスマスになろうという頃だった。私たちは高所にあるすけた岩屋の暖炉で木の切株を燃やそうとしていた。クリスマス用に丸太を燃やすには、火をつける柴が入りようだった。ピエリナと私の二人は、カンパーニャに降りていった。そこは一面限りなく褐色だったわ。剛毛のようにひからびた植物が青い太陽の下で輝いていて、北風がガラスみたいにそれを折り取ろうとしていた。風は荒れ狂って、ごうごうと音を立てて青い空の真っ白な雲を思うがままに駆り立ててた、まるで哄笑するみたいに。

そこにあの男が来たの。彼も笑ってた。彼はもう遠い場所から風向きに逆らって叫んでいたわ、私たちが欲しい、二人ともだって。彼はやせこけていてうなじに帽子をかけていた。彼の上着は雨風で色あせていて、皮膚は嵐でなめされたみたいだった。私たちは嘲ってナイフで脅したの。私たちは川のそばで茨を切り取って持っていた。それに二人とも体が大きく力も強かった……。彼はすぐに襲ってきた、それもたくましい私の方に。私たちは取っ組みあいをした。彼の相棒の小柄で汚い男がピエリナを押さえていた、彼が私の後に彼女にも襲いかかれるように……。私はナイフで彼の腕を刺したわ。彼は笑って私の手からナイフを叩き落とした。突然ピエリナが身をもぎ離した。川の水が音を立てた。彼女が飛び込んだの。『後を追って飛び込め！』私の顔の間近で喘いでいる男がもう一人の男に叫んだわ。『お前は臆病だからな、畜生！』彼は地団駄を踏んだ。一瞬彼は私のことを忘れたの。私は川の方に走った。
ほんの十五歩くらいだった。この十五歩の間に何を私が見て何を考えたと思う？　私は、ピエリナが川の流れに流されて、小柄な汚い男が彼女に綱を投げかけるのを見た。彼女はそれにつかまらなかった。そのままでは溺れたでしょうに。お前もああなるのよ、私は自分にそう言って走った。彼は私の背後で笑ってた。雲が風に追われてその影が地上を走るのが見えた。私は考えた、一つの雲は袋、その隣のは小羊みたいって。二つの雲が合わさる前に私は水の中にいるだろうって……。野鳩の群れがきらめくように飛んでくのが見えた。こんな風に行ったの、右の方を上に向かって、まっすぐに。私には、何マイルも離れた森が或る場所では青、或る場所では黒なのが見分けられた。おお、その木々に区切られていた空の形さえ、今でも私は一つ一つ指で空に書くことができる。森の前には羊の群れがひしめいていたわ、消えそうなくらいちっぽけに見えた。羊飼いすら私には見分けられた。彼は多分ここから一時間ほどの距離のところにいる。私は叫んだわ、風に逆らって。こちらに来て、私を助けてって。不意に私は考えた、今はもう人間も神も私を救ってはくれないんだって。そしてあの男は私をつかまえた。彼は私をつかまえて連れてった。ピエリナは向こうの岸のところにいたわ。」

(GW, S. 324f. CL, S. 309f.)

原始世界のように本能の赴くままに女を求める男の姿と、単純ながら鮮烈な風景の描写とがあいまって、容易に消えないイメージを残すシーンである。ハインリヒ・マンの本領が遺憾なく発揮されている箇所と言えよう。
この事件の後プロペルツィアはローマに出て彫刻家の家に住み込み、もう一人の少女ピエリナは高等娼婦になる。

プロペルツィアとモルテイユとの不幸な愛の顛末は先に述べたとおりであるが、プロペルツィアが昔の体験を公爵夫人に話したのは、パリ社交界を経験しているモルテイユの性格が自分にもたらす災厄と、原始人のような男との一件を比較して、後者をむしろ価値あるものと断じるためであった（GW, S. 327f. CL, S. 312f.）

やがてヒロインに再度の転機が来る。かねてから画家ヤーコプスは彼女をモデルにしてウェヌスを描きたいという要求をしていたが、ようやく夫人から許可を得るのである。しかし絵はなかなかできず、ついに彼は実際に夫人と寝てみないと作品ができないと言い出す。ヒロインは承諾し、ここで彼女は実質的なウェヌスへと変身する。けれども実際にヒロインを抱いたヤーコプスは、彼女は愛の対象であってこれを絵の対象としてカンバスに定着させることは不可能だと悟り始める。彼は二度ヒロインに対しウェヌスの絵が完成したと告げるが、一度目は実際には画架は空っぽであり、二度目はカンバスに描かれていたのはジーベリントだった。誰をも愛さず誰からも愛されない醜悪なジーベリントが。

ヒロインはヤーコプスと別れる決心をし、一人になってから無性にサン・バッコに会いたくなって電報を打つが、やってきたのは彼の死体だった。彼女は遺体に向かって言う。

「あなたは老いていたのね。私はそれを忘れていました。私自身も気づかないうちに四十歳になりました。でも私は体の中に百人分もの力を感じるわ！」（GW, S. 503, CL, S. 480）

＊　＊　＊

第三部「ウェヌス」は、ヴェネツィアを離れ南イタリアに向かうヒロインが列車内で目覚めるところから始まる。

気ままな旅を続けるヒロインは、圧倒的な陽光に燦々と輝く南国の風景を堪能する。例えばぶどう摘みとワイン作りの村の風景――

ぶどうの間からは様々な色があふれ、雲のような葉の間から代わるがわる輝きたっていた。白い小道には人々がうごめき、荷車がかしゃかしゃと音をたて、熱い顔また顔が花咲き乱れ、笑い声がこだましていた。黒や黄金のぶどうをあふれんばかりに詰め込んだ巨大な背負い桶が一つ、揺れながら方々の緑の凱旋門にあらわれてはまた隠れた。騒々しい女たちは腰に空の籠を下げて畑に向かう。一杯になると籠を頭に乗せて揺らしながら戻ってくる。葉と葉の間からは、裸足の少年たちがほこりをかぶった黄金の房を取り合う姿が見えた。少女が一人、道端に跪き頭をそらせて誘なうような微笑みを浮かべている。そして白いズボンの若者が歌いながらぶどうの粒を一つまた一つと、光あふれる空へと手で掲げた黒い房から取って彼女の口の中に落としてゆく。彼は半ば裸で、熱さで体が輝いている。肩の筋肉には折り目がつき、胸の筋肉は張り切って膨らんでいる。黒いぶどうの房は絹のように輝いている。彼が落とす粒はどれも少女の目に映り、赤く丸く湿って、紫の蛇のような彼女の唇に呑み込まれてゆく。若者は歌うのを止めた。彼の目はまじまじと相手を見ていた。

公爵夫人は歩いて村を横切った。ぶどうは、島を呑み込むように村を呑み込んでいた。子供たちは大地の恵みに狂喜して、シャツをはためかせながら、ロバの周囲で叫び踊っていた。ロバは重荷を負って優雅に歩を進めつつ圧搾場に向かうのだ。或る窓からは粒が一つ、黄金に輝いて音もなく地面に落ちた。屈強の若者たちがバルコニーから下がる綱につかまっている。彼らは体を落としてはまた上にのぼりまたふらつきながら落ちてくる。無限の恍惚の中で彼らは膨らんだぶどうの肉を踏みつけ液体をほとばしらせる。山と積まれたすべやかなぶどうの房は、血を流すように果肉を絞られ、馥郁たる香りで人を酔わせた。(GW, S. 516f. CL, S. 491f.)

生の歓喜をそのまま文字にしたような、色鮮やかで官能的とも言える描写である。

さて、ヒロインは牧神のごとき男と関わりを持ったりしてそれまでの人生と無縁の世界に入り込んだように思われたが、ある村でダルマティア時代の知人イスマエル・イベン・パシャに再会する。彼は第一部ではトルコ公使としてダルマティアに居住していたのだが、第三部では村の農夫となっている。ヒロインがナポリに旅立とうしたとき、彼は重要な情報を伝える。かつてヒロインの尻を追い回していた王子フィリップは現在王となっているが、彼がナポリで大臣のルストシュクに会おうとしているというのである。ルストシュクとは、第一部以来ヒロインの財務顧問をしているユダヤ人に他ならない。トルコはフィリップ王に借款を頼もうとしているので、ルストシュクの援助を当てにし、また先頃トルコ大使が死んだので自分(パシャ)を赦して総領事に取り立てようとしているのだという。

ヒロインはカプア(ナポリの北にある町)でドン・サヴェリオに会う。彼はククルの息子で、母ククルの死や姉たちの近況などを伝える。そしてヒロインはフィリップ王やルストシュクとも再会する。この席で夫人は王に結婚を申し込まれたり、ルストシュクに、愚かな王を追放してあなたを呼んだら自分を幸せにしてくれるかと迫られたりする。相変わらず夫人は周囲を惑乱しないではいないのである。同じ席で夫人はククル姉妹とも再会し、ヴィノン・ククルの夫で詩人のジャン・ギニョールとも知り合う(このギニョール Guignol〔人形〕という名は詩人たる彼の本質を暗示していよう)。ヒロインは彼に誘惑されたいという欲望を覚えたりもするが、「シニカルな本を書く人が、実人生ではいつでも人畜無害なのが不思議ですわ」と皮肉を言いもする(GW, S. 576, CL, S. 549)。夫人は彼をヤーコブスに似ていると思い、彼に「あなたの魂の秘かで恭順で繊細な解釈者になりたいのですが、構いませんか?」と訊かれたとき、「解釈するのは無意味です。体験することが沢山ありますから」と答える(GW, S. 582, CL, S. 555)。

さて、ドン・サヴェリオは様々なあくどい方法で金儲けをしているが、公爵夫人の代理権をもらって手を広げようと考える。夫人が体の不調を訴えたのを機に彼は医師の指示を楯にとって彼女を事実上の軟禁状態にする。そして彼女に代理権を渡せと迫る一方で、夜は関係を持つようになる。ヒロインは第一部のブラや第二部のプロペルツィアの運命を想起したりもするが、結局レディ・オリンピアらの援助で脱出する。しかしこの頃からヒロインの体調は下り坂に向かい、時折死の影がちらつくようになる。

その後公爵夫人はナポリに住むが、数年を経てギニョールと再会し、彼の詩劇に出演する。古代神話世界を再現した劇で、彼女は愛の女神役である。観客は熱狂し、彼女自身も熱演の余り自分が女神そのもののような気がし、ギニョールは作者たる自分が夫人の魅力の前では無力であると痛感する。そこに、第二部では少年だったニーノが立派な青年となってあらわれる。この瞬間、《彼女は女神から一人の女へと変身した。》(GW, S. 635, CL, S. 605)二人は手を取り合って観客の前から逃亡する。

二人はサレルノに行き二人きりで幸福な時を過ごす。この第四章は第三部のクライマックスと言えるだろう。サン・バッコのような人生はもはやあり得ない、すべてはすでに起こってしまったという認識にもかかわらず、初源の恋人同士のような二人の至福感は損なわれることがない。ニーノは自由のために闘いたいと将来への希望を述べる。その後、公爵夫人の過去を知った彼は一時夫人から離れかけるが、結局二人は仲直りして、ニーノに若者の行動党からの召集がかかったのを機にそれぞれの道を歩み始める。

ニーノと別れた夫人は本格的に愛欲の権化となり、周囲の人々を官能の道に走らせる存在となる。詩人ギニョールももはや作品を書けないと言って夫人に迫るが彼女は拒む。彼女のために死ぬ若者が続出するが、彼女自身も体調が日ましに悪くなり死の予感を覚える。そのせいで彼女は先祖の強さと自分を比較し、子供が欲しいと痛切に思い始める。

ある日吐血した彼女は医師の勧めでガルダ湖（イタリア北部にある湖。ハインリヒ・マン自身もこの湖畔のサナトリウムで病を癒したことがあった）畔の著名な医者のもとに向かうが、途中で画家ヤーコブスのことを思いだし、湖のそばに住む彼のもとに立ち寄る。彼は絵画を捨て、実直で芸術とは無縁な後妻との間に子供があり、農業に打ち込む日々を送っていた。先妻との間の十三歳の娘の話になると彼は相好を崩して言う。

「私はいつも娘を見つめてばかりいます。そして彼女が生きていることに感謝するのです。私は彼女を描く必要がない。だからこそ彼女は美しいのです。」(GW, S. 709, CL, S. 675)

結局夫人は医師のもとには寄らずに帰り、幸福な気分になる。もう死を憎まない、なぜならそれは生の一部で自分は生を愛しているから、と考える。やがて彼女は重態になる。そこに僧侶のタンブリーニがやってきて、財産を教会に寄付せよ、そうすればあなたは安らかに天国に行けるだろうと迫る。しかし夫人は肯んじない。彼女は自分の生の三段階のことを思い起こし、財産を三等分して、自由を求めて闘っている人々と、芸術と、あらゆる拘束から解放される享楽の島のために使ったらどうかと言って、僧侶を怒らせる。

瀕死の夫人のもとにニーノの母ジーナからの手紙が届く。それはニーノの死を伝え、自分ももうすぐ息子の後を追うだろうという内容だった。同時にジーベリントから紙片が届けられる。それはニーノがジェノヴァで殺された様を伝えていた。また、ヤーコブスからは絵が届く。そこに描かれた彼女は美しいが、彼女は同時に死にゆく者であり、彼女と共に数世紀間の先祖たちの夢も終焉に至ることが明瞭に感得される絵であった。

彼女はニーノと共にいる夢を見た後、自分の三段階の生を象徴する三本の蠟燭を消して生に別れを告げる。

第二節　『女神たち』の評価と位置づけ、そして『女神たち』に至るまでのハインリヒ・マン

A　ゴットフリート・ベンの『女神たち』評価

『女神たち』は、出版後すぐに一般の読者に広く受け入れられたとは言えなかった。廉価版を出すなどの努力にもかかわらず、第一次大戦前は一万部に達することがなかったからである。この作品がある程度の売行きを見せるのは、ハインリヒ・マンの文名が上がった第一次大戦後のことである。(7)

しかし一部の人間にこの長篇が驚きと賛嘆をもって迎え入れられたこともまた事実である。その代表的な一人に詩人のゴットフリート・ベンがいる。彼は一八八六年生まれであるからかなり若い時に読んだと推測され、読書年齢ということも十分考慮しなくてはならないが、後年ハインリヒが六十歳を迎えた際の記念講演でも、この長篇をニーチェと関連させて次のような言葉で語っている。

「おお芸術よ、お前は何という秘儀を秘めていることか」とヴィオランテは言っていますが、これはドイツ

ではいまだかつて発見されなかったことです。ヨーロッパ的ニヒリズムとディオニュソス的造型との、懐疑的相対化と技巧的秘儀との連関、ドイツ精神の超越性、夢想性、とらえどころのない無形態性と、深みから発していながらしかもさりげないこの表面性、言わば仮象のオリンポスとの連関は、ドイツではまだ一般に気づかれていませんでした。ヴィオランテがそもそもいかなる波をくぐり抜けて出現したのか、彼女の蒼白な顔がいかなる種類の生の彼方を望見しているのか、臨終にあたって、何世紀にもわたる壮大な夢想の彼方をなぜ見つめているのか、まだ一向に見抜けなかったのです。(……)

つまり究極のものは芸術だったのです。新しい芸術、技巧性、ニーチェ以後の時代。(……)一方には常に諸価値の深いニヒリズムがあり、その上に創造の歓喜の超越性が樹立されたのです。これをさらに超え、その彼方に我々を導いてくれたものは今までのところ皆無です。政治、神話、人種、共同体などに関するいかなるイデオロギーも、今日までのところその力は持っていません。我々の視線は、ここ当分は『この人を見よ』の戦慄の上に、アッシィ公爵夫人を描いた三部作の上に注がれましょう。(8)

この講演はナチが政権を取る二年前の一九三一年に行われたものだが、《政治、神話、人種、共同体などに関するいかなるイデオロギーも、今日までのところその力は持っていません》と述べつつ、虚無感を超える可能性としての芸術を称揚するベンの言葉は、なかなか興味深い。第一次大戦後のハインリヒ・マンの名声が、何と言っても『ゾラ』と『臣下』によってもたらされたものであり(ベンの講演はこの二つの作品には全く触れていない)、彼が何よりも共和国の文学者と受け取られていたことを考え併せると、ベンのこの評言は、「政治、神話、人種、共同体」といったイデオロギーを否定していることと並んできわめて強い反時代性を帯びたものと言うことができる。

同じ頃ベンは雑誌『文学世界 Die literarische Welt』にもハインリヒの六十歳を祝う文章を寄せている。そこでは先の講演よりも数多くの作品が引用されてはいるが、芸術の力を強調するところに趣旨がある点は変わらない。何よりここで冒頭から『女神たち』の作中人物が引用されているという事実が、ベンのこの作品への傾倒ぶりを物語っている。

きょうび、魔法を用いるためには、彼〔ハインリヒ・マン〕の作品のどれほど多くの箇所を、彼の造型した人物のどれほど多くを呼び出さねばならないことであろうか。ニーノ——彼の場合は、柔らかな芝生、優しい太陽、生暖かな陰、険しい岩が、封じられた彼の夢想を永遠に感じ続けるのである。プロペルツィア——何物も彼の美には迫り得ない。それは仮借ないものなのだ。天使たちは歌い、その背後では赤い旗が白い柱の回りではためいている。何という祝宴！　完成されたものの心臓が鼓動し、生は衣をまとわず尽きることがない。——これはヴィオランテだ。ディオニュソスの巫女が踊り、ニンフが笑い、彼女の永遠の華やぎの照り返しが現世のはかない手の上に射している。(10)

(9)

そして終わり近くでベンは次のように言う。

だから我々は芸術を讃えようではないか。この時代の最も興奮を呼び起こす文学、根本的な叙情性と、コンラッドやハムスンと同様な原始的な明晰さを備えた叙事性を持った文学を。(11)

コンラッドやハムスンとハインリヒ・マンを比較するという発想は、共和国や理性の代弁者という、今日一般的に流布しているハインリヒ像に慣れた人には違和感があるかも知れない。特にハムスンが、いわゆる近代的精神に嫌悪感を示し、ナチを公然と支持した作家であることを考えると、ナチ政権成立後ただちに亡命し反ナチ活動に従事したハインリヒと彼とを同列に扱うのは見当はずれのように思われなくもないだろう。だがベンは『女神たち』を中心に作家ハインリヒの本質を捉えようとしてこの比較に至らざるを得なかったのだし、彼にはハインリヒのこうした側面こそが評価すべきものに思われたのだ。（第二次大戦後になってもベンの見解は変わらなかった。[12]）そしてそれは、『女神たち』に限ってハインリヒを考えた場合、決して不当なものではなかったのである。

B　『女神たち』に至るまでのハインリヒ・マン

純粋な理論家ならいざ知らず、作家の場合、その文学的資質と政治的意見が整合するとは限らない。政治的意見が様々に変わっても、小説や詩を生み出すもって生まれた才能の方向性はそう簡単に変わるものではない。仮に衣装は変わっていようと、作品の内側には変わらぬ芯のようなものが見てとれるものだ。ここで、『女神たち』に至るまでのハインリヒ・マンの歩みをざっと振り返ってみよう。

彼の最初のまとまった作品と言えるのは、一八九四年に出版された長篇『ある家庭にて In einer Familie』（執筆は一八九二—九三年）である。ただし母親が書店に五百マルクを支払うことで本になったもので、一人前の出版とは言い難い。[13] 筋書きはゲーテの『親和力』にヒントを得たとされているが、思想面ではこの頃彼が傾倒していたフランスの保守的小説家・思想家ポール・ブールジェの影響が大きく、巻頭には彼に捧げられる旨明記されている。すべてを決定論的に割り切る科学や自然主義に反発し、神秘的なものへの共鳴を覚えつつ、中産階級の利益を擁護するというのが、ブールジェの代表作『弟子』を愛読したこの頃のハインリヒの姿勢である。

一八九五年から九六年にかけて、ハインリヒは『二十世紀 Das zwanzigste Jahrhundert』という雑誌の発行人兼編集人となる。これは反ユダヤ主義を喧伝する雑誌で、一時は彼の書くものが雑誌の半分以上を占めていたという。ここでの彼はモラルの堕落を嘆きつつその原因をマテリアリズム（Materialismus、物質主義・唯物主義）に求め、マテリアリズムの元凶はユダヤ人だとして反ユダヤ主義を鼓吹する。(14)

一九〇〇年には長篇小説『逸楽境にて Im Schlaraffenland』が出る。ハインリヒが後年『ある家庭にて』を若書きの未熟な作品とし、実質的な文学的出発を『逸楽境にて』と見ていたことは、晩年の発言からも分かる。《一八九七年、ローマのアルゼンチン通り三十四番地で才能が私を襲ったのです。私は自分が何をしているか分かりませんでした。鉛筆で構想を立てたと思ったらもう長篇が出来上りかけていたのです。私の才能はローマで生まれたのです。あの街に三年間住んだことが影響したのでしょう。(15)》『逸楽境にて』ばかりでなく、『女神たち』の構想もすでにこの頃から練られていたのである。

『逸楽境にて』は、ベルリンを舞台として当時の資本主義下の市民たちとその腐敗を描いた社会小説であった。ドーデ、モーパッサン、A・フランス、バルザックに学び、時代の風俗を描くことによってドイツ市民社会への批判を試みたものである。しかしここでの社会批判は、後年の彼とは異なり、共和制的な方向からのものではない。ハインリヒがここでどういう政治姿勢をとっているかは論者によって見方が異なるが、K・シュレーターは、『ある家庭にて』の頃見られたブールジェの影響——敬虔で伝統主義的な社会批判——からは遠ざかったものの、『逸楽境にて』の資本主義批判はロマン主義的なもので、《『二十世紀』誌を発行していた頃の「右からの批判」は続行され拡大されている》とする。(16) またバニュルは、ここでの批判対象が『二十世紀』誌で展開されている理論と同じだと述べる一方で、作中で女性に関して様々な批判がなされているが、批判する主体自身も滑稽に描かれているので、風刺はあらゆる方向に向けられているように見えると述べている。[17] またJ・フェストはバニュルの見解をさらに押し進め、これは社会批判小説というよりはむしろ、著者ハインリヒの精神的危機の表れだとしている。[18] 私としてはフェストの見解に与したいが、いずれにせよここでの社会批判は、のちの『臣下』に見られるものとは違い、作者の視点が必ずしも明確な方向性を持っていないと言える。

「資本主義批判」や「自由」という概念が初期ハインリヒでは必ずしも社会主義や共和制に結びつかず、むしろその対立物であることは、『女神たち』を読んでも分かる。そこで幾度か言及されているガリバルディはイタリア国家統一の英雄であったが、近代的な共和制や社会主義とはそりが合わず、また作中の青年ニーノには――これをそのまま著者の意見と短絡するのは危険だが――社会主義を批判してガリバルディに与しなければ、という発言が見られるのである。[19] (GW, S. 646f. CL, S. 616f.)

最後に『逸楽境にて』に関して一つ興味深い点を挙げておこう。この小説が初めは、モーパッサンの『ベラミ』に倣ってパリを舞台とするはずだったのが、結局ベルリンに舞台を移すことになったという事実である。[20] 「社会的現代小説」[21] を書くに際して、フランスやイタリアではなくドイツの都市を選んだことは、次作『女神たち』と比べると暗示的である。なぜなら「現代小説」は、単に筋書きが展開される時代が現代であることによってばかりではなく、背景となる社会に作者が直接的なつながりを持つことによって成立するからである。掛け値なしの「現代小説」である『逸楽境にて』を書いた後これとは趣きを異にする作品に向かうハインリヒの歩みは、彼が範としたフロベールのそれに比較される。このフランスの大作家もまた同時代を描いた『感情教育』を書き終えた後、《いとわしい市民たち〔を扱った小説〕から解放されたら、何か美しいものを書きたいと思います》とジョルジュ・サンドに書き送った。『ボヴァリー夫人』のように同時代のフランス市民を写実的手法で描いた作品と、『サランボー』のように古代の異郷を舞台としたエキゾチックな作品との間を、フロベールは絶えず揺れ動いていたのだ。[22] 創作心理学的に見てハインリヒにも同じ現象が起こったのだし、またそれは尊敬する巨匠を意識的に模倣したものでもあっただろう。彼もフロベールのように、《お分かりのとおり、さしあたってはありきたりの市民〔を描く小説〕にはうんざりしました。私はダルマティアに向かいます》という手紙を一九〇〇年十二月に出版主のA・ランゲンに書き送ったのであった。[23] ハインリヒのフロベールへの同化は、数年後のエッセイ『ギュスターヴ・フロベールとジョルジュ・サンド』でより大がかりに見られることになるが、その点についてはまた後で触れることになろう。

C　ニーチェの影

若いハインリヒに見られる以上のような思想的立場を念頭において、『女神たち』に戻ることにしよう。右で述べた前提のもとに『女神たち』を見るならば、一部の人間を驚かせたその突出ぶりは明瞭になる。描かれた時代で言うなら、『女神たち』も現代小説ということになろう。特に第一部では年代が何度か語り手によってはっきりと記述され、十九世紀末の物語であることが明示されているのだから、一九〇二年末の発表ということを考慮すると「現代小説」そのものと言える。しかし実際に読んでこれが同時代を描いた小説だと感じる人間はいないだろう。あたかも数百年前のルネッサンス期の人間が、キリスト教道徳に無縁な異教徒として、本能の赴くままに恋、陰謀、中傷、暴力等々にふける様を描いた歴史絵巻物のようなのだ。ダルマティア、ローマ、ヴェネツィア、ナポリといった南ヨーロッパの風景は、ある時は遠い異国のロマンティックな情緒を漂わせ、またある時は強烈な陽光にさらされた、原罪を知らぬ無垢の地を想起させる。それらはあたかも現代から切り離されたおとぎ話の舞台めいて見えるのである。もっとも、この作品が前作と完全に無縁なものというわけではない。『逸楽境にて』でも強大な資本家が「征服者のタイプ、ルネッサンスの人間」[24]と主人公によって呼ばれていたからだ。だがそれは現代ベルリンを舞台とする小説ではあくまで比喩に過ぎなかった。『女神たち』にあって「ルネッサンスの人間」は比喩ではなく実物としてあらわれてきたのである。

そこには何よりも十九世紀末にヨーロッパを席巻したニーチェ熱の影響が見てとれる。ニーチェが精神錯乱に陥ったのは一八八九年末ないし一八九〇年初め、世を去ったのは一九〇〇年のことであった。当初は学問の道に反したとして古典文献学教授の座を追われたこの哲学者は、皮肉にも精神錯乱に陥った頃から広く読まれ始めていた。当時ドイツ語圏の代表的詩人だったリヒャルト・デーメルやモルゲンシュテルンが発狂後の哲学者やその母に自作を献呈したのも、ハウプトマンとパウル・ハイゼといった、のちにノーベル文学賞を受賞する作家たちがニーチェに影響された作品を書いたのも、一八九〇年代のことであった。文学者だけではない。R・シュトラウスが「ツァラトゥストラはかく語りき」を作曲したりマーラーが第三交響曲に『ツァラトゥストラはかく語りき』からの詩を挿入したりしたのも同じ時期である。当時のニーチェ熱は哲学や思想といった狭い領域に限定された出来事ではなく、文化界に関わりを持つ人間すべてに及んでいたのである。加えてその影響力はドイツ語圏だけでなくヨーロッパ全体に広がりを見せていた。ノルウェー作家クヌート・ハムスンはニーチェの影響下に作品を書いたし、デンマークの著名な文学史家ブランデスは一八八八年にニーチェを取り上げた講演を行い、イタリア作家ダヌンツィオは一九〇〇年にニーチェの死を悼む詩を書いたのである。[25]そうした文化界の雰囲気は言うまでもなく若者たちに感染した。大学生やギムナジウムの生徒たちは競ってニーチェを読んだ。ニーチェ流行を快く思わず、彼らの読書傾向を制御しようとする動きも生じ、ニーチェがバーゼル大学教授時代に『悲劇の誕生』を出したとき激しく批判した文献学者ヴィラモーヴィッツ＝メレンドルフがそこに噛んでいたという話もあるが、教育者の分別臭い警告が功を奏するはずもなく、焼け石に水であった。[26]

無論、当時のニーチェ理解はかなり一面的なものであった。超人を讃美し、歴史主義的な認識やキリスト教的な倫理観を振り捨てて、生の本能の赴くままルネッサンス人のごとく生きることを提唱した思想家というのが、その頃の一般的なニーチェ像だったのである。

そしてこの時期、ハインリヒもニーチェにかなり入れこんでいた。ニーチェの影響自体は最初の長篇小説『ある家庭にて』にも見られるが、[27]本格的にニーチェに親しんだのは一八九五年から九八年にかけてローマとパレストリーナで暮らした時代である。この時期にはトーマスも兄を頼ってイタリアに来ており、約一年半滞在して兄と一緒にニーチェを読んでいる。二人は特に『善悪の彼岸』と『道徳の系譜』を系統的に読み、また内容についての議論を重ねた。[28]『女神たち』でブラを殺した美青年のピゼッリをヒロインが「美しい野獣」と呼ぶ場面は、明瞭にニーチェを想起させる（GW, S. 665, CL, S. 634）。ピゼッリだけではない。美しいと醜いとを問わず、この作品に登場する人物たちは大部分が獣なのである。[29]ハインリヒはニーチェを読むにとどまらず、当時のニーチェ経由のルネッサンス熱に呼応して、ブルクハルトを初めとするルネッサンス関係文献を読みあさってからこの作品を書いたのだった。残されたハインリヒの蔵書にはそうした書籍が多く含まれており、例えばヴァザーリ、ゴビノー、テーヌ、ガリバルディのメモワールなどの書物が並んでいるという。[30]なお、イタリアの唯美主義的文学者ダヌンツィオの影響が指摘されたこともあったが、これに関してはハインリヒ自身は否定している。[31]

『女神たち』の登場人物たちはまさしく「善悪の彼岸」に、（当時のニーチェ熱に浮かされた世代が想像した）ルネッサンス時代そのものにいるがごとくであり、直情径行、恥も世間体も道徳も知らず、思うがままに生き、愛し、裏切り、金を儲け、浪費し、陰謀をめぐらし、行動する。そしてそれは作中人物の言葉によっても暗示されている。詩人ギニョールは自作にみなぎる異教徒的雰囲気をヒロインに説明して次のように言う。

「私は偉大なのです、公爵夫人、私は異教徒的なものを語ったのですから。私の中からはあの時代、素晴らしい時代、まだひどく不安定でようやく快癒したいと願い始めた時代が、初期ルネッサンス時代が語りかけているのです。我々はあの時代に属しているのですよ。」(GW, S. 577, CL, S. 550、傍点三浦)

これは『女神たち』自体にも当てはまる言葉であろう。同じく作中人物である画家ヤーコプスは「ヒステリックなルネッサンス[32]」という表現を幾度か口にする。例えば、古い時代の巨匠たちに似せた自分の技法を解説して、

「私は自分自身のジャンルを発見しました。それを秘かにこう命名しました。ヒステリックなルネッサンスとね！　現代風に見えるところや倒錯したところを私はうまく修正して隠すのです。すると黄金時代のまったき人間があらわれるように見えるというわけですよ。」(GW, S. 359, CL, S. 343.)

世間の言う「悪徳」を、世間の物差しを拒絶しつつ描くことが文学の一つの使命だとすれば、ハインリヒのこの作品は――当時の思想的流行に投じた部分があるとはいえ――まさに文学的だったのであり、ベンが言ったように「芸術」だったのだ。前作のように同時代の自国を舞台とするなら、いくら作中人物が放埒に振舞おうとそこには「現代」の匂いがつきまとい、一種の日常性の桎梏から逃れられないものとなる。この点『女神たち』は異国を舞

台とするが故に日常性から遠く、逆に「芸術」に近づくことができたのだ。『女神たち』第二、三部に見られる虚無感、死への傾斜ですら、現代社会の行き詰まりといった社会的なアスペクトからとらえるよりは、むしろ唯美主義的芸術と相即不離の一側面と見るべきなのである。そしてそうした「芸術」に最も熱を上げるのが若い世代であることは言うまでもあるまい。

というのも、『女神たち』をハインリヒの他の作品と有機的に関連づけようとする余り、この異国絵巻物を反市民的であるが故に当時の社会を批判するものだと分析したり、作中人物の発言をよりどころにして、この作品の唯美主義的部分は批判されるために書かれたのだと考えたりする向きが少なくないからである。[33] それが完全に誤りだとは言うまい。しかしそれはこの作品の受容のされ方を正しくとらえていないばかりか、作者の執筆時の気持ちをも――彼自身は出版主に、《今書いているものが、時々現代のメルヒェンのように思えます》と述べている[34]――十分に理解していない見方と言うしかない。

例えばドイツのハインリヒ・マン研究者カントロヴィチュは、「人間性」を目指した後年の作品によって『女神たち』が克服されるという観点から、ハインリヒののちの発言を引用している。[35] そこで引用されている彼の発言とは次の二つである。

あなたが公爵夫人よりウンラートの方を高く評価するのは、今の私にはとてもよく分かる。（……）ウンラートは、この笑止千万で奇怪な老人は、少なくとも女芸人フレーリヒに愛情を抱き、彼女を世間の非難から守り、傷ついた愛情のありったけを彼女に注いでいる。だから彼は公爵夫人より人間的なのだ。（一九〇五年七月二十五日付け書簡、女友だちイーネス・シュミート宛て）

『フォン・アッシィ公爵夫人』では私は三人の女神のために神殿を建てた。彼女たちは三位一体であり、自由と美と享楽の権化だった。これに対して『小さな町』を、私は民衆のために、人間性のために作ったのである。（一九一〇年、エッセイ『ヴォルテール――ゲーテ』を雑誌に掲載するにあたっての自序）

これらドイツ人ゲルマニストの分析に対して、フランス出身のゲルマニストであるバニュルは『女神たち』を、《上流階層を精確に、或いは風刺をこめて描いたものというよりは、著者の貴族主義が生んだ叙情的で造形的な表現》だと言っている。(36) そしてこの作品にヒロインへのイロニーが見られるという見解を否定し、著者が公爵夫人を真面目に扱っていることは歴然としていると述べている。(37) また彼は、ＦＳ版『女神たち』の解説を書いているが、一九〇〇年前後のハインリヒの民衆観を彼自身の発言《一般的に言って、民衆の心というものは粗野で、機微というものを知らぬ》で論拠づけ、三部作もこの見方の延長上にあるものとしてとらえている。(38)

私はバニュルの見方をとる。いかに社会批判的に読まれ得る箇所があろうと、また後年の作品に比べヒロインに「人間性」が欠如していようと、この作品の魅力はなまなかな人間性を拒絶したその唯美性（虚無感を含めて）にあり、ヒロインの周りに漂う美的貴族主義こそが少数ながら読者を熱狂させたのだと考えるからである。この点を無視しては『女神たち』理解はあり得ない。(39) ハインリヒはここでは理念に服を着せただけの人物を描いてはいない。悪であろうが獣であろうがここでの諸人物は生きて躍動している。もとよりそれは通常のリアリズム小説での「生きた造型」とは異なって、一種スペクタクル映画を見るような趣きのものではあるが、それも芸術的な造型には違いない。そうした業は理論倒れの三文文士にできるものではない。彼は疑いもなくここで様々な人物に共鳴しながら――この場合の「共鳴」は創作し造型する芸術家が誰でも持つもので、日常生活での共鳴とは別物である――筆を進めていったのである。市民社会を批判しようというような意図が先走っていたなら、こうした作品はできるはずがない。K・エートシュミットはこの時期の彼の仕事ぶりが禁欲的だったと報告しているという。[40] 作品への愛を持ちながら大きな仕事をするとき、芸術家は――作品が華々しいものであれ――禁欲的にならざるを得ない。弟が『ブッデンブローク家の人々』を執筆したときもそうだったのである。ハインリヒはここではまさしく「芸術家」だった。恐らく「芸術家」であり過ぎたのだ。

いったい、ハインリヒの作品には俗悪な人物が俗悪な会話や行動を繰り広げる場面が多く書かれている。それらは好意的な目で見れば社会批判のため、俗物市民を告発するためと解釈されようが、しかし実際には、単に作品そのものが俗悪である印象をしか残さないか、さもなければプログラムを最初に想定してそれに則って筋を作っただけの傾向文学になるかのいずれかに終わってしまいかねないのである。ハインリヒの小説はある時期絶えずこの危険性にさらされ続けたと言ってよい。だが『女神たち』での彼はこの危険を見事に回避している。その直接的な原因は、舞台をイタリアとその周辺に設定したことにあるだろう。俗悪な会話ですら、異国の背景の中におかれると（そして時代設定にもかかわらず事実上は遠いルネッサンス時代に展開される物語にあっては）一種独特な魅力を備えてくる。ちょうど日常生活から逃れて珍しい品々にあふれた博物館に入ったかのように。その品々もかつては日常の匂いを漂わせていたであろうに、時代を経てガラスケースの中に収まると別物になってしまうのだ。

シュレーターは、『逸楽境にて』と『女神たち』を、前者がドイツの現実への批判、後者が南国の理想的生活空間の描写という、正反対にして一組のものと見、それが数年後の『臣下』と『小さな町』の関係にそのまま移行していると考えている。[41] これはハインリヒの本質をうがつきわめて重要な指摘であろう。単にハインリヒの思想だけを追う立場からすれば、それは西欧・南欧が彼の理想とする社会制度を備えており、ドイツは逆に制度的にも個々の市民の体質からしても彼の批判を被らざるを得ないような状態だったからだということになろう。しかしこれは半分の真理をしかついていない。

ハインリヒが南欧に惹かれたのは、恐らく先天的にである。その先天性が何に由来するかは――例えば彼の母が南米出身だったからだというような説明も可能かも知れないが――どうでもよい。先天的に南ヨーロッパが好きだったからこそその制度や人間を肯なうことができたのだ。これが残り半分の真理であると、私は思う。そしてこうした彼の先天的な体質は、芸術家・知識人としての彼のあり方、ひいてはそもそも近代の知識人の体質の問題へとつながっていくものであるが、それについては追々述べていく予定である。

ちなみに、ハインリヒのロマンス語世界への親近性といった言い方がされることがあるが、南欧と西欧は彼にとって同じではなかった。若いハインリヒにはフランスよりもイタリアの方が好ましいものであった。初めてパリを訪れたとき、この大都会は彼にこれといった印象を残さなかった。対してイタリアには彼は長期間にわたって滞在し、先にも述べたように《私の才能はローマで生まれた》とまで言っているのである。これは彼がフランス小説を愛読したことと矛盾するものではない。のちにトーマス・マンが『非政治的人間の考察』の中で、ハインリヒにとってフランスは現実ではなく理念だとして非難することになるが、トーマスの非難の背景にはこうした事情があったと考えられるのである。(42)

『女神たち』の評価と位置づけは以上で終わる。次は、トーマスがこの作品にどう反応したかを見なくてはならない。

第二章　『女神たち』に対するトーマス・マンの反応

トーマス・マンが兄の書いた長篇にどう反応したか、以下で順を追って見ていこう。ここにはすでに確執の材料が出そろっていると言ってよい。

第一節　書　簡

まず現存する書簡を見てみよう。『女神たち』の刊行は一九〇二年末であるが、この作品への直接的な感想が初めて述べられているのは、翌〇三年四月二十六日付けのガブリエレ・ロイター宛て書簡である。ここで彼は、この女流作家が自分に宛てた手紙の中で展開している『女神たち』批判を面白いと述べている。(1) 同年七月八日、ヴィルヘルム・アンダーゼン宛て書簡の中でトーマスは、『逸楽境にて』や『女神たち』を書いた兄と違って自分は北方的なのだと述べている。ここには南国を舞台にした『女神たち』を意識しつつ、自己の本質を兄と対比させながら表現しようとする態度が見られる。(2)

同年九月十五日、兄宛ての書簡の中で彼は『女神たち』について触れているが、これは該当箇所をそのまま引用しよう。

リヒャルト・シャウカルが『ライン・ヴェストファーレン新聞』に私を論じた文章を発表したのですが、その中で兄さんの『女神たち』に（あなたの才能は十分認めた上でですが）自信たっぷりに批判を浴びせています。この新聞がいつかお目にとまるかも知れませんので、次の点ははっきり申し述べておきたいのです。私は、自分が論じられるときにあなたの仕事がけなされれば満足するとか、その批判に同意するとかいう示唆を、シャウカルに対して与えたことはありません。彼はその前のところではほとんど私的とも言える主観的な描写をして（私の鼻は繊細で神経質だなどと書いているのです！）、私の「友だち」だと自称しておりますので、私も新聞を読んだ知り合いに対してはこの莫迦莫迦しい論考の責任を負わねばならないような気がしています。ですから、この記事に私が不快を感じているということを編集部に伝えようと思います。いずれにせよ、シャウカルはこの友情のしるしに対して私から暖かい感謝を受けることはありますまい。(3)

ここでは、ハインリヒの仕事を無神経にけなした知人を批判して兄への気づかいを見せているが、トーマス自身が『女神たち』をどう受け取ったかについての言及はない。というより、自分の評価が文中に現れないよう慎重に筆を運んでいる気配がある。それともう一つ注目すべきは、すでにこの時点でマン兄弟を対蹠的な資質を持つ作家としてとらえる文筆家が存在していたという事実である。ちなみにこのシャウカルは、のちにトーマスの戯曲『フィオレンツア』を、『女神たち』のような唯美的ルネッサンス讃美の作品と見なして、弟の方をも批判することになるのだが、『フィオレンツァ』とルネッサンス主義との関連については後で触れることにしたい。

さて、トーマスが『女神たち』に関する本格的な感想を述べたのは、同年十二月五日付けの兄宛ての手紙である。この書簡についてはまた後でも言及するが、彼が積年心に秘めてきた兄への批判を率直な調子で開陳した長大なものだ。ここでの批判は主としてこの年（一九〇三年）の末にハインリヒが出版した長篇小説『愛を求めて』に向けられているので、逆に『女神たち』への批判はバランスをとる感覚が働いてか必ずしも本音が述べられていない傾きがあるが、ともあれ『女神たち』に触れているところを抜きだしてみよう。

リヴァでボートに乗ったことがありましたね。あのとき我々はこの不愉快な問題について議論を始めたのでした。二人は対蹠的な立場にたってありとあらゆる哲学的心理学的な議論を闘わせましたが、その際私は『恋人たち《ディー・ゲリープテン》』という長篇に関する計画のことを話したのでした。後になって私は気づいたのです。あの時の会話の心理学的な中身が、表面的でグロテスクなやり方で『女神たち』に転用されているではありませんか。何より、「愛される者《ディー・ゲリープテン》——愛されない者《ディー・ウンゲリープテン》」という構図が、ありきたりで誰でも使えるもののごとく何度も、単語もそのままに利用されていたのでした。これでは自分の小説に『恋人たち《ディー・ゲリープテン》』という題をつけられなくなると私が抗議したので、あなたは「愛される者」という文字を消したものとみえます。しかし一種の年を経たナイーヴさ——これもあなたには似合いませんが——でもって「愛されない者《ディー・ウンゲリープテン》」という文字はそのままにしておいたとは！（……）

（……）『女神たち』には、無趣味でかまびすしいところと並んで卓越して美しい箇所もありましたから、私はシャウカル以外の人間に対してもあの作品を擁護したのでした。外的な豊饒と壮大さ、官能的な美、そしてとりわけ歴史的な深さを指摘したのです。技巧豊かなゴブラン織りのように、この深さこそがグロテスクな事件の山を品よく包んでいたからです。ところが『愛を求めて』には美は余り存在せず、歴史的なものに至っては皆無だとすると——何が残るのでしょうか？(4)

この直後、トーマスは四月にも手紙を書いたロイターに対して、『女神たち』のことで兄と長く多岐にわたる文通をしたと書き送っているが[5]、厳密には『愛を求めて』のことでと書くべきであったろう。ロイターは先に『女神たち』について批判的な手紙をトーマスに書き送っていたが、『愛を求めて』の方は読んでいるかどうか分からないため、相手に合わせる書き方をしたのであろう。

この後、書簡での『女神たち』言及は翌一九〇四年八月十九日付けイーダ・ボイ＝エト宛てまでない[6]。ここでは生と芸術の二元論で自分と兄とは類似しつつも対立しているとして、次のように言われている。

兄は選んでしまったのです。芸術を。兄が芸術家の道を選んでおのれを強いと感じるようになっていることは疑い得ません。『アッシィ公爵夫人』を書いていてある箇所で涙を流したと、兄自身の口から聞いたことがありますが——私は無条件にこれを信じます。兄は兄なりの意味で芸術家なのです、確かに。あなたも兄の成長を見守っていかなくてはいけません[7]。(傍点部分は原文で斜字体)

以後、現在判明している限りでは、トーマスは私信では『女神たち』に触れていない。ほとんど三十年を経たのちの一九三一年三月、トーマスは兄の六十歳の誕生日に際して記念の公開書簡を発表し、ここで久しぶりに『女神たち』に言及した[8]。しかしこれは公に読まれることを前提としたものであり、間に第一次大戦をはさんで兄との大喧嘩と仲直りを経、すでに国内状勢が不安定になっている時期に書かれたこともあって、右で引用した書簡と同列には扱えない。

第二節　雑　文

以上、トーマス・マンの書簡に現れた『女神たち』観を見てきたが、もう一つ具体性に欠け彼の本心が伝わってこないうらみがある。しかし、書簡以外にも彼の感想が率直な形で現れた文章があるのだ。次にそれを見よう。

一九〇三年三月にトーマスは、『フライシュタット』という雑誌に「永遠に女性的なもの Das Ewig-Weibliche」という題の書評を載せた。女流作家トーニ・シュヴァーベの長篇小説『エスター・フランツェニウスの婚礼 Die Hochzeit der Esther Franzenius』を論じたもので、そこで彼はこの作品を賞讃しつつ、その素晴らしい繊細さと対極をなすものがあるとして何度か暗示的に槍玉に挙げている。

私は読んでみた。――そしてこの作品の虜になってしまった。どういうところにかって？　きわめて柔和なのだ。ここには息せき切ったようなところはない。読者の興味に無我夢中でむしゃぶりつくようなところはない。（……）繊細に染み込んでくるような効果が達成されていて、これをもう少し具体的に言いあらわすなら、数年前から美しき国イタリアより輸入されているあのふいご文学[9]とは、ほぼ正反対のものなのだ。（……）この本の中には、沢山の愛がある。そして苦悩についての沢山の知識もある。なぜなら愛を知る者は苦悩をも知るからだ。（しかし愛を知らぬ者は、高々「美」を知る程度である。）（……）もうよかろう！　……私が言いたいのはこういうことだ。賤民・下層民たる哀れな我々は、ルネッサンスの男たちに嘲笑されながら、女性の文化・芸術的理想を誉め讃える。芸術家として、苦しみや体験や深淵や苦悩の愛を信じ、表面的な美には少しばかりイローニッシュな姿勢で対峙する。こういう我々は、芸術家としての女性からも注目すべき面白い作品が期待できそうだと考える。そう、女性がいつかはこの分野で大家となり指導的な地位につくのではないかと考える。私が今語っている、女性の手になるこの小さな本は、その証拠としては余りに弱いものだろうか。私はありそうもないことを語っているのだろうか。書きながら私も時々そんな気になった。だが私は迷うまい。こわばった冷酷な異教徒が「美」と呼ぶものなど無に等しい。『ファウスト』の結びの言葉と、『神々の黄昏』の最後でヴァイオリンが歌うこととは同一なのであり、真理なのである。「永遠に女性的なるもの、我らを率いてゆく。」（傍点部分は原文で斜字体）[10]

これは明らかに『女神たち』の唯美主義に対する批判である。彼はこの書評を自分からは兄に見せなかった。しかしその後誰かがハインリヒにこの書評の存在を知らせ、しかも悪意のこもった文章だという意味のことを言ったらしい。ハインリヒの手紙は残っていないが[11]、トーマスは十二月二十三日付けの兄宛ての手紙で弁解に努め、この書評にあてこすりが含まれていることを認めつつも、兄弟は仲良くいきたいものだと言ったり、また一体誰が兄に書評のことを伝えたのかと訊いたりしている[12]。

これ以降、少なくとも表だって『女神たち』に言及した文章はトーマスにはない。やがて『非政治的人間の考察』で唯美主義から政治上の観念的ラディカリズムに移行した兄の立場を、あくまで名を出さずに批判することになるのだが、それについてはここでは触れないでおく。ヴァイマル期・亡命期を通じて彼は——上で触れた、兄が六十歳の誕生日を迎えた際に書いたものを除けば——『女神たち』について語ることがなかったのである。

第三節　『女神たち』批判としての『トニオ・クレーガー』

しかしこの時期、上記の書評以外にもう一つ、暗示的に『女神たち』に触れたのではないかと思われる文章をトーマス・マンは書いている。彼の代表的短篇『トニオ・クレーガー』がそうだ。この作品の第四章は、誰でも知っているように、女流画家をトニオが訪ね、アトリエで会話を交す場面であるが、そこで主人公は次のような言葉を漏らす。

「チェーザレ・ボルジアや、彼を御輿みたいに担いでいるどこかの酔っぱらい哲学のことなんか考えないで下さい。あのチェーザレ・ボルジアなんぞには私は何の価値も認めないし、これっぽちも買っちゃいないんですから。異常なもの、魔的なものをどうして人が理想として崇めるのか、私には絶対に分からないでしょうね。精神や芸術に永遠に対立するような〈生〉――生とは、我々異常な者たちにとっては、血なまぐさい偉大さや荒々しい美の幻想ではなく、異常なものでもありません。尋常で、品がよく、愛すべきもの、それが我々の憧れる王国なのであり、我々を誘惑する平凡な生なのです。」(VIII, S. 302)(13)

そして第五章では旅立ちを前にしたトニオが、女流画家に「イタリアにいらっしゃるの？」と訊かれてこう答えている。

「とんでもない！　イタリアなんか願い下げですよ、リザヴェータ！　軽蔑したくなるほどどうでもいいのがイタリアなんですから。自分がイタリアに向いてるなんて思っていたのはずっと昔のことです。芸術、でしょう？　ビロードみたいに青い空、熱いワインと甘い官能……要するに、こういったものは私は嫌いなのです。まっぴらですね。〈美（bellezza）〉は私をいらだたせるんです。それに、獣みたいな黒い目をした恐ろしく活気のあるあそこの住人たちも、私は好きません。あのロマン民族の目には良心といったものがないのですからね。」（S. 305f.）

『女神たち』のルネッサンス志向・ニーチェ主義と、右のトニオの発言とを比べてみると、先に挙げた書評と同様に、兄の長篇三部作を批判したと見てもおかしくない部分ではあるまいか。チェーザレ・ボルジアはルネッサンスを象徴しているし、彼を担いでいる酔っぱらい哲学とはニーチェのことに他ならないからだ。また、「美 bellezza」とわざわざイタリア語が使われているのは、イタリアを舞台とした『女神たち』を揶揄してのことと受けとれなくもない。

しかし実際にそれが時間的に可能だったのかどうかは吟味が必要だろう。つまり、トーマスが『女神たち』を読んだ後に『トニオ・クレーガー』のこの箇所を書いたと、実証できるかどうかということである。この短篇は一九〇三年の『ノイエ・ドイチェ・ルントシャウ』誌二月号（一月末発売）に発表された。そこから逆算して、また他の種々の証拠から判断して、トーマスは〇二年の十一月ないし十二月に原稿を仕上げたものと考えられる。(14)ハインリヒの『女神たち』が出版されたのは〇二年の十一月から十二月の頃である。したがって、出版された兄の長篇を少なくとも一部分でも読んでから自分の短篇に手を入れられたかどうか、微妙なところだろう。ただ、先に引用したように『フライシュタット』誌の三月号でははっきり兄の長篇を批判しており、この雑誌の発売が『ノイエ・ドイチェ・ルントシャウ』誌二月号のわずか一カ月後であることを考えると、可能性が低いとも言えないのではないか。少なくとも、彼は兄の長篇を出版直後に読んだのである。

ちなみに、『トニオ・クレーガー』は第一章から順々に書かれたのではない。彼がこの短篇で第四章の会話に最もてこずった事実は改めて指摘しておく必要があるかも知れない。前半、ハンスとインゲへの憧れを描いた部分や、後半の、故郷やデンマークに旅行する場面は比較的楽に書くことができたが、女流画家との対話を主とする中間部分は容易にはかどらなかった。書き始められたのが一九〇〇年末か〇一年初めであるから、途中何度か中断したとはいえ完成までに二年を要したことになる。作品の長さからすると、かなり難渋したと言える。具体的にどの部分を最後に仕上げたのかは判然としていないが、一九〇二年の十一月ないし十二月にも、リザヴェータとトニオの会話部分に手を加えていた可能性は少なくないと私は見ている。(15)

さて、『トニオ・クレーガー』完成と『女神たち』出版との時期的な前後関係が微妙であると書いたが、これはあくまでトーマスが『女神たち』を、出版されてから初めて読むことができたと仮定した場合である。前もって兄から原稿の一部を見せられていた、或いは手紙や口頭で長篇三部作の内容を聞かされていたという可能性は少なからずあるのだ。

トーマスは創作に使うためにノートをとっていたが、スイスのトーマス・マン・アルヒーフによって7と番号を打たれたノートには次のような書き込みがある。

南国人の獣の目……　あのロマン民族の目には良心といったものがない！（傍点部分は原文で斜字体）(16)

ニーチェが言うのとは違って、チェーザレ・ボルジアが〈生〉なのではない！　むしろ我々を誘惑する平凡さを備えたタイプの人間Xこそが生なのだ。(17)

ノート7は一九〇一年から〇二年にかけて成立した。無論この箇所は『トニオ・クレーガー』にそのまま用いられたのだが、トーマスがノートにこのような書き込みをした動機は何だったのだろうか。ハンス・ヴィスリングは、一九〇一年五月に彼がイタリア旅行をしたことが契機となったのではないかと述べて、《南国人の目には良心がない》という書き込みはイタリア旅行の際なされたのかも知れないと推測している。(18)そして非良心的で冒険的な「美bellezza」崇拝への反発はこの旅行で強められたと書いている。(19)しかしチェーザレ・ボルジアやニーチェ主義への疑問をイタリア旅行のせいだけとするのは、論拠としては弱いのではあるまいか。少なくとも当時のニーチェ流行とそれを介してのルネッサンス崇拝がなかったなら、この書き込みは成立しなかったのではないか。つまり、彼の反イタリア感情は、実際のイタリアに接して出てきたというより、きわめて「文学的な」ものだったのではないか。それは単にブッキッシュという意味ではない。作家として自分がどう生きるかという、言わば倫理的な問題がそこには含まれていたのである。

ドイツのニーチェ＝ルネッサンス崇拝の具体例は、兄ハインリヒの姿で彼の身内にいた。ではトーマスは『女神たち』についてどの程度出版前に内容を知り得ただろうか。元をたどるなら、トーマスがニーチェに親しんだのがそもそもハインリヒを頼ってイタリアに滞在した時期（一八九六年秋から一年半ほど）であり、兄と一緒に『善悪の彼岸』『道徳の系譜』を読んだ体験が根底にある以上、ルネッサンス崇拝に対する批判的な意識はその時期にさかのぼるという見方もできる。けれどもそれを別にして考えるなら、ヴィスリングの言うように、彼は一九〇一年五月にイタリア旅行をして兄に会っているので、その際『女神たち』について詳しく聞いたのではないかという推測が成り立つ。[20] 前節で引用した《リヴァで……》の文章を含む一九〇三年十二月五日付けの書簡はそれを裏打ちしているといえよう。またそれ以外にも証拠と見てよいものがある。『女神たち』出版前にハインリヒに宛てて書いたトーマスの手紙には兄のこの長篇に触れた箇所が散見されるのである。例えば、一九〇〇年十一月二十五日付けのトーマスの兄宛て書簡には次のような一節がある。

『フィレンツェの王』は無論手つかずです。でも〔ブルクハルトの〕『ルネッサンスの文化』は入手して、二巻共に膨大な資料が含まれているのが分かりました。兄さんの『公爵夫人』は進んでいますか。[21]

この部分から、トーマスが兄の長篇執筆を知っており、またその内容をもある程度察していたらしいことが分かる。ちなみにここで言われている『フィレンツェの王』とは、一九〇五年にトーマス唯一の戯曲として完成する『フィオレンツァ』のことだが、これが兄とドイツのルネッサンス崇拝に対する、彼なりの回答として構想されたらしいこともここから読みとれる。

さらにルネッサンス崇拝に対してトーマスが初めから一定の距離をおいていたらしいことも、兄に宛てた他の手紙から推測できる。そもそもトーマスは『フィレンツェの王』構想のために早くからフィレンツェに旅行する計画をたてていたらしい。兵役や金銭面の都合のためにそれが延び延びになっていた事情は、現存しているハインリヒ宛て書簡の最初の数通から分かるが、[22] 一九〇〇年十二月十七日付けの手紙では、この『フィレンツェの王』というタイトルが両義的である（つまり、フィレンツェでルネッサンスを示唆しつつ、ユダヤ人の王＝イエス・キリストをも暗示している——三浦註）のは意図的だと述べ、《キリストとフラ・ジロラモは同一です。つまり弱さが天才となって生を支配するに至るのです》と書いている。[23] 短い記述なのでここから余り性急な結論を出すべきではないが、少なくとも『女神たち』のようなディオニュソス的なルネッサンス風とはかなり異なったアプローチを彼が当初から考えていたらしいことは推測してよいだろう。[24]

以上から、『女神たち』と『トニオ・クレーガー』の関係については次のように言えるだろう。トーマスは兄のルネッサンス熱と『女神たち』執筆を知っており、それに内心批判的な感情を抱えていた。それがノート7の記述となってあらわれ、この記述はそのまま短篇小説に利用された。ただしノートにはイタリア語の「美 bellezza」という単語はないから、これは執筆時に初めて原稿用紙に書かれたものと考えられる。そしてそれは、実際に出版された『女神たち』に接して触発され書き込まれた可能性もないとは言えない。

第四節　『フィオレンツァ』

すでに述べたように、トーマス・マンが一九〇五年に完成した彼唯一の戯曲『フィオレンツァ』は、世紀末のルネッサンス祭祀の中で一九〇〇年頃[25]に構想され、兄の『女神たち』を意識しながら書き進められた。本書ではこの作品の詳細な分析は行わないが（その理由は後ほど述べる）、本書の文脈の範囲内で留意しておくべき事柄を若干指摘しておきたい。

まず、ルネッサンス期のフィレンツェを舞台にしたこの作品をトーマスが構想したのは、自分一人の問題意識からではなく、時代思潮や兄との関係という、いわば「時代のコード」[26]からであったわけだが、この時期彼が書いた他の作品にもそうしたコードは読みとれるということである。
例えば『神の剣 Gladius Dei』（一九〇二年）。僧侶が扇情的な美術品に憤激するという筋書きからしてこの短篇が『フィオレンツァ』の雛型であることは明らかだが、表向きの舞台は現代ミュンヘンで、一見するとルネッサンス主義批判とのつながりは希薄なように見える。「ミュンヘンは輝いていた」という有名な書き出しは、世紀転換期にユーゲントシュティールの興隆を支えたこの都市の様相を簡潔に言い表したものと受け取られやすいし、またそれが誤りというわけでもない。しかし実はその描写の背後に浮かび上がってくるのはルネッサンス祭祀という時代思潮なのであって、この作品はその意味で『フィオレンツァ』の習作的な意味合いを持っているのである。[27] 単に都市ミュンヘンが世紀転換期に帯びていた文化的雰囲気――そこには確かにルネッサンス期のイタリアを模した部分も少なくなかったとはいえ[28]――だけでは、恐らくトーマスはこの作品を書くには至らなかっただろう。実際『神の剣』の描写を見ると、ショウウインドウに展示されているのは、「フィレンツェの十五世紀の女たちの胸像」や「ルネッサンスの彫刻」なのだし、書店の窓に飾られているのは『ルネッサンス以来の住居工芸』であり『近代工芸におけるルネッサンス』なのである。[29]
そうした描写は意識的な反イタリア・反ハインリヒに通じているが、そもそもトーマスの初期短篇を見るなら、イタリアを（部分的にであれ）舞台とした作品がいくつかあることに気づく。『幸福への意志 Der Wille zum Glück』、『幻滅 Enttäuschung』、『道化者 Der Bajazzo』がそうだ。兄と共にイタリアで一八九六年秋から一年半暮らした彼にとって、イタリアの存在は決して軽いものではなかったのである。そうであればこそ、徐々に意識的に自分なりのイタリア観を定式化していく必要に迫られたのだと言えよう。
さて、『フィオレンツァ』である。この戯曲が兄に典型的に見られるルネッサンス祭祀への反発から生まれたことはすでに述べてきた。しかし、露骨な反イタリアや反ルネッサンス祭祀を訴えた作品にはならなかった。理由は恐らく二つある。

第一に文学作品を書く際のトーマスの作家的本能、或いは良心である。傾向文学のように自分の党派性をむき出しにして小説や戯曲を書けば、それは作品の力を弱めることにしかならない——彼はそのことをよく心得ていた。書簡やエッセイでなら兄への反感をそのまま表現できたろう。しかし戯曲では、端役ならいざ知らず、主役級の人物に露骨な傾向性を持つ発言をさせるわけにはいかない。それは主役たちの造形を薄っぺらにし、作品そのものの重層性、つまり文学としての重みを台無しにしてしまう。『トニオ・クレーガー』なら作品前半の北ドイツを土台にした叙情性があるから、長じた主人公が反イタリアを標榜しても全体がプロパガンダ臭を帯びることはないが、そもそもルネッサンス期のフィレンツェを舞台にした『フィオレンツァ』ではそうした危険性を避ける手段はよくよく考えておく必要があった。

だからトーマスは、本来は標的とすべきルネッサンス主義を体現する人物ロレンツォの造型に工夫を凝らした。莫大な富と権力を有し、唯美主義者で芸術の擁護者である彼は、しかし外見は醜く、生まれつき臭覚を欠いている。そうであるからこそ彼は憧憬の力によって美の擁護者となったという設定だ。(30) しかしその結果、本来は「精神」の立場からルネッサンス祭祀＝唯美主義を撃つはずだった僧院長の重みは、いささか損なわれてしまった。素直にこの戯曲を読むと、その存在の複雑さ故に、そして僧院長に兄弟と呼びかける認識の深さ故に、ロレンツォの存在感が僧院長のそれを上回っているように思われる。すなわち、この作品を単にハインリヒやルネッサンス主義への批判として読み解くのは、無理があるのだ。

第二に、この作品が完成するまでにかなり時間がかかったという事実である。一九〇〇年頃に構想されながら完成したのは〇五年である。その間にトーマスは、本書第六章で詳述する兄との喧嘩、そしてカチアとの結婚という経験を踏んでいる。特に後者は、実生活から得られる認識をもたらしたのであり、それがこの作品を一方的なプロパガンダとすることを防いだと考えられる[31]。

こうして、材料や構想から言えば反ハインリヒ的な方向性を持っていた『フィオレンツァ』は、完成時点ではいささか当初の意図とは趣きを異にする作品となったのであった。

第三章　『トニオ・クレーガー』

第一節　『トニオ・クレーガー』の中の「芸術家」像

大著『アドルフ・ヒトラー』などの歴史物でも知られる文筆家J・フェストは『無知な魔術師たち』というマン兄弟に関するエッセイを書いている。その中に、『トニオ・クレーガー』は『女神たち』への悪意を含まないでもない返答だという一節がある。(1) 彼は言わば直感的にそう書いたのだが、私も同意見で、前章ではそれを実証的に展開してみた。

しかし、兄ハインリヒ批判という視点からこの作品を見るなら、細部にこだわるばかりではなく、『トニオ・クレーガー』全体の構造に目を向けてみる必要もあろう。トーマス・マンのみならず短篇小説としてドイツ文学史上最も有名なこの作品は、普通、市民と芸術家の対立、その狭間で揺れ動き悩む主人公を描いたものだと言われている。それは確かにそのとおりなのだが、では市民と芸術家は具体的にどのような姿で登場するのだろうか。

市民の姿は分かりやすい。ハンス・ハンゼンとインゲボルク・ホルム――少年期のトニオにとってはこの二人が市民なのであり、作家として名をなした主人公がデンマークに旅行して出会うのも全く同じタイプの二人なのである。つまりトニオの北帰行とは新しいものを発見する旅ではなく、あらかじめ自分の内部にあるものを確認する旅に過ぎないのである。その意味で、少年トニオと青年トニオとの間には成長や変化といったものはない。変化のない繰り返しこそがこの短篇の特徴なのだ。

実際、第一章の末尾で少年トニオの心象を描写する部分と、作品の最後で彼がリザヴェータに対して市民への愛情を告白する手紙の末尾は、一字一句の違いもなく同じである。これは言うまでもなく作者が意図的にやったことだ。

（第一章の末尾）

その頃、彼の心は生きていた。その中には憧れがあり、憂鬱な羨望と、少しばかりの軽蔑と、胸一杯の清らかな幸福感があった。（S. 281）

（作品全体の最後）

「この愛情を叱らないで下さい、リザヴェータ。これは良き愛情、実り豊かな愛情です。その中には憧れがあり、憂鬱な羨望と、少しばかりの軽蔑と、胸一杯の清らかな幸福感があるのです。」（S. 338）

他に、息子の行く末を案じるトニオの父親、「背が高く、細心の身づくろいをし、瞑想的で、いつも野花を襟のボタン穴にさしている」と形容されるクレーガー領事も市民の中に入るだろう。

市民の姿はそれでよいとしよう。では「芸術家」はどこに登場するのか。市民と「芸術家」の間で悩んでいるトニオ自身は除こう。リザヴェータも、彼に打ち明け話をさせるための装置のようなものであるから除外する。トニオの母も、普通の市民からはやや隔たった存在だが、「芸術家」というよりはジプシー気質のイタリア人であるから、やはり除外する。無論ジプシーと芸術家の類縁性は承知の上で、トニオをして「芸術」に専心することをためらわせるような、言わば専門的な「芸術家」はどこにいるのかと尋ねたいのだ。

それはトニオの話の中にしか存在しない。第四章で彼が女流画家を前にして述べたてる、その話の中にしか。まず短篇作家のアーダルベルト。春には仕事ができないと言ってカフェに向かった男である（S. 294）。次は天才的だが自意識が強過ぎ神経過敏な俳優（S. 297）。銀行家でありながら小説を書く才能があり、重禁固刑に服したことのある男（S. 298）。具体例ときたらこれだけなのだ。あとはひどく抽象的な「文士 Literat」が挙げられているばかりである。

「胸が一杯になっていたり、甘美な、或いは崇高な体験に心がとらわれていたなら、迷うことなく文士のもとにおいでなさい。短期間のうちに万事正常になりますよ。文士はあなたの一件を分析して整理し、はっきりした言葉で言いあらわし、事件全体を永遠に片付けてどうでもいいものにしてしまい、それでいてお礼すら言わせないでしょう。あなたは心が軽くなって落ち着き納得して家に戻り、ついさっきまで甘やかに心が騒いでいたのはどうしてだろうといぶかしく思うのです。あなたはこの冷たく空虚な山師先生を支持するんですか。言葉にされたら万事片付いたことになる、それが彼の信条なのです。全世界も言葉に直されれば片付き、解決され、用済みということになる……」（S. 301f.）

こうした「文士」の定義は、最後にトニオがリザヴェータに宛てて書く手紙の中にも出てくる。

「偉大で魔的な美の道をたどって冒険を重ね、〈人間ども〉を軽蔑する誇り高く冷酷な人たち——私はそういう人たちに目をみはりはしますが、うらやましいとは思いません。なぜなら、もし文士（Literat）を詩人（Dichter）に変える何かあるとするなら、それは、人間くさいもの、生き生きとしたもの、平凡なものに対して私が抱いている市民的な愛情なのですから。」（S. 338）

『トニオ・クレーガー』に描かれている言わば純粋な芸術家・文士は、これだけである。

他に、ハンスやインゲと違ってトニオの作品に興味を持ってくれる人たち、普通の市民からはやや逸脱している市民たちがいる。例えば第二章に登場するマグダレーナ・フェアメーレンという少女。踊りが下手な彼女は少年トニオの詩に興味を持っていて、見せてくれと二度にわたって頼む。そして遠くから彼にじっと目を注いでいたりする。（S. 284）しかしこういう少女はトニオの愛情の対象とはなり得ないのだ。このタイプの人間は作品後半、トニオのデンマーク旅行の際にも登場する。ハンスとインゲを思わせる二人が踊っている場で、ろくに踊りもせずにじっとトニオの方に視線を注いでいる青白い貧相な娘。（S. 333）彼女は最後には踊ってころんでしまう。（S. 335）第四章でトニオがリザヴェータを前に長々と喋る場面には、どういう人間が自分の読者なのかを説明する部分がある。このタイプの人間を理論的に解きあかしたものと言えよう。

「彼らは言わば原始キリスト教徒の集まりです。不器用な身体と繊細な魂を持った人たち、言うならばいつでもころんでいるような人たちなのです、分かるでしょう、リザヴェータ。彼らにとって文学とは人生に対するささやかな復讐なのです。」（S. 303、傍点三浦）

以上振り返ってみると、ハンスやインゲ及び彼らと同タイプの人間（純然たる市民）と比較して、或いはマグダレーナ・フェアメーレンやその同類（迷える市民）と比較して、純粋な芸術家の姿が作中で十分具象化されているとは言い難い。

では、なぜそうなったのだろうか。それは、この作品が誰に向けて書かれたのかを考えてみることで解けるだろう。ハンスやインゲが『トニオ・クレーガー』を読むことはあり得ない（たとえトニオが「君たちのために仕事をしたのだ」と独白しようと）。読むとすればそれはマグダレーナ・フェアメーレンのように「いつもころんでいる人たち」か、或いは純粋な芸術家である。そしてこの作品は、ボヘミアンや文士・芸術家へ叩きつけた一種の挑戦状なのである。そしてこの挑戦状の相手たる文士の最も身近な例こそ、兄ハインリヒだったのである。

『トニオ・クレーガー』には有名な一節がある。主人公がリザヴェータに「あなたの名門風のお召しもの」と言われて、こう答える箇所だ。

「私の服装のことなんか放っといてくださいよ、リザヴェータ。ぼろぼろの繻子の上着か、赤い絹のチョッキを引っかけてうろつき回れとでもいうんですか。芸術家ってのは内面はそうとうな山師ですからね。外見だけでも、せめてきちんとした身なりをして、まともな人間みたいに振舞うべきなんですよ……。」(S. 294f.)

ノート7の下書きではこの箇所はどうなっているか。

山師としての文士。ヘンリーのタイプ。文士は内面においてはそうとうな山師だ。外見だけでも、せめてき

ちんとした身なりをして、まともな人間みたいに振舞うべきだ。(2)

ここで「ヘンリーのタイプ Typus Henry」と言われているそのヘンリーとは、兄のハインリヒ（Heinrich）のことに他ならない。(3) ハインリヒとじかに書くのには心理的に抵抗があったのだろう、同じ名前の英語形を記したわけだ。

また先に引用したトニオの発言、「偉大で魔的な美の道をたどって冒険を重ね、〈人間ども〉を軽蔑する誇り高く冷酷な人たち——私はそういう人たちに目をみはりはしますが、うらやましいとは思いません」については、後年のことになるが、トーマス自身『非政治的人間の考察』の中で次のように註釈を施している。

ここでは無論「生」への関係が表現されているのだ。放埒な美の道を歩むあの山師たちがディオニュソス的に讃美するものとははっきり区別される「生」への関係が。(4)

こうしてみると小説『トニオ・クレーガー』で暗示的にしか語られていない芸術家・文士とは、ルネッサンス崇拝の見本のような『女神たち』を執筆していた兄の姿と相当程度一致することが分かるだろう。したがって「芸術家」の反対側に位置するハンス・ハンゼン等の形姿は、いかにトーマス自身の体験(5)が反映されているにしても、右のような「芸術家」存在への反措定として呼び出されたものだと考えることができるのである。比較のために前章第三節で引用したノートの一部を改めて引用する。

ニーチェが言うのとは違って、チェーザレ・ボルジアが〈生〉なのではない！　むしろ我々を誘惑する平凡さを備えたタイプの人間Xこそが生なのだ。

さて、以上のように考えてみると『トニオ・クレーガー』の中の「芸術家対市民」の構図がいくらか分かりやすくなってくるし、また「芸術家」の姿が作中必ずしも明確に形象化されていない理由も明らかになってくるのではあるまいか。兄ハインリヒは世紀末のルネッサンス祭祀が理解したニーチェ流の「生」を表現するために『女神たち』を執筆した。トーマスはそれに対し、ルネッサンス祭祀に踊る芸術家たちを批判し、自分なりの「生」を明らかにするために『トニオ・クレーガー』を書いた。そして、批判すべき相手は余りに身近にいたが故に、暗示的な形でしか形象化できなかったのである。

第二節　二十世紀初頭における「芸術家」意識

しかしここまで書いたことをトーマス・マン個人の感情や文学意識だけに帰すのであれば、それは問題を矮小化することになろう。ハインリヒ・マンが十九世紀末のルネッサンス祭祀の中で『女神たち』を構想し完成したように、トーマスも『トニオ・クレーガー』を時代の動向と無関係に書いたのではなかった。

レナーテ・ヴェルナーによれば、唯美主義の袋小路は二十世紀に入った直後から作家・詩人たちに明瞭に意識されるようになった。ホフマンスタールの有名な「チャンドス危機」（一九〇二―〇三年）もその表れであり、十九世紀的な「芸術のための芸術」から「より高い自己に至るための社会性」への転換を示すものに他ならないのである。そしてリルケが「即物性」について語ったり、リカルダ・フーフが「日常性」へ向かったりしたのもこれと軌を一にした動きであり、トーマスが『トニオ・クレーガー』でボヘミアンを拒絶したのもその流れを表わすものだという。(6) つまり、『トニオ・クレーガー』はそうした意味でも一時代を画する作品だったということになる。

この点についてつとに指摘をしていたのが、今世紀前半に活躍した文学史家ヴァルター・レームである。彼は一九二九年、ある雑誌に「一九〇〇年前後のルネッサンス祭祀とその克服」という論文を掲載して、ハインリヒの『女神たち』に典型的に現れたルネッサンス祭祀はヒステリックで現実からの逃避であるとし、こうした作品を生み出す芸術家は、ハインリヒ自身が『女神たち』や『ピッポ・スパーノ』に登場させた芸術家のように脆弱で無能なのだと批判した。(7)

放埒さの崇拝とニーチェ主義は、ハインリヒ・マンの作品の「ヒステリックなルネッサンス」でその本来の姿を最も明確に現したのである。彼にあってはルネッサンスはニーチェをすら越えて狂宴《オルギー》にまで、限界を知らぬところにまで高められており、ホフマンスタールとシュニッツラーとは全く別な彼独自の意味において、「生」への無限定的な讃美や放埒な唯美主義を支え、それらの世界観の根幹となっている。(……)

唯美主義者に耐えられるのは自分の生んだ想像の産物だけである。彼は現実に耐えられずこれを拒絶する。これに対してモラリストは現実と闘い、現実に耐える。そうしたモラリストであるヴェーデキントは、「放埒なルネッサンス主義者」より深く正しくニーチェを理解している。なぜなら彼は規律を持たぬ解き放たれた生を欲しはしなかった。彼の欲したのは強靭で抑制のきいた生であり、こうした生の偉大さから出てくる責任と義務を意識していたのである。(……)

これに対しルネッサンス主義者は美と生のために尽力はするが、この生たるや理想を目ざしての責任もなければ、規律もなく、長く持続し得るものを新たに作り上げる能力もない。『女神たち』三部作は、無力と疲労から生まれヒステリックに自己を駆り立てて生と享楽とに向かうルネッサンス主義の典型的な一例と言える。同じ年にトーマス・マンの『トニオ・クレーガー』が出て、このヒステリックなルネッサンス主義を拒絶したのである。

しかし、こうしたルネッサンス主義批判を率直に受け取っていいかどうかも少し考えてみる必要がある。レームの論考の出された年代に注意しよう。一九二九年といえば、トーマスが『非政治的人間の考察』によって兄の芸術家・思想家気質を真っ向から批判してからほぼ十年後になる。しかも引用部分からも分かるが、この論考では「ヒステリックな」という形容詞がルネッサンス祭祀や唯美主義者を規定するのに頻繁に用いられている。『非政治的人間の考察』の「審美主義的政治」の章でトーマスが展開した論理を全面的に下敷きにしているのは明瞭であろう。実際、レームは他の箇所で『非政治的人間の考察』から何度も引用を行っており、言わばこの書の精神に則って分析を進めているのだ。

トーマスが長大な論争の書によって提出した図式は無論それなりの有効性を持ってはいるが、あくまで弟の側から兄を見、分析したものに過ぎず、兄の側にはまた別の論理があったはずである。『非政治的人間の考察』を単に時代遅れの反動主義者の書であると決めつけるのが当を得ていないように、逆にこの書によってハインリヒのすべてが分かると思いこむのも浅い見方と言わねばならない。

時代の流れのとらえ方は、当然ながら見る者によって異なってくる。レームの見方はその一つだが、ヴェルナーは唯美主義から日常性へという流れは肯定しつつも、別の観点を呈示する。それによれば、トーマスが『非政治的人間の考察』ではっきりと兄の唯美主義＝政治的急進主義を批判する以前から、ハインリヒの作品を「魂がこもっていない」「デカダンだ」と評する人間が多く、これが第一次大戦期のトーマスの姿勢につながり、さらに二十年代後半のレームによるルネッサンス祭祀批判につながるというのである。確かにこれも一つの視点ではあり、レームの観点を相対化する力を持つ主張である。ただし、これらのハインリヒ批判をナチの民族主義的（völkisch）な文学観と結びつけるなど、ヴェルナーの論にやや大まかで一面的な部分があることも否定できない。[8]

さらにヴェルナーはレームのハインリヒ批判に反駁し、《彼は同時代の市民社会の様々な反目関係を知悉していたから、根本的な変革なしでは済まないことは十分認識していたのである》[9]とする。そしてに、一九〇七年のハインリヒの発言《民主主義的な現代にあっては、民主主義の最終的な勝利を望む人だけが本当の美を実現できると私は思うのです》をもってその証拠とするのだが、この引用が当を得ているかどうかには疑問がある。というのも、本書で扱っている一九〇三年から〇五年にかけての時期が彼の大きな転換期であった以上、それを過ぎた一九〇七年の発言をもってしては、世紀転換期のハインリヒの唯美主義に社会的視点が欠けてはいないと擁護することはできないはずだからである。

以上のようなレームやヴェルナーの論述が時代の流れをつかもうとしながらも、ハインリヒ批判や擁護という点に重きをおきすぎてやや妥当性を欠くのに比べると、むしろ『女神たち』出版直後に出た書評の方が、言わば後知恵がない分、ハインリヒやその作品に対しては公正であるように思われる。例えば、モンティ・ヤーコプスは一九〇二年にある雑誌に出した書評で、全体としてはこの長篇のディオニュソス的な唯美主義を評価しつつも、作品に三の数が象徴的に頻出することを指摘した上でこう述べている。

このようによく考えられた図式化を見れば、例を見ない狂的な高揚、酔ったようなエクスタシーと狂熱の発揚にもかかわらず、冷静で計算を忘れない思慮分別が作品を支配しているのが分かるだろう。(……)作者はこうした乱舞の発する熱から離れたところに立っているように思われる。ちょうど作家マン兄弟の故郷リューベックが、ヴェスビオ火山からはるか離れているように。(10)

『女神たち』を書いた頃のハインリヒの実像を正確に把握するのが意外に難しく、ともすればトーマスの『非政治的人間の考察』に描かれたような、唯美主義から政治的急進主義に走る文明の文士像をなぞるか、或いはそれへの反発から彼の政治的先見性を強調しすぎるかになりがちなのは、以上の引用からある程度明らかになったことと思う。戦前のレームの主張に対してヴェルナーが一九七七年に反駁しているのはずいぶん間をおいた反応とも見られるが、ハインリヒ・マン研究がそれだけ遅れていたとも言えるし、また七十年代の西ドイツの知的雰囲気が逆にヴェルナーの主張を生み出したのだとも言えよう。(11)ヴェルナーの主張に妥当性があるかどうかはともかく、一九九〇年に出た論文集『ルネッサンスとルネッサンス主義——ヤーコプ・ブルクハルトからトーマス・マンまで』においてすら、(特に『非政治的人間の考察』の頃の)トーマス及びレーム流のハインリヒ観が変わっていないのは驚くべきことだ。この論文集でトーマス・マンを担当しているハノー＝ヴァルター・クルフトは次のように書いている。

マン兄弟は『ブッデンブローク家の人々』と『女神たち』三部作の仕事を並行して進めた。二つの長篇は一九〇一年及び一九〇二年に出版された。トーマス・マンはイタリア体験に対してこの頃はっきり距離をおくようになっていた。ハインリヒはかの「ヒステリックなルネッサンス」の代表となり、「確信をもって放埒に諸々の感覚に」没頭し、「分厚い金メッキを施したルネッサンスの天井と肉厚な女どもに」熱狂したのである。トーマス・マンはこの「ヒステリックなルネッサンス」を「根本的に生と愛を欠く」とし、「身振りは大げさで才能豊かではあるが、生と愛の能力は皆無だ」と評した。彼はデューラーの「騎士、死、そして悪魔」をルネッサンス‐唯美主義とは正反対の自分を表わすものとして飾り、「一つの世界、私の世界、北方的で倫理主義的でプロテスタント的な、つまりドイツ的で、かの放埒な唯美主義とは正反対の世界の象徴とした」のである。[12]

（傍点部分は原文で斜字体）

トーマスからの引用はいずれも『非政治的人間の考察』からのものであり、トーマスを論じた文章だから彼自身からの引用があるのは当然としても、一九〇〇年を過ぎた頃のマン兄弟を概観するのにそれだけで済ませるのは余りに一方的で、片手落ちと言わねばなるまい。すでに一九六九年にヘルベルト・レーナートは『トーマス・マン研究史』の中で、『マン兄弟往復書簡集』前書きでヴィスリングが類似した見解を示しているのを批判し、トーマスが兄のニーチェ・ルネッサンス主義を批判し自己のモラリズムを対置したのは、むしろ自己内部の意識の発露であって、トーマス自身の「個人内部の分裂と争い」(XII, S. 41) という言い方の方が的を射ていると述べている。[13]

そしてそれはトーマスに限ったことではない。ハインリヒが『女神たち』で展開した唯美主義も、そしてこの名称でくくり得ない部分も、時代背景だけで説明し得るものではなく、自己内部の問題意識の発露と見なすことができるのだ。確かにこの長篇が時代の流行であったルネッサンス祭祀を背景とし、ニーチェ主義を根底として成り立っていること自体は否定しようがない。そして『女神たち』を生み出した時点での作者の姿勢は、ヴェルナーの言うような市民社会への批判意識を強調するよりは、（第一章でバニュルの評言を引用しつつ指摘したように）一種の貴族主義と見る方が妥当ではあろう。

第三節　ハインリヒ・マンのイタリアへの愛

『女神たち』は、しかし時代の流行や作家の自己対決だけで説明が完了してしまうほど単純な作品なのだろうか。ハインリヒ・マンがイタリアを舞台にして小説を書いたのはこれが最初でも最後でもない。一九〇〇年以前にはイタリアに材を求めた短篇小説をいくつも書いているし[14]、長篇としては『女神たち』の後にも『小さな町』が上梓されている。『女神たち』が一時期の流行に棹さすだけの作品であったとするなら、その数年後に『小さな町』を創作することがどうしてできたのであろうか。この長篇は、やはりイタリアを舞台とし、ハインリヒの作品中でも評者による毀誉褒貶の差が最も少なく、人によっては唯一後世に残るであろうとすら評する作品であり[15]、トーマスも絶讃しているのである[16]。イタリアという異郷を心から愛し、そこに何年にもわたって住み続けた彼なればこそ、『女神たち』や幾編ものイタリア小説がその手から生み出されたのだということを忘れてはなるまい。『女神たち』における自己発露の第一点は、イタリアへの愛である[17]。

実際ハインリヒ自身、執筆中に友人エーヴァース宛ての書簡で、《今取り組んでいる作品は、精神的な内容を別にすれば、僕個人にとって七年間のイタリア滞在の結実と言ってよいものだ》と述べている[18]。そしてこの後で、まだ南イタリアを十分知っているとは言えないので、これから（作品執筆に用いるために）訪れてみようと思うと書いている。創作する作家に「無垢」と形容し得る時期があるとすれば、彼にとって『女神たち』は、限定付きながらまさにそう呼び得る時期だったのだ。

第一次大戦期のトーマスやその後のレーム流の価値判断にとらわれ過ぎないようにするためには、そして『トニオ・クレーガー』に描かれたトーマスの「イタリア嫌い」の色眼鏡に惑わされないようにするためには、ヴェルナーのごとく社会性を無理に強調するより、若い作家のイタリア体験と、それが作中に現れる際の無垢をそのまま評価する方が有効ではないだろうか。時代の流行や思想的・倫理的な判断を越えた、イタリアへの真摯で無条件な愛情が若いハインリヒの作品には籠められているのであって、我々はそれを素直に認めるべきであろう。ハインリヒ中年期のフランスびいきが、共和制支持という政治的な要請から出ている色合いが濃いのと比べるなら、そうした背景を持たないイタリアへの愛はむしろ若い芸術的感性と読者との幸福な出会いを保証してくれるはずである。

そして『女神たち』における自己発露の第二点は、芸術家という存在の問題性である。これこそがマン兄弟に共通した問題意識であり、二人が違った形においてであれ真剣に取り組み、作品化したテーマであった。弟が『トニオ・クレーガー』でこの問題を真正面から扱ったとすれば、兄はそれを『女神たち』の中にちりばめ、さらに短篇『ピッポ・スパーノ』で再度取り上げた。したがって、次はハインリヒのこの短篇小説を見ておかなくてはならない。

第四章　ハインリヒ・マンの『ピッポ・スパーノ』

『トニオ・クレーガー』が、芸術家を扱った短篇としてトーマス・マンの代表作に数えられるとすれば、同じように芸術家小説としてハインリヒ・マンの代表作とされるのが短篇『ピッポ・スパーノ Pippo Spano』である。またこの二作品は単にマン兄弟の最も有名な小説というだけではなく、互いに密接な関係を持つものと私は考えている。『ピッポ・スパーノ』は英国作家サマーセット・モームの手になる『世界文学百選』に入ったこともあって（トーマスからは『混乱と幼い悩み』が選ばれている）日本でも知名度が高く、邦訳も三種類出ている。しかし『トニオ・クレーガー』と比べるとその内容が一般に知れ渡っているとは言い難い。そこで、まずあらすじを紹介してから分析に入ろうと思う。

第一節　あらすじ

舞台はフィレンツェ。作家のマリオ・マルヴォルトは、ある晩自らの劇作で大成功を収めるが、その後の宴席に長居はせずに馬車に乗ってひきあげる。帰途、彼は自分の創作について色々思念をめぐらす。そもそも俺たちの活動は女のためになされるのだ。女と書物は仇同士だが、女は名声の主にしか興味を持たない。

俺は名声を持っているがそれは虚像で、誤解によって生じたものに過ぎない。俺は女が欲しいと思うが、女は俺のような人種に余りに似すぎているから良い道連れとは言えぬ。まれには情熱をもって自分のすべてを捧げ破滅を厭わぬ女もいるが……。マリオはそんなことを考えてから、先ほど舞台の上から観客席をのぞんで目にとまった女のことを何人か思い出して、一人一人吟味してみる。

帰宅した彼はピッポ・スパーノの肖像の前に立つ。(ピッポ・スパーノとはトルコ人を征服した傭兵隊長〔一三六九―一四二六〕の名で、アンドレス・デル・カスターニョ〔一四二一―五七〕によるそのフレスコ画の模写がフィレンツェの聖堂に掛けてあった。[1])この傭兵隊長は彼にとって、まったき人生を十二分に生きて突然の死に見舞われる強靭な人間の象徴だった。俺は脆弱だから、芸術によっておのれとは全く別の人生を描きその中に生きていけるようにしたい、マリオはそんなことをこの肖像の前で考える。君みたいな強い男が愛するような女、それが俺の理想でもあるんだが――そう思った瞬間、若く美しい娘がこの作家の前に現れたのだ。そして「あなたを愛してるんです」と告白する。

それはジェンマ・カントッジだった。晩に劇場に来ていた娘で、さきほど馬車の中でマリオが思い浮かべた女たちのうちの一人である。田舎から出てきたばかりの伯爵令嬢で、引退間近の道楽者と婚約しているのである。

彼女は言う。私はあなたの作品を読んだ。作中人物の強烈な生き方に共感を覚え、自分の婚約者はこれとは大違いだと感じたから婚約解消の手紙を出して、ここにあなたと愛し合うために来たのだ、と。マリオは驚いて答える。私があいう人物を創作したのは、自分がそうじゃないからなんですよ、と。

令嬢は言う。でも創作できたということは、あなたにも似たところがあるからでしょう。

マリオは作家というものの内実を説明して諫めようとするが功を奏さない。彼は内心ためらいながらも、若く美しく直情径行そのものの娘を受け入れようかと思い始める。彼はピッポ・スパーノの肖像を見る。その肖像は微笑んでいるように見える。そしてこう語っているように。

〈お前は俺を良心のあかしだと思ってきた。そして強さを与えて欲しいと願ってきた。なのにそのざまか？女が来てお前に言い寄っている。お前の血はうずいている。なのに、〔文学のために〕病人どものことを考えたいばかりにこの熱烈な生を放棄してしまうのか。そうするがいい。だが二度と弱者の世界から俺の世界に逃げ込むような真似はするなよ。俺の世界には愛と略奪があるのみだ。そして必要とあらばそのために死ぬのだからな。〉(2)

マリオはジェンマを抱いて寝室に入ってゆく。

ことが済んでジェンマが帰った夜明け、マリオは一人テラスにたたずんで、彼女に手紙を書こうと考え、頭の中で文案を練る。

我々作家にとってすべては芸術作品を作り上げるための素材に過ぎないのだ。あなたもそうだ。この手紙からしてあなたによって作った作品なのだ。

そんな手紙を考えたが、しかしなぜ奇跡のごとく現れた彼女と一緒に死んではいけないのだろうと思い、頭の中で綴った手紙を破り捨てる。

二人は逢瀬を重ねる。彼は仕事ができなくなる。仕事をしないあなたは嫌いよと彼女は言う。気が進まぬまま書くふりをしてみせる彼。ともあれ幸せな時間を過ごす二人。ある日彼は書きかけの原稿を燃やしてしまう。驚くジエンマに、もう書かない、二人が愛し合った後には死しかないのだと彼は説明する。彼女も納得して、一緒に原稿を燃やす。

やがて事件が起こる。彼ら二人の姿が何者かによって写真にとられ、町にばらまかれたのである。ジェンマの保護者たる兄も来週には帰ってきてことを知ってしまうだろう。こうなっては二人は死ぬしかないと考える。二人は最後の愛を交わした後、死のうとする。

マリオはさんざん躊躇した末にジェンマを短刀で刺す。いまわのきわの彼女の目は、今度はあなた自身の胸を刺してと言っている。ところがその瞬間彼は気が変わってしまう。ジェンマの死は単純な死だ。子供として彼女は死ぬのだ。俺は違う。この体験から作品を生み出さずにおいていいものだろうか。彼のためらいを見てとったジェンマは叫ぶ。「人殺し、あなたは人殺しよ!」

いったん部屋から出ていこうとしたマリオは思いとどまってもう一度短刀を自分に突き刺そうとする。しかしすでにこと切れた彼女を前にしながら、彼は自殺を敢行し得ない。彼はピッポ・スパーノの絵に問いかける。「おれはどうしたらいいのだ?」傭兵隊長の恐ろしい微笑を見ている彼は、《進退きわまった河原乞食(Komödiant)だった。(3)》

第二節 『ピッポ・スパーノ』と『トニオ・クレーガー』

さて、次に分析に移ろう。

以下で私は一つの仮説を提出したい。この『ピッポ・スパーノ』は、その成立・内容両面において弟の『トニオ・クレーガー』に大きな影響を受けているのではないだろうか。

A　成立時期の問題

まず成立時期である。この作品は一九〇四年十月に短篇集『笛と短刀 Flöten und Dolche』の一篇として世に出た（ただし本には一九〇五年と印刷された）。しかし書かれたのはそれより一年以上前の〇三年春と推測されている。一九四八年四月二十日付けのカルル・レムケ宛て書簡でハインリヒ・マンは、『ピッポ・スパーノ』を書いたのは一九〇三年の気持ちのよい春でした、と述べているからだ。(4) また一九四七年一月二十九日のレムケ宛て書簡で、長篇『愛を求めて』は一九〇三年二月から夏にかけて執筆され、途中『ピッポ・スパーノ』で中断があったとも述べている。(5)

ここで、『トニオ・クレーガー』が一九〇三年一月末に『ノイエ・ドイチェ・ルントシャウ』誌に発表されたことを思い出していただきたい。『ピッポ・スパーノ』は弟の短篇が出た直後に書かれているのだ。『トニオ・クレーガー』が『女神たち』の直後に出版されたときのように微妙なタイミングだが、この三つの作品はまるで鎖につながれているかのごとく続けざまに書かれているのである。

これは偶然だろうか？　私にはそうは思われない。後で述べるとおり、内容から見ても『ピッポ・スパーノ』は『トニオ・クレーガー』と緊密な関係を持っているのである。ハインリヒがそれをどの程度意識していたかはともかく、この芸術家小説は弟の芸術家小説に触発されて成立したのではないだろうか。確かにハインリヒは、この短篇が弟の小説に刺戟されて生まれたのだとはどこにも書いていない。(6) しかし本人がそう言っていないから影響関係がない、と考えるのは怠慢である。内容面での類似は後で述べるとして、成立時期が接していること以外の状況証拠をいくつか並べてみよう。

まず、この短篇が長篇『愛を求めて』の執筆を中断して書かれたという事実である。長篇を中断して短篇を執筆することと自体は別段珍しいとは言えない。だがこの長篇は、後でも触れる予定だが、弟へのライヴァル意識にあおられてかなり急いで仕上げた作品である。CL版作品集でほぼ五百ページに及ぶ『愛を求めて』をハインリヒはわずか半年で書き上げているのだ。トーマスに比べ筆の速い彼ではあるが、この速筆は『ブッデンブローク家の人々』で名を上げつつあった弟への対抗意識を抜きにしては考えられない。その急ぐべき長篇執筆の合間に、なぜよりによって短篇を書かねばならなかったのか。それには余程強烈な刺戟、もしくはインスピレーションのもとがあったと考えなくてはならないだろう。

次の状況証拠だが、マン兄弟がお互いの芸術家小説についてほとんど何も語っていないという事実である。語っていないからお互いの作品に興味がなかった、とは思われない。むしろ逆で、作品の成立や内容について何か暗黙の了解のようなものがあったからこそ、手紙等でそれに言及することを避けたとは考えられないだろうか。P・d・メンデルスゾーンはその詳細なトーマス・マン伝の第一部で、兄のこの最も成功した作品の一つにトーマスは奇妙なことに生涯一度も言及しなかったと述べている（傍点三浦）。そして別の箇所で、『トニオ・クレーガー』に関するハインリヒの発言は目下残っていないとも述べている。[7] メンデルスゾーンがトーマス・マン伝第一部を出版した一九七五年には確かにそうだった。その後、ハインリヒが『トニオ・クレーガー』に言及した例は一つだけ見つかっている。一九〇三年十二月五日にトーマスがハインリヒに宛てて、兄の作品に関してかなり率直に意見を述べた長大な手紙を送ったことには先にも触れた。この手紙は一九八一年になって発見されたわけだが、弟が用いた便箋の裏に、ハインリヒは返信の下書きを断片的ながら残していたのである。一九八四年に出た『マン兄弟往復書簡集』新版にはこの下書きも収録されているが、そこに次のような一節がある。

我々はまったく同じ理想を抱いているのだ。お前は北方の健康に憧れ、私は南方の健康に憧れている。『トニオ・クレーガー』に関して私は以前言ったことがあったはずだ。平凡さは碧眼の主にだけあるのではないと。(8)

これが一九〇三年十二月初めに書かれていることに注意したい。『トニオ・クレーガー』の発表は同年一月末である。《以前言ったことがあった》とはいつのことなのか。書簡でだろうか。だが現存するハインリヒ宛てのトーマスの書簡(この時期に書かれた弟宛てのハインリヒの書簡は残っていない)を見る限り、そうした痕跡は認められない。無論、現存していない書簡に兄弟のやり取りが書かれていた可能性もあるわけだが、書簡ではなく直接会って話した可能性も少なくないと思われるのだ。

この年の夏ハインリヒはイタリアから、ミュンヘン南部の村ポリングに居住していた母のもとへ帰り、そこで『愛を求めて』を仕上げている。この時期トーマスもポリングにいて何週間か兄弟は一緒に過ごし話し合う機会があった。ところがこのとき二人が何を話したのかはよく分かっていないのである。お互いの書簡、或いは他の友人等への書簡でも二人はこの点に言及していない。メンデルスゾーンはそれを指摘した上で色々推測をめぐらせているが、(9)なぜか『トニオ・クレーガー』について話し合われた可能性には触れていない(もっとも上で述べたように、メンデルスゾーンがトーマス・マン伝の第一部を書いたときには、まだハインリヒの《以前言ったことがあった》という書簡下書きは発見されていなかったが)。だが兄弟は一九〇一年にトーマスがイタリア旅行をして以来久しぶりに顔を会わせたのだから、この年に書かれたお互いの短篇について語り合ったと考えても不自然ではないのではないか。『ピッポ・スパーノ』は完成はしてもまだ発表されていなかったから、兄が弟に原稿を見せたり内容を話したりしたかどうか、確言はできない。しかしハインリヒの《以前言ったことがあった》は、少なくともこのとき『トニオ・クレーガー』については語られた可能性がかなり高いことの証左だと私は思う。

B 内容の類似

次に『ピッポ・スパーノ』と『トニオ・クレーガー』の内容面での類似を指摘しよう。まず全体として見ると、テーマと設定の共通性に気づく。いずれも作家を主人公とし、その作家が一般的な生をまっとうする人々と自分を引き比べて悩む、というのが両短篇の基本的な設定であり、この問題意識が『ピッポ・スパーノ』にあっては最後の破綻を引き起こすのである。

そしてこの類似がはっきり現れるのは、芸術家の本質と仕事ぶりについて作家自らが語る箇所である。具体的に比較してみよう。『トニオ・クレーガー』の主人公はリザヴェータとの会話で、作家というものの仕事の仕方について次のように語っている。

「春は仕事がしにくい、これは確かです。なぜでしょう。感じるからですよ。創造する人間は感じてもいいなんて思ってる奴は、ろくなものを作れませんね。本物の芸術家はこの手の単純な思い違いに微笑むでしょう。ちょっと憂いをこめるかも知れませんが、ともかく微笑むのです。なぜって作品にとって、何を言わんとするかは重要ではないからです。『何を』なんて、それ自体はどうでもいい素材に過ぎません。大事なのは、この素材から遊戯的で落ち着いた優越感をもって美的構築物を作り上げることなのです。内容が余りに気にかかっていたり、心が内容にときめいていたりすると、必ずや失敗の憂き目を見ますね。（……）実際そういうものなんですよ、リザヴェータ。感情は、暖かで誠実な感情という奴は、いつだって凡庸でものの役には立たないのです。（……）人間的なものを演じ《メンシュリッヒエス・シュピーレン》、いじりまわし《ダミット・シュピーレン》、効果的で巧みに表現しようと思うなら、人間的なものとは奇妙に疎遠でよそよそしい関係になっていなくてはならないし、超人間的で非人間的になっていなくてはならないんです。スタイル、形式、そして表現の才能とは、人間的なものに対するこんな冷たく気むずかしい関係を、それどころか人間としての貧困や荒廃をすら前提としているんですよ。」(VIII, S. 295f.)

そしてこの後でもハムレットを引き合いに出してこう語る。

「感情が涙に曇っていても、そのヴェールを通して明察し、認識し、注意深く観察する。そして手と手が絡み合い、唇が触れ合い、目が激情の余りくらんでしまうような瞬間になっても、なお観察したものを微笑みながら脇に取りのけておかなくてはならない——これは恥ずべきことですよ、リザヴェータ、下劣でけしからんことじゃないですか……。」(S. 300f.)

では『ピッポ・スパーノ』では、主人公は芸術家の仕事ぶりについてどう考え、発言しているだろうか。作家マリオは直情径行そのものに舞い込んできた少女ジェンマと一夜を過ごす。そして彼女がいなくなってから、手紙を書こうとして内心で文面を考える。芸術家というものに素朴に憧れている少女に、創作の裏面を教えさとさなくてはと思うのだ。

「ひょっとしたら昨晩ですら私は、堅い堅い抱擁のさなかに、あなたに不義を働いていたかも知れないのです。あの抱擁を表現すべき言葉をあのとき私が考えていなかったかどうか、誰が知りましょう。ジェンマよ、芸術はあなたのライヴァルです。これを見くびってはいけません。(……)

芸術は三者(芸術・戦争・権力)の中で最悪のものです。芸術には他の二つが含まれるのですから。芸術だけがその生贄(=芸術に憑かれた人間)を徹底的にしゃぶり尽くし、真の感情を持ったり、誠実に何かに打ち込んだりすることができなくしてしまうのです。私にとって世界とは、そこから文章を作り上げるための素材に過ぎないのです。あなたは様々なものを(……)目で見て楽しみましたね。私にとって大事なのは、楽しむことではなく、それらを写し出す文章です。黄金の夕べ、泣いている友人、私のあらゆる感情、そして感情が擦り切れていることへの苦しみすら――言葉のための素材なのです。あなたも素材です。ジェンマよ、これは耐え難いことです。(……)

私は、自分自身によって人間を知ることはできません。なぜって、私は人間ではないのですから。人間を装っているに過ぎないのです(Ich bin ein Komödiant.)。[10][11]」

以上、トニオとマリオ、両作家の告白を比べてみれば、内容にとどまらず、表現においてすら少なからぬ類似点があるのに気づくであろう。[12]

そして「告白」という、形式面での一致にも注意したい。トニオのリザヴェータとの会話は、会話と言うよりトニオが一方的に内面をぶちまける告白であり、また作品全体も、故郷とデンマークに旅行した彼がリザヴェータに宛てて書いた手紙で終わっている。『ピッポ・スパーノ』のマリオも、ことが済んでから若い恋人に宛てて芸術家の実態を告白しようとするのである。告白は、いずれの場合も「生」との触れ合いの後に来ている。『トニオ・クレーガー』では、ハンスやインゲに焦がれた時期からリザヴェータとのやりとりまでは時間的に隔たっているが、小説内では故郷を出た後のトニオの経歴は簡潔に紹介されるから、読者はハンスやインゲとの場面からリザヴェータとの会話まではほとんど一つながりのものという印象を持つ。そして主人公はデンマーク旅行でハンスやインゲの同類と「再会」し、その直後にまたもリザヴェータに対して手紙という形で告白を行うのだ。『トニオ・クレーガー』は「生との触れ合い──→告白」というパターンが二度繰り返されることによって成立している作品なのである。

『ピッポ・スパーノ』では「生との触れ合い──→告白」は一度しか起こらない。そして少女宛ての手紙も主人公の脳裏に書かれたにとどまる。しかし、告白が表に出ないことをこの作品の特徴だとするなら、「告白」はすでに最初の章から行われているのだ。自作で成功を収めながら早々と帰途につく彼の内面描写は、創作家というものの本質を暴露するひそやかな告白であって、その観点からするとこの短篇では「告白──→生とのふれ合い」というパターンが二度繰り返されていると見ることも可能である。ともあれ、マリオはトニオと違って「生」への距離を保たなかったが故に相手を殺し自分も破滅するのである。

いずれにせよ、作家という人種の内実を脳裏で少女に向けて告白するマリオを書いていたハインリヒが、意識するしないにかかわらず『トニオ・クレーガー』の影響を受けていた可能性はかなり高いと私は思う。そして弟の芸術家小説の影は単にこの場面だけではなく、作家存在をどう考えるかという意味では作品全体に及んでいるとも言えるし、そもそも『ピッポ・スパーノ』という芸術家小説を一気に書き下ろしたハインリヒの創造意欲に小さからぬひと突きをくれたのが、北方への志向を鮮明に表わした弟の短篇であったと考えても、あながちうがち過ぎとは思われないのである。

C　作品による兄弟の対話

『ピッポ・スパーノ』が『トニオ・クレーガー』の影響下に成立したのではないかという仮説を右で述べたが、弟の芸術家小説がオリジナルで兄のそれが模倣だといった単純な受け取り方をしてはならない。作家という存在がはらむ問題性は、これ以前からハインリヒにとって大きな重みを持っていた。そもそも相手に呼応するものが最初から自分の内部になければ、影響など起こるべくもないのである。作家とは何なのかという問いには、すでに『女神たち』でも少なからぬページ数が費やされていた。大きく見るならば、この時期この問題意識は兄弟作家の双方をとらえていたので、どちらがどちらに影響を及ぼしたかは一義的に決められるものではないとも言えるのである。

さて、『トニオ・クレーガー』が『ピッポ・スパーノ』に与えた刺戟について考えられるところを述べてきたが、この二作品の関係は単にそこにとどまるものではない。別の観点からすれば、『トニオ・クレーガー』が『女神たち』への反応であったように、『ピッポ・スパーノ』は『トニオ・クレーガー』への返答でもあるのだ。この点をも併せて見ておかなければ片手落ちになろう。

『トニオ・クレーガー』の中で市民と正反対の芸術家についてどう言われていたか、もう一度思い出そう。

「チェーザレ・ボルジアや、彼を御輿みたいに担いでいるどこかの酔っぱらい哲学のことなんか考えないで下さい。あのチェーザレ・ボルジアなんぞには私は何の価値も認めないし、これっぽちも買っちゃいないんですから。異常なもの、魔的なものをどうして人が理想として崇めるのか、私には絶対に分からないでしょうね。精神や芸術に永遠に対立するような〈生〉――生とは、我々異常な者たちにとっては、血なまぐさい偉大さや荒々しい美の幻想ではなく、異常なものでもありません。尋常で、品がよく、愛すべきもの、それが我々の憧れる王国なのであり、我々を誘惑する平凡な生なのです。」(VIII, S. 302)

「偉大で魔的な美の道をたどって冒険を重ね、〈人間ども〉を軽蔑する誇り高く冷酷な人たち――私はそういう人たちに目をみはりはしますが、うらやましいとは思いません。」(S. 337f.)

ハインリヒがこれをどの程度自分への批判と受け取ったか、はっきりとは分からない。上で述べたように、トーマスが『フライシュタット』誌に載せた『女神たち』批判は一九〇三年末になってからハインリヒの目にとまったのであり、『ピッポ・スパーノ』執筆時にはまだ彼の知るところではなかった。また後年、第一次大戦期になってから兄が弟に当てた手紙の下書きに《お前の攻撃は、『フライシュタット』という雑誌の頃から最新刊の本〔『非政治的人間の考察』〕に至るまで続いている》とある。(13) とすると、『トニオ・クレーガー』を読んだハインリヒは、恐らく弟がルネッサンス崇拝やその刻印を帯びた長篇に一定の態度表明をしたとは感じても、真っ向から自分を批判しているとは感じなかったのではないか。しかしともあれ弟なりの態度表明に接した彼は、自分の方でも態度を明らかにしておこうと考えたのだろう。また一九〇三年末に兄が弟に書いた手紙の下書きもここでもう一度思い起こしてみたい。

我々はまったく同じ理想を抱いているのだ。お前は北方の健康に憧れ、私は南方の健康に憧れている。『トニオ・クレーガー』に関して私は以前言ったことがあったはずだ。平凡さは碧眼の主にだけあるのではないと。

つまりハインリヒは『トニオ・クレーガー』による弟の態度表明に接し、自分なりの態度を明らかにしようと考えつつも、弟がその芸術家小説で表現した北方的な素朴さへの志向は自分に無縁なものではないとも感じていたのである。『ピッポ・スパーノ』はだから、「南方の健康」に憧れる気持ちを表明し、南方的な「平凡さ」を表現したものと見ることができよう。そうしてみると、ハンスやインゲに対応する存在が、つまり「南方の健康と平凡」が、ジェンマなのだと考えられよう。彼女は貴族の令嬢として気位の高さを見せながらも、田舎から出てきたばかりの十代の娘としての純朴さをも併せ持ち、恋愛遊戯とは無縁で、著名な芸術家マリオに素朴に恋し、世間に二人の関係が知れ渡るとマリオの言に率直に従って死に赴くのである。行動派の美女という設定自体は『女神たち』のヒロインと類似しているが、自分が何よりも大事で他人はそれを引き立てる従者に過ぎなかったヴィオランテ・フォン・アッシィと比べると、芸術家をナイーヴに信じそれに従う点で、ジェンマの「南方的な健康と平凡」がはっきり感得できるようになっているのである。作品の最後でマリオが彼女の死を「子供としての死」だと思うのは、物事を絶えず裏返して考える芸術家とは対極的な存在である彼女のあり方を表わすものと言えよう。

次に、芸術家像の方に行こう。『トニオ・クレーガー』では、唯美主義芸術家が《偉大で魔的な美の道をたどって冒険を重ね、〈人間ども〉を軽蔑する誇り高く冷酷な人たち》と暗示的ながら揶揄されていた。これに対してハインリヒは、マリオという脆弱な作家像を通して芸術家の内実を暴露し、自己の芸術家認識を表明したと考えられる。作中に登場する人物がすなわち作者なのだと思い込むジェンマに、自分がそうじゃないからこそ逆にああいう人物を創造するのですとマリオが教える場面などは最も分かりやすい例だが、マリオが傭兵隊長ピッポ・スパーノの像の前でこう独白するところは、より直截的にハインリヒの文学観を物語っていよう。そしてそれは『トニオ・クレーガー』に対しておのれの文学的特質を主張し、『女神たち』を擁護したものと見てよい。

「いいかい、私はそういう陶酔に恋焦がれている。私は実際にそれを体験するには脆弱だし醒め過ぎている。だからこそ自分とは違った人間を創造するのだ。（……）我々の芸術は魂の中産階級を代表している。もう七十年も前からつまらぬ神経衰弱症が市民たちの間に蔓延している。毎日数枚の銅貨や一枚の白銅貨のために一喜一憂している有様だ。芸術家は閉塞した自分の魂を、いつも自分の魂だけをこと細かにほじくり回し、哀れな心情を明るみに出してはこざかしく見せびらかす。芸術家は敵対するイロニーをもって、強くて色鮮やかに生きているものすべてから目をそらしまばたきするのだ。

だが私はこう生きようと思う！　浪費をしよう。短い生涯の間に我が芸術によって第二の強力な生涯が生み出されるようにするのだ。弱い自分のことなど知りたいものか。弱さについては今だって嫌というほど分かっているからな。私は自分にない美を、自分にない苦しみを知りたい。全く自分にないものをだ。[14]」

こうつぶやくマリオは最後に破滅に至るのだが、だからといって彼の芸術観を無効なものと見なす必要はあるまい。作中で没落する者の行為や言葉は、すべて作者に批判され否定されるために描かれているのだという素朴な見方をもってしては、ついに文学の真実に迫ることはできないものだ。

D　ハインリヒ・マンの二元論的思考

『トニオ・クレーガー』からの影響、及び同作品に対する反応という点から『ピッポ・スパーノ』を見てきた。この芸術家小説について、さらに若干、『女神たち』や『トニオ・クレーガー』とも比較しつつ分析を続けよう。

まず主人公の命名に注意しよう。マリオ・マルヴォルト（Mario Malvolto）という名は純イタリア風で、その点で（ファーストネームがイタリア風、ファミリーネームが北ドイツ風という）トニオ・クレーガーと対蹠的である。Ma-Ma という姓と名の頭韻は、むしろトニオ・クレーガーが憧れた級友ハンス・ハンゼン（Hans Hansen）を思わせる。

その一方で、姓の Malvolto はイタリア語で「悪事をたくらんだ」の意である。また、「憎まれる、嫌われる」の意である malvoluto をも容易に連想させる。したがってマリオ・マルヴォルトは「悪事をたくらむマリオ」「憎まれるマリオ」を意味することになる。ところで『女神たち』では劇作家の名がギニョール（人形）であった。芸術家に命名するハインリヒ・マンはしばしば寓意的な含みを持たせているのである。

そして前作『女神たち』に登場した芸術家がどういう人間であったか、もう一度思い出そう。女流彫刻家プロペルツィアは恋人の裏切りがもとで自殺し、女流詩人ブラは生の権化のような美青年に殺され、作家ギニョールは自作を演じる公爵夫人を見て文学の無力を痛感し、画家ヤーコプスは最後に筆を捨て、「私は娘を描く必要がない。だからこそ娘は美しいのです」と再会した公爵夫人に語る。芸術家は全員無力で、「生」に対する「芸術」の劣勢を痛感していたのである。ヒロインの公爵夫人は第二部で美術に凝るが、それはあくまで収集家としてであって創作家としてではなかった。

Ｐ・ｄ・メンデルスゾーンはトーマス・マン伝の第一部で、短篇『ピッポ・スパーノ』でハインリヒのダヌンツィオ風は終わりを告げ、自分の生を生きずに素材によって生きる芸術家の正体をあばいているとしているが、(15)これは二重に間違っている。第一に上述のとおり、ハインリヒの描く芸術家像は『女神たち』でも『ピッポ・スパーノ』でも基本的に変わっていない。第二に、この短篇が書かれた動機をメンデルスゾーンは十分に洞察していないのではないかと思う。弟の芸術家小説から受けた刺戟についてはすでに述べたが、それ以外にもう一つ重要な要素が考えられる。ドイツを描くことからの逃亡である。先に第一章で、ハインリヒのフロベール模倣について言及した。フランスの巨匠が『ボヴァリー夫人』のような写実主義小説と『サランボー』のようなエキゾチックな異郷小説を交互に創作したのを意識的にまねて、ハインリヒは同時代のベルリンを描いた『逸楽境にて』の直後にイタリア等を舞台とした『女神たち』を執筆した。そして『女神たち』の後に彼は再び現代ドイツを舞台とした長篇『愛を求めて』にとりかかるのだが、それを中断して『ピッポ・スパーノ』を書いたのは、ドイツを描くことに嫌気がさしてイタリアを描きたくなったという創作心理上の理由があったのではないか。たとえどれほど無力で卑劣な芸術家像を描こうとも、イタリアを舞台とした作品を書くときハインリヒの筆は躍動する。文体がドイツを舞台とした小説とは明確に異なってくるのである。(16)その意味で、『ピッポ・スパーノ』は『女神たち』から一歩進んだ作品というより、唯美主義的な長篇のミニチュア版、或いは余滴と言った方がよい。

最後に、「生」と「芸術家」の対立ということに関連して、ハインリヒ・マンの思考法について触れておきたい。

結論から言うと、ハインリヒの思考法は二元論的であり、それが作中の生と芸術家の関係に端的に現れている。芸術家とは生とは相容れない存在であり、生をまっとうしようとすれば創作をやめるしかない。『女神たち』のヤーコブスは、公爵夫人をウェヌスとして描こうとして彼女と実際に寝てみるが、そうなるとかえって彼女を描けなくなってしまう。そして絵筆を折った彼は初めて率直に我が娘の美しさを語れるようになるのである。同様に『ピッポ・スパーノ』のマリオはジェンマと真摯な恋に落ちると、作品を書けなくなり、ついには原稿を燃やしてしまう。(17)

ハインリヒの作品ではこのように「生」と「芸術」は二者択一なのであり、決して両立し得ず、いつでも「芸術」の敗北で終わっていた。『女神たち』で芸術家が常に行動する人間、生をまっとうする人間に敗北していたという事実は、ハインリヒが「芸術」を仮構のむなしい行為とする見方を根底に秘めていたことを意味する。これは、本書の後半部で見るように、「芸術のための芸術」を捨てた後、政治に活路を見出していくハインリヒの人生行路を予見させる思考法だったと言えよう

これをトーマス・マンの場合と比較してみよう。『トニオ・クレーガー』はどうか。一見すると、「市民対芸術家」という構図を持ったこの作品も同様に二元論的と思われるかも知れない。だが実際は違うのだ。主人公は素朴な生が芸術に関心を持たぬことを知りつつ、しかしそうした素朴さと無縁な世界に身をおいて創作をするような芸術家にも疑問を持ち、生を愛しつつ創作を続けていこうと決心するのである。生か芸術かという二者択一は主人公によって退けられる。「これからはもっといいものを書きますよ」と主人公は最後にリザヴェータへの手紙で誓う。言い換えれば、この作品の二元論風の構図は見せかけに過ぎない。トーマスにとって二元論とは口実なのであって、ある存在を浮かび上がらせるための単なる手段なのである。

兄弟のこの違いは、以後の二人の歩みを見ていく際にも重要な意味を帯びてくるので、注意を喚起しておきたい。

第五章　ハインリヒ・マンの『愛を求めて』

ハインリヒ・マンは一九〇三年十一月に長篇小説『愛を求めて Die Jagd nach Liebe』を刊行した。前作長篇『女神たち』の刊行から丸一年たっていない時期である。分量でいうと『女神たち』三部作全体の半分強ほどであった。この長篇にも邦訳はないが、『女神たち』の場合と違って詳しく内容を紹介する必要を覚えないので、まずごく簡単にあらすじを紹介し、次に作中に現れるテーマやモチーフ、作者と作品の関係から出てくる問題点などを指摘し、それから作品評価に入っていくという順序をとりたいと思う。あらすじについては、内容分析に入ってから触れている箇所もある。

第一節　あらすじ

ミュンヘンの土地投機家の息子クロード・マレーンは、父の死によって莫大な遺産を相続する。しかし明確な生きる目標を持たないクロードは享楽に溺れて怠惰な毎日を送っている。彼の後見人で金と女に目のないパニーア、父の友人で母の情夫であるフォン・アイゼンマン、医師マットハッカーらを初めとして、多数の男女がクロードの周囲に出没し、享楽を共にしたり、金をせびったりする。

そんな彼にとって唯一真剣な関心の対象となっているのが、女友だちのウーテ・エンデである。彼女は女優になろうとして必死の努力を続けている。彼女にとっては芸術たる演劇がすべてである。クロードは彼女を心から愛し、金銭上からも精神面からも援助を惜しまないが、彼女の方は演劇だけに心を向けているので彼の愛情に応えようとはしない。彼女は演劇に一定の地歩を占めるためにはどんな犠牲も厭わないが、クロードに対しては常に女王然とした態度で臨み、心も体も許さない。クロードはそんな彼女に時として反発を覚えつつも、執着を断ち切ることができず、彼女のために家作りをしたりするが彼女を我がものにすることはできない。

クロードはついにウーテのために劇場を建設し、彼の取り巻きの一人である詩人に書かせた劇を、彼女を主演にして演じさせる。しかし劇は惨憺たる失敗に終わり、経済状況の芳しくない時期に無理な資金繰りをして劇場を建設したこともあってクロードは破産して管財人下の暮しを余儀なくされ、劇場は人手に渡る。一方、失敗に終わった劇の中でもただ一人主演として好評を博していたウーテは、これを機に首都ベルリンの劇場に進出する足がかりをつかむ。そのために彼女が有力者に自分の肉体を与えるほのめかしをしたことを知ったクロードは、憤激して彼女を犯そうとするがなし得ない。彼女はベルリンに移り、傷心の彼は僅かばかりの金を持ってイタリアに旅立つ。

フィレンツェでクロードはジルダ・フランキーニという元女優と再会する。彼女はかつてデュレンという町の劇場でウーテと人気を競い、町中の男の愛人同然だと言われていた女である。演劇＝芸術のために他を省みないウーテと比べると多情型という点で正反対の性格であった。彼は彼女と同棲するようになる。そのために思わぬ冒険に巻き込まれたりするが、最後に二人はガルダ湖畔に逃避行の旅をし、そこで彼女は病死する。自身も体調が思わしくないクロードは知合いの医者に付き添われてミュンヘンに帰り、死の床に伏す。父からクロードの死が近いと聞いたウーテはベルリンから戻り、病み衰えた瀕死の彼を初めて愛撫し、彼の遺産の残りを得る。そして最後にウーテが、クロードがあれほど待ち望んだ言葉「あなたを愛している」を口にしようとするところでこの小説は幕となる。

第二節　テーマとモチーフ

A　虚弱な末裔

明確な目標を持たず享楽に時を過ごす主人公クロードは、生きる意志を失った虚弱な末裔である。このテーマは前作『女神たち』でもヒロインのヴィオランテに幾分か現れていたが、ここではっきりした形をとって前面に出てきている。『愛を求めて』冒頭はウーテとその友人ベラの会話で始まるが、そこで、普仏戦争の頃の男たちはたくましかったが最近（世紀転換期頃）の男は私たち女より弱いと語られているのは（GW, S. 8, CL, S. 9）[(1)]、クロードのこの側面を表現したものである。戦争や国家樹立といった大義名分を失った時代に、末裔たちは裕福ながら堕落した生活を送っているのである。

B　弱い男と強い女

Aで述べたことと関連するが、主人公クロードは精神的に脆弱であり最後には病死してしまうのに対し、彼が思いを寄せるウーテは強い意志を持ち、芸術＝演劇で大成するために邁進する。こうした弱い男と強い女の組み合せは、初期ハインリヒにあっては一定のパターンであり、それがここでも変わらずに現れていると言ってよい。長篇小説第一作の『ある家庭にて』では、あらゆる価値は相対的なものだというディレッタンティズムに冒された主人公が弱い男であり、ウーマンリブに共鳴する若妻が強い女となっている。『女神たち』ではヒロインのヴィオランテは末裔意識を持ちながらも強い女として様々な生の局面を経験していくのに対し、美しい彼女に群がる男たちは、王子といい革命家といいジャーナリストといい芸術家といい、そろって弱い男ばかりである。彼女の真の恋人となる青年ニーノにしても年下の男であり、精神的にはヒロインの支配下にある。前章で論じた短篇の代表作『ピッポ・スパーノ』でも主人公のマリオは造型に生き行動に逡巡する気弱な芸術家だが、彼に憧れる若い女ジェンマは直情径行タイプで行動をためらわない。

以上のAとBから何が読みとれるか。ハインリヒの小説にあって男はハインリヒ自身の抱える問題性を体現しているのに対し、女はその対極の理想化された存在だということである。言い換えれば男は自分、女は他者なのである。これはハインリヒがボヘミアン的生活を送り様々な女と交渉を持ったこととといささかも矛盾しない。むしろ女が他者だからこそ好んでつき合ったというのが実際のところだろう。官能やエロティシズムというのは他者性に由来するからである。なお、女の強さについては「女＝自然」という図式もあり、それ故に女は崇拝されるべきだという会話も作中出てくる（GW, S. 180, 195, CL, S. 232, 252)。

しかしヴィオランテ―ウーテと続いた強い女の系譜は、ここで一段落する。すでにこの『愛を求めて』の中では芸術＝演劇一本槍で人間的な感情を顧みないウーテに対してクロードが非難の声を上げていて（GW, S. 44, CL, S. 56f.)(2)、それは猪突猛進型のウーテに対する正当な批判だと感じられるような筋の運びになっている。作品の後半で破産したクロードがイタリアに旅してジルダ・フランキーニと出会うのは、ウーテ批判を筋書きの面から裏打ちしたものと言える。彼女は多情で、アフロディーテ＝ウェヌス型であり、ディアナ＝アルテミス型のウーテとは対蹠的な女性である。クロードと同棲しても彼に感情のすべてを捧げているわけではなく、自分に思いを寄せる老伯爵に色目を使ったり、警察勤務の男に憧れたりと、かつて女優時代に町中の恋人と言われた女にふさわしい生き方をしている。しかしかたくなに過ぎるウーテに長い間つき合わされた読者からすると、ジルダのような存在は砂漠のオアシスに見える。彼女は、ハインリヒの次の長篇『ウンラート教授』で堅物教授の恋人になる歌姫フレーリヒを先取りした存在と言えよう。ハインリヒの作中に現れる女性像がここで変わり始めているのだ。

C　芸術家と市民の問題

弟の『トニオ・クレーガー』のテーマであり、自身の『女神たち』や『ピッポ・スパーノ』でも扱われていた芸術家の問題は、ここにも姿を見せている。

まずヒロインのウーテである。彼女にあっては演劇＝芸術が万事に優先する。彼女の強さは、芸術というものの価値を信じきっていて、偉大な女優＝芸術家になるのは素晴らしいことなのだと確信しているところから来ている。これは普通の市民を俗物として見下す態度と軌を一にする。例えばウーテは、クロードの母やその情夫のフォン・アイゼンマンを指して莫迦な市民と言い、私たち芸術家はそれとは違った人種で、普通の市民を軽蔑しているのだと誇らしげに語る（GW, S. 45, CL, S. 58)。

しかし彼女がそう信じれば信じるほどに態度は高慢になり思考は硬直化する。そもそも芸術家の価値を信じて疑わないウーテの態度には本質的な矛盾がひそんでいる。女優として大成するとは観客から歓呼をもって迎えられることであり、自分が軽蔑しているはずの市民に認めてもらうことに他ならない。（市民に憧れながら一抹の軽蔑をも禁じ得ないトニオ・クレーガーのことを想起したい。これは芸術家と市民性を考える場合必ず出てくる矛盾なのである。）この自己撞着を作中提示するのは、またしてもクロードの役目である。デュレンの町の劇場で自分と人気を競っていたジルダを、ウーテはクロードの手を借りて首尾よく追い出してしまう。（ジルダは最終的には愛人と共に失踪し女優の地位を捨てる。）それで彼女は劇場で成功を収めるのだが、ジルダの得ていた成功と同列の成功にウーテは疑問を抱く。そのことを彼女からの手紙で知ったクロードは、こう考える。《彼女は成功を吸って、成功によって生きている。芸術の判定者として信用していない者たち全員に認められることを、彼女は必死で求めているのだ。》(GW, S. 278, CL, S. 360)

このウーテの硬直性が、対極的な女性ジルダを再度登場させる契機となり、芸術信奉とは逆の「人間性」を表現する後半部を導入する。

作中登場する芸術家はウーテだけではない。クロードの取り巻きの一人である詩人シュピースルもそうで（このシュピースル〔Spießl〕という名は暗示的である。俗物〔Spießer〕を連想させるからだ。『女神たち』や『ピッポ・スパーノ』で芸術家に否定的な暗示のある名がつけられていたことを思い出していただきたい）、クロードと彼との会話でも、芸術家は市民を軽蔑しながらその市民に驚異の目で見られたいという名声欲にとりつかれているという指摘が出てくる（GW, S. 61, CL, S. 78）。しかしシュピースルは最後には芸術を捨てて平凡な娘と結婚し保険会社勤めをするようになる。

やはりクロードの知合いである詩人ペメルルも、妻が身近にいると詩が書けないので敢えて遠ざけて女に寄せる詩を書くと述懐する。詩作のために妻を見捨てるのかと訊くクロードに、不幸な気分に自分をおかないと詩が書けないのだと詩人は答える（GW, S. 113f. CL, S. 147f.）。

D 「芸術家＝ジプシー」の図式

芸術家＝ジプシーという、『トニオ・クレーガー』に共通する図式も登場する。

第八章でクロードは、田舎劇団の公演を終えてミュンヘンに帰ってきたウーテと再会し、二人はミュンヘン郊外のヴァルヒェン湖畔に保養に出かける。そこにミュンヘンでのクロードの取りまきが多数押しかけてくる。その日、彼らの乗った馬車が危うく緑の馬車に追突しそうになる。それはジプシーの芸人一家が乗った馬車だった。彼らを怒鳴りつけるパニーア。クロードが、なぜ村で上演しないのと訊くと、村長に禁止されたのでという答が返ってくる。双方の馬車が離れていく間、ジプシーの娘二人をじっと見つめるウーテ。

宿屋に着いて食事の注文をしている間に、さきほどの緑の馬車がやってくる。そしてヴェランダの客たちを前にして綱渡りや踊りの芸を披露する。上演が終わって客の間を金集めに回る少女二人。客の様々な反応。パニーアが少女の小銭皿を乱暴に叩いたのでコインが飛び散ってしまう。金をやって出身地を訊くクロード。

ウーテはパニーアに、「あなたは自分をあの人たちよりましな存在だと思っているのですか、それは思い違いですよ」と言う。驚く取りまきにウーテは「私だって劇場にいたんですからね」と言い、芸人や演劇人の生活の方が、普通の俗っぽい市民の生活より生きていると言うに値するのだと弁じたてる。そして見物人の俗物に比べたらあの二人の少女は……と言いよどむウーテの言葉を引き取って、クロードが「王女様だね」と結ぶ。

金を集めて戻ってきた少女たちに皿の中身を尋ねたマットハッカーは、その少なさを見て、あなたならいくらで綱渡りをしますかとウーテに訊く。それを受けてウーテは綱渡りをし、ジプシーの少女から皿をひったくって客の間を回り金を集める。当惑しながらも金を出す客たち。パニーアやマットハッカーも入れる。クロードも再度入れようとするが、ウーテはそれを拒んで、あなたはこちらの一員だからと言う。クロードは考え込む（GW, S. 200ff. CL, S. 258ff.)。

以上、演劇人・芸術家と普通の俗物市民を対置させ、ジプシーを前者の一員と見て共感を寄せるウーテの姿勢が、図式的と言えるほど明白に現れる箇所であり、やや通俗的な匂いがないでもないが、舞台や映画にすると映えそうなシーンである。

トーマスの『トニオ・クレーガー』とハインリヒの『愛を求めて』及び『ギュスターヴ・フロベールとジョルジュ・サンド』のジプシー・モチーフ（第九章第四節B参照）は、明確に二人が互いの作品を意識しつつ書いたものと考えてよかろう。

E 兄妹愛のモチーフ

最後に死ぬ間際のクロードと肉体的に結ばれるまで、ウーテは彼とプラトニックな関係を保つ。無論それは彼の望むところではなく、ウーテの強い拒絶によって強制されたものであるが、そうした筋書きとは別に、作者ハインリヒの私的な感情がここに込められていることは見逃せない。ハインリヒの、下の妹カルラへの近親相姦的な思いが投影されているのだ。(3)

カルラはハインリヒより十歳年下で、ウーテ同様女優を目指して修行に励んでいた。この『愛を求めて』に描かれたウーテの様々な言動は、カルラのそれを模した部分が多いと言われる。しかしカルラは女優としては大成せず、結婚による引退を試みたがそれも怪しくなり、『愛を求めて』発表の七年後、一九一〇年に二十九歳を目前にして自殺することになる。ある意味では「芸術」に復讐される運命をたどったわけで、作中の「芸術」に凝り固まったウーテの形姿と比較するとなかなか示唆的と言える（第九章第三節を参照）。

作中現れる兄妹愛モチーフを若干挙げると、ニュンフェンブルクを訪れた二人が会話を交わすシーンがある。ウーテがクロードに「あなたは本当に私の兄みたいだわ」と言ったのをきっかけに、彼は一つのエピソードを語る。友人のゲバウアーは父を失い財産もなかったので、十八歳から働きに出、妹をベルリンの音楽学校に通わせていた。しかし妹が金欲しさに某男爵と関係したのを知って自殺したのだった。この話を聞いたウーテは、彼は妹に惚れていたに違いない、私たち女には分かるわと言ってクロードを仰天させる（GW, S. 80, CL, S. 104f.）。

この後、クロードとウーテの関係は兄妹の関係だという表現は何度か出てくる。例えば破産したクロードが成功してベルリンに出ようとしているウーテを襲うシーンで、僕を愛せないのかと迫る彼に彼女が「あなたは私の兄よ」と言い返す場面がある（GW, S. 305, CL, S. 395）。

F　ミュンヘン市民社会の戯画

クロードの自堕落な生活は、単に彼一人の問題ではない。彼を取り巻く多数の市民たちが繰り広げる金欲・愛欲・名誉欲・気まぐれ・暇潰し等々の破廉恥な様相は、世紀転換期のミュンヘン市民社会の実像を描いたという側面が大きいのである。その意味で『愛を求めて』はいわゆるモデル小説の範疇に入る。クロードの姿にその頃芸術家のパトロンとして有名だったアルフレート・ヴァルター・ハイメルの行状が反映しているのを初め、様々な登場人物のモデルに実在の人間が利用されていることは、当時ミュンヘンに暮らしている人間には容易に分かったという。(4) ただしこれによってハインリヒは弟トーマスや上の妹ユーリアと気まずい関係に陥ってしまう。(5)

G　芸術都市ミュンヘンとユーゲントシュティール

この小説は単にミュンヘン市民の戯画であるばかりではなく、芸術都市ミュンヘン、そして世紀転換期のドイツを席捲したユーゲントシュティールを作中材料として提示し、時代と場所の雰囲気を伝えている点で少なからぬ資料的価値を持っている。（第二章第四節で述べたように、《ミュンヘンは輝いていた》という書き出しを持つトーマスの短篇小説『神の剣』も当時の芸術都市ミュンヘンの雰囲気を伝えている。）クロードがウーテのために家作りに熱中する箇所では、家の室内装飾などにユーゲントシュティールの様相が詳しく描かれている。(6) また、老いたパニーアが若く虚弱なクロードを尻目に精力的に若い女を追い回し征服し続ける部分には、当時の『ユーゲント』誌によく見られた「老いた強い男と若い女」という構図が影響しているとする指摘もある。(7) ただしそうした素材をハインリヒが十分嚙み砕いて小説中に活かしたか、生の素材としてぶちこんだものの十分に活かしきれなかったかは判断の難しいところである。(8)

H　労働者・社会問題

周知のように近代小説は市民社会から生まれ、その風俗を背景に市民階級の様々な人間模様を描くことで発展を遂げた。しかし第四階級の台頭と共に労働者を描くべきだという声も高まってくる。ハインリヒについて言えば、処女長篇『ある家庭にて』、飛躍を遂げた第二長篇『逸楽境にて』、そして唯美主義的な第三長篇『女神たち』に至るまで、一貫して市民階級や貴族を主要登場人物とする長篇小説を書いてきた。短篇は必ずしもその限りではなく、初期の『寄る辺なし Haltlos』（一八九〇年）という作品では、貧しい娘と関係を持つ裕福な若者のやましい心を描いているが、[9]少なくともそれをもってハインリヒの社会的関心の所在を全面的に強調することはできない。

この『愛を求めて』もその意味ではそれまでの彼の路線を大きくはずれるものではないが、途中労働者階級の若者が登場する場面があって、幾分目を惹くとは言える。

クロードがたまたま知り合ったネリーという女の子の兄が労働者で、パニーアを交えて食事をするシーンがある。そこで労働者と市民の確執が話題になったり、たまたま地所の所有者として僕の名が記されているがこの労働者の名が記されていたら立場は逆転するのだといったクロードの発言がある。その一方で老獪なパニーアは、そうした言いぐさは親に稼いでもらったお坊ちゃんのものだと揶揄する (GW, S. 127ff. CL, S. 164ff.)。

『愛を求めて』という長篇全体が様々なエピソードの集積からなっており、全体を統一するテーマを探すのは困難であるので、労働者問題がこの長篇で重要な位置を占めているとは言えないが、ともかくも一つのエピソードとして労働者が出てくることは確かである。

Ⅰ　イタリア

破産後、管財下におかれ、ベルリンに去ったウーテとも別れたクロードはイタリアに傷心の旅をし、そこでジルダ・フランキーニと再会する。これはウーテという女性と別れて対蹠的な女性と出会う体験であり、同時にドイツを離れてイタリアに身をおく体験であって、この二つは同じものと言える。

その出会いがプッチーニのオペラ『マノン・レスコー』観劇の最中であるのも偶然ではない。そもそもクロードのイタリア体験を綴った章の題が「マノン」となっているのである。ハインリヒ・マンがプッチーニを知ったのはこの『愛を求めて』を書くわずか三年前の一九〇〇年のことであったが、イタリアオペラを代表するこの作曲家に彼はたちまち魅せられたようだ。[10] 逃避行の異国で最期を迎えるというジルダの運命はマノンそのままであるし、クロードとジルダの関係はオペラの筋書きと相当重なる部分がある。[11]
しかしイタリアという異国、ジルダという多情型の女性との出会いもクロードを救うことにはならず、彼はミュンヘンに帰ってウーテに看取られながら死ぬことになるのである。

第三節　評　価

この長篇小説はどう評価されるべきか。
出版直後の一九〇四年初めに或る書評子はこう書いた。

彼の最新長篇を読むと失望がひどくて、先の二長篇の出来ばえまで疑いたくなってくるほどだ。(……) 単なるデータの切り貼りである本書は芸術とは到底言えず、我々の趣味に反し、最初から低水準のモデル小説の匂いを芬々とさせている。[12]

代表的なハインリヒ・マン研究家であるカントロヴィチュは一九五八年にこう述べている。

この作品は、刺戟的なところが多いものの一様な緊張感には欠けており、全体が完成する以前にすでに第一部が植字機にかけられたのであり、読んでみると急ぎすぎの感じがあることは否めない。直前の長篇三部作

『アッシィ公爵夫人』のような息の長さや豊饒さや輝き、この後に書かれる『ウンラート教授』の鋭い批判精神はこの作品にはない。(13)

カントロヴィチュの『愛を求めて』評価はこれでおしまいではなく、長所を称揚する文章が後に続くのだが、右の文章は作品の本質を端的に言い表してしまっていると見てよい。

シュレーターは、この長篇が半年という短期間で仕上げられたことが弟トーマスを仰天させたと述べた上で、構成の緩さを指摘し、世紀末ミュンヘンの投機模様や芸術家像を活写してはいるものの、《時代・文化批判に用いられた材料全体は、しかしむなしい愛の物語の貧弱な内容を救ってはいない》と断言している。(14)

『キントラー文学事典』(旧版)はこの長篇について次のように記述している。

この長篇の弱点は、個人的な愛の物語と、デカダンスという心理的芸術家的な問題の批判的な扱いとが、十分かつ整然と結びつけられていないところにある。『愛を求めて』は第一次大戦以前のハインリヒ・マンの長篇の中で最も首尾一貫せず構成の杜撰な作品であろう。筋の展開はしばしば途切れ、通俗小説的要素や効果狙いが目立ち、文体は性急でセンチメンタルに流れている。(15)

P・d・メンデルスゾーンはそのトーマス・マン伝第一部で、トーマスが友人クルト・マルテンスに《兄の最新長篇を読んで途方にくれている》と書いたことに触れながら、(16)次のように述べている。

トーマスがこの作品を読んで途方にくれたのは、今日の読者にも納得のいくことである。今日の読者の方がもっと途方にくれるかも知れない。わずか数カ月で書き上げられたこの大部の小説が織りなす世界は、外的な筋立てといい内的な一貫性といい、いかに想像力をめぐらせようとも容易に捉え難いからである。この長篇が、『公爵夫人』に見られた生と美への熱っぽくエロティックな讃歌と、ドイツ・ヴィルヘルム朝社会への批判を強める方向性との狭間にあって、この両極の間でふらついていることは明瞭である。(17)

以上のように否定的評価が目につく。もっとも、逆の評価がないわけではない。アメリカの翻訳家でトーマス・マン研究家でもあるリチャード・ウィンストンは、トーマスの前半生を綴った評伝の中で、《『愛を求めて』は恐ろしく急いで執筆された作品だが、ハインリヒの小説としては出来のいい部類に入る。しかしトーマスにはそれが分からなかった》と書いている。(18)しかし具体的に『愛を求めて』がどういう点で優れているのかには触れていない。いささか邪推するなら、作品そのものをきちんと吟味せずに二次文献の評価をそのまま受け入れたのではないかという想像もできなくはない。

ウィンストンが二次文献として利用しているハインリヒ・マン研究書の一冊がアンドレ・バニュルによるハインリヒ・マン・モノグラフィーであるが、バニュルはそこで、『愛を求めて』はハインリヒの書いたものの中でもよい作品として残るかも知れない、早く書いたなりの利点もある、ドイツの『感情教育』だ、と述べている。(19)

私が見るところ、バニュルはかなりハインリヒの自己解釈に惑わされているのではないか。一九〇五年に書かれたエッセイ『ギュスターヴ・フロベールとジョルジュ・サンド』でハインリヒはおのれをフロベールに擬しているのだが、そこでフロベールが同時代批判を旨としたリアリスティックな作品と、ロマンティックな異国趣味に彩られた作品を交互に書いたことを強調している。[20] ハインリヒ自身かつて出版主への書簡で、フロベールが《いとわしい市民を扱った作品を仕上げたら、何か美しいものを書きたい》と言ったのを意識的に模倣して、《ありきたりの市民を描くのにはうんざりしました。ダルマティアに向かいます》と書いたのであった。[21] このフロベール模倣をそのまま延長するなら、『ボヴァリー夫人』が『逸楽境にて』、『サランボー』が『女神たち』、そして『感情教育』が『愛を求めて』ということになる。確かに同時代の裕福な青年の寄る辺ない心情と行動を描いたという点では共通性があろう。しかし作品の出来ばえはそれとは別次元の話である。フロベールがいつもながら時間をかけて表現を練り上げ、感傷と無縁な筆致でフレデリックやアルヌー夫人を描いたのに対し、執筆を急いだハインリヒの表現は落ち着かず気まぐれで、クロードやウーテを描く筆致は感傷に曇っている。フロベール・エッセイで『感情教育』を分析するハインリヒの筆致が鋭いことは認めざるを得ないが（第九章第四節参照）、分析能力と創作能力は同一次元では扱えないことも明らかで、『愛を求めて』が『感情教育』に匹敵する作品だというのは暴論と言うしかあるまい。

別の観点からこの長篇を救おうとする試みもある。フーゴー・ディットベルナーは『ハインリヒ・マン研究史』の中で、ヘルベルト・イェーリングの《ハインリヒ・マンの小説は筋書きを紹介するのが困難である》[22]という説を引用しつつ、『愛を求めて』はそのよい例だとし、さらにイェーリングがハインリヒの作品を「活人画 lebende Bilder」や「視覚的見せ場 optische Stationen」という表現で説明していることを[23]援用しながら、映画との関連付けを行っている。[24]

確かにこうした観点は一考に値しよう。少なくとも文章表現の的確さや筋書きの入念な首尾一貫性のみが小説評価の基準ではないことは、念頭においておかねばならない。だがこういった特徴は前作の『女神たち』にも当てはまることであり、しかも『女神たち』が様々な問題性を抱えながらもそれなりの魅力を持っていた事実と比較するなら、これをもって『愛を求めて』の不出来を免罪することはできない。また次の長篇『ウンラート教授』が映画化され『嘆きの天使』の題で有名になったことからしても、ハインリヒの小説に映画との親縁性があることは否定できないが、この場合も原作と映画には筋などの面で少なからぬ違いがあり、ある意味では原作より出来ばえの面ですぐれていたからこそ映画の方が不朽の名作として残ったのだとも言えるのである。『禁じられた遊び』を初めとして映画が原作を超えて生命を保つ例は珍しくない。映画が傑作であれ、それは原作が同様の傑作であることの証明にはならない。

しかし、肝腎なのは『愛を求めて』が駄作であると論証することではない。むしろここでなすべきなのは、成功作よりも失敗作の方がしばしば作家の本質をあからさまにするという事情を踏まえつつ、ハインリヒの作家としての内実に切り込む作業である。ではここで明らかになった彼の本質とは何か、これをトーマスのハインリヒ批判を見ながら考えてゆくことにしよう。

第六章　確執の顕在化
——トーマス・マンのハインリヒ・マン批判——

『愛を求めて』が出版された直後の一九〇三年十二月五日、トーマスはハインリヒに宛てて長い手紙を書き送った。ここでトーマスは真っ向から兄に対する批判を展開している。

先にも書いたように、この書簡はその存在自体は推測されながら長い間実物が未発見のままであった。一九八一年になってようやく発見され、いったん雑誌に発表されたのち、一九八四年に出た『マン兄弟往復書簡集』新版に収録された。

日本では一九七〇年代前半に新潮社から邦訳の『トーマス・マン全集』が出ており、中の一巻が書簡集に当てられているが、問題の書簡は邦訳全集出版後に発見されたため、その重要性にもかかわらず邦訳がない状態が続いている。またこの書簡の便箋の裏側には、ハインリヒが返信用に認めた下書きが残されており、この時期ハインリヒがトーマスに宛てた書簡は全部が失われてしまっているため、非常に貴重な資料となっている。そこで、問題の書簡とその裏に書かれたハインリヒの返信用下書きとをまず全訳する。(1) 書簡訳文に目を通した上で、私の分析をお読みいただきたい。底本にはかなり詳細な編者の註釈がついているが、ややくどい部分もあるので、本書では若干簡略化して〔　〕で挿入しておいた。訳者の註はその旨断わってある。なおハインリヒの返信用下書きに先立ってついている説明は底本編者によるものである。

第一節　トーマスのハインリヒ宛て書簡

ミュンヘン、［一九〇三年十二月五日］　コンラート通り二番地（当面）

親愛なるハインリヒ！

私はまた、ベーレンホイター〔グリム童話などに登場する熊の毛皮を着た男。訳者註〕が言うように「我が王もまた」〔出典未詳〕になり、約束の手紙を書けるようになりました。少し前まで期限の迫った仕事〔短篇『ある幸福』のこと〕にまたしても四苦八苦していたのです。もう二度とこんな仕事には巻き込まれますまい。嫌悪感あるのみですから。前にお話したと思いますが、『ノイエ・ルントシャウ』誌創刊号のための寄稿なのです。これまで『ノイエ・ドイチェ・ルントシャウ』といっていたものが、新たな誌名で一月から「芸術的な」装丁のもとに出るのです。ベルリンでフィッシャーとビーに、二十日までに原稿を渡すという約束をしてしまったのでした。今までもひどい体験をしているのに、そのときはまたも簡単なことのように思えたのです。ミュンヘンではまず休息が必要でした。それからわくわくしながら家具の調達に取りかかりました。そして最後に、月曜の朝に論説を書いたかと思うと、次には構想していたスケッチと取り組み始め、気圧計が低い数値を示す中で気分の乗らぬまま大急ぎで一週間のうちに書きなぐったというわけです。このスケッチが「完成して」みると、完全に失敗したとはっきり意識せざるを得ませんでした。良心の呵責を感じながら原稿を送付したのですが、不採用になって送り返されるだろう、嘲笑を浴びて惨めな思いをするだろうと確信したものです。ところがすでに校正刷りが来ており、フィッシャーからの感謝の手紙が届いているのです。自分はこの作品を大変満足して読んだ、あなたは短いスケッチでも巨匠たるところを示してくれた、そう彼は書いていました。ちなみに目下『ブッデンブローク家の人々』は一万一千部から一万三千部目を印刷中とのこと。いつもこうなのです。嫌悪感を抱きながらいささかの満足もなく仕事をし、深い絶望感をかかえて駄作を投げ出すと、手紙、お金、そして賞讃の言葉をもらい、握手を求められ、「尊敬」されるのです。誰もが満足しているのに私だけが例外なのです。ひどいものですね。でもこれが世の中なのかも知れません。

私のケーニヒスベルク旅行のことをお尋ねでしたね。思いどおりにはいきませんでしたがまあ何とかというところでしょうか。満員の大ホールでの朗読では、普段より神経質になり、そのせいで声がかすれてしまいました。でも拍手は暖かで、新聞評はとても好意的でした。イーダ〔リューベック時代のマン家の子守女中〕に再会して、奇妙な気持ちになりました。朗読会の後廊下で私を待っていたのです。一緒にいたのが、彼女が例の「ああ、ぼっちゃん」という顔つきで言ったところによれば、十五年間同じ家に住んでいる人たちでした。彼女は以前と比べても髪はさほど白くなっていませんでしたが、歯が抜けていて、昔ながらの吠えるような声で喋りました。私に対する態度は、昔祖母に対してとっていたのと似ていました。つまり、目をしょぼしょぼさせて膝を曲げてお辞儀したのです。――エーヴァース〔ハインリヒの友人。訳者註〕のことですが、すぐに編集部に会いに行きました。そして次の日自宅に招かれました。奥さんはちょっと貧相で、おしゃべりで月並みな感じで、余り好感を持てません。室内装飾はなかなか立派で、豪華と言っていいほどで、二人はケーニヒスベルクで幸せに暮らしているようでした。ライプツィヒのこと、そして特にF・グラウトフ〔トーマスの友人オットー・グラウトフの兄。編集者・作家〕のこととなると二人の苦情はとどまるところを知りませんでした。エーヴァース自身は、以前とほとんど変わっていないように思えましたが、ひげを顔一面に生やし、特に鼻ひげを長く伸ばしていました。リューベック風を頑固に変えないところといったら、信じられないほどです。「素晴らしい長篇小説」を計画していると語る彼の話し方は、そう、ブライト通りの発音のパロディーとでもいう風情でした。人柄は、親切で思いやりがあり暖かであり、昔の思い出をよく憶えていました。私があの頃書いた「海」と胡桃の木に寄せた詩のことを口にすると、もう詩を書いていないのですか、残念ですねと言いました。そしてこうも言いました。あの頃と比べてひどく外見が変わっているから、あなたとは分からないくらいですよ。いやはや！　――今回の旅行で最大の体験と言える出来事は、その後グルーネヴァルトにあるフィッシャー家の晩餐に招かれた席で、ゲルハルト・ハウプトマンと会ったことです。彼の人格から発せられる魔力がこんなにすごいものだとは、予想すらしていませんでした。明晰な頭脳は、何事も考え抜き、深く、それでいて明確なのです。性格は品位があり穏やかで、柔和でありながら強いのです。彼はまさに私の理想と言えます。イプセンの小さなユーツ〔原註ではこの箇所未詳となっているが、イプセンの『小さなエヨルフ』のことではないか。一八九四年にロンドンで初演され、ドイツでは翌年にベルリンで上演されている。表題のエヨルフは主人公夫妻の男の子で跛であり、将来軍人になると言って大人の憂いを誘うシーンがある。訳者註〕が言うように、「欠陥」さえなければこんな風にもなることができるでしょうに……。彼の利他主義、彼の驚くべき人間性――彼の最新作『ローゼ・ベルント』もやはりこの人間性に満ちています――が文字どおり彼という人間を微光のように包んでいて、畏敬の念を起こさせるのです。――逸楽境ならではの滑稽なシーンも沢山ありました〔ハインリヒの長篇『逸楽境にて』がベルリンの文学界を描いていることを背景として言っている〕。ドイツ劇場のブラーム〔批評家・舞台監督。ベルリンの自由劇場創設者の一人〕が本当に次のように言ったのです。「マンさん、作品はできていますか。送ってくださいよ。我々は若い才能を必要としておりますのでね。」気のいい人ですね。私の劇を上演するのはよした方が賢明でしょうに。おそらく大衆に受けるだろうと思っているのでしょうが、これは誤りなのです。『ブッデンブローク家の人々』の成功は結局は誤解なのですから。さて、肝腎の話に入りましょう。兄さんの長篇〔『愛を求めて』のこと〕です。

私の印象ですか？　非常にいいとは言えません。――別に非常によくある必要はないわけですが。読んでみて余りいい気持ちではなかったのです。――いい気持ちである必要もありませんけどね。私は読みながら髪の毛をかきむしり、本を投げ出し、また拾い上げ、うめき声を上げ、ののしり、それから涙を浮かべもしました……。何日もの間、（気象台の発表によれば）百年ぶりという低気圧の中で、この本からこうむった苦痛をかかえて歩き回っていたのです。そして今、兄さんに言うべきことがおよそ分かってきたのです。

兄さんの文学的成長に私が納得していないということ、これは一度言っておく必要があると思います。私の知る限り兄さんが独自の作品を計画していない――仮にそうでなくてもこれで困惑することはないでしょうが――今、言っておくのが一番いいと考えるからです。今度の長篇に素晴らしい箇所があることは確かに私も認めます。ニュンフェンブルクの描写、自動車旅行、銅版画師の短篇、クロードが広場で瞑想して絶望しきった言葉「結局、苦しみそのものにはもう興味を持てない」を吐くシーン。――こういう箇所はドイツでは誰も、いやどこであれ誰も兄さんに追随し得ないでしょう。この点はまず最初に強調しておきたいと思います。にもかかわらず、です。『愛を求めて』のような作品は私の確信するところによれば（或いは私の願望に過ぎないかも知れませんが）、ドイツの成長に合致しないばかりか――これだけなら異議とは言えませんが――、兄さん自身の成長にも合わないのではないでしょうか。

十年前、八年前、五年前のことを考えてごらんなさい。あの頃兄さんは私の目にどう映っていたでしょうか。あの高雅な趣味人気質からすれば、私なんぞは徹頭徹尾賤民的で野蛮で道化師のごとくに見えたものです。分別と教養に満ち、「現代性」に対しては慎重で、完全な歴史的才能を備え、受けを狙うような態度とは無縁で、デリケートで自尊心に満ち、現在のドイツならその文学的発言にふさわしい感受性豊かな選ばれた読者層が存在するような人物……。ところが今はどうでしょう。たがのはずれたようなおふざけ、真実と人間性に対する放埒で声高で痙攣的で憑かれたような中傷、品のないしかめっつらととんぼ返り、読者の興味に対する自暴自棄的な媚び！ ツァンク夫人の手術、鎖で縛られたボーイ、パニーア氏の婚約、トランプがらみの決闘、フォン・トラキシ夫人、どれも無意味で不潔な嘘話ばかり――私はこれを読んで兄さんという人が分からなくなりました。作品の核をなす魂、つまりおのれの人工性の弱さを意識しつつ生へ憧れること、この憧れは孤独で感覚的な芸術家にとっては愛の憧れとして現れてくるものですが――もし生に近づこうとしないならば、このいたずらっ子のごとき単純な衝動の持つ表情と動作をとらえ紙に定着させようとするだけでもいいのですが、そうした試みさえ行わないとすれば、この憧れはどうして人を感動させ得心させることができましょうか。この作品の中ではすべてが歪み、叫び、誇張され、「ふいご〔この表現については第二章第二節を参照。訳者註〕」のごとくで、「道化歌手」じみています。つまり悪い意味でロマンティックなのです。『女神たち』に登場していたキリスト教高僧の虚栄に満ちた身振りを見る思いがします。そしてやはりあの作品にこってりと盛り込まれていた通俗書風の心理学も目につきます。不滅の人物像になり得たであろうウーテすらも、極端すぎてかえって駄目になっています。読み終わってこう問わないわけにはいきません。何だって兄さんは偉大な影響力を持つポッサルト〔俳優・演出家。一九〇五年までバイエルン王立劇場の総監督〕を嘲笑するようになったのだろうかと。この本の題名はむしろ『効果を求めて』とでもすべきでしょう。

親愛なるハインリヒ、私は率直に、長い間胸にしまってきたことをお話しているのです。私の意見では、あなたを堕落させているのは——堕落という表現を使わしてもらうとすればですが——効果への渇望です。あなたは最近効果と成功のことを口にし過ぎます。先日私と会った時は、『サロメ』の結末を「効果的」という観点から『カヴアレリア〔・ルスティカーナ〕』の結末と比較していましたね。私が『大公殿下』について話すと、あなたが何より強調したのは、題名がショウウインドウの中で目立つだろうということでした。あの時まで私は、別段聖人ぶろうというのではありませんが、「ショウウインドウ」にまでは考えが及んでいなかったのです。お前はドイツ民衆の感性に近いところに立っているのに対し、俺は「センセーションでもってそうしなくてはならない」、あなたは我々二人の違いをそう図式化したのでした。……「そうする」とは一体何ですか！　誰が一体「そうする」というのでしょうか！　『ブッデンブローク家の人々』が版を重ねているのは誤解からです。これはもう一度言っておきましょう。そして私の作品構想は、沢山の内的な関心事以外の何ものによっても駆り立てられはしないでしょう。いや、私だって分かっています。『ブッデンブローク家の人々』の成功が兄さんの目をくらましたのではなく——そんな風に思うのは莫迦げていますし笑止千万です——、もっと以前から作品を業績として、量的なものとしてとらえる見方にあなたがとりつかれていたのではないかということなのです。私にしたところで必ずしも恵まれた条件下で仕事をしているわけではありませんが、兄さんには神経の病気があり、そのせいで業績面で私に遅れをとるのではないかという不安が昂じて、名誉欲になったのです。健康のためにあなたは鍛錬を積みました。それが驚嘆すべきものか軽蔑すべきものか私にはよく分かりませんが、そのせいであなたは私よりはるかに高い執筆能力を身につけました。ここ一年間で兄さんがした仕事の量はレコード破りであり、私の知る限りではまともな作家がこれまで達成したことのないほどのものです。——しかし、（俗っぽい言い回しを許して下さい）量より質が大事ではありませんか。『奇蹟』〔ハインリヒが一八九六年に発表した短篇〕の方が、『愛を求めて』よりはるかに優れた作品です。兄さんは一日六時間執筆できるまでに健康を回復しました。なのに兄さんの書くものは病んでいるのです。内容が「病的」だからではなく、作品がねじくれて不自然な成長の結果であり、あなたには全くふさわしくない効果あさりの結果だからです。

仮にこの効果あさりがあなたにふさわしいなら、あさましく効果を追い回す茶番劇の世界であなたが本当に居心地よく感じているなら、——兄さんはもっと毅然として、誇らしげに振舞い、周囲を気にせずにいるはずでしょう。しかし訃報に接したポッサルトが部屋を出ていき白粉を塗って戻ってきたという、グラウトフ〔トーマスの友人〕の飛んでもない嘘話を抵抗なく作品の中に取り入れているところなど、弱さと貧しさの表われのように思われるのです。「馬の歯」という表現は、語彙としても観察の仕方としてもあなた本来のものではありません。「ちょっと」という単語の妙な使い方（「ちょっといとわしい」、「ちょっと愚かしい」）はあなたにふさわしくありません。二人だけで話すのもはばかられるようなささいな点ではありましょう。でもそれだけではないのです。リヴァでボートに乗ったことがありましたね。〔恐らく一九〇一年十二月に兄弟が一緒にリヴァに滞在した折りのことと思われるが、〇二年十月に当地に滞在していたトーマスをイタリアへ向かう途中のハインリヒが訪ねた可能性もある〕。あのとき我々はこの不愉快な問題について議論を始めたのでした。二人は対蹠的な立場にたってありとあらゆる哲学的心理学的な議論を闘わせましたが、その際私は『恋人たち《ディー・グリープテン》』という長篇に関する計画のことを話したのでした。後になって私は気づいたのです。あの時の会話の心理学的な中身が、表面的でグロテスクなやり方で『女神たち』に転用されているではありませんか。何より、「愛される者《ディー・グリープテン》——愛されない者《ディー・ウングリープテン》」という構図が、ありきたりで誰でも使えるもののごとく何度も、単語もそのままに利用されていたのでした。これでは自分の小説に『恋人たち《ディー・グリープテン》』という題をつけられなくなると私が抗議したので、あなたは「愛される者」という文字を消したものとみえます。

しかし一種の年を経たナイーヴさ――これもあなたには似合いませんが――でもって「愛されない者《ディー・ウングリープテン》」という文字はそのままにしておいたとは！　まだあります。『トニオ・クレーガー』では、私の理解するような芸術家と正反対のものとして「平凡な人々」が挙げられていたのです。「愛すべき平凡さ」「平凡でいることの喜び」が語られていたのです。『愛を求めて』を読むと、「平凡な人々」という表現が芸術家の対立物として繰り返し使われているではありませんか。こんな風に言うのは、自分のささやかな宝を守ろうと必死になるけち臭い性根からではありましょう。よろしい。だがそれなら兄さんには、貧民が持つたった一頭の羊を取り上げる金持ちの男の話を思い出していただきたい。そして私にしたところで、或る人間の思想やパトスや体験が盛り込まれているキーワードを、共有財産と称してあっさり使ってしまうには、余りに誇り高く良心的な人間なのです。『大公殿下』の素材にしても、すでにお前同様に俺の内部に完全に蓄積されていたのだ、兄さんはそうおっしゃいました。もしもこの先兄さんが新作の中で、ついでのようにさらりと芸術家とは「大公殿下」のようだと書いたとしたら、私は一体どうすればいいのでしょう。この問題をその後で詳しく展開するのはペダンティックということになってしまうでしょう。

以上書いたことは文体の問題と切り離せません。見境のない、様々な色彩がごたまぜになった、国際的な文体です。「部分的に」の形容詞的使用など、急いで仕上げたことが原因と思われるところはいいとしましょう。しかし、厳密さ、緊密さ、言葉の品位といったものがまるで欠けているのです。フランス風かと思うと、オーストリア・バイエルンの方言が来るといった具合いです。わざとらしい「ああ、ああ」の後には「そんなことあるかよ」といったがさつな言い回しがおかれているのです。効果的と思われるものが、その場にふさわしいかどうか吟味せずに集成されているのです。ライトモチーフの手法はしっくりいっていません。スカンディナヴィア起源の前置属格もぴったりきません。叙事的素朴さを持った「しかし」を特に文意上の必然性がないのに使うのは、やはりスカンディナヴィア起源ですが、これもうまくいっていません。そして最後に、病気を医学的に詳しく描写するのは、リアリズム小説には合いますが、この作品では様式感欠如という印象しか与えません。作品を首尾一貫したものにしたいのなら、現実に存在せず誰も知らないような病気を設定し描写すべきだったでしょう。それによって読者に荒々しい嫌悪感をもよおさせ、「センセーションでもってそうした」ことでしょう。

名誉欲、ナイーヴさ、良心の欠如——これらは恐らく「芸術家」の、「純粋な芸術家」の属性でしょう。兄さんは純粋な芸術家たる役割を引き受けたのですから。こういった属性があなたの昔の性質とは全く相容れないということを私が知らなかったなら、私もこの属性故にあなたを非難しようとは思わなかったことでしょう。以前、フィーリツ〔作曲家・指揮者。トーマス・マンの少年時代リューベックで楽団を指揮していた〕とその妻の関係の話になったとき、兄さんがもらした一言を憶えています。「あれが芸術家気質というものなら、」とあなたは言ったのでした、「俺は芸術家じゃないよ。」そう、兄さんは芸術家ではありませんでした。もっと善良で高貴で純粋な何かだったのです。ところが今は事情が変わってしまいました。「俺は神経の病気だった」と自分に言い聞かせているのです、「俺は健康に、芸術的になりたいし、影響力を持ちたい。精神だってやはり神経の病気そのものだ。俺は完全に感覚的に、肉体的に、シーンそのものになりたい。」そして六カ月で『愛を求めて』を書き上げたわけですが、その手の下からは娯楽と暇つぶしのために新しいジャンルが、つまり現代社会のあらゆる成果を取り入れた娯楽読物ができ上がったに過ぎないということを考えてもみなかったのです（それとも考えたことがありましたか？）。

歴史的なものとも兄さんは縁切りしようとしたのでしょう。歴史的なものの克服も兄さんの芸術家気質の一部なのでしょう。歴史的なものには疲れた、今ではモダンなもの、現代的なもの、そして——いやはや！——生きているものに興味を惹かれる、そう兄さんは言いました。しかし私が確信するところでは、歴史的な短篇小説こそあなた本来の分野なのです。『女神たち』には、無趣味でかまびすしいところと並んで卓越して美しい箇所もありましたから、私はシャウカル〔本書第二章第一節参照。訳者註〕以外の人間に対してもあの作品を擁護したのでした。外的な豊饒と壮大さ、官能的な美、そしてとりわけ歴史的な深さを指摘したのです。技巧豊かなゴブラン織りのように、この深さこそがグロテスクな事件の山を品よく包んでいたからです。ところが『愛を求めて』には美は余り存在せず、歴史的なものに至っては皆無だとすると――何が残るのでしょうか？

残るのはエロティックなものです。つまり、性的なものなのです。本来、性を描くのはエロスにはつながりません。エロスとは詩的なものであり、深い場所から語りかけるものであり、戦慄と甘やかな刺戟と秘密の源であり、しかとは名づけ得ないものなのです。これに対して性的なものは、露骨で、精神化されておらず、あっさりと名指されてしまいます。『愛を求めて』ではいささか頻繁すぎるほど名指しがなされているではありませんか。ヴェーデキントは、恐らく現代ドイツ文学中で最も無恥な性愛作家でしょうが、この作品と比べるとその彼に対しても共感を抱いてしまうのです。なぜでしょうか。彼の方がデモーニッシュだからです。彼の作品を読むと、性的なものの神秘性、深さ、変わらぬ曖昧さが感じられるのです。性的なものにつきまとう苦しみが、一言で言えば情熱が感じられるのです。一方兄さんの登場人物は手が触れたかと思うとさっと横になって愛を交し合う始末で、この完全な道徳的ノンシャランスぶりはまともな人間にはいささかも訴えかけるものを持ちません。間断なき間のびした情愛、絶え間なく続く肉の匂い、これにはうんざりしますし、嫌悪感をもよおします。「太もも」「乳房」「腰」「ふくらはぎ」「肉体」という単語が多すぎます。前日はノーマルな性交、レスビアンの性交、ホモの性交を描いて終えたばかりだというのに、翌日の朝になるとまた同様の描写をし始める、どうしてなのかわけが分かりません。ウーテとクロードの間に感動的なシーンがありました。つまりクロードが死ぬシーンで、ここでは私はほろりとして他の欠点を忘れそうになりました。ところが、このシーンですらウーテの「太もも」が割り込んできて、結末部分もウーテが裸で部屋を歩き回らなくては収まらない始末だったのです。こう書いたからといって、フラ・ジロラモ〔ジロラモ・サヴォナローラ。十五世紀末にフィレンツェで神政政治を行った修道士。トーマスは一九〇五年、彼を主人公にした戯曲『フィオレンツァ』を発表した。訳註〕を気どるつもりはありません。真のモラリストはモラルを喧伝する人間とは正反対なのですから。この点では私は完全にニーチェ主義者と言えます。しかしモラルを完全に無視できるのは猿と南国人ばかりです。そしてモラルが問題にすらならない場所には、モラルが情熱の対象にならない場所には、退屈で粗野な国があるだけなのです。モラルと精神の一致ということが、私には段々分かってきました。そしてベルネ〔ドイツの批評家－一七八六～一八七三。訳註〕の次の言葉を、不滅の真理を含むものとして讃えたいと思うのです。「人間はもっと道徳的になれば精神性も豊かになるだろうに。」……〔ベルネが一八二三年に書いた「三日で独創的な作家になる方法」の中の文章〕

おしまいにしましょう。考えていたよりきつい表現になってしまった箇所が目につきます。最近ずっと書字痙攣に悩んでいなければ、もっと表現を和らげて書き直したいところですが。この手紙は書かれてあるとおりに読んで下さいますよう。私の書いたことを誤解なさらないだろうと思います。私はもとよりアジビラの執筆者には生まれついておりませんし、上記のようなことを数ページ書くだけでも苦しまずにはおれませんでした。それに、あのシャウカルみたいに、自分の判断が絶対だなどと私が素朴に信じているとは思わないで下さい。私は迷ってばかりいるのです。ひょっとしたら、この書簡が兄さんの手で保管されていつか人の目に触れることがあれば、ひょっとすると未来の人たちは兄の偉大さを全然理解しない弟の莫迦さ加減に腹を抱えるかも知れません――ひょっとしたらですが。書いているうちに微力ながら歴史的な並行関係を考えて、『愛を求めて』に然るべき位置を与えることができました。イタリア・ルネッサンス関係本をちょっとばかりかじった結果、十五、六世紀の叙事作家、ボイアルド〔十五世紀後半に活動したイタリア詩人〕や、『モルガンテ』の作者ルイジ・プルチ〔十五世紀後半に活動したイタリア詩人。『モルガンテ』は騎士道を歌った叙事詩〕等々と間接的に知合いになりました。兄さんを彼らと同列においたとしても不愉快に思われないのではと考えています。彼らは奇抜な頭脳を持ち、猥談や茶番劇や道化話の創作に多大の才能を発揮しました。彼らは「かつて重荷を背負える人の苦痛を和らげた」ことはなく、「不安におびえる人の涙をとめた」〔いずれもゲーテの詩「プロメトイス」からの引用〕こともありません。彼らは詩人ではなく、預言者でも告知者でもありません。彼らは芸術家なのであり、彼らの書くものは芸術的な娯楽読物であって、冒険と空想と猥褻さの入り交じったきらびやかな現実逃避だったのです。兄さんの作品を単に軽蔑すれば沢山だと考える人たちに対しては、こうした作家たちの名を挙げることで弁護したいと思います。

よいクリスマスを、そして実り豊かな新年を迎えられますよう！

あなたのT

一九〇三年十二月五日

第二節　ハインリヒのトーマス宛て書簡下書き

上記書簡の裏面に、ハインリヒ・マンは複写用鉛筆で返信の下書きをかろうじて読み取れる程度に残している。清書に利用した文章は縦線で消している。この下書きを以下に再現する。

記号の意味するところは、

［…］　ハインリヒ・マンが抹消した箇所

｛…｝　ハインリヒ・マンが後で追加した箇所

（用紙の上半分）

（1）のために。奇抜なものにも幾分か深い理由がある。フォン・アイゼンマンとの最終シーン。クロードはそれをそう見るのだ。生への軽蔑。

II　性的なものは恐ろしいほど単純なこと。マットハッカー。私はロマンティックなだけで、デモーニッシュなものを理解しない。ナナ。偉大さ。私には偉大さが欠けている。主人公は弱すぎるし、女たちもナナではない、彼女らは何も意味しない、彼女らは帝国の腐敗を体現しているのではない。

肉体的出来事に関する秘密。「騙し」。

モラル――精神。なぜそんなに精神が必要なのか。エッセイばかりを書くほどに。

I　内面的なものは避けて読んでいるらしい。ところがあの本のことを考えると、内面的なものだけが私の目には浮かぶ。まるでクロードとウーテだけが登場するかのように。あの本では他のものには何も興味がない。他のものはすべて事件の羅列であり、［半ばだけ非現実であり、］おふざけであり、荒っぽく、汚らしく、半ばだけ現実であり、まったく不十分だ。クロード［のように孤独な人間は］〔はこうした出来事で自分の感情をすり減らす〕彼は私がそれらを見ているのと同じように見ている。不毛で非現実的なのは他の人間たちで、彼ではないし、彼の病気でもない。彼の孤独がどれほど強調されていることか、そして

我々はまったく同じ理想を抱いているのだ。お前は北方の健康に憧れ、私は南方の健康に憧れている。私はすでに『トニオ・クレーガー』の時に言ったはずだ。平凡さは青い目の主にだけあるのではないと。『愛を求めて』で「平凡」という言葉が繰り返し使われているのは、もしかすると一種の返答だったのか。［だが今となってはもう憶えていない。実際のところはただ、私が事件を綴る者だということだ。］

（用紙の下半分）

我々の間には程度の違いがある。私の方がジプシー的な芸術家気質を多分に持っているので、抗うことができない。そして私の方がずっと病気にかかっている。私の方がロマンス系で、異質で、寄辺なき存在だ。

むしろ私に欠けているのは安らぎであり、推敲のための時間だ。

私は不安なのだ。やめたら、自分はおしまいなのだと。それから金だ。＊私が効果について語っている時は、もっぱら金のことを考えている。喝采を浴びることそれ自体を問題にするような、［単に］虚栄心で一杯の連中を莫迦にする十全な権利［を持つ］が私にはあると言いたい。私にとっては、沢山の人間の出す不特定な喧噪は背後にある、（［ミス］ミセス・ブラウニング〔英国の女流詩人。フィレンツェにも居住した〕）どうでもいい。名声なるものは私に関するあまねく広まった誤解だということは、分かりすぎるくらい分かっている。誰に対してか知らないままに人が拍手をするということも。クロードとマットハッカーがこの点について言っていること、私は本気でそれを書いたのだ！　私は自分が一人だということを知っている、そしてもし仮に

2　ウーテ以外は万事がどうでもいいということ！　彼女以外のものを関心をもってきちんと真面目に描いたら、スタイルを損なっただろう。だから私は結局あの作品のスタイルは正しかったと思う。だがだからといって、作品〔そのもの〕が［全く］不適切なものだという可能性がないわけではない。もしかするとクロードのようなキャラクターによって世界像を伝えてはならないのかも知れない。この像は余りに病み、荒廃し、耐え難いものとなっている。だがそれは、言葉を換えて言えば、私が書くのをやめることになってしまうだろう。

＊健康のための鍛錬なら、『ブッデンブローク家の人々』が出る以前からやっている。

第三節　書簡に見る兄弟の葛藤

以下、分析に入る。一九〇三年十二月五日付けの長大な書簡で、トーマスはいったい何を言おうとしたのだろうか。内容を要約するなら次の三点になろう。

第一に自分の近況報告である。『ブッデンブローク家の人々』が一万一千部を突破したこと、出版主から作品をほめられたこと、執筆注文が相次いでいること、小説ばかりか劇場支配人からは劇作品を求められたこと、しかしそうした成功は自分の精神状態に見合っていないこと。

第二に兄の『愛を求めて』に対する根底的な批判、そしてさらに兄の芸術家としてのあり方に対する疑問である。作品批判では言葉遣いや技法上の問題について細かく意見を述べており、また異常なまでの執筆の速さをとがめている。そしてエロスとは何かといった認識上の問題にまで言及している。加えて兄の効果狙い的な表現や「成功」を口にし過ぎることをも批判している。

第三に、自分のアイデアであるモチーフや表現を兄が盗用していると非難している。

以上の三点は実は互いに切り離せない関連性を持った問題なのであるが、とりあえず個々の点についてやや詳しく見ておこう。

第一の近況報告であるが、まず作家としての成功をかなりはっきり書き記している点に注目したい。『ブッデンブローク家の人々』が一万一千部を突破したというのは、ハインリヒにとっては驚きだったに違いない。この長篇小説は一九〇一年にフィッシャー書店から二巻本で発売されたが、当初は売行きが芳しくなかった。しかし〇三年初めに一巻本の廉価版が発売されてこれが好評を博したのである。また〇三年春にトーマスは、一八九八年の第一短篇集『小フリーデマン氏』に続く第二短篇集『トリスタン』を出している。

ハインリヒにしても、出した本の数で言えば作家としての業績で劣っていたわけではない。第一長篇『ある家庭にて』は母から書店に金を出してもらっての出版だから除くとしても、『逸楽境にて』と『女神たち』三部作という二つの長篇小説の作家であり、また一九〇〇年以前に書かれた初期短篇も二冊の短篇集にまとめられていた。(2) しかしそれらはいずれも売行きという点ではぱっとしなかった。『逸楽境にて』は初版二千部はすぐに売り切れたものの第二刷になると売れなくなったし、(3)『女神たち』も当初二千部が刷られたものの売行きは芳しくなかった(初版の五年後、一九〇七年に廉価版が出たがやはり余り売れなかった)。(4) これと比較してみると、弟の処女長篇が一万一千部を突破したというのは大変な成果だと分かるだろう。

しかし、この書簡からそうした成功譚だけを読み取るのは片手落ちだろう。自作長篇の成功は誤解からだとか、作品に満足しないときに限って世間から賞讃されるとかいう文面は、単なる謙遜とは思われない。確かにトーマスは世間的な成功を収めながらも心が晴れない状態にあったのだ。『トニオ・クレーガー』に表現されたような問題意識と孤独感が重くのしかかっていたからだった。恐らくそれは、最終的にはカチア・プリングスハイムとの結婚という形でしか解決されないような煩悶であったろう。

なお、一部ハインリヒ側に立つ研究者はトーマスがここで無神経に自慢話をしていると決めつけているが、(5) 作家としての仕事を互いに報告しあうのが以前から二人の習慣になっていたことはそれまでのトーマスの兄宛て書簡から容易に見てとれるのであり、たまたま成功したから相手にひけらかしたのだとする見方は的はずれである。

第二点に行こう。『愛を求めて』への批判である。まず執筆の猛スピードに触れている点に着目したい。ハインリヒは実際、この『愛を求めて』を恐るべき速さで書き上げた。彼のレムケ宛て書簡(6)によれば、一九〇三年一月にガルダ湖畔で構想を練り、二月には執筆を開始し、途中短篇『ピッポ・スパーノ』で中断があったが、同年の夏に完成したという。わずか半年で仕上げたことになる。

これをトーマスの『ブッデンブローク家の人々』と比較してみるとその速筆ぶりはいっそう明瞭になろう。トーマスのこの処女長篇は『愛を求めて』の二倍弱の長さであるが、執筆開始から完成まで三年近くを要している。ハインリヒは『愛を求めて』を弟の『ブッデンブローク家の人々』の三倍の速さで書き上げたことになる。もともと弟に比べて筆の速い彼ではあるが、それにしてもこのスピードは異常と言わなくてはならない。それも準備期間が長いならともかく、構想から執筆開始までわずか一カ月しかかけていない。前作の長篇三部作『女神たち』を終えてから余りたっていない時期だ。もう一つ比較をするなら、この『女神たち』は『ブッデンブローク家の人々』と同じくらいの長さだが、執筆には二年近くを要している。『愛を求めて』はハインリヒ自身の前作『女神たち』と比べても倍の速さで書かれたのである。その原因は何であったのだろうか。

そこには恐らく二つの理由があった。外在的理由と内在的理由である。

外在的理由から行こう。それは上記書簡に否定する形ながら暗示的に書かれているように、弟の作家としての成功である。『ブッデンブローク家の人々』が『愛を求めて』出版直後に一万一千部を突破したことは上述のとおりだが、約八カ月前の一九〇三年三月時点でもすでに五千部に達していた。(7)ハインリヒの作品は『逸楽境にて』が二千部そこそこ、『女神たち』は初版二千部が売れ残っている有様であったから、『愛を求めて』執筆開始間もない時点で弟の処女長篇が兄の二長篇を凌ぐ成功を収めた事実が明白になっていたわけである。それまで万事にわたって弟の文学的先導者であったハインリヒにしてみれば、兄としての優越性がおびやかされるような不安感が生じたとしても不思議はない。しゃにむに新作長篇を書き上げたハインリヒが、処女長篇の廉価版によって上がりつつあった弟の名声を意識していた可能性は高い。

兄弟作家というのは微妙な関係にあるものだ。二人とも無名な段階でなら、将来への野望を語り合いながら励まし合い切磋琢磨することもできる。しかしそうした状態がいつまでも続くとは限らない。一方のみが名声を得るとき、均衡状態は崩れてしまう。有名な例としてはフランス・ロマン派の巨匠ヴィクトル・ユゴーが挙げられよう。アカデミー・フランセーズの詩のコンクールに応募し十五歳という異例の若さで選外佳作を得た彼は、同じように文学少年だった二歳年上の兄ウジェーヌに衝撃を与え、さらに五年後、兄も恋をしていた女性アデールを妻に得ることで兄を発狂へと追いやったのだった。(8)

またマン兄弟の関係の変化は、四歳という年齢差の持つ意味が、年とともに変わってくるという事情にもよるだろう。一方が二十歳で他方が十六歳なら四年という年齢差は大きい。しかし一方が三十歳で他方が二十六歳となると、年齢差による精神的な優位は、なくならないまでも相当に小さくなる。本書の第二章と第三章でトーマスが書評や『トニオ・クレーガー』で暗に兄のルネッサンス崇拝を批判したことに触れたが、それが一九〇二年末から一九〇三年初めにかけて起こっているのは偶然ではない。トーマスはそのとき二十七歳だった。従来は兄の姿を追いながら文学の道を進んできたものが、ちょうど親離れならぬ兄離れを起こす時期にさしかかっていたのである。(9) 離れられる兄の方は、自分がすでに十分な文学的名声を得ているならさほどの痛痒も感じないだろうが、そうでないとなると内心穏やかならぬ状態に陥らざるを得ない。

しかしハインリヒの異常な速筆が弟への対抗意識からのみ起こったとするのは浅薄な見方であろう。外在的理由以外に内在的必然性があったのだ。この時期、彼はそもそも作家としての転換期にさしかかっていたのだった。簡単に言ってしまうと、『逸楽境にて』『女神たち』と続いた芸術家時代の終焉である。しっかりとした構成を持った長篇小説を時間をかけて構想しじっくりと書き上げること、これが彼にはできなくなりつつあったのである。そこには無論、先行する二長篇が思ったような成功を収められなかったという事情が影を落としている。一定の成功を収めて世間から「彼はこういう作家だ」というイメージをもって見られるなら、作家は腰を落ち着けて仕事をすることができる。仮に作風を一変させるにせよ、先行する作品群が周囲から安定した評価を受けていれば、それを言わば一方のおもりとして、十分な成算のもとに別方向に思い切った冒険に乗り出すことも容易になる。ハインリヒはしかしそうした境遇にはなかった。

作家としての地位が不安定である場合、対処の仕方には二とおりある。書くのをやめるか、逆に書きまくるかだ。ハインリヒのとったのは明らかに後者だった。トーマスの長い手紙に対するハインリヒの返信用下書きには興味深い記述が見られる。

あの本では〔クロードとウーテ以外の〕他のものには何も興味がない。他のものはすべて事件の羅列であり、おふざけであり、荒っぽく、汚らしく、半ばだけ現実であり、まったく不十分だ。クロードはこうした出来事で自分の感情をすり減らす。彼は私がそれらを見ているのと同じように見ている。

実際のところはただ、私が事件を綴る者（Croniqueur）だということだ。

むしろ私に欠けているのは安らぎであり、推敲のための時間だ。

私は不安なのだ。やめたら、自分はおしまいなのだと。

こうした記述は、作家としての地位も定まらず不安を抱えたままひたすら執筆を続ける男の姿を伝えてはいないだろうか。年齢はすでに三十二歳、若いと言うには躊躇があり、十代から文学を志した人間としては成果の如何が問われる時期である。その意味で《私は不安なのだ》は実に正直な告白と言うべきだろう。

もう一つ注目したいのは、彼自身によって抹消された箇所ではあるが、《実際のところはただ、私が事件を綴る者（Croniqueur）だということだ》という記述である。Croniqueur はフランス語の chroniqueur のことで、年代記作者の意と新聞の時評記者の意とがある。恐らくハインリヒは、素材を自分流に料理して作品全体に有機的に溶け合うような形で組み込むのではなく、何でも起こった事件や見聞した事柄を闇雲に作中に取り入れてしまう自分の執筆法を表わすのにこの単語を用いたのだろう。こうした性向は前作『女神たち』にも看取できる。ただそこでは異国絵巻物風の雰囲気が、盲滅法取り入れられた素材にそれなりの輝きを与えていて、構成の不備という印象を与えなかったのである。同じ方法が今度は作品の不出来を招来し、弟や書評子に批判される結果を生む。ハインリヒは自分のこの chroniqueur 的性質に一生涯つきまとわれたと言ってよい。それをどう制御するかが彼の作家としての課題であり続けた。その意味で、『愛を求めて』での chroniqueur 的要素の噴出は、作家としての地位への不安感やあせり故にかなり極端な形で現れてはいるものの、彼本来の素質が顕在化したと見るべきで、決して一時的な迷いや逸脱と解釈すべきではない。ここで初めて彼の作家としての本質が正面から問われたのだった。

実はここに第三の問題を解く鍵もひそんでいる。トーマスは自分が考案した表現やモチーフを盗用したとして兄を非難した。しかし恐らくハインリヒとしては、弟のアイデアを借用したという意識は希薄だったのではないか。

chroniqueurたる彼はたまたま目についた表現やモチーフを、読み捨てた新聞記事や小耳に挟んだ風聞を取り入れるのと同じ感覚で使ったということなのではないか。無論そうではあってもトーマスの側からすれば捨ててはおけないという話になるだろうが、この問題は二人の創作方法の違い、ひいては作家としての根本的な気質の違いが、表現やモチーフの独自性に拘泥するかしないかという点で齟齬を来したものと言えるだろう。

さて、また第二の問題に戻ろう。

トーマスの『愛を求めて』批判は執筆の速さに向けられていただけではない。文章表現や小説の技法、そしてそもその作家としての態度にも向けられていた。これは最も本質的な問題を同業者、それも四歳年下の弟が兄に指摘するということであるだけに、ハインリヒにとっては文字どおり逆鱗に触れる部分であったろう。文章表現や技法についてはトーマスの書簡を読めば分かることなので、ここでは作家としての態度に言及している部分を見てみよう。まず、効果狙いが目立つことを槍玉に挙げる。

この本の題名はむしろ『効果を追って』とでもすべきでしょう。（……）私の意見では、あなたを堕落させているのは——堕落という表現を使わしてもらうとすればですが——効果への渇望です。あなたは最近効果と成功のことを口にし過ぎます。（……）私が『大公殿下』について話すと、あなたが何より強調したのは、題名がショウウインドウの中で目立つだろうということでした。あの時まで私は、別段聖人ぶろうというのではありませんが、「ショウウインドウ」にまでは考えが及んでいなかったのです。お前はドイツ民衆の感性に近いところに立っているのに対し、俺は「センセーションでもってそうしなくてはならない」、あなたは我々二人の違いをそう図式化したのでした。……「そうする」とは一体何ですか！　誰が一体「そうする」というの

でしょうか！（傍点部分は原文で斜字体）

ここから分かるのは、先にも述べたように、『ブッデンブローク家の人々』の成功が二人の関係に、そして兄の態度に影を落としているという事実である。或いは、少なくとも弟の側からはそう見えたということだ。これに対してハインリヒはどう答えようとしたか。

私が効果について語っている時は、もっぱら金のことを考えている。喝采を浴びることそれ自体を問題にするような、虚栄心で一杯の連中を莫迦にする十全な権利が私にはあると言いたい。私にとっては、沢山の人間の出す不特定な喧噪は背後にある、（……）どうでもいい。名声なるものは私に関するあまねく広まった誤解だということは、分かりすぎるくらい分かっている。誰に対してか知らないままに人が拍手をするということも。クロードとマットハッカーがこの点について言っていること、私は本気でそれを書いたのだ！　私は自分が一人だということを知っている。（傍点部分は原文で斜字体）

まず、効果と言ったのは金の問題だと答えている。金銭問題は実は第一次大戦時にも兄弟の関係に微妙な影響を及ぼしており、文学が綺麗事では済まない事情を端的に物語っているかのようであるが、[10]この時期に話を限るなら、兄弟は父の遺産から一定の取り分を母から定期的に送金してもらっていた。普通に暮らしていれば生活に不自由しない程度の額であったが、ハインリヒのようにしょっちゅう旅行したり贅沢をしようとするならそれだけでは不足する。作家として名が売れ原稿料が十分に入ってくればいいのだが、彼の本の売行きは振わなかった。この頃『ブ

ッデンブローク家の人々』の印税で裕福になったトーマスは兄や友人に少なからぬ額を用立てている。(11)

次に、成功とは誤解だというのは『愛を求めて』でクロードがシュピースルに向かって言う台詞だが、(12)トーマスが問題の書簡の中で『ブッデンブローク家の人々』の良好な売行きについて《成功とは誤解です》とコメントしたとき、兄の作中の台詞を用いていたわけである。そしてそれに対しハインリヒも同じ台詞で応じたのだった。これはまた、上述のとおり、大衆を軽蔑しながらも大衆の喝采を求めるヒロイン・ウーテの矛盾が描かれていることとも関連する。ハインリヒは一年後にも友人エーヴァース宛て書簡で、『愛を求めて』に絡めて、自分は大衆に受けるタイプではなく少数の愛好家向けの作家だと言っているが、(13)これはトーマスに対する回答をさらに定式化したものと言えよう。

しかし、ハインリヒが成功を望んでいなかったというのは考えられないことだ。ウーテの矛盾を矛盾と見抜く目と、だから成功を欲しないというのとは全く別の話である。《効果と成功のことを口にし過ぎる》というトーマスの指摘が当を得ていたかどうかはともかく、本当に世間的な成功に無頓着なのなら、弟が何を言ってこようと泰然自若としていられたはずだ。実際には彼は成功を欲していたのだが、それが得られないままに弟の成功を目の当りにし、弟と自分の作家としての姿勢を峻別する必要に迫られて《少数の愛好家向けの作家》と言ってみたと考えるべきだろう。

問題の書簡に先立つこと三年前、兄に宛てた現存する最初の書簡（一九〇〇年十月二十四日付け）をトーマスはこう書き出している。

　これはお祝いの手紙です。本当に成功を収めるのは可能なのですね。私には第二刷（……）などということはあり得ないでしょうが、想像するだけでも勇気がわいてきます。知らせを聞いて、本当に一種のショックを受けました。十日ないし二週間で〔初版の〕二千部が売れたとは！　心からおめでとうと言います。そして売行きがさらに伸びることを祈っています。(14)

ハインリヒの『逸楽境にて』の初版二千部がすぐに売り切れ第二刷が決定したという知らせに接して、トーマスはこんなお祝いを書いたのだった。《私には第二刷などはあり得ないでしょう》と書いているのは、数カ月前に『ブッデンブローク家の人々』を脱稿してフィッシャー書店に送ったものの、出版されるかどうかなかなか決まらず、じりじりしながら通知を待っていた時分だったからである。『逸楽境にて』の売行きが第二刷に入ると止まり、『ブッデンブローク家の人々』が廉価版によって急速に売行きを伸ばしていった事情はすでに述べたとおりだが、そうした帰趨が定まらない頃にはトーマスも屈託のない手紙を書くことができたのである。ハインリヒ側の手紙は残っていないが、どんな文面であったかはトーマスのこの返信からも想像がつくではないか。

ともあれ、もともと作家としての転換期にさしかかっていたハインリヒは、一九〇三年末に弟から受け取った長い手紙によって、自分をどう位置づけるかという問題と否応なく向かい合わざるを得なくなった。しかし、トーマスの側も作家としての成功にもかかわらず鬱々とした日々を送っていた。兄にきつい内容の手紙を送ったのは、ある意味で自分自身の危機意識の反映だったのである。兄弟はこの時期、それぞれに違った、しかしまた表裏一体の関係で、重大な転換期に直面していた。その危機を、トーマスがカチア・プリングスハイムとの結婚によってひとまず解決するまでの過程を次に検討しよう。そして、この結婚自体がまた兄弟の関係に小さからぬ影響を及ぼしたらしい事実を検証していこう。

第七章　トーマス・マンの結婚

兄に長大な批判的書簡を送ってから十四カ月後の一九〇五年二月、トーマス・マンはカチア・プリングスハイムと結婚した。この結婚は、『愛を求めて』を契機とする兄への批判と並んで、マン兄弟の関係を決定づける転回点となったと考えられる。以下、この結婚をいくつかの観点から検討してみたい。

第一節　結婚までの兄への態度

最初に、結婚までの兄弟の関係を、主に書簡を通してトーマスの側から見てみよう。ハインリヒ側からの検討は後で改めて行う。

前章で述べたとおり、トーマスはハインリヒに一九〇三年十二月五日に長大な批判的書簡を送ったが、兄と最終的に決裂してしまう意思はなかったようだ。ハインリヒの返信は現存していないが、恐らく不興をあらわにした内容であったのだろう、トーマスは同月二十三日に急遽短い手紙を書き送っている。(1)兄弟は仲良くするのが一番という、言わばとりあえずの和解の申し出であった。『フライシュタット』誌に暗に兄をあてこするような書評を載せたことも認めている（第二章第二節参照）。

これに対してハインリヒはさらに和解の申し出を不真面目とする返信を送ったらしい。翌一九〇四年一月八日付けのトーマスの書簡はさらに相手をなだめようと弁解に努めながら、しかし同時に控え目に反論をも試みている。そして自作の短篇二篇を送っている。

この一月八日付け書簡を簡単に見ておこう。(2) まず先日の手紙が最上のものとは言えなかった、自分の表現力はつたないし手紙に時間をかけすぎると他の仕事ができなくなってしまうから、と弁明をしている。次に、しかしあなたの返事を読んで自分も憤激を感じた、以前母や弟に対する無責任な態度を批判されたことがあったが、それ以前にはあなただって私に家族を任せきりでイタリアで美術見物をしていたではないか、と昔のことを持ち出している。それから『ブッデンブローク家の人々』でクリスティアンのモデルになったフリードリヒ叔父から俺をモデルに使ってけしからんという手紙をもらったことを例に、小説中では叔父を滑稽に描いたかも知れないがそれは叔父への愛情の表現であったのと同様に、たとえ誰かについて批判的に述べようともそれは相手への真摯な関心の表われなのだと説明する。そして《あらゆる人畜無害な関係を放棄する!》という兄の返信の文句に触れて、純粋な芸術家になるのはあなたには向いていないように思う、芸術家になるにはあなたは高貴すぎる、と前年の長大なハインリヒ批判の手紙でも述べたことを繰り返している。そして自分もレーア夫妻(上の妹ユーリアとその夫)もあなたのことをいつも気にしていると、兄の孤立への志向を戒めている。

以上、全体として自己主張を織り込みながらも相手をなだめようとする姿勢が明瞭に現れた書簡である。逆に言うと、内容面での目新しさは感じられない。

次の書簡は約五十日後の一九〇四年二月二十七日付け(3)である。最初に、送られてきた兄の短篇小説に関して面白いことを言っているのだが、これについては後で触れるとして(第八章第一節参照)、後半でカチア・プリングスハイムと知り合ったことを初めて報告している点に注目したい。カチアについての報告はこの書簡の中でもかなり大きな部分を占めており、彼女に熱を上げている様子が見てとれる。トーマスがカチアと知り合いになったのは一九〇四年の二月初めと推測されているので、彼は早い時期から兄に意中の人を打ち明けたことになる。加えて、『ブッデンブローク家の人々』が一万八千部に達したこと、ランゲン書店（ハインリヒの小説の出版社）の店主に会う機会があったので兄の本を引き続きよろしく頼むと言っておいたことをも報告している。

その次の書簡はちょうど一カ月後の三月二十七日付けであるが、(4) 兄の誕生日にお祝いを述べた後、カチアとの結婚を真剣に考えていると述べている。余り長い書簡ではない。

さて、ここまでは兄弟の手紙のやり取りは問題の（確執を顕在化させた）一九〇三年十二月五日付けのトーマスの書簡以来途切れることなく続いていた。ところがここでしばらく手紙の往復は途絶えたと見られるのである。トーマスの次の兄宛て書簡は、九カ月後の一九〇四年十二月二十三日付けまでない。(5) この間隙は少々考えさせるものを含んでいる。無論、先に問題にした一九〇三年十二月五日付け書簡にしても出されてから約八十年後に発見されたのだから、この九カ月の間に兄への手紙が書かれていながら紛失してしまった可能性もないとは言えない。P・d・メンデルスゾーンは数通の手紙がこの間に書かれたのではないかと推測して、一九〇四年十二月二十三日付け書簡の調子は変わらず心が籠っているからと述べている。(6) しかし私はこの見解には異論がある。この書簡の冒頭でトーマスは、最近多事多端で手紙を書くのが容易ではないと述べているからだ。これは久闊を叙す文句だろう。またこの手紙の末尾で、兄弟の共通の知人である医師フォン・ハルトゥンゲン博士によろしくと書いて、《博士にも、長いこと手紙を差し上げておりませんので》（傍点三浦）と述べているのは、ハインリヒ宛て書簡も久しぶりであることを裏付けるものではないか。つまり兄弟は、九カ月間丸々かどうかは別にして、少なくとも数カ月は音信がなかったと考えていいのではないか。ただし三月二十七日付けの手紙では四月と五月に会える可能性がありそうだと言われているし、トーマスは実際四月半ば頃から五月初めにかけて兄が滞在していたイタリアの保養地リヴァに出かけているので、そこでハインリヒと会って直接話をした可能性はあるものと思われる（後述）。しかし、恐らくそれ以降、一九〇四年十二月二十三日付け書簡までは兄弟は疎遠になっていたと見ていいだろう。

この推測を裏付ける資料はもう一つある。一九〇四年十一月に母ユーリアがハインリヒに宛てた書簡である。この書簡については後で詳細な検討を加えるが（第九章第一節参照）、ここから、ハインリヒがこの年の初秋に書いたエッセイを母には送りながら弟トーマスやレーア夫妻には送っていなかったことが分かる。(7) 先に述べたとおり二月にはまだハインリヒは自作小説を弟に送付していたのだから、一九〇四年の半ば以降の兄弟間の意志疎通はそれ以前に比べて悪化していたと見るべきではないか。

その主要な原因は、トーマスの結婚問題だろう。もっとも、カチアの心を得ようと必死になっているトーマスには兄との件に時間をさく余裕がなかったということでは、必ずしもない。『トーマス・マン書簡要約索引集』を見ると、(8) 一九〇四年のトーマスはカチアへの手紙をせっせと出すにとどまらず、クルト・マルテンスやイーダ・ボイ＝エトなどに少なからぬ手紙を書いている。マルテンスへはカチアとの話の進展状況を報告もしている。したがって、頭がカチアのことで一杯で他事に回す時間があまりなかったとは言えるかも知れないが、少なくとも兄に手紙一通書く余裕すらなかったとは考えられない。とすると、音信が途絶えたのには別の理由があると見なければならない。

先に述べたとおりトーマスはこの年の四月半ば頃から五月初めにかけて保養地リヴァに出かけている。そこで兄弟が会っている可能性はあるが、そのとき何があったのかは現存する書簡などからは直接うかがうことはできない。

またメンデルスゾーンの詳細な伝記もリヴァ滞在中の兄弟の関係には何も触れていないし、最近出たばかりの詳細な『トーマス・マン年表』も同じである。(9) したがってこの点は実証的な証拠なしの推論にならざるを得ないのであるが、私は同年八月十九日にトーマスがイーダ・ボイ＝エトに書いた手紙に注目したいと思う。この前後の現存するトーマスの書簡が、カチアに関するものか、或いは仕事に関わる事務的なものがほとんどである中で、これは例外的に兄と自分との関係に言及しているからである。この書簡は『女神たち』に対するトーマスの批判について述べた第二章第一節ですでに引用しているが、ここでは兄弟の関係が一九〇三年十二月五日のトーマスの書簡以来微妙になっていることを念頭において、改めて見ておきたい。

この中で彼は、おのれに真摯な関心を抱く者こそが真の作家なのだと述べて、自己認識より美に関心を抱くような作家たちにはこの種の気質《エートス》が欠けているが兄もその一人だと述べて、次のように続ける。

私が兄と関心が重なり合うとお思いでしたか？　兄の最新作〔『愛を求めて』〕のせいで私たちは危うく不和になるところでした。にもかかわらず、兄の芸術家としての性格を見て私が感じるのは軽蔑などではなく、憎悪なのです。彼の書く作品は劣悪ですが、その劣悪さが異常なほどなので、向きになっても敵対せずにはいられないのです。あの好色性の退屈な破廉恥さや、精神も心も籠らぬまま女体に触れまくる官能性のことを言っているのではありません。私を憤激させるのは、彼の描く美に備わっている、墓場から吹いてくる風のような冷たさです。(……)しかし何はともあれ、兄と私の間には、深い対立関係にも関わらず親縁性があります。兄弟たることから来る、一種の血縁的な類似性があるのです。この点は忘れないでいただきたい。芸術と生の二元論的な矛盾は私にも兄にも同じように存在するのです――ただ、この矛盾が私にはまだ真剣に取り組むべき問題であるのに対し、兄にあってはもはやそうではないということです。兄は選んでしまったのです。芸術を。兄が芸術家の道を選んでおのれを強いと感じるようになっていることは疑い得ません。『アッシィ公爵夫人』を書いていて或る箇所で涙を流したと、兄自身の口から聞いたことがありますが——私は無条件にこれを信じます。兄は兄なりの意味で芸術家なのです、確かに。あなたも兄の成長を見守っていかなくてはいけません。(10)(傍点部分は原文で斜字体)

内容的には特に新味があるわけではない。『女神たち』以降のハインリヒに対する批判的な見解がここでも繰り返されているだけとも言える。しかしまさにその新味のなさと、この書簡が一九〇四年八月に書かれている点に注意を払いたいのである。同年四月から五月にかけてトーマスはハインリヒと会った可能性がある。もしそのときに兄弟の間に重大な何かが起こっていたなら、トーマスは手紙にこうした分析を書くことはなかったのではないか。重大な何かとは、前年十二月の書簡以来関係がぎくしゃくしていた兄弟が心からの和解を果たすか、或いは逆に完全に決裂するかである。仮にそのいずれかが起こっていたなら、トーマスはボイ=エトやマルテンスらの友人へ宛てた書簡でこの点について何がしかの記述をしていたのではなかろうか。

トーマスがこの時期、例のハインリヒ批判の手紙を送って以来初めて兄と顔を会わせたと仮定してみよう。恐らく二人の間には激しい口論などは起こらなかっただろう。むしろ二人は一種のよそよそしさをもって再会したのではないか。そこには、決裂もない代わりに真の和解もなかった。かつては単に兄弟関係だけではなく、文学を志す若者同士という関係が二人を結びつけていた。しかし弟が『ブッデンブローク家の人々』で成功を収め、兄の『愛を求めて』を正面きって批判し、意中の女性を見つけて結婚を目指している今、二人がかつてのような関係に戻れるはずもなかった。弟の方としては、カチアのことで手一杯な現状では兄との関係は悪化しない程度にとどめておこうとの計算もあったかも知れない。ハインリヒにしても兄としてのプライドがあり、書簡で述べられたトーマスの見解を全面的に認め相手に歩み寄ることはできなかっただろう。一九〇四年春の二人の再会は、こうして別の道を歩み出すことになったお互いの状況を確認するに終わったのではなかろうか。だからこそ、以後同年末までトーマスは兄に書簡を送らなかったと私は考えたいのである。

可能性はもう一つ考えられる。一九〇四年春にリヴァで兄弟が会わなかった場合だ。トーマスがこの時期リヴァに行ったことは書簡などから確実なので、もし同じ頃ハインリヒがこの地にいなかったとすると（彼はトーマスと違い旅行がちで、しかも書簡などが余り公刊されていないため、いつどの場所に滞在していたかは弟ほど判然としていない。書簡の刊行と分析が将来進めば、このとき二人が会ったかどうかは明瞭になるかも知れない）、それは兄が意図的に弟と顔を会わすまいとしたためだととらねばならない。結果として以後半年間兄弟の音信が途絶えたとしても不思議はない。

さて、そこで一九〇四年十二月に、カチアとの結婚を約一カ月半後に控えたトーマスが、恐らく数カ月ぶりで兄に送ったと思われる書簡を見ておこう。

まず結婚問題にかかずらい過ぎて兄への関心がおろそかになったと思わないで欲しいと書いて、「幸福」は決して軽快で明朗なものではなく、様々な労苦を伴うものであり、むしろ自分はそれを一種の義務感をもって引き受けたのだと述べている。それから今年のクリスマスにあなたがミュンヘンに来ないのは残念だと述べ、結婚式には是非来てもらいたい、カチアの家族にもあなたを紹介したい、前もってカチアにあなたから手紙を出してやってくれないか、と念入りに頼んでいる。この手紙の調子は全体として非常に丁重で、相手の意向を慎重にうかがう姿勢を示している。

弟からこのように丁重に頼まれたハインリヒは、しかし結婚式には出席しなかった。二人の妹のうち下のカルラも欠席した。結婚式の一週間後の一九〇五年二月十八日、トーマスは新婚旅行先から兄に手紙を書いている。調子は先の手紙と同じく非常に丁重であり、兄が結婚式に来なかったことにいささかも批判めいた物言いはせず、式に欠席したハインリヒとカルラが共同で贈物をしてくれたことに感謝してこう述べている。

妻と（こう書くのは悪くない気分です）私に、カルラと共同で素晴らしい記念品を送っていただきありがとうございました。兄さん自身はまだ品物の実物をご存じないのでしたね。でも拙宅にいらっしゃればすぐご覧になれますし、あらかじめ言っておくと非常に立派な品ですよ。趣味がよく、しかも実用的で、ティーアガルテン通りからの豪勢な品より嬉しく思います。両方とも並んでテーブルに載っていますが。(11)

ティーアガルテン通りというのはベルリンの地名で、カチアの叔母エルゼがそこに住んでいた。叔母は銀行家と結婚していて裕福であったが、トーマスは兄と妹の贈ってくれた品がエルゼ叔母の贈物にもまして嬉しかったと、ハインリヒを立てる言い方をしているのである。しかしこの手紙は真実を伝えているだろうか。トーマスの長女エーリカは、彼女自身子供時代にエルゼ大叔母宅を何度も訪れたことがあり、その暮しぶりの豊かさを書き残しているが、父のこの手紙について次のようにコメントしている。

ティーアガルテン通りからの贈物は決して成金趣味の品などではなく、銀製のティー・セットであり、今日でも私たちの家で使っている。しかしトーマス・マンは裕福な家の娘と結婚したことをハインリヒに対して恥じる気持ちがあったので、ここから来た贈物をけなす傾向があった。(12)

確かにそうも言えるのかも知れない。しかしむしろここでは、トーマスが終始自己主張を押さえ、ひたすら兄の立場を気遣いつつ、兄に他の家族（母や弟妹、カチアの家族）との和をなるべく損なわせまいとしている姿勢を読み取るべきではないか。恐らく母ユーリアからも要請があったのだろうが、一九〇四年十二月の兄への手紙で述べていたこと、すなわち幸福は決して軽快で明朗なものではなく、様々な労苦を伴うものであり、むしろ自分はそれを一種の義務感をもって引き受けたのだということ、それをまさにトーマスは兄への気配りによって身をもって示しているのだ。多分トーマスはカチアと知り合い婚約にこぎ着けるまでの様々な経験や人間関係での苦労から、幸福とはそうした義務を果たすことの別名なのだという認識を実地に体得していったのだろう。また、カチアへの求婚を通してプリングスハイム家と付き合うことで、逆にマン家の家族を大切にしなければという一種のバランス感覚が生まれたとも考えられる。トーマスの次男ゴーロの自伝によれば、トーマスは必ずしもカチア夫人の実家とはうまくいっていなかったらしいからである。(13)ともあれ、いささか紋切り型の表現を使うなら、市民としての生活をここで彼は本格的に開始したのである。

それは『ブッデンブローク家の人々』と『トニオ・クレーガー』を書いた彼の、恐らくは必然的な道程だった。

第二節　結婚までのトーマス・マンと作品構想

A　パウル・エーレンベルクと『恋人たち』構想

トーマス・マンが処女長篇小説『ブッデンブローク家の人々』執筆によっておのれを発見したということについては、私は以前に論じる機会があった(14)。最初の構想では虚弱な末裔ハノーを描く短篇になるはずの作品を、数世代に渡る市民の生活を描く長篇にしてしまうことで、彼は単なる芸術家小説ではなく、市民を描く叙事的な小説を書く結果になったのだった。しかしそのとき、私は主に、作家としての資質をトーマスが見いだしたという点から論じたのであった。だが見方を変えれば、芸術に心惹かれながらも成熟せずに死んでしまう少年だけではなく、幾世代にもわたる市民的な商人一族の暮らしを描くことで、彼は実際に自分がどう生きていくかという問題に関わり始めていたのである。のちに兄ハインリヒが自分をフロベールになぞらえて綴ったエッセイ『ギュスターヴ・フロベールとジョルジュ・サンド』で述べたように、《本を書き上げたということは端緒に過ぎず、本の意味の方はまったく意識に上らないという場合もある》(15)。トーマスは自分でも知らないうちに、兄を模倣して心酔したボヘミアン的な芸術家気質（ハインリヒや若年のトーマスを魅惑したイタリアはその象徴である）から離れ始めていたのだった。

処女長篇に続けて書かれた短篇『トニオ・クレーガー』が芸術家＝ボヘミアンにたたきつけた挑戦状だということは第三章で触れたとおりであるが、以上のような流れからするとこの短篇が生まれるのは必然的であったと言える。つまりトーマスは『ブッデンブローク家の人々』から一歩踏み出して、「本の意味」をかなり「意識に上ら」

せながら『トニオ・クレーガー』を書いたのである。

しかし、ボヘミアン＝芸術家に背を向けてハンスやインゲのような平凡な市民を愛するという決意は、自分の意識の持ち方への指針にとどまるのであって、主人公が具体的に自分の身をどう処するかという問題に答えるものではない。小説という虚構の中の人物はそれでもよかろうが、作家トーマス・マンは現実の社会の中に生きている以上、ではお前は具体的にどう生きるのかという問いを回避することはできないのである。

無論、『トニオ・クレーガー』を書いたときの彼がこの問題をそれほど理路整然と考えていたとは思われない。実際にはそれはトニオのリザヴェータ相手の議論がそうであるように、話したいことが山ほどあるのにその意図は自分でもつかめないような曖昧模糊としたものであっただろう。だが話を聞いたリザヴェータが最後に「あなたを悩ませている問題の答、それは、あなたが単なる普通の市民に過ぎないということなのですよ」と言い、「この判決を少し情状酌量してあげましょう」「あなたは道に迷える市民ですわ」[16]と断じたとき、解答はすでに与えられていたのである。

こうしたトーマスの歩みを示すのは発表された小説作品ばかりではない。友人パウル・エーレンベルクとの関係に注目すると、別の側面からこの時期の彼の姿が見えてくる。

トーマスがパウル及びその弟カルルのエーレンベルク兄弟と知り合ったのは一八九九年のクリスマス直前であった。内気で気むずかしいトーマスには珍しくすぐに親称で呼び合う仲になっている[17]。若き日の彼らとの交友をトーマスは約三十年後の『略伝』（一九三〇年）でも[18]、また晩年、一九四九年にパウルが死去したときには弟カルルに宛てた手紙の中でも、なつかしく思い起こしている[19]。トーマスはそのノート7の九十七ページに（多分『トニオ・クレーガー』執筆中であった）こう記した。

P〔パウル〕は僕の最初の、そして唯一の人間の友だちだ。今まで僕には怪物や妖怪、悪魔、そして認識の沈黙にひたる幽霊、つまり文学仲間にしか友人がいなかった。[20]

文学仲間を怪物扱いし、「人間」であるパウルと比較するこの記述は、『トニオ・クレーガー』で主人公が「芸術家」とハンス＝インゲを比較する箇所を彷彿とさせるし、実際この小説にそのまま利用されている。[21]

また一九〇一年二月十三日に兄ハインリヒに宛てた手紙でトーマスが、

思いもかけぬ純粋で得も言われぬ幸せ（……）が交錯したのです。いわく言いがたい体験でした。（……）でも文学とはまるで無縁の、非常に素朴で生き生きとしたこの体験によって、気づいたことがあったのです。僕にも単に「イロニー」だけではなく、誠実で暖かく善良な部分があるのだということ、呪わしい文学はまだ僕のすべてを荒廃させねじ曲げ食いつくしているわけではないのだということです。[22]

と語っているのは、こうした友情体験に他ならなかった。また同年三月七日付けの兄宛て書簡でもこう述べている。

恋愛をしたのではありません。少なくとも普通の意味ではそうではありません。むしろあれは友情で、――驚くべきことに――理解と反応と報いに満ちた友情だったのです。飾らずに言いますが、ある種の時間には、特に抑鬱と孤独に打ちひしがれているときには、耐え通さねばならない性質を持った友情でした。グラウトフにいたってはこう主張しています。お前は要するに高校生みたいに恋をしてるんだと。でも彼は思ったとおり

した。これだけ言えば十分です。ひょっとすると口頭でさらにお話しするかも知れません。[23]

を言ったに過ぎません。私のような考え方をする神経質な人間は、事を信じ難いほど複雑化して考えます。あのことには百もの側面がありました。単純極まりないところから、精神的な冒険に満ち満ちたところまで。しかし最も大事なのは、この人生にもう期待してはいなかった出会いに対する、深い喜びのこもった驚きの念でした。これだけ言えば十分です。ひょっとすると口頭でさらにお話しするかも知れません。[23]

なかなか興味深い手紙ではある。友人グラウトフがお前は高校生みたいに恋をしているのだと評したのは、ある意味では的を射ていたのではないか。私は、単にトーマスの同性愛的傾向を指してそう言うのではない。彼の日記が公開されてからその種の議論はかまびすしいが、若年期にあっては同性の親友を求める気持ちと異性の恋人を求める気持ちには一種共通のエロティックな感情が働いていると考えるのが自然なのであって、少なくとも兄への右の告白は率直に受け取っておいて構わないと思う。[24]

さて、一九〇二年一月二十八日、トーマスはパウルに手紙を書いた。ちょうど『トニオ・クレーガー』を執筆していた時期であることに注意したい。以前述べたように、パウルの形姿はハンス・ハンゼンの人物像に影響を及ぼしている。P・d・メンデルスゾーンによれば、この頃『ブッデンブローク家の人々』が——まだ売れ行きは振るわなかったとはいえ——一部の批評家に認められ、それが逆にトーマスをして生と芸術の懸隔を意識させることになった。[25] 謝肉祭の時期、ミュンヘン・シュヴァービングの舞踏に熱中して自分の前に姿を現さないパウルに、トーマスは『ブッデンブローク家の人々』の書評を同封した上でこう訴えかけたのである。

親愛なるパウル！

舞踏の合間にもちょっとした娯楽を手にしてもらいたくて、こんなお笑い草〔書評〕を同封するよ。それとも耳をふさぎたくなるばかりだろうか。何しろ騒々しい書き方をしているからね。僕はといえば、こういう好意的な雑文を読みながら笑みを浮かべていたのだけれど、だんだん憂鬱になるばかりなんだ。この（なかなかよく書けているけど）記事の筆者のような人たちは、遠い場所から僕に好意を抱いてくれる。多数の人たちが僕という人間を知らないのに、否、知らないからこそ僕の才能を熱烈に買ってくれるってわけだ。僕はこういうトロフィーを周囲に飾っていかにも満足そうな顔を装っているのだけれど、それというのも、僕の周りには人間的・個人的な親愛の情や信頼や熱情や友愛といったものがまるっきり存在していないので、その代償にしようと思っているからさ。（……）

本当のところ、僕は才能をこんな風に誉められるのには恐ろしくうんざりしている。だって存在していないものの代償にはどうしたってならないのだからね。いったい人間はどこにいるのだ？　人間としての僕、愛想は余り良くなく、むら気で、自虐的で、不信心で、猜疑的なくせに感じやすく、異常に他人の共感に飢えているこの僕を、全面的に受け入れてくれる人間は？　絶対迷わずにだ。見せかけの冷たさや拒絶にあっても尻込みしたりそっぽを向いたりせずにだ。（……）こういう人間はどこにいるのだ?!?——誰も答えてはくれない。

（……）

僕はここ数日ひどい目にあってとことん傷ついてしまい、舞踏会や仮装行列に出かける気分にはなれないでいる。ひとりぼっちで、誰にも理解されず、暗鬱で、重苦しい気分なんだ。一言発してしまえば気が軽くなりそうだなとは思う。「僕のところへ来てくれ」と言ってしまえれば。君が他の人たちと違って、僕の才能には尊敬の念を抱きながら人間としての僕には嫌悪感を持ったりしないと、仮に僕が思ってよければだが……。さ

ようなら。T・M・

（傍点部分は原文で斜字体）[26]

痛々しい手紙ではあるまいか。約十カ月後に完成する『トニオ・クレーガー』でも表現された人恋しさが、生の形でむき出しになっている。そしてこの訴えにパウルは応えたのだった。トーマスが残したノート7の六十二ページには《P〔パウル〕が一月三十日午後に来る》との記述がある。[27]手紙が一月二十八日付けなのだから、パウルはすぐにトーマスの心中を察して反応を示したと言えるだろう。

　この手紙を書いたとき、トーマスは二十六歳だった。パウルは一歳年下。何の予備知識もなく読めば、十代の少年が書いたと思われても不思議のない手紙ではないか。それだけに一層、この時期トーマスが陥っていた心理的危機の深さがうかがわれる。

　しかしそれで二人の仲が順風満帆になったというわけではなかった。同年五月、二人の間に危機が訪れたらしい。トーマスは五月二日付けでパウル宛てに手紙を書いた。

　親愛なるパウル。

　君が遠ざかっていて手紙もくれないのはよくよく考えてのことだと思うけれど、それはよくないことだし、第一そんな態度をとっていれば、君が感情を損ねてもそのことで僕を非難したり忠告をくれたりする権利まで放棄してしまうことになるだろう。

　君は僕に写真を持ってきてくれるはずだったね。君が最近非常に用心深い言い方をしたところによれば、君の名前をその上に書いてくれるということだった。なぜ持ってこないのだい？　僕が月曜に写真を欲しいと言ったときの態度が余り熱心じゃなかったからか？　僕がたった一晩君に投げやりな印象を与えたからといって、君が僕にとってこの上なく大事な存在だということをたった一晩態度に十分示せなかったからといって、――一週間ものあいだ（君がミュンヘンを発つ直前の一週間だ！）故意に僕を避ける理由になるのかい？[28]

メンデルスゾーンがこの手紙について、《知り合って二年半にもなるのにこの有様なのだ！》と評しているのは的確だろう。[29]言い換えればそれほどにトーマスのパウルに対する態度は世慣れず、俗っぽい言い方をすれば惚れた弱み丸出しだったのである。

こうした精神状態の中で、トーマスは一つの作品を構想する。

彼が一九〇〇年代の初めに『恋人たち Die Geliebten』という作品の構想を立てていたこと、それがのちに『マーヤ Maja』と名を改めたものの、結局作品としてはまとまった形を取らないままに終わり、一部分が晩年の大作『ファウストゥス博士』に利用されたことは、トーマス・マン研究者には広く知られており、またここでその点について詳述すると話の筋道からはずれることにもなる。したがって以下ではこの構想そのものに詳細に立ち入ることはせず（ハンス・ヴィスリングに基礎的な研究がある）[30]、パウルとの友情体験とこの構想との関係に限って触れておくことにしたい。

ごく簡単に経緯をたどってみると、最初にこの作品の構想が書きとめられたのはノート4で[31]、一九〇一年三月にドレスデンで起こった事件に触発されたものである。人妻が有能な音楽家たる若い男性を市電の中で射殺するというセンセーショナルな事件であった。翌〇二年三月、トーマスは女友だちヒルデ・ディステルにこの事件の詳細を教えてくれないかと乞う書簡を出している。[32] ノートの書き込み自体は遅くとも〇一年の秋にはなされている。

ここで注意したいのは、この事件が起こり作品が構想された一九〇一年から〇二年にかけての時期が、パウルとの友情体験の時期と一致するという事実である。そして人妻が恋着の対象たる男性を市電内で射殺するという事件は、のちに『ファウストゥス博士』第四十二章でイーネス・インスティトーリスがルドルフ・シュヴェアトフェーガーを射殺する事件として作品化されたわけだが、いわば三面記事的とも思われるこの事件にトーマスが興味を示したということの重みは、パウルとの関係を考えてみると小さくない。さらに、ディステルに事件の詳細について問い合わせた一九〇二年三月が、事件の直後ではなく、それから丸一年たった頃であり、パウルとの仲が（恐らくはトーマスの過敏さ故に）怪しくなりかけた時期と重なっている点を見逃さないようにしたい。

簡単に言ってしまえば、この事件はトーマスにとって人ごとではなかったのだ。感情の行き違いや裏切りが殺人にまで行き着くほどの激しい恋着の情。『トニオ・クレーガー』の、ハンスやインゲに対する主人公の淡い恋情だけを見ていてはつかみきれないどろどろとした部分が、この時期のトーマスにはあったということだ。

さて、パウル・エーレンベルクについての書き込みはノート6にもあり、[33] また『恋人たち』に関するメモは上述のとおりノート4の四十三ページにも見られるが、本格的な書き込みはノート7においてである。ノート7では十一ページに最初の書き込みがあり、[34] これはヴィスリングの推定では一九〇一年初めになされたと見られ、[35] それから一九〇二年冬にかけて最も集中的にノートがとられている。内容は、前述の人妻による愛人射殺事件の敷衍であり、人妻はアデライーデと名づけられ、その夫はアルブレヒト（またはオイゲン）という名でルネッサンス祭祀に熱狂するデカダントであり、射殺される恋人のヴァイオリニストはルドルフ・ミュラーとなっている。

すなわち、アデライーデとはトーマスであり、アルブレヒトとは兄ハインリヒであり、ヴァイオリニストのルドルフ・ミュラーはパウルだということになる。実際、アルブレヒトの名はのちに『大公殿下』で俗世間の仕事には耐えられないと言って弟に相続権を譲る長男（これもトーマスから見た兄の姿を写している）の名に流用されているし、ルドルフ・ミュラーはそのファーストネームと職業がそっくり『ファウストゥス博士』の登場人物に受け継がれている。ちなみにパウルは画家であったが、音楽にも才能があり、最初はヴァイオリンと絵筆のどちらを選ぶかで迷ったこともあった（弟カルルは音楽家であった）[36]し、ヴァイオリンを上手に弾いたから[37]、パウルの姿を写した作中人物がヴァイオリニストであるのにもそれ相応の含みがあるのだ。

そして実際、ノートに書き込まれたルドルフ・ミュラーはほぼパウルその人であると言って差し支えない。例えば、一九〇二年一月にトーマスがパウルに手紙を送りパウルがすぐにそれに応えたことは上述のとおりだが、この出来事はノート7の六十八・六十九ページですぐに小説のシーンに書き直されている。ノートではP〔パウル〕と「彼」という記述が交錯し、現実とフィクションの境目が曖昧になる[38]。生が芸術のために営まれているかのようだ。トーマスは『トニオ・クレーガー』で作家の仕事をこう描写した。

「感情が涙に曇っていても、そのヴェールを通して明察し、認識し、注意深く観察する。そして手と手が絡み合い、唇が触れ合い、目が激情の余りくらんでしまうような瞬間になっても、なお観察したものを微笑みながら脇に取りのけておかなくてはならない——これは恥ずべきことですよ、リザヴェータ、下劣でけしからんことじゃないですか[39]。」

「けしからんことじゃないですか」と言ってもなお「観察」してしまうのが作家の作家たる所以だということに

なろうか。トーマス自身の同化する作中人物がアデライーデという女性であるのも興味深い。『エジプトのヨセフ』のムト－エム－エネトや『欺かれた女』のロザーリエや『ヴァイマルのロッテ』のシャルロッテのように、トーマスの作品にあってはしばしば、応えてくれない相手を想って身を焦がすのは女性になっている。これは彼の作家としての資質を考える時なかなか示唆的な点ではあるが、ここでは深入りはしない。

さて、以上のようにパウル・エーレンベルク体験は、『恋人たち』構想という形でノートの中では文字化されたが、結局作品としては完成せずに終わった。原因はいくつか考えられる。テーマが『トニオ・クレーガー』や同時期の『飢えた人々』などの別の作品に吸収されていったこと、構想自体がやがて『マーヤ』というドレスデンの市民世界を扱う社会小説にふくれあがっていきトーマスの手に負えなくなってしまったことなど、彼の作家としての活動そのものに根ざす理由がまず挙げられよう。

しかしそれ以外にトーマスの心理的要因があるとする説をメンデルスゾーンが唱えている。これはきわめて面白い説で、また彼の結婚問題にもつながりがあるので紹介しておこう。トーマスは一九〇三年八月十二日の日付で友人グラウトフに宛てた書簡の下書きを、ノート7の百十九ページ以下に残している（実際に出したかどうかは分かっていない）。

お願いだから、昨晩君に話したことをケル〔批評家〕にもらさないで欲しいのだ。当たり障りのない形でもいけない。自分自身にすら無様に見えるのに、彼の前に滑稽な姿をさらしたくないんだ。最近日ごと夜ごと奇蹟や荒唐無稽なおとぎ話を想像してばかりいる……なんて僕は莫迦なんだろう！（……）僕のフロックコートの型だけでも興味を呼び起こしてくれたら？　いや、そんなことはあり得ない。(40)

これについてメンデルスゾーンは慎重な言い回しながら、社交の場でカチア・プリングスハイムを見初めたことを語ったものである可能性もあるとしている。(41) トーマスがカチアと正式に知り合ったのは一九〇四年の二月と推定されており、その直前に市電内でカチアをトーマスが見初めたというのが定説になっているが、晩年になってカチア夫人がインタヴューに応じて残したメモワールによると、それ以前からトーマスはカチアを知っていて注目していたというから、(42) これは大いにありそうなことだろう。ただ、ヴィスリングになるとこの書簡草稿をカチアのことだと断定的に書いているが、これは行き過ぎではなかろうか。(43) ちなみにカチア夫人がメモワールの中で、批評家ケルも自分に気があった一人だと述べているのは面白い。(44)

そしてメンデルスゾーンはさらに注目すべき推測をしている。この頃からノートでのパウルと『恋人たち』についての書き込みが減っているのは、カチアを見初めたからかも知れないというのである。私生活と創作とのこうした連関は十分あり得ることだと私も思う。実際、この頃からパウルとの文通は一年余りにわたって頻度が激減している。(45) トーマスがパウルに手紙を送り、《結婚式が済めば僕らの創造的な友情が再び勢いよく回転し始めるだろう》と表明したのは、翌一九〇四年の十月二十八日、つまりカチアとの婚約が成立した直後であった。(46)

理由はどうあれ、一九〇三年の半ば頃を境にパウル・エーレンベルク及び『恋人たち』構想へのトーマスの関心は一段落した。そして代わりにカチア・プリングスハイムが登場する。

B　カチア・プリングスハイムと『大公殿下』

パウル・エーレンベルクへの苦しい愛情と『恋人たち』構想が密接な関係を持っていることを先に述べた。ではカチア・プリングスハイムを見初めた結果としてどんな文学作品が生まれたのか。言うまでもなく『大公殿下

Königliche Hoheit』である。この第二長篇がカチアとの恋愛・結婚体験を下敷きにしているのは余りにも有名な事実だから、ここでとりたててその点について論じる必要もないだろう。ただ若干注意しておきたいのは、この作品が最初に構想されたのはいつかという問題である。

　トーマスがノート7にグラウトフ宛ての書簡下書き（一九〇三年八月二十九日付け）を残し、これがもしかするとカチアを見初めた暗示かも知れないということについては先に述べた。ところが同じノートの二ページ後から、トーマスは『大公殿下』の構想を三ページにわたって書き記しているのだ。これは一九〇三年九月に書き込まれたものと推測されている。(47) トーマスはノートに様々な印象や事柄を思いついたままに書き記しているので、単にのちに『大公殿下』の材料として結果的に使われたということなら、第二長篇用の書き込みはこれが最初というわけではない。しかし、はっきり『大公殿下』とタイトルをつけてまとめて記述がなされているのはこの箇所が最初なのである。(48) なお兄以外の人間に最初にこの作品の構想を表明したのは、現存する書簡で見る限り一九〇三年十二月五日付けのW・オーピッツ宛てであり、また第六章で検討した兄宛ての厳しい批判的書簡でも『大公殿下』という作品名に言及し、以前にその構想を兄に話したと述べているし、(49) 同書簡で自分のアイデアを兄が無断で盗用していると非難した箇所でも、

> 『大公殿下』の素材にしても、すでにお前同様に俺の内部に完全に蓄積されていたのだ、兄さんはそうおっしゃいました。もしもこの先兄さんが新作の中で、ついでのようにさらりと芸術家とは「大公殿下」のようだと書いたとしたら、私は一体どうすればいいのでしょう。この問題をその後で詳しく展開するのはペダンティックということになってしまうでしょう。

と述べて、兄が「大公殿下」という表現を自分より先に使わないよう釘をさしている。ちなみにこの手紙が右で述べたオーピッツ宛ての書簡と同一の日付を持つ点に注意したい。ハインリヒは身内であり同業者でもあるということで、作品がはっきりした形をとらないうちから構想を打ち明けたのだろうが、オーピッツに作品構想を伝えて、

芸術家は象徴的で代理的な存在だと思うのです、そう、君主のように。こうした考えの中には私がいつか書こうと考えている奇妙な作品——君主小説《ノヴェレ》の萌芽が含まれています。これは『トニオ・クレーガー』と対になる作品で、『大公殿下』というタイトルになるはずです。(50)

と述べたのは、作品構想が具体化しつつあった証拠だろう。カチアとの市電の中での出会いはこの二カ月後のことであった。

前述のとおり、一九〇三年八月のグラウトフ宛て書簡下書きがカチアを見初めたことを示すものなのかどうか、判断は慎重にすべきだというのが私の立場だが、いずれにせよこの時期、『恋人たち』構想の書き込みが減少し、逆に『大公殿下』構想がはっきりと形を整えてきたのは明らかだ。少なくともカチアと出会う心理的準備は、トーマスの側には熟していたのである。《結婚しようという意志があって、しかるのちに愛情が生まれる》というのは、彼がエッセイ『結婚について』でヘーゲルを引用しつつ述べた有名な文句だが、(51)作品構想が先か、妻となる女性と出会うのが先か、細かい日時の辻褄合わせを無効にしてしまうものがここにはある。実生活での出来事と作品構想のこうした並行関係は、パウル・エーレンベルクとの友情体験と『恋人たち』構想の並行関係と比べてみるとき、トーマス・マンという人間と作家のあり方をきわめて明瞭に示していると言っていいだろう。

第八章　作品に見る転換期のハインリヒ・マン

ハインリヒ・マンが一九〇三年十二月五日付けの弟の書簡に激昂して兄弟の確執が表面化した事態については、すでに蜿蜒と述べてきた。そして残された返信用下書きから、彼がこの時期おかれていた不安定な心理状態を看取できることにも触れた。この頃のハインリヒについて、さらに作品を通して考察を続けよう。

すでに述べたとおり、『愛を求めて』はハインリヒの転換期を告げる作品であった。その不出来ぶりが弟との軋轢をもたらしただけではなく、ミュンヘン市民社会の暴露的な側面を持つが故に、妹ユーリアや銀行家であるその夫などからも批判的な目で見られることになったからである。しかし彼は書くことをやめなかった。第六章でも触れたように、《やめたら自分はおしまいだ》という意識に駆り立てられていたのかも知れない。そして『愛を求めて』で始まった彼の転換期は――トーマスがカチアと出会って結婚にこぎつけるまでの時期とちょうど重なるが――以後の作品にもはっきりとその痕跡をとどめているのだ。

第一節　短篇小説『フルヴィア』

一九〇四年二月二十七日付けのトーマスの兄宛て書簡から、ハインリヒが自作短篇を弟に送ったことが分かる。

弟の処女長篇が順調に売れ行きを伸ばしている中、自分も負けずに仕事をしているところを見せておこうという対抗心もあっただろう。感想を述べたトーマスの返信が面白いので、まずこれを引用しよう。

短篇、ありがとうございました！　わくわくするような気持ちで二回読ませていただきました。（……）卓越した小品ですね。緊密で、高貴で、名人芸的で、文体は兄さん独自のラテン的簡潔さを示しています。改めて思ったのは、今日では物語、冒険譚、正真正銘の「短篇小説」を書き得るのは、いまだに「そんなことを思いつく」のは、唯一兄さんだけだということでした。兄さん自身が『愛を求めて』について正しくもこう言われましたね。つまり、俺の作品を一度読んだことのある人間は、他の作品を最初の二ページ読んだだけでもう俺の書いたものだと分かるというのでしたが、これは『フルヴィア』にも完全に当てはまる言葉です。正真正銘、完璧なハインリヒ・マンがここにいます。最も素晴らしいと感じられたのは、兄さんが物語の（対話もですが）素朴な調子を言語の高貴さと調和させるすべを心得ているという点です。私は目下兄さんならではのこの作品に酔っていますが、最上の箇所は、ヴィチェンツァ砲撃を丹念に語っている箇所でしょう。ラミンガがいつも飼犬に顔をなめられるというのもとても気のきいたディテイルですね。そしてことに素晴らしいのがこの箇所です。「……とうとう私たちがお互いの目を識別できるまでになった。この夜、私たちの気づかぬうちにどれほどの嵐が目の中で荒れ狂っていたことか。今、二人の目は霊のように穏やかだった。」（……）それよりずっと奇妙で不思議に興味深く、今なお少しばかり意外に思われるのは、兄さんの世界観がリベラリズムへと発展を遂げたことです。この作品にもそれが顔をのぞかせていますね。右に書いたように不思議で、そして興味深いのです！　兄さんは思いもかけず若さと力を感じておられるに違いありませんね。実際、このリベラリズムは恐らく単に「男の成熟」を意味しているのでしょうが、仮にそうでないとすれば、私はそれを一種の意識的に獲得した若さだと思ってしまうことでしょう。男の成熟！　私もそこまで行けますかどうですか。第一に私は「自由」ということがよく分からないのです。「自由」とは私にとっては純粋に倫理的で精神的な概念であり、「誠実」の同義語です。（おかげで何人かの批評家からは「心が冷たい」と言われました。）しかし政治的な自由には私はまるで興味がありません。偉大なロシア文学は恐るべき抑圧下に生まれたのではなかったでしょうか。もしかするとこの抑圧なしには何も生まれなかったのではないでしょうか。このことは少なくとも、自由そのものより自由のための闘いの方が良きものである証拠なのでは。そもそも「自由」とは何でしょうか。自由のためにすでにあまたの血が流されたことからしても、この概念は私にとって薄気味悪い不自由さを、中世に直接つながるものを持っているのです……。でもここは私の口を出すべきところではないのでしょうね。(1)（傍点部分は原文で斜字体）

ここで言われているのが、短篇『フルヴィア Fuliva』である。成立時期ははっきりしないが、GW版の資料によれば、(2)恐らく長篇『愛を求めて』成立直後ではないかという。つまり一九〇三年末である。一九〇四年一月、ウィーンの日刊紙『時代 Die Zeit』に二度に分けて掲載され、『ピッポ・スパーノ』同様に短篇小説集『笛と短刀』（一九〇四年十月初版、ただし本には一九〇五年と印刷）(3)に収録された。つまりハインリヒは新聞に掲載されたばかりの新作を弟に送付したというわけである。

さて、この『フルヴィア』はどんな作品だったのだろうか。簡単に筋書きを紹介しよう。(4)

舞台はイタリア。時はリソルジメント、つまり十九世紀のイタリア国家統一運動の頃の話である。ある夜のこと、老いた革命の女闘士フルヴィアは娘たちを前に、いかに愛よりも自由が大事かを語り始める。

フルヴィアの夫クラウディオは勇敢な革命の闘士だったが虚弱な体質で、七十六歳まで生きたのが不思議なほどであった。また美男でもなかった。フルヴィアの若い頃、枢機卿兼代官の甥のオレステ・ガッティという若者がいた。彼はフルヴィアに気があったが、彼女の方は、自分は自由を愛するからクラウディオと結婚するつもりだと宣言する。俺はその気になれば奴などすぐ片づけられる、お前らの言う自由は賤民のおしゃべりだとうそぶくオレステに、彼女は非難の言葉を投げかける。しかし彼は諦めずにフルヴィアに近づき、二人は密会したりもするが、結局彼女はクラウディオと結婚する。

やがて一八四八年の対ドイツ独立戦争になる。クラウディオとフルヴィアは独立をめざす自由の闘士だった。戦況は不利だったが二人の信念は変わらない。一方オレステは抑圧する側だった。フルヴィアは状況を打開しようとオレステの伯父に嘆願に行くが、現れたのはオレステだった。どのみちクラウディオは死に、お前は俺のものになるのだと言うオレステ。その場はそれで別れたが、ほどなく二人は再会する。オレステはフルヴィアにつかみかかる。彼女は逃げずに、昔二人で密会した際の思い出を語る。自由のための戦いで殺されたらどんなに素晴らしいことか、あなたはそれを知らないでしょうと言うフルヴィアに、オレステはこう答える。知っているさ、こういうお前の姿を見たからな、お前と一緒に殺されたらよかった、やはりこの国の自由のために戦おう。

自分だけで行こうとする彼に、一人にしないでとフルヴィアはすがる。彼は《兄のごとく》(5)彼女を連れてその地を逃れ、やがてフルヴィアは夫に再会する。夫の傷の手当をする彼女を残してオレステは一人で去り、やがて自由のために戦って死ぬ。

フルヴィアがこの話をし終えると、娘のラミンガは言う。「ママは何て幸せなの。彼はママのために死んだのよ。」

しかしフルヴィアはこう答える。「お黙りなさい！　彼は自由のために死んだのです。」

この小説は傑作というに足りる出来ばえを示しており、ハインリヒの本領はやはり短篇にあるのではという感慨を読む者に抱かせる。先に引用したトーマスの読後感も、直前に『愛を求めて』を酷評して兄の不興をかったマイナスを挽回しようというバランス感覚がほの見えることを差し引いても、『フルヴィア』の長所をかなり正確に言い当てている。

このトーマスの評言で注意を惹くのは、短篇の出来ばえと並んで、《それよりずっと奇妙で不思議に興味深く、今なお少しばかり意外に思われるのは、兄さんの世界観がリベラリズムへと発展を遂げたことです》と、兄の世界観に言及していることである。『フルヴィア』をトーマスは兄の世界観の表明として受け取った。ヒロインであり語り手であるフルヴィアの結語が「愛よりも自由を」なのだから、このトーマスの感想自体は当然のものと一応は言える。ただ、そういう感想だけでこの作品を、或いは作者ハインリヒの態度を片づけていいのかは、疑問なしとしない。

はたして『フルヴィア』は自由は愛より大事だと訴えた作品と言い切れるのだろうか。私は、自由と愛の相克関係を巧みに表現し得たところにこそこの作品の成功の理由があるのだと思う。この短篇の最も美しい箇所は、自分の信念にもかかわらずオレステに惹かれる若いフルヴィアが真夜中に彼と密会するシーンであり、また独立戦争中に二人が再会して昔の密会を思い出す場面なのである。ヒロインの信念と相反する想いの美しさ、政治的信条を共有しない者同士のねじれた愛、その愛のために信念を曲げる貴族階層の若者。こうした愛と自由の背反関係、そしてその中での緊迫感こそが、『フルヴィア』を傑作たらしめている要素なのではないか。だから話を聞いた娘は最後に「彼はママのために死んだのよ」と言い、フルヴィアはそれを否定して「自由のために死んだのです」と断言する。この二つの受け取り方は、愛は倒錯の中でこそ最も激しく燃え上がり、愛の純粋さは何らかの公的な名目下に否定されるときにこそ逆説的に保たれるという事情を端的に表現している。ヒロインが自由の闘士としての信念を貫くにせよ、オレステが最後に自由のために死ぬにせよ、この短篇が単なる自由のプロパガンダで終わらず文学としての魅力を保ち得たとするなら、その理由はそこにしかない。

したがって、ここでトーマスが『フルヴィア』を読んで兄の世界観がリベラリズムに発展を遂げたと述べているのは、ある意味で不思議な評言なのである。そういう読み方もできようが、逆のとり方だって十分できるのだ。杓子定規なイデオロギーを振り回す外在批評家ならいざ知らず、またのちのハインリヒの思想的展開を心得た人間の後知恵ならともかく、この時点でトーマスが兄の世界観についてこのように断じているのはいささか奇妙なことと言える。

私はトーマスが作品を読み誤ったのだとは思わない。多分作品以外に、彼をそう判断させる何かがあったのだろう。なぜならトーマスは《この作品にもそれが顔をのぞかせていますね》(傍点三浦)と述べているからで、現存していない(もしかすると『フルヴィア』を送る際に同封したかも知れない)ハインリヒ側の書簡、或いは人づてに聞いた兄の言動等、何かがトーマスをしてそのような判断に導いたのではなかろうか。

ちなみにそれまでのハインリヒの思想的展開については第一章第二節Bで述べたとおりであるが、二十代前半はユダヤ系資本に反発する雑誌の発行人を務めるなど、ブールジェ流の伝統主義・保守主義側からの資本主義批判に傾いており、また三十一歳で出版した『女神たち』第一部ではヒロインが革命活動に奔走するものの、その政治的行為の無効性は比較的見やすい書き方がなされている。そうしたハインリヒの思想的遍歴からすれば、ここで彼が「自由」に肩入れし始めたことは意外と見られても不思議はない。

そこに注意すると、トーマスの手紙には微妙な含みがあることが分かるだろう。ハインリヒがこの世界観に至ったのが不思議だと繰り返して、《このリベラリズムは恐らく単に「男の成熟」を意味しているのでしょうが、仮にそうでないとすれば、私はそれを一種の意識的に獲得した若さだと思ってしまうことでしょう》と述べるトーマスの口調には、ごくかすかなイロニー、もしくは底意のようなものが感じられる。この頃ハインリヒは三十三歳になろうとしていた。「自由」や「革命」といった観念に溺れやすい年齢はとうに過ぎて、物事を多面的に見られる、文字どおり「男の成熟」を迎える年頃だった。トーマスは、兄さんなりに熟した思考をした結果がこうなったのでしょうとしながらも、この年齢になって無理に若返ろうとしているのじゃないでしょうねと幾分冷やかすような物言いをしているのである。

しかし『フルヴィア』を兄の世界観表明としたトーマスの感想は、以後のハインリヒの歩みから見るとかなり急所を突いたものだったのである。

第二節　ランゲン書店のための自己紹介文

一九〇四年六月、ハインリヒは出版元であるランゲン書店のカタログのために自己紹介文を書いている。ごく短いものなので全文訳出しよう。

私の出身については、弟の有名な長篇小説からよくご存じのことであろう。我が一族はハンザ同盟都市で部厚い二巻本分の商人生活を送った後、ロマン民族の血が混じったことにより――ニーチェによるとこれは神経衰弱症患者と芸術家を生ぜしめるのだそうである――とうとう芸術家を生み出すに至った。私は一人前になるやすぐにイタリアに帰った。そう、しばらくは私は故郷にいる気分だったのである。しかしそこも結局は故郷ではなかった。これがはっきりするに及んで、私には多少のことができるようになった。二つの種族の狭間で一人きりでいると、弱虫でも強くなるものだ。周囲を気にせず、回りに容易に動かされず、ひとり小さな世界と存在しない故郷とを作りだそうと夢中になる。どこにも血を同じくする者がいないから、肩をすくめつつ世の規制をすりぬける。気質を同じくする公衆をどこにも見いだせないから、広汎な影響力を持とうとはせず、唯一者にのみ分かられたいと願う。それによって気持ちは激しさを増すのだ。きつい道のりだ。夢想のかたわらに野獣を配し、諷刺のかたわらに熱狂を置き、人間嫌いと優しさとを結びつける。他人を刺戟することが目標なのではない。他人などどこにいるというのか。むしろ唯一者のためにセンセーションをまきおこすのだ。おのれの体験を富ませること、おのれの孤独を滋味豊かにすることが目標なのだ。(6)

ここから何が読み取れるだろうか。まず、弟の『ブッデンブローク家の人々』の成功が彼に及ぼした屈折した影響である。弟の成功という事実をまず投げ出すように書き、その後で孤独な道を行く自分を定式化するハインリヒの心象風景は想像に難くない。このときすでに『ブッデンブローク家の人々』は二万部を突破していたのである。(7)

先にも引いたように、ハインリヒは一九〇四年四月に友人エーヴァース宛て書簡で『愛を求めて』に絡めて、自分は大衆に受けるタイプではなく少数の愛好家向けの作家だと述べていた。また一九〇四年一月八日付けのトーマスの兄宛て書簡から分かるように、ハインリヒは弟に対しても《あらゆる人畜無害な関係を放棄する！》などという表現を用いている。いずれも、弟の長篇の成功を認めつつも、それとは対蹠的な場所に自分を位置づけそれなりのプライドを保とうとする姿勢を示すものと言っていいだろう。

しかしである。それにしてもこの文章で表白されたハインリヒの孤独感は、いささか度が過ぎているのではないか。確かに作家としての知名度で弟に遅れをとり、また『愛を求めて』を手厳しく批判されはした。しかし売れ行きはともかくとしてすでに数冊の本を出版していたのであり、書店がカタログを出せばそこに一筆書いて欲しいと頼まれる程度の存在にはなっていたのだ。その彼のこの筆致は異様な印象を与える。弟に作家として先んじられただけで、人はこんな文章を書くものだろうか。

この点は転換期のハインリヒを考えるとき、重要な意味を帯びてくるのである。

第三節　長篇小説『ウンラート教授』

A　成立過程

『ウンラート教授 Professor Unrat』は、ある意味でハインリヒ・マンの最も有名な作品である。小説そのものによってというよりは、のちに映画化されたことによってではあるが。『ウンラート教授』を原作とする一九三〇年制作の映画『嘆きの天使 Der blaue Engel』は、エーミール・ヤニングスとマレーネ・ディートリヒ主演で大ヒットし、ディートリヒを一躍スターにした。ただ、映画が有名になりすぎて肝腎の原作者の方は忘れられ気味の感がある。日本で出ている映画の資料集には、この映画自体は掲載されてはいるが、原作者は名前すら出てこない。[8]原作『ウンラート教授』の邦訳も戦前（一九三二年）は出ていたが、戦後は再刊もされておらず新訳も出ていないから、一般の読書人の目に触れる機会はきわめて少ないと言ってよい。

『ウンラート教授』は『愛を求めて』に続いてハインリヒが執筆した長篇小説である。後年になって彼がパウル・ハトヴァニに宛てた書簡で述べているところによれば、フィレンツェで新聞を買ったところ、ベルリン発のニュースとして某教授が歌姫とねんごろになって転落の道をたどったという記事が載っていて、それにヒントを得たのだという。[9]

しかし著作者自身のこの述懐は必ずしも正確ではない。アルベルト・クラインの指摘によれば、彼が作品を書くにあたって実際に参照したのは『ベルリン日刊新聞 Berliner Tageblatt』で、一九〇三年十二月二十一日から翌年七月八日まで何度か掲載された記事はかなり詳細を極めており、内容的に『ウンラート教授』と重複する部分が相当あるという。[10]ヴィリー・ヤスパーはクラインの研究を引用しつつ、ハインリヒの上記発言は自作の種本をわざと曖昧にしようとしたものではないかと述べている。[11]

完成は一九〇四年だが、細かい成立経過ははっきりしない。ハインリヒの一九四七年のレムケ宛て書簡では、《一九〇四年に数カ月間で》と簡略に記しているだけだ。[12]パウル・ハトヴァニ宛て書簡では、この長篇にかかずらっていたのは《一九〇三年末（フィレンツェ）から、一九〇四年八月（南チロルのウルテン）まで》と述べている。[13]これは『ベルリン日刊新聞』に転落教授に関する記事が載った期間とほぼ一致している。恐らくハインリヒは新聞の報道と並行するように執筆を進めたのではあるまいか。一九〇四年十二月二十三日付けエーヴァース宛て書簡で彼は、来年三月には新作の長篇を送れるだろうと書いている。[14]

出版はランゲン書店からで、一九〇五年初め頃のことである。初版二千部はすぐ売り切れ、翌年に二千部が第二刷で出た。〇五年九月十五日付けエーヴァース宛て書簡では、あの小説は予想に反していくらか成功を収めたと書いているから、[15]初版の売行きがまあまあであることが確認できたのであろう。しかしこの小説が本格的に売れるようになったのは第一次大戦中のことで、一九一七年に初版からの合計で二万部を突破している。[16]

さて、以下ではまずこの長篇のあらすじ（原作は映画とは多少異なっている）を簡単に紹介した上で、当時のハインリヒにとってこの作品がどういう意味を持っていたのかを考えてみよう。

B　あらすじ

リューベック（作中都市の名は出てこないが、描写からして故郷のこの都市を指していることは容易に見て取れる）[17]のギムナジウム教授ラート（Raat）は、生徒からウンラート（Unrat＝ゴミ）とあだ名される初老の男である。生徒に対しては厳格であり、罰を与えるときの彼は教育者というよりは憎悪の固まりである。

ある日彼は生徒の作文ノートに「芸人ローザ・フレーリヒ」の名を見る。息子が悪い女と付き合って出世し損ねた苦い経験を持つ彼は、しかし教育的な配慮というよりは妙な好奇心にかられて街を歩き回り、青い天使（blauer Engel）の看板のある店に入り、その舞台で歌っているローザを見る。そして観客の中に生徒がいるのを発見し後を追い回すが、それが機縁でローザと話をすることになる。五十七歳の彼は、灰色の日常生活とはまるで異なったものに包まれるような気分になる。店を出た彼は、場内で見かけた三人の生徒と出くわす。彼が今日見たことは報告するぞと脅すと、生徒側も同じ脅しで対抗し、教師と生徒はかくして同罪故の膠着状態に陥る。

教授は次の夜も店に出かけ、舞台に出るローザの身仕度を手伝ったりする。舞台の成功にもかかわらず、楽屋に戻ると「悲惨な生活よ」と言って泣く彼女。彼はローザを守ってやらねばと思う。夜な夜な店を訪れ、そこでの仕事に習熟し、気分の変わりやすいローザの性格に慣れるラート。しかしやがて噂が町に広がる。年長の教授が彼に警告するが、彼はむしろ旧習に染まった連中を軽蔑する。ほどなくローザと結ばれた彼は、例の三人の生徒が現れても優越感をもっていなす。ちゃんとした住まいが欲しいと言い出したローザのために彼は奔走する。学校での彼の立場は悪くなる一方。

別の件で例の生徒三人は裁判にかけられ、ラートとローザも証人として出頭する。この三人はいずれも町の上流市民の息子であり、彼は、貴様ら特権階級はおしまいだと口走る。しかし一方でローザの証言で彼女が生徒の一人と関係を持っていたことも分かり、彼は落ち込む。裁判により彼はますます町の人間に後ろ指を指されるようになり、そのせいで復讐欲に燃える。例の生徒の一人は英国に留学、一人は放校、もう一人は自主退学となる。ラートも馘首される。彼は少数の好意的な人たちの忠告をも無視してローザとよりを戻し、懸命に尽くす。彼女も彼に優しい気持ちを抱き始める。やがて彼は彼女に結婚を申し込むが、ほどなく彼女に小さな子供がいることを知る。

最初はラートの教授時代の蓄えで暮らしていた彼らだったが、やがて貯蓄も底をつく。ある日彼らの住まいに知人が来て賭博をやり、財布の中身をはたいてしまう。これを契機に彼らの住居に町の住人が出入りし賭博に打ち込むようになる。市民の一人が賭博で破産したとき、ラートは一つ復讐を果たしたと思い狂喜する。やがて賭博やローザの色じかけで何人もの市民が破滅にいたる。しかし彼はローザが他人と関係するのに苛立ちを隠せない。ローザのもとへ英国に行ったあの生徒がやってくる。親密に話す二人の前にラートが現れ、ローザの首を締め（しかし彼女は逃れる）、元生徒の財布をひったくる。元生徒は警察に通報、やがてラートとローザは逮捕される。

C　作品分析および評価

『ウンラート教授』には副題がついている。「暴君の最後 Das Ende eines Tyrannen」というのである。この副題を見るなら、或いは筋書きだけをざっとたどるなら、作品の主題は文字どおり「暴君の最後」であってラート教授こそその暴君だということになろう。とりわけのちの『臣下』に見られるような、帝政ドイツとドイツ人への批判に力を傾ける知識人ハインリヒ・マンというイメージからすれば、彼の描いたラート教授は旧弊なドイツの生んだ権威主義丸出しの、批判さるべき俗物なのだと受け取られても不思議はない。

だが、ことはそれほど単純ではない。ラートと彼が追い回す三人の生徒を比較してみると、力関係は二重になっている。確かに学校内の教授と生徒という関係で見れば、ラートは三人に対しては絶対的な強者である。彼はことあるごとに生徒たちを難しい試験や宿題で悩ませ、少しでも気に入らないと納戸入りの罰を与える。しかし学校を離れればどうか。ローザの店に出入りしていた三人の生徒はいずれも町の上流市民の息子である。それに対してギムナジウム教授のラートは、若い頃は未亡人に学資を出してもらって学校に通い、卒業後は契約に従って、特に女として魅力的でもない彼女と結婚したという経歴の主である。そしていったん学校を追われればラートは初老の失業者に過ぎないが、生徒たちは退学処分になっても就職したり外国に留学したりするから、前途を閉ざされることはない。またラートはローザと知り合うと外聞も顧慮せずひたすら彼女を愛するが、生徒の方はそれほど純情ではないのだ。特にローマンという、放校後に英国留学する生徒は他に愛している女性がいて、別段女芸人にひたすら入れあげているわけではない。（このローマンは、Lohmann という名前――Luiz Heinrich Mann が含まれている――や、文学少年で父が領事であるという設定からして、ハインリヒの若い頃を彷彿とさせる人物である。[18]）

こうしてみると、主人公のラートなる初老の男は、権力にまかせて年少者を虐待する人間だとか、俗物的な強者だとか見て済ますことはできなくなる。副題は読者をミスリードしかねない罠なのだ。シュレーターが、この小説はヴィルヘルム朝ドイツの学校を活写しているとしながらも、作中出てくる「暴君 Tyrann」や「アナーキー」といった一見政治的な概念は、むしろ激しい情熱や愛情を心理学的に分析する表現なのだと指摘しているのは正確である。(19) またマルセル・ライヒ＝ラニツキが、我々はこの作品を読み進むうちにラートに同情しないではいられなくなる、彼は笑止千万な人間とは言えなくなるのだと述べているのも的確な読みだろう。(20)

この作品に優れているところがあるとすれば、そうした人間関係のパラドキシカルな側面を表現し得た部分であろう。全体としてみると構成や文章表現には粗さが目立っていて、『愛を求めて』以来の弱点が克服されておらず、秀作と言うにはためらいがある。映画化される前、第一次大戦中に二万部を突破するほど読まれたというのも、質的に優れているからというよりは、題材自体が扇情的で娯楽読物として手ごろだったからではないか。作品の質という点では、すぐ後に述べるようにトーマスもかなり手厳しい評価をしている。

しかしハインリヒの作家としての変化という視点からは、また別の見方ができる。前作長篇『愛を求めて』やその前の長篇三部作『女神たち』と比較して明瞭に異なる点がある。主人公が初老の男で、しかも最後まで自分の情念を貫いてしまうところだ。それまでのハインリヒの長篇は「弱い男－強い女」というパターンが通例であり、主人公もしくはそれに準ずる男は精神的にも肉体的にも虚弱で、女にリードされたりいいようにあしらわれたりする存在であった。年齢的にも青年かせいぜい中年止まりだった。それがここにきて変わっている。初老のラートは町の人間に嘲笑されながらもローザへの愛情を貫き、市民たちへの復讐に奔走する。ローザが途中で多少の浮気をしようともそれを吹き飛ばしてしまうような情念の強烈さ。いささか常軌を逸し狂気じみたところがあるにせよ、ここに表現されているのは中年男の骨太な強靱さであり、思いこんだら他人の目を気にせず徹底的にやりぬく意志である。ハインリヒはここで初めて男の強さを、ニーチェ流の「金髪の野獣」タイプから離れて表現し得たのだ。ヒロインのタイプにも、前作『愛を求めて』後半で見られた変化がそのまま現れている。アルテミス＝ディアナ型からアフロディーテ＝ウェヌス型へ。男をよせつけない固い女、或いは男をリードするたくましい女から、浮気っぽいところはあるが可愛らしく、男の保護者意識をくすぐるような女への変化である。

こうした変化はハインリヒの日常や生き方とまったく無縁なフィクションということはできない。初老の男の頑張りを表現し得たのは、ハインリヒ自身三十三歳になりもう若いとは言えない年齢にさしかかっていたからだろう。彼はやがてイーネス・シュミートという女性と知り合い関係を結ぶ。『ウンラート教授』でローザという女を造型したことと、これも無縁ではなかろう。そしてハインリヒの作品を読んだイーネスは感想を彼に書き送っているが、それに対して彼はこう答えている。

あなたが『公爵夫人』より『ウンラート』を高く評価するのは、とてもよく分かる。あなたとの出会いと時期的に近い作品である『ウンラート』の方が、あなたにも近い作品なのだろう。（……）ウンラートは、この老いた笑止千万の怪物は、少なくとも（ローザ・）フレーリヒを愛し、世間から彼女を守り抜き、傷だらけの愛情のありったけを注ぐ。だからこそ彼は公爵夫人より人間的なのであり、だからこそあなたは彼の方をよく理解するのだ。この男は（驚かないで欲しい！）いくぶん私に似ている。あなたを愛している私にだ。それに対して『女神たち』の内容は、今の私とはいささかの共通性もなくなっている。(21)

一方、トーマスは兄のこの長篇に手厳しい評価を下している。この作品が出版された一九〇五年になってからであるが、ノート7にこんな記述を残している。


アンチ・ハインリヒ。

無為の苦しみへの恐れから粗悪な本を次から次へと書くのは倫理にもとることだと思う。

「芸術家の娯楽読物」——よかろう。しかし結局はこれは形容矛盾ではないか!

近年ドイツで書かれたものの中で、最も面白おかしく軽薄極まりない代物だ。

無茶苦茶ではないか! 生徒のエルツゥムは、作文を書き出す前に納戸に入れられるのに、作文を提出する! 煙草屋や喫茶店主がギムナジウム教授の教え子だというのだ! こういったことは「芸術家の無頓着さ」と言えばかろうじて説明がつこうが、恐らくはそれ以上のものだ。つまり娯楽読物の精神がめいっぱい働いているのだ。この作品は先々まで読まれることを考えていないようだ。

どうやらオートミールを食べると恐ろしく軽薄になるに違いない。そして生産的にもなる。だが生産性とはひょっとしたら軽薄の一つの表れ方に過ぎないのかも知れないのだ。

あり得ないことだらけで、目を疑ってしまう。

ウンラートはコンサートホールで「納戸に入れ!」と叫ぶのだ!

神をも恐れぬ印象主義。(「彼は険しいところを上った」)(22)

トーマスは無論、この感想を兄には漏らさなかっただろう。『愛を求めて』で率直な感想を述べて兄の不興をかったのに懲りていたからだ。少なくとも現存するこの頃の往復書簡には『ウンラート教授』への言及はない。なおメンデルスゾーンはトーマスのこの感想に触れて、ハインリヒが次々と小説やエッセイを書いたのは経済的な理由も大きかったろうと述べ、また彼がその時点で『ブッデンブローク家の人々』のような成功をおさめていなかったこと、愛のない孤独に直面していたこともあろうと述べている。(23) しかし、文章や筋書きをきちんと練り上げずに次から次へと作品を書く兄に、トーマスが作家として根本的な不満を抱いていたことも確かだった。(24)

第四節　雑誌『未来』への投稿

一九〇四年十月初め、ハインリヒは雑誌『未来 Die Zukunft』にエッセイを掲載した。一カ月前の同誌でカルル・イェンチュなる人物がフランス批判を行ったので、それに反駁文を寄せたのである。同誌編集長ハルデンへの手紙という形式で書かれていて、この時期のハインリヒの思想的転回を示す重要な文章であり、またさほど長いものでもないので以下に全訳する。(25)

尊敬するハルデン氏よ、カルル・イェンチュ氏が貴誌でフランスについて述べていた事柄に関して、私はフランスに多くを負っている小説家として抗議したいと思います。フランスがロシアと「心理的に近親関係にある」ですか！「富めるも貧しきも、高貴も卑賤も、時の支配者に対して従順で卑屈」ですか！ここではルイ十六世、シャルル十世、ルイ・フィリップ、ナポレオン三世のことが念頭におかれているのでしょう。ということはつまり、フランスの民衆が一世紀の間に三度の政府転覆を行い、内戦を一度敢行したのは、フランス人はロシア同様野獣の心の持ち主だと陰口を叩かれるためだったというわけですか？　本当は、フランスは共和国になって以来初めて落ち着きを見せ始めているのです。フランス民衆は「外面的な文明」の道をたどって共和国という政体に至ったのではなく、やむにやまれぬ気持ちで共和国を選びとったのであり、それは内奥から出てきたものの結果であり、人権に対する非妥協的な感覚のためであり、批判的で文学的な志操のためであり、知的な潔癖さのためなのです。実際、この潔癖さが実践的理性を純粋理性と別物と考えること、精神によってとうに凌駕された政体を現実に妥協し、快適で便利だからと言って選ぶことを禁じたのです。仮に、一八三〇年や一八五〇年のように、共和国の代わりに君主をフランス民衆に押しつけたり強要したりする機会があるとすれば、――その君主が単なるブルジョワにすぎなかろうと、或いは企業家であろうと――「従順で卑屈」なフランス人がどうなるか、お分かりになるでしょう。共和国は民主的ではなく官僚的だ、とおっしゃる。しかしこの二つは対立するものではありません。肝腎なのは、官僚制のもとでは誰もが自由におのが道を選べ、官僚制の頂点、すなわち大臣の椅子には、弁護士であれ商人であれ作家であれ労働者であれ誰でもすわれるのだということです。ベーベル(*)がジョレス(**)を反駁しつつ賞讃した君主政体とは違って、外交が貴族の、行政が学生組合員の、将校の地位がまたしても貴族の、そして「第一級の」医療手当が金持ちの専有物であることは、ここでは許されないのです。ドイツの社会民主主義者たちはこうした条件から余りに安易に目をそらしています。彼らにあっては平等も自由も遺憾ながらごくささやかにしか問題にされません。彼らの存在や影響力は、軍隊式の規律と同根です。ドイツはこの先まだ国粋主義的で反動的な意識を清算しなければならないでしょうが、ドイツ社会民主主義者たちはこの意識から抜け出せず、時代遅れの政体であっても快適で福祉的な立法を許してくれるならこれを認めてしまう有様なのです。彼らにとって王は利用できさえすればトゲたることをやめる存在なのです。彼らは金銭の問題、労働者の金銭の問題に縛られています。そしてこの問題は労働者だけに関わるので、社民党は労働者を越える影響力をほとんど持ち得ないのです。うっかり社民党に連帯を表明する知識人は、党に肘鉄を食らいます。これに対してフランスの労働者の民主主義は、より大きく長い伝統を持った民主主義の一部としてあるのです。そしてこの大きな民主主義の第一の存在基盤は理念とプライドであって、金銭の問題ではないのです。フランスの労働者にしても税制改革を望むことに変わりはありません。ただその改革を、労働者に依存し労働者を抑圧する者の手から受け取ろうとは思わないだけです。彼らの目を階級の利害からしばらくそらし、危機にある共和国の擁護のために立ち上がらせるためには、いかなる奇策も要さないでしょう。彼ら自身よく知っているのです。巧妙な専制政治下では太った臣民が存在することもある、しかしそれはあくまで臣民にすぎないのだと。

（＊）　アウグスト・ベーベル（一八四〇―一九一三）　ドイツの政治家。労働運動の指導者でもあったが、中庸路線をとった。

（＊＊）　ジャン・ジョレス（一八五九―一九一四）　フランスの哲学者・政治家。社会主義運動の指導者。

後年のハインリヒを彷彿とさせるエッセイではあるまいか。おのれの文学的素養の多くを負っている国が粗雑に批判されたことに怒り、全面的にフランス共和制を擁護する筆致は、熟年期の彼の文章そのものである。そして『フルヴィア』からも看取された、政治性へと向かう彼の動きは、エッセイというこの文章の性格も加わってより明瞭に表れている。

これだけを読むなら、トーマスとのいざこざによる精神的落ち込みなど片鱗もうかがえない。しかし物事はそう単純には進まない。彼がこの時点でまだ心理的危機から脱していなかったことは、次で見る母の手紙から分かる。

ハインリヒがこのエッセイに表れている方向性を完全に選びとるには、もう一つのエッセイが書かれる必要があったのである。

以上、この時期に書かれたハインリヒの作品をほぼ執筆順にたどってみた。要約するとここに見て取れるのは、（一）政治的な方向性、（二）極度の落ち込みと孤独感、（三）中年期を迎えた男の開き直り的な強さ、と言うことができよう。

さて、フランスを擁護する右のエッセイが雑誌に載った一九〇四年十月初めから幾ばくもたたない頃、彼は母に手紙を送り返事を受け取った。次にこの母の返信を検討して、ハインリヒを襲っていた心理的危機の正体に迫ることにしよう。

第九章　トーマス・マンの結婚とハインリヒ・マン

ハインリヒ・マンにとってトーマス・マンの結婚とは何だったのだろうか。トーマスがカチアと正式に知り合った（そしてすぐ兄に報告した）のは一九〇四年の二月であり、その八カ月後に二人は婚約、さらに四カ月後の一九〇五年二月に結婚と、事態は急激に進展した。こうした弟の身の振り方は兄の生き方にも重大な影響を及ぼしたという仮説こそ本書の主張するところである。以下、この仮説を論証していきたい。

第一節　母の手紙――ハインリヒ・マンを襲った精神的危機の正体

この頃のハインリヒの精神的落ち込みぶりを示す資料は、第八章第二節で引いた自己紹介文以外にもある。母ユーリアがハインリヒに宛てた書簡である。これはハインリヒが母に送った手紙への返信として一九〇四年十一月二十日付けで出されている。ハインリヒの手紙の方は残されていないが、母の返信からある程度内容は分かるので、やや長くなるが最初の三分の二ほどを訳出しよう。

親愛なるハインリヒ、南国に住んでいるお前のもとに旅行に来てみたらという忠告には感謝あるのみです。何しろ私のことを思ってくれての提案ですから。でも、いつどこへでも行きたいときに行ったり来たりするお前のような気軽な独り者は、誰でもその気さえあれば同じようにできるのだと考えるのでしょうね。私には家具を持ち込んだ住まいがありますし、ヴィコ〔マン兄弟の末弟ヴィクトル〕もいますし、クリスマスや結婚式の準備もしなくてはなりません。これらはどれもお金のかかることなのです。（……）

さて、ハインリヒ、次の話題に移りましょう。先日お前がとても率直に手紙に書いてきてくれた事柄についてです。（ちなみに、手紙の素晴らしい文体にはいつもながら感心しました。特にお前が今心中穏やかならぬ状態にあるだけになおさらのことでした。）ところで、その心中を考えると私も気分が沈んでくるのです。お前の気持ちがすぐれないのも心に理由があるに違いありません。もしかしてそれはいまだにあのことが原因なの？トーマスとレーア家が他の人間同様にお前の最近の小説〔『愛を求めて』〕を鋭く批判しているためだとしたら――お前が他の兄弟姉妹とうまくいっていないのを、お前のためにとても残念に思います。ハインリヒ、彼らから離れないで、時には彼らに親しみのこもった手紙や批評を送ってあげて下さい。そしてお前が文学界で現在のトーマスほどに認められていないと感じても、それを彼らの前で表さないで欲しいのです。もし表すなら、お前自身が不愉快にならないようにやって下さい。お前は世間の目の前に鏡を立てようとしました。そしてところどころで忘恩と不興をその返答として受け取ったのです（彼らが余りに的を射抜かれたと感じたからだということは認めますが）。――でも同時に、お前も今回は十分に意を尽くしたとは言えないし（私の意見ではすが）、脱線したところもあるのじゃなくて？　でもお前の芸術作品に処方箋を書こうなどというのは不遜な行為ですね。ただ私は率直なところを伝えたかっただけです。話を戻しましょう。兄弟姉妹、友だち、母、そして子供の間での個人的な接触が断たれていない限りは、絆は切れていないのだと思うのです。私はこの種の経験は何度かしてきましたし、いったん事が起こったときは絆が切れないようにと母の立場でできることは何でもしてきました。そうしたやり方が間違っていないことは経験済みです。ハインリヒ、どうかお願いですから、私の忠告に従ってトーマスとレーア家から離れないで下さい。彼らと会ってもつっけんどんにしないで、あなたが繊細な感受性を持った読者層の求めるところにも応じる能力があるということを、これから見せて下さい。余り理想家過ぎてはいけません。同時代の人たちのほんの一部にしか理解されないでしょうから。トミーだって、誰もが無条件に自分を賛美しているのではないし、支持してくれる人でも自分の書くもの全部を気に入ってくれるわけではないことくらい、分かっています。ちなみに、お前がこないだ素晴らしい評論を送ってくれたと彼に知らせたところ、およそ次のような返事をくれました。それは良かったですね、僕とレーア家は今ではハインリヒから全然何も送ってもらえません、ハインリヒには僕がいかに高く彼を評価しているか知って欲しいと思う、ただ彼の最近の小説はどうも楽しめませんでしたが。——これは間違っているとは言えないのじゃなくて？——お前が『愛を求めて』の中でミュンヘンの有名人たちをモデルにして余りにひどく描いたのが、レーアのような地位にいる人にとっては不愉快なのです。それにビーアバウムはかんかんになって怒りました。しかし何を書こうと、ペンでどんな挑発を行おうと喧嘩を売ろうと、お前は一人ぼっちになるわけではないのです。でもハインリヒ、もう一度言いますけれど、今度の翻訳の後に書くものは、もう少し不道徳性を弱めた方がいいのじゃないかしら。私は本当に心から、お前も周囲から認められるようになることを願っています。なぜなら、残念なことですが周りから認められなくては作家は一人前とは言えないからです。そして母である私にとっても、お前たちの一方が悪評にさらされていてはいつだって心が痛みます。送ってもらったような好意的な批評を読んだり、会った人から賞讃を受けたり、お前たちの収入が上がったと聞くと、いつもとても嬉しくなります。お前も翻訳で悪くない収入があったのではないかしら。それもお前だからこそできることでしょう。お前たち兄弟は二人とも神の恵みを受けた人間なのですよ——ですから、トーマスとレーア家への関係を悪くしてはいけません。お前の最近の仕事が気に入らないというだけのことで、どうしてたった一年半の間にそんなに変わってしまえるのでしょう。兄弟同士の関係にはそんなことは何の関わりもないではありませんか！　お前の手紙のことはトーマスやレーア家には言わないでおきましょう。お前が自分で万事を元どおりに収めた方がいいでしょうから。——もっとも、私から話して欲しいとお前が望むなら別です。お前がなぜ冬中遠ざかっていたかをトーマスに話したり、お前がトミーとうまくいかなかったからとレーア家に説明したりして欲しいというなら、私はそうしないでもありません。でもそうするとお前の方は相変わらず彼らに対してひきこもったままということになります。だからお前から言った方がいいと思うのです。（傍点は原文で斜字体）(1)

ここから何が分かるだろうか。ハインリヒの孤独感や鬱々とした気分は一九〇四年の十一月になっても相変わらず続いていて、しかもそれを母に手紙で漏らしたという事実である。これはよほどのことと見ていい。母はここで、弟に作家としての知名度で差をつけられさらに自作を批判されたことが落ち込みの原因だろうと推測して、優しい慰めの言葉を連ねているわけだが、果たしてそれだけが原因だろうか。マン兄弟の確執が顕在化する発端となったトーマスの例の書簡が一九〇三年十二月五日に出されたことを改めて思い出してみたい。すでにそれから一年を経過しようとしている時期に、ハインリヒは落ち込んでいると母に訴えたのである。例の書簡だけを原因とするには時間がたち過ぎているのではないか。

そこで改めて母の手紙の第一段落に注目しよう。《結婚式の準備もしなくては》と書かれている。無論、トーマスの結婚式のことである。トーマスは母がこの手紙を書く一カ月前、一九〇四年十月にカチア・プリングスハイムとの婚約にこぎ着けていた。以後、結婚式に向けて当人同士は言うまでもなく、双方の親も忙しくなってくる。

翻って、トーマスの一年前の書簡はハインリヒを激怒させたが、それですぐ兄弟の文通がやんだわけではなかった。第七章第一節で見たとおり、それから幾度かやりとりはあったのであり、一九〇四年二月二十七日付け書簡でトーマスはカチアと知り合って惹かれていると兄に打ち明け、次の三月二十七日付け書簡でカチアとの結婚を真剣に考えていると報告したのだった。そしてそれを最後に兄弟の文通はしばらく途絶えてしまうのである。

これは偶然とは思われない。おさらいをすると、トーマスは以前から兄の唯美主義への批判や『トニオ・クレーガー』によって芸術家の住む気違い村から離れますよと信号を送っていたのだが、それがカチアによって現実化したのであった。ボヘミアン時代に終止符を打ち市民生活を送ろうというトーマスの意志の顕在化。トーマスのこの動きを誰よりもよく見ていたのは、トーマス本人を除けばハインリヒだったのである。

ハインリヒ自身、トーマスのこうした変化に感じるところはあっただろう。この時期唯一残されているトーマスへの手紙の下書き（第四章第二節、第六章第二節参照）には、『トニオ・クレーガー』のテーマである平凡さへの憧れは自分にも無縁なものではないと書かれていた。(2)『ウンラート教授』にしても、主人公の初老の教授にはある種の人恋しさが表現されていたと見ることができる。

そうしてみると、一九〇四年三月以降兄弟の文通が途切れた理由が浮かび上がってくるのではあるまいか。ハインリヒには、トーマスが意中の相手を見つけて結婚しようとしていることがショックだったのだ。『ブッデンブローク家の人々』で作家としての地位を確立したのみならず、共に作家志望の青年としてボヘミアン時代を送った共同意識に背を向け、身を固めてしまうトーマス。このときハインリヒを襲ったのは、きわめて生々しく身を切るような、一人取り残されてしまうという孤独感だったに相違ない。そうでなければ、単に作家としての知名度で弟に遅れをとったというだけなら、ランゲン書店のカタログに載せた自己紹介文のような激しい表現や、敢えて母への手紙で心の不調を訴える（三十三歳の男がである！）といった行動に出るはずがない。『トニオ・クレーガー』で理論的基礎固めをしたトーマスがカチアと出会って実際に自分がどう生きるかを決心したとするなら、弟のこの行動は兄にも、お前は実際にどう生きていくのだという問いを真正面から突きつけたのである。

青年期のボヘミアンは一方では独りでいる時間を求めて親兄弟から離れるが、他方では自分と志を同じくする仲間を求めずにはいられないものだ。ハインリヒとトーマスは兄弟ではあるが、ともに作家志望という点で結ばれ、一緒にイタリアに滞在したこともあり、離れて暮らしても手紙のやりとりは欠かさなかった。こうした青年期の微妙な心理状態について巧みに説明しているのは、フランスの批評家ティボーデである。彼は『フロベール論』の中でこう述べている。

> フロベールの人生においては友情が恋よりも大きな役割を果たした。彼は（……）〔友人という〕もう一人の自己を必要とした。ちょうどルイ十四世が妾たちを政治に介入させなかったように、彼は創作活動を恋人たちの手の及ばぬところで行ったが、一方友人たちの影響と助言にはきわめて従順だった。（……）互いに叱咤しあう友人なしでいられぬこと、このことは――恐ろしいことだが――青年本来の姿なのだ。(3)

このような微妙な関係は、トーマス・マンとその友人の間にも見られる。カチアに出会う[redacted]トーマスがパウル・エーレンベルクにいささか過激とも言える調子で友情を求めた経緯は第七章第二節で述べたとおりだが[redacted]トーマスが結婚すると二人は一時期疎遠になり、パウルの方も一年とたたないうちに結婚してしまうのである。(4)人はいつまでも若いままではないし、青年期を過ぎてなおボヘミアンであり続けることもできない。トーマスは結婚によってボヘミアン時代に終止符を打とうとしたわけだが、ハインリヒは弟のこの選択により、遅ればせながら、自分にもボヘミアン時代の終わりが迫っているのだと思い知らされたのではないだろうか。

また、母の手紙の最初の部分から、病気を癒すためイタリアに来てみたらとハインリヒが母に誘いをかけたことが分かるが、これも一種の家族回帰的行動だったのかも知れないのである。

さて、以上述べたこととは別に、母の手紙はハインリヒに自分のおかれている立場を客観的に照らし出してみせる役割をも果たしただろう。すなわち母はここで優しい言葉を連ねて長男を慰めようとしているが、しかし一方で現時点では次男トーマスの方が作家として世間に認められていることをはっきりと書いており、《残念なことですが周りから認められなくては作家は一人前とは言えないからです》とも述べているからだ。また『愛を求めて』の作風が感心できなかった点でも必ずしもトーマスや長女夫妻であるレーア一家と見解を異にしてはいない。そうであるだけ、ハインリヒにはなおのこと自分のおかれている立場がひしひしと感じられたであろう。

実際、これ以降の母とのやりとりを見るとハインリヒの対応は特徴的である。母の次の書簡は一カ月半後、翌一九〇五年一月四日付けである。ここで母は《お前は長いこと手紙をよこしませんね》と書き出している。(5)ハインリヒは先の母の手紙に返事を出さなかったのであろう。ハインリヒのこの沈黙は興味深い。彼の孤独感は先の母の手紙でよくなるどころかいっそう深まったのだ。

そして、先の書簡では言葉を尽くして長男を慰めた母は、今回の書簡ではトーマスの結婚問題に長々と触れ、マン家とプリングスハイム家の宗教や家風の違いから来るごたごたをぶちまけて、《沢山のお金があると冷たくて尊大になるものです》《トーマスを愛してやれるような、愛らしくて我がままでない娘は他に沢山いたでしょうに》とまで書いている。しかし追伸で、夏の間カチアがトーマスからの手紙をいつも心待ちにしていたとカチアの母が言っていたことに触れ、事態が急に別様に見えてきました、変なことを書いてしまったけれどこれも母の愛からですと述べ、結婚式にはお前もきっと来るのですよと締めくくっている。(6) 結婚直前に双方の実家が気を揉む様子は時代と洋の東西を問わず同じだと感じさせるほほえましい手紙ではあるが、孤独に苦しむハインリヒには逆に、弟と彼を囲む人々の市井の幸せというものが伝わってきてやりきれないと思われたのではあるまいか。母は恐らく、この手紙がどれほどハインリヒにとってこたえるか、予感すらしていなかった。

母ユーリアは、翌一月五日とその二日後の一月七日にもトーマスの結婚のことでハインリヒに手紙を書いている。七日の手紙はハインリヒの返信を落手したとの文章から始まっているので、彼が一月四日付けの母の手紙にすぐ返事を出したことが分かる。恐らく、トーマスの結婚式には出られないと書いたのだろう。母はここで、カルラが出られないらしいのでお前には是非出てもらいたい、簡素な式になるはずだし、トーマスもお前の出席を望んでいるのだからと述べている。(7)

次の母の手紙は一月十九日付けである。ハインリヒのよこした葉書に礼を言っているが、結婚式に関することをお前は何も書いてきませんでしたねと述べている。(8) それ以外はハインリヒの新作短篇『女優』への感想が大半を占めている。

なぜハインリヒは返信でトーマスの結婚に触れなかったのだろうか。関心がなかったからではあるまい。この時期に母がトーマスの結婚問題にかかりきりになるのは当然だし、もし仮に弟の結婚に興味がなかったとしても、式の準備に忙殺される母の手紙には一種の義務感でもって相づちを打つ程度の反応は示すのが自然であり、また母は繰り返し結婚式への出席を求めているのだから、断るならその都度それなりに理由を挙げて応答するのが筋だろう。むしろ逆で、ハインリヒはトーマスの結婚問題にひとかたならぬ関心を抱いていたが、しかしその件に触れると自分の孤独感が掘り下げられるようで嫌だった、と考えるべきではあるまいか。

トーマス自身も、一九〇四年十二月二十三日に久しぶりに兄に手紙を書き、どうか私の結婚式に出て下さいと丁重に頼んでいる(9)。しかし、ハインリヒは弟の結婚式には出なかった。それも当然だろう。自分の身を切るような孤独感を深めるために、わざわざ遠い距離を出かけていく気になどなれなかったのだ。彼がトーマスの式に出なかった主たる理由はそこにしかない。こうして、一九〇五年二月十一日のトーマスの結婚式が近づく頃、ハインリヒの精神的危機は頂点に達したのである。

第二節　ハインリヒはなぜトーマスの結婚式に欠席したか――文献の誤りを指摘しつつ

ここで、トーマス・マンの伝記が本書で扱われている時期のハインリヒ・マンについていずれも正確な記述をしていない点に触れておきたい。これにより、トーマス・マン研究者がハインリヒについては不十分な知識しか持っていないという事実が浮かび上がってくる。研究の細部に渡る話なので、マン研究者以外の方にはわずらわしいかも知れないが、この頃のハインリヒの行動と心理を追究するためには重要なポイントであり、また外国文学を研究する場合に海外文献はえてして絶対の権威を持っているように思われがちだが、実は案外に杜撰なのだという事実を知るためにも、我慢してお付き合いいただきたい。

A　近年出た文献

一九九五年はトーマス・マンの日記（死後二十年は開封するべからずとの遺言に従って、七五年に初めて研究者の目に触れ、七七年から順次刊行されていた）が第十巻をもって完結した年であると同時に、大部のトーマス・マン伝が英国から二冊（ロナルド・ヘイマン、ドナルド・A・プレイター）、ドイツから一冊（クラウス・ハルプレヒト）出るという、いわばトーマス・マン研究の当り年であった。それ以外に九一年にはマリアンネ・クリュルの総合的なマン家論が、九九年にはヘルマン・クルツケのトーマス・マン伝が、また本書刊行直前にはヘルムート・コープマンによるマン兄弟論が出ている。

しかし結婚前後のハインリヒとの関係という点で見ると、いずれもおざなりな記述しかしていない。理由は簡単で、トーマスの作品や書簡には目を通しても、ハインリヒ側にはろくに目配りをせず、唯美主義や反市民的姿勢という固定観念を通して見ているからだ。

九五年に出た三冊から行こう。ヘイマンは、ハインリヒがトーマスの結婚式に欠席したのは、かつて自分が『逸楽境にて』で風刺した上流市民社会に弟が入って行くのを見て批判的な感情を抱いたからだという。(10) この見方には、『逸楽境にて』の後に書かれた『女神たち』三部作の貴族主義や『ウンラート教授』の人恋しさ、また本章の第四節でとりあげるハインリヒのエッセイが全く視野に入っていない。後年のハインリヒの社会批判的姿勢がステレオタイプ的に若年期の作品に投影されているだけである。おまけにヘイマンは、ハインリヒは弟の結婚に批判的なところを見せるために式に欠席したばかりか、そのせいで、やはり式に欠席した次妹カルラの選んだプレゼントが彼のプレゼントをも兼ねることになったと述べているが、これも誤りで、第七章の註12で述べたように、欠席した二人の名義によるプレゼントは出席した長妹ユーリアが調達したものと考えられる。

プレイターも、《ハインリヒはトーマスの作家としての成功を妬んだかも知れないが、結婚による新生活を羨みはしなかったろう。むしろ、軽蔑とはいかないまでも強い嫌悪感をもよおした》《ハインリヒはいずれにせよイタリアから〔弟の結婚式のために〕戻ろうとは思わなかった。旺盛な創作意欲のみならず、彼自身のイーネスとの恋愛が、ハインリヒをイタリアに縛りつけていた》と簡単に述べている。(11) 前半はヘイマンと同じ線だし、後半の見解はP・d・メンデルスゾーンの説をそのまま受け入れたものと思われるが、これに問題があることはすぐ後で触れる。

ハルプレヒトは一九〇四年十一月の母の手紙に触れて、この時期のハインリヒが落ち込んでいたことには言及しているが、《母の手紙はトーマスの婚約には触れていない》(12) とするなど、かなり杜撰な読み方しかしていない（先に述べたとおり、母の手紙は第一段落でトーマスの結婚式に触れている）。

クリュルは、メンデルスゾーンに依拠しつつあっさり《イーネスがいたのでハインリヒはトーマスのミュンヘンでの結婚式に来なかった》と断定している。(13)

クルツケのトーマス・マン伝は、第四章をハインリヒとの関係にあてているが、先に触れた母の長い手紙を引用しているのにハインリヒの落ち込みにはまったく言及せず、兄弟の対立という視点でのみことを論じている。(14)

二〇〇五年、本書の直前に出たコープマンのマン兄弟論（巻末文献表参照）は、兄弟の小説や往復書簡に現れた葛藤については詳細に論じているが、母の手紙やハインリヒのフロベール・エッセイなどについては一切言及していない。

諸家がこうした不十分な解釈しかできないのは、ハインリヒに関してきちんとした文献にあたらず、またこの時期にハインリヒの書いたものを綿密に読んでいないからだろう。九五年に出た三冊やクリュルに関して言えば、メンデルスゾーンのトーマス・マン伝の記述をかなり簡略かつ恣意的に引用して済ませているからでもある。これが例えばクラウス・シュレーターがローヴォルト書店の「写真入りモノグラフィー・シリーズ rororo Bildmonographie」から出している『ハインリヒ・マン』を参照するだけでもずいぶん違ってきたであろう。シュレーターは、この時期のハインリヒが心理的に落ち込んでいて作家としても転換期にあった事実を的確に指摘しているからだ。「写真入りモノグラフィー・シリーズ」というのは、日本で言えば新書本のようなもので、入手容易で安価な叢書である。それをすら事実上参照していないトーマス・マン伝執筆者の怠慢さは、批判されても仕方があるまい。

B　ペーター・ド・メンデルスゾーン

次に、三十年前に出たP・d・メンデルスゾーンによるトーマス・マン伝『魔術師』でハインリヒがトーマスの結婚式に来なかった事情についてどう記述されているかを見ておこう。近年のトーマス・マン伝は、先にも見たとおり、この書物にかなり依拠している。しかしメンデルスゾーンは、少なくとも右で批判した新しいトーマス・マン伝ほど単純な断定はしていないのだ。

まず注意すべきは、メンデルスゾーンがトーマス・マン伝第一部を出した一九七五年は資料面でハンディがあったことだ。トーマスがハインリヒを厳しく批判した一九〇三年十二月五日付けの書簡が当時は発見されておらず、この頃兄弟関係に大きな亀裂が走った事実をメンデルスゾーンは十分知り得なかった。

加えて彼は一つミスを犯している。一九〇四年十一月二十日付けで母ユーリアがハインリヒに出した慰藉の書簡

（本章第一節参照）を、二月二十日付けと誤記している。[15] これは恐らく母の書簡を『マン兄弟往復書簡集』（旧版）の註釈で見て、アラビア数字の11をローマ数字のIIと見間違えたからであろう。ドイツではアラビア数字の1の上端が横棒になることがよくあり、アルファベットのIと取り違えやすい。『マン兄弟往復書簡集』のアラビア数字もそうなっているので、見誤りはそのためだろう。また『マン兄弟往復書簡集』での引用は、「結婚式」に触れている最初の段落を省略してある。結婚式という単語があれば、この時期のマン家の結婚式とはトーマスのそれしかなく、またトーマスとカチアの婚約は十月であり二月段階では知り合ったばかりであるから、メンデルスゾーンも二月と間違えることはなかっただろう。

ともかく母の手紙を実際より九カ月前のものとしてしまったために、メンデルスゾーンはこの時期のハインリヒの心の不調が『愛を求めて』をめぐるいざこざからのみ来たものと推測することになった。これは母の手紙の内容や当時すでに知られていたトーマスのマルテンス宛て書簡（第二章註6参照）からもそう類推できるからだが、いずれにせよ『愛を求めて』をめぐるごたごたと、ハインリヒが母に心の不調を訴えるまでに一年近い時間がたっている事実にメンデルスゾーンは気づかなかったのである。

以上のようなハンディとミスがありながら、ハインリヒがトーマスの結婚式に来なかった理由を述べるメンデルスゾーンの筆は慎重を極めている。[16] 欠席にはいくつか理由が考えられるとして、第一に執筆に忙しかったからではないかとする。一九〇四年十二月に短篇集『笛と短刀』が出たばかりだし、すでに脱稿した『ウンラート教授』も〇五年初めに出る予定になっていた。妹カルラをモデルにした短篇『女優』も執筆中だった、と。

このメンデルスゾーンの記述にも誤りがある。『女優』は一九〇四年の九月から十月にかけて執筆され、十二月十九日と翌年一月十九日にはすでに前刷りがウィーンの日刊紙『時代』に掲載されていたのだ。[17] そもそも前述のとおり、母ユーリアは〇五年一月十九日付けのハインリヒ宛ての書簡で『女優』への感想を述べているのである。十二月に『時代』紙に載った分をハインリヒが送ったのであろう。だから二月十一日の結婚式に来なかったのは『女優』執筆のためとする説は成り立たない。

ただしこれはいちがいにメンデルスゾーンの不注意を責められない。ハインリヒの生涯や作品の成立時期についてはトーマスと違って不明瞭な部分がまだ多く、流布しているハインリヒの作品集にも時折誤った記述が見られるからだ。『女優』について言えば、その成立についてきちんとした解説がついたのはGW版の「短篇小説集II」が最初で、これは一九七八年に出ているから、七五年にトーマス・マン伝第一部を出したメンデルスゾーンは参照できなかったことになる。[18] だからむしろ責められるべきは、新しい資料を漁らずに安易にメンデルスゾーンに依拠している近年のトーマス・マン伝の方であろう。

それは別にしても、作品執筆による多忙が弟の結婚式に出ない理由になるだろうか。外国滞在中といってもハインリヒは地球の裏側にいたわけではない。北イタリア・ガルダ湖畔北端の町リヴァで、ここから南ドイツのミュンヘンまでは直線距離にして二百五十キロほどである。ミュンヘンから中部ドイツのフランクフルトに行くより距離的には近い。現在とは交通事情が異なるとはいえすでに二十世紀、ゲーテ時代のような馬車での旅行ではなく、ちゃんと鉄道が通っていたのだ。これより四半世紀前の一八七九年のプロイセンの資料では、停車なしの場合急行列車の平均速度は毎時五十三キロ、普通列車でも四十キロとなっている。[19] また、一九〇九年版のベーデカー・ドイツ地図によれば、ミュンヘンから六十二キロ離れたパイセンベルクまで鉄道で二時間十五分ないし三十分だという。[20] だからリヴァーミュンヘン間とは朝発てば夜も更けないうちに到着する距離であったろう。弟の結婚式のためにほんの数日もさけないほどハインリヒは執筆に忙しかっただろうか。彼は作品を書けば書店が出してくれる程度の作家ではあったが、矢継ぎ早に執筆を催促されるほどの存在にはまだなっていなかったではないか。

次にメンデルスゾーンは、ハインリヒが結婚式に来なかった第二の理由として、新しい親戚と顔を合わせるのが嫌だったから、またマン家の家族とも『愛を求めて』以来ごたごたがあって会いたくなかったからかも知れないとしている。私はこれは理由の一つとしては十分考えられることだと思う。そしてそれは、恐らく後年の彼の社会批判から推測されるような反上流市民的姿勢からというよりは、余りに長くボヘミアン時代を過ごした彼には形式的な人間づきあいがただただわずらわしかったから、或いはそもそも内気な彼は人間との交際が不得手だったからととるべきだろう。次作長篇『種族の狭間で』では、ハインリヒのこうした側面が青年アルノルト・アクトンの姿で克明に描かれている（後述）。

第三の、そして最もありそうな理由としてメンデルスゾーンは、ハインリヒがのちに婚約者となるイーネス・シュミートとこの頃知り合って離れたくなかったからであろうと述べている。この説が近年のトーマス・マン伝執筆者に無批判的に受け入れられていることは先に見たとおりだが、実はこの説は誤りである可能性が濃厚なのだ。つまりトーマスの結婚式が行われた二月十一日には、ハインリヒとイーネスはまだ知り合っていなかったとする方が、目下入手可能な資料から判断する限りでは適切と考えられるからである。この点については第四節でハインリヒのエッセイ『ギュスターヴ・フロベールとジョルジュ・サンド』を扱った後、改めて触れることにする。

第三節　カルラ

ハインリヒ同様トーマスの結婚式に来なかった下の妹カルラのことにも触れておこう。女優業を営むカルラが式に出席しなかったのは、遠い町の劇場との契約があって当地を離れられなかったからである。長兄とは異なり明瞭な理由があって欠席したわけであるが、しかし当時の彼女の心境は、友人グラウトフへの手紙（一九〇四年十二月三十一日付け）から見て取れる。何とか都合をつけてお兄さんの結婚式に来てあげたらいいじゃないか、それが駄目なら祝婚歌でも作ってあげたら、と勧めたグラウトフに、彼女はこう書いている。

結婚式には行けません。そのことはママとルーラとトミーとカチアに伝えましたし、これであなたにも伝えたわけですから、全員に伝達済みということになりますね。歌も作れそうもありません。もしこの手紙を滑稽に思われたなら残念です。意図してそう書いたのではないので。意識して滑稽さを出すことなどできそうもありません。（……）ここはとても素敵です。おまけに流行性髄膜炎とチフスまで流行っています。[21]

女優としてのカルラは決して成功を収めていたとは言えなかった。出演は小さな町の劇場で、契約も一シーズン限りという状態が続いていたからである。この手紙は、女優を志しながら容易に芽が出ない彼女の凍えるような心理状態をうかがわせて興味深い。

このとき、マン家の兄弟姉妹ははっきり二つのグループに分かれたのだ。すなわち『ブッデンブローク家の人々』で作家として名をなし、裕福な大学教授の令嬢と結婚する次男トーマス、そして金持ちの銀行家の妻になっていた長女ユーリアが一方の側にいたとするなら、弟のような成功を収めていない作家である長男ハインリヒ、そして売れない女優である次女カルラが他方に立つことになる。年齢の離れた末弟ヴィクトルを除いて、成功した二人とそうでない二人が対峙する。そして成功していない二人が揃ってトーマスの結婚式に欠席したのは、この分裂の象徴的な現れだったと言っていい。[22]

ちなみにトーマスの友人で式に出席したのはグラウトフただ一人だった。この結婚式はその点から見ても、トーマスにとっては孤独な船出だったと言えよう。また、末弟ヴィクトルの残した『われら五人』を読むと、マン家五人きょうだいの中でまっさきに（一九〇〇年）結婚した長女ユーリアの披露宴についてては一章を当てて十ページ以上に及ぶ記述をしているのに、一九〇五年に結婚したトーマスの披露宴については長めの章の中でついでのように一ページほど触れているに過ぎない。[23] この落差には興味深いものがある。ユーリアの披露宴がハインリヒを除くマン家のきょうだいを揃えてそれなりに満足感の持てるものだったのに対し、トーマスの披露宴にはどこかマン家にとって寂しいと感じられるところがあったのではないか。

本書の扱う時期とは多少ずれるところもあるが、カルラがこの後たどった運命は本書のテーマと重要な関連を持つので、若干言及しておきたい。そもそもカルラが女優を志したのは、本人の演劇好きも無論あろうが、兄二人が作家を目指すという「芸術的な」環境も大きく寄与していたからである。彼女の悲劇は、作家たる二人の兄の影になっているとはいえ、マン家の生んだもう一人の「芸術家」がたどった道でもあった。

カルラが初舞台を踏んだのは一九〇一年、二十歳のときだった。[24] また、カルラをモデルにしたハインリヒの短篇小説『女優』（一九〇四年成立）では、ヒロインは十九歳で演劇を志すという設定になっている。[25] 現代的な感覚からするとやや遅い気もするが、時代の差もあろうし、ローティーン時代は病気がちでやせぎすだったカルラは成熟するのが遅かったのかも知れない。

カルラをモデルにしたハインリヒの小説『愛を求めて』と『女優』を読むと、ヒロインはいずれも「芸術」の価値を信じ役者への道を突き進もうとする性格で共通している。一面では信念に忠実だが、他面ではいささかかたくなで危うさを感じさせる。これがカルラの実像とどの程度一致しているのか、彼女に関する資料は公開されている限りでは多くないので判断は難しい。(26) ただ言えるのは、ハインリヒは妹をモデルにした小説を書くことでカルラをけしかけていた側面もあるのではないか、ということである。無論、けしかけているという表現は後世からの距離を置いた判断であって、彼としては女優を志してひたすら努力する女性像を描くことで妹を応援しようというくらいの気持ちだったかも知れないし、或いは肉親愛を越えた感情を抱いていたらしい妹に対して自分にとっての理想的ヒロイン像を小説の形で伝えたいと思ったのかも知れない。しかし十歳年上ですでに自作も出版している長兄からこうした「モデル」を提示され鼓舞されることは、カルラにとっては重圧とはならなかっただろうか。

いずれにせよ、必死の努力にもかかわらずカルラは女優として大成しなかった。(27) ここで浮上してくるのが、市民としての生き方と芸術家という、トーマスの『トニオ・クレーガー』とハインリヒの『ピッポ・スパーノ』で扱われた問題である。トーマスにとってこの問題がカチアとの結婚という形で解決に至ったように、そして後で述べる予定だがハインリヒにとってもそれがフランス共和制という政治的理念への加担によってばかりではなく、イーネスという生身の女性との関係によって解決を見たように、カルラにとっても「市民」に帰還するためにはそれなりの口実と儀式が、つまり結婚が必要だったのである。

末弟ヴィクトルの証言を読むと、カルラが二十代の半ばを過ぎた頃にはすでに母も次女が女優として大成する可能性はなさそうだと見て取っていたらしい。女優業をやめて結婚すればいいというのが、母やヴィクトルの判断だった。しかしカルラ自身は弟に「敗北して帰りたくない。輝くような引け際だったら、でも――」と言ったという。(28)

ここには、「芸術」の価値を信じて演劇界に身を投じた彼女のプライドがまざまざと見て取れる。そのプライドを増長させたのは、彼女をモデルに小説を書いた長兄ではなかったのか。

そしてそのプライドこそがカルラの命を奪うことになる。輝くような引け際、つまり自分にふさわしい相手との結婚がいったんは成就しそうに見えながら挫折したとき、彼女は毒を仰いだ。姉の訃報に接して現場に駆けつけたヴィクトルは、以下のように述懐しているが、心理的な点では核心を突いているだろう。《カルラには容赦なく事実が見えてきたのだ。心と希望を向けていた対象が幻影だったこと、そして自分にはやり直す余地は残されていないこと。なぜなら、彼女のプライド、ここ数年の挫折によってどんどん余裕というものを失っていったプライドが、もはや引き返すことを許さなかったからだ。[29]》

トーマスとハインリヒが一九〇三年から〇五年の頃に対峙した問題に、カルラは数年遅れでぶつかったのだ。しかも、次兄トーマスは『ブッデンブローク家の人々』によって一躍名声を確立し、長兄ハインリヒにしても数冊の本を出版し一応作家として認められていた時点でこの問題に遭遇したのに対し、カルラはそうではなかった。あれほど努力しながら、あれほど「芸術」に打ち込みながら、三十歳に近づく彼女はほとんど無名の女優でしかなかったのである。クリュルは、ハインリヒが晩年に至っても妹の自殺の動機を理解していなかったとして、カルラの葛藤とは、世間並みの結婚をしたいという市民的な望みと、そこから逃れたいというむなしい努力との間で起こったのだと指摘している。この見解はヴィクトルの述懐と大きな矛盾はなく、妥当な線だと私も思う。クリュルも引いているが、カルラが自殺の九日前にハインリヒに宛てた手紙がある。[30] 自分の婚約者の母に手紙を書いて欲しい、あなたのご子息はカルラを伴侶とするならきっと幸福な結婚生活を送れるでしょうという内容でね、と頼み込んでいるのである。必死に結婚にこぎ着けようとする痛々しいまでのカルラの姿が見えてくるではないか。すでに「芸術」を希求する高慢な少女は姿を消し、ごく普通の市民階級の女性がいるばかりなのだ。

兄弟姉妹の中でカルラと一番近い位置にいたはずのハインリヒに次妹が陥った苦境の意味が分かっていなかったという事実は、彼が妹の自殺直後にノートに書き綴った文章からも読みとれる。[31] そこではカルラとその婚約者の関係や、スキャンダルによって彼女が追いつめられていく様は彼一流のたたみかけるような筆致で描かれているが、肝腎の自殺の動機となると、女優としてのカルラの本能にその原因を見ており、婚約解消によってカルラは市民へ回帰する道を断たれたのだという洞察が欠けている。死んだカルラをせめて芸術的に救いたいという心理的な願望があったのだろうが、発表を予定していない文章においてこうであったとすると、ハインリヒという人間および作家の根本的な思考力に疑問符が付されることは避けられないだろう。[32] それは、彼の「男＝自分、女＝他者」という思考パターン（第五章第二節B及び第九章第四節Dを参照）が招来したものであったかも知れない。

市民的な生活や因習的な生き方は芸術家とはそりが合わない、というのは十九世紀のロマン主義がもたらした概念だが、それが世紀転換期に生きるマン家の子供たちにも共有されていた様は、ヴィクトルの回想録からもうかがえる。イタリア滞在時代のマン兄弟が、妹や弟のために手書きで『よい子のための絵本』をこしらえて送付したという話だ。[33] グロテスクな挿し絵をふんだんに入れながら、そこでは《家庭生活は戯画化され、市民階級は嘲笑されっ》ている。無論この『絵本』がそのまま生きるようすがになったはずもないが、ある種の芸術家的なポーズといったものがこれによって良くも悪くも会得されたという側面はあろう。

カルラは女優を志すことによって十九世紀的な「芸術家」像を目差し、挫折し、結婚によって普通の市民に戻ろうとしながらそれに失敗し、死を選んだ。「芸術」に復讐されたカルラ。この時期にマン兄弟を襲った問題に（数年遅れながら）最も悲劇的な形で決着をつけたのは、ハインリヒでもトーマスでもなく、カルラだった。

第四節　エッセイ『ギュスターヴ・フロベールとジョルジュ・サンド』――青年期の総決算

A　その意義

一九〇五年一月十四日から二月三日にかけて、(34) ハインリヒ・マンは『ギュスターヴ・フロベールとジョルジュ・サンド Gustave Flaubert und George Sand』というエッセイを書いた。

まず注意すべきは、この日付である。トーマスの結婚式の準備から来るごたごたを並べた母の手紙を受け取り、式には出られないと返事をし、何とか式に出ておくれと母から再度の要請があったのが同年一月上旬、トーマスの結婚式が二月十一日であった。こうしたさなかにこのエッセイは書かれているのである。この頃、母の再三の懇願にもかかわらず結婚式への出席を拒んだ彼は、恐らくは孤独のどん底にあったことだろう。彼のそうした心象風景はこのエッセイからも読みとることができるし、また以上のような状況を踏まえて内容を吟味するなら、彼がこの時期何を考えていたかがはっきりするはずである。

『ギュスターヴ・フロベールとジョルジュ・サンド』は、題材から見ればタイトルのとおり、フランスの作家フロベールとサンドを比較しながら論じ、前者を批判して後者を称揚したものである。フロベールはハインリヒにとって長らく尊敬すべき大作家であり、そのサンド宛て書簡集は愛読書の一つであった。しかしここに至るまでのハインリヒの足どりを知る者にとっては、このエッセイは大いなる告白の書である。すなわちフロベールに託しておのれを語り、この作家を批判することでそれまでの自分を批判し、逆にサンドを称揚することで自分の進むべき道を展望しているのだ。危機にあったハインリヒが青年期を総決算し真正面から自己と対決を行ったあかし、それがこの作品なのである。

一般にはハインリヒのエッセイというと後年の『ゾラ』が代表作に挙げられるが、『ギュスターヴ・フロベールとジョルジュ・サンド』も認識の深さと表現の鋭さにおいて決してそれに劣るものではない。『ゾラ』は（ドレフュス事件当時のフランスに置き換えられてはいるものの）帝政ドイツ批判という分かりやすいテーマを含み、また旧弊な自国人批判に尽力する知識人ハインリヒ・マンというイメージと合致するが故に有名になったが、ハインリヒの生涯における大転回を告白した書として、また文学理解の細やかさと社会的方向性の明確さが並存した作品として、このエッセイも看過し得ない重要性を持っている。

私がこの点を特に強調するのは、その重要性にもかかわらず一般に『ギュスターヴ・フロベールとジョルジュ・サンド』への認識が十分行き渡っているとは思われないからである。本書でも再三引用しているP・d・メンデルスゾーンのトーマス・マン伝は、トーマスと並んでハインリヒにもかなりのページをさいているが（そしてそれはトーマス・マンを扱う場合、きわめて正しいやり方であると言えるが）、このエッセイに関しては出版されたという事実に簡単に触れているだけで内容には一切言及していないし、前項で批判した近年のトーマス・マン伝や本書の直前に出たコープマンのマン兄弟論もこのエッセイを一顧だにしていない。

一方ハインリヒ・マン関係文献はこれほどひどくはないが、どちらかというとこのエッセイで示された政治的な方向性に焦点を当て熟年期の思想へのつながりを重視しているものが多く、その分、トーマスとの関係や『ウンラート教授』にも見られた或る種の人恋しさへの視線は希薄になっている。

例えばK・シュレーターは、ハインリヒがここで《自己批判を行いつつ芸術家への懐疑を表明した》として彼自身の生き方との関連性は指摘しているが、(35) ペーパーバック版の著作家解説シリーズ故のページ数の制約もあってか、あとは以後の彼の社会思想とのつながりを指摘するにとどまっている。V・エーバースバハも、ハインリヒが精神的に近いフロベールを分析しつつ《自分のそれまでの行路をより深く診断している》としているものの、(36) 社会内での芸術や作家の位置といった、社会分析的な側面に重きをおいている。J・ハウプトも、この時期のハインリヒの危機が孤独感や作家として弟に知名度で遅れをとったことから来ており、危機からの脱却を示す作品の一つがこのエッセイであるとして、自伝的な記述が見られることは指摘しているが、やはりつっこんだ分析はしていない。(37) M・ヴィーラーも、ハインリヒが新たな生き方を決定し定式化した最もはっきりした証拠がこのエッセイだとしつつ、それまでディレッタンティズムとして現れていた唯美主義芸術家風の生き方から実際的な（つまり社会的な）人間主義への方向転換がなされたと述べているだけで、このエッセイを書いたハインリヒの個人的な動機に踏み込んでいない点では同じである。(38) このエッセイについて、初出のテクストを再録した一冊の研究書をものしたR・ヴェルナーは、自伝的要素を織り込んだ厳しい自己対決のあかしがこのエッセイだと正しくその意義を評価しており、(39) ハインリヒの思想的遍歴や社会的背景との関連を詳述するにとどまらずに特に「自伝的な諸関連」の章を設けている。しかしそこで指摘がなされているのは、あくまで創作に関わるマン兄弟の姿勢とフロベールとの関連であって、生身の人間としてのハインリヒの苦悩や思考には余り目が向けられていない。

その点では、むしろ彼を知る同時代の作家の方が、このエッセイの自伝的・告白的要素に敏感だったかも知れない。彼らは恐らく作家としての直感で、ここに展開されたハインリヒの生々しい自己裁断を見て取ったのではあるまいか。ゴットフリート・ベンは、《ハインリヒ・マンが自分自身について、自己の内的葛藤について語った、唯一の長大でドラマティックなモノローグ》《〔フロベールについて語られている〕華麗な装いを取り除くと（……）

著者自身の姿が現れる》と評し[40]、ヴィルヘルム・ヘルツォークは《どの単語もどの文章も、すべてがモノローグであり、告白である》と述べている[41]。

また学者でも、フランス出身のゲルマニストであるA・バニュルはアプローチの仕方が異なっていて、エッセイ中のフロベールの独白箇所が少なからずハインリヒ自身のことを述べたものだとしているし[42]、このエッセイは《彼の「感情教育」が完了したこと、ようやく彼も「平凡であることの歓喜」〔これは『トニオ・クレーガー』中の表現〕に関与できるようになったことを証明している》と述べるなど[43]、弟との関係に触れながら実生活との関わりが重要だという点を見落とさずに指摘し、深い理解を示している[44]。

この作品が小説ではなくエッセイであるということ自体にも注意を向けるべきであろう。一八九〇年代半ば頃のハインリヒが『二十世紀』誌の編集人兼発行人としておびただしいエッセイを書いたことは第一章第二節で触れたが、以後彼は小説にのみ心血を注ぎエッセイの筆をとることがなかった。ここでおよそ十年ぶりに本格的なエッセイに手を染めたという事実がすでに、それまでの「芸術のための芸術」的な作家から、社会性を重視しアンガージュマンに身を投じる行動的な作家への変身を暗に物語っている[45]。

ちなみにこのエッセイはまだ邦訳もなされていなかったので、私は本書の付録として訳出しておいた。そちらをご一読の上、以下をお読みいただきたい。

B　内容のあらましと分析

さて、全七章からなるこのエッセイの内容を簡単に要約してみよう。

① 小説家フロベールの文学史的位置づけ。シャトーブリアン、バルザック、ユゴー、ゴーティエ、モーパッサンらとの関連で、客観的描写を完成しフランス小説の頂点に立ったフロベールの作風をきちんと分析評価する。

② そのフロベールが若い時分はロマン主義に心酔していたこと。おのれの心の叙情的な部分を抑圧することで小説家として名をなしたこと。

③ フロベールは生活すべてを文学の完成のために捧げ、他を省みなかった。

④ フロベールと対蹠的なサンドの生活と文学観。社会変革のために革命への参加も厭わず、小説を書くにあたっては芸術性よりは人間性・社会性を重視する。

⑤ サンドとの交際により人間性に目覚めるフロベール。その証拠は短篇小説『素朴な心』である。

以上のような構成だが、先に述べたようにフロベールの描写にはハインリヒ自身が重ね合わせられているので、それを考慮に入れて読むと種々興味深い箇所が見られることに気づくであろう。そもそも第一章第二節で述べたように、『ボヴァリー夫人』のような同時代の風俗を写実的に描いた作品と、『サランボー』のような遠い時代の異国を物語性を重視して描いた作品を交互に執筆したフロベールを、ハインリヒも『逸楽境にて』と『女神たち』を書くことで模倣していたのだった。

例えば、『女神たち』の唯美主義をトーマスが批判したことは第二章で述べたとおりだが、このエッセイのⅢ章こそはハインリヒ側の反批判に他ならない。フロベールは自作『サランボー』がこうむった批判に次のような感想を抱くのだが、背後にひそむのはトーマスに対するハインリヒの反駁なのである。

「世人は皆この作品が技巧的だと言う。つまり俺は連中を欺くのに成功し過ぎたというわけだ。自分の過敏な心を光の束やらっぱの響きの中にうまく隠しおおせたので、誰にも作者の心が分からなかったのだ。（……）ところがこれら美しい事物、ほとんど人間らしさをとどめぬ遠方の人物たちを生み出すために苦悩しなければならないことを、誰も知らないのだ。魂のこもらない美などと人はたわごとを言う。彼らは芸術家について知らなさすぎるので、芸術家が気軽に美を生み出せると思ってしまう。彼らは美というものに通暁していないので、美はいつの間にか仕上げられるものと信じ、のみをまだ手にしたまま苦悩が背後にひそんでいることなど考えてもみないのだ。」（S. 87、III章）[46]

美ははたから見えるほど簡単に生み出せるものではないというハインリヒの反論は、なかなか説得的ではあるまいか。

トーマスへの応答は他の箇所にもある。III章の内的独白部分でフロベールが、

「市門の外でジプシーたちが緑の馬車からこちらをうかがっていると、俺の内部には何かしら親近感が湧いてきたものだ。」（S. 89、III章）

とつぶやく箇所だ。弟の『トニオ・クレーガー』で主人公が《僕は緑の馬車に乗ったジプシーじゃないんだ》[47]と思う箇所への返答である。トニオの《ジプシーじゃない》というつぶやきは無論イローニッシュなものであって、名門の家庭に生まれながら詩を書いたりしている自分とジプシーとの親近性を反語的に暗示しているのであるが、ハ

インリヒはフロベールのつぶやきを借りてぢかに自分をジプシー的だと表現したのであった。なおフロベールその人も一八六七年六月十二日付けのサンド宛て書簡で、ジプシーを見ると興味をそそられると書いている。(48)

さらにトーマスへの応答が見られる部分を挙げよう。やはりフロベールの内的独白部分で、完成度の高い小説を書くことに没頭する余り生活を犠牲にしてきた自分を批判して、

「俺はこれまで生きてこなかった。俺は賤民同然だ。最低辺部同様、この高みにだって賤民はいるのだから。」

(S. 90、Ⅲ章)

と述べる箇所である。この「賤民Paria」という表現は、そのままの単語ではないが、弟の類似の表現に対する答と見ることができる。トーマスは兄を手厳しく批判した一九〇三年十二月五日付け書簡で、《十年前、八年前、五年前のことを考えてごらんなさい。あの頃兄さんは私の目にどう映っていたでしょうか。あの高雅な趣味人気質からすれば、私なんぞは徹頭徹尾賤民的で野蛮で道化師のごとくに見えたものです》と書いた。(49)この場合の「賤民的」はplebejischであるが、トーマスが兄に対する自分のあり方を表そうとして用いたキーワードとして重要な単語である。彼がこの時期に書いた文章には同じ単語が幾度か使われているからだ。ある女流作家の小説の書評にこと寄せてトーマスが兄の『女神たち』を批判したことは第二章で述べたが、その中でも《賤民・下層民たる我々は、ルネッサンスの男たちに嘲笑されながら、女性の文化・芸術的理想を誉め讃える》(50)と言われていた。「賤民・下層民Plebejer und Tschandals」が、ニーチェ主義に依って唯美主義的芸術の高みから凡俗を嘲笑する「ルネッサンスの男たち」、すなわち兄のような高踏的な芸術家と対比させられている。念のため単語の意味を整理してお

くと、Plebejer は古代ローマの平民や中世の市民権なしの無産階級を示し、Tschandals はインド・カースト制度の賤民の中でも最もいやしまれた階層（トーマスはこの単語をニーチェで知ったらしい[51]。ニーチェの愛用語を使ってニーチェ主義を批判したわけである）、Paria はインド・カースト制度の賤民である。この時期までにハインリヒの目に触れる範囲でトーマスが Plebejer という単語を用いた例は以上の二つであるが、これ以外にも同じ単語を二度ほど用いている[52]。

芸術家を凡俗とは無縁な高みにある人間と規定し、おのれとの対比において兄こそそうした芸術家なのだとするトーマスの態度が、この単語に集約されている。対してハインリヒは、フロベール・エッセイの上記引用箇所で、芸術に没頭している一見高踏派風の人間でも凡俗と同じように辛酸をなめ感情を揺さぶられるものなのだと反論しているのである。

こうして、この時期トーマスがハインリヒに対してとった態度への返答とでもいうべき表現が随所に見られるが、フロベール像を通してこれまでの自分を総括しようとする以上、これは避けられないことであったろう。トーマスは『トニオ・クレーガー』などでいわば兄を規定することによって自分自身をも規定したのだから、弟の勝手な規定に対してきちんと対応するところからハインリヒの自己規定は始まらざるを得なかったのである。別の言い方をするなら、弟の自己規定に触発されて兄の自己規定は始まったのであった。

このエッセイで描かれたフロベール＝ハインリヒ像がめざしているのは、一つには弟の規定に対抗して、「高踏芸術家」と言われる人間がいかなる経緯から一見そう見える存在になったか、実際にはどんな内面の葛藤を抱えているかを指摘することであり、もう一つは、そういう芸術家を乗り越える道を示すことである。

前者について言うなら、フロベールの作家としての成り立ちを説明するハインリヒの筆は簡にして要を得ている。

ロマン主義の洗礼を受けて若年期を過ごしながら、その後の醒めた時代を生きなくてはならず、おのれのロマンティックな心情を抑圧し弾劾するために「客観的描写」を生み出し、『ボヴァリー夫人』を書くフロベール。同様に幻滅の書である『感情教育』。しかし一方で遠い時代の異境を舞台とした『サランボー』や『聖アントワーヌの誘惑』を書き、抑圧したおのれの資質を解放しないではいられないフロベール。そして小説という芸術の完成のために人間的な感情を抑え、私生活を犠牲にしたフロベール。

それを描くハインリヒの筆は、トーマスの結婚式を目前にしてこのエッセイが書かれたという事実を考えるとき、きわめて暗示的に映る。なぜなら、このエッセイのテーマの一つは「独身」であるからだ。フロベールは一生独身を通した作家であったが、このエッセイのⅢ章を形作っている内的独白の出だしの文句はこうである。

「どうして俺はこうなってしまったのだろうか。世間から離れて住まい、四十歳になってまだ独身だなんて。」

(S. 87、Ⅲ章)

ちなみにこのエッセイを書いた当時のハインリヒは三十四歳の誕生日を目前にしていた。

そして小説という芸術の完成に没頭する彼の肉体的衰えと孤独が、やはり内的独白の形で指摘される。

「自分を見てみるがいい。もうどれだけ作品に痛めつけられていることか。修道服みたいな上着の中で丸まった肩。ガリア風口ひげを生やした顔は昔は丸くてふっくらしていたが、魂の苦闘のせいで今は見る陰もなくやつれている。仕事に抑制を欠いて赤く染まり、眼の回りが落ちくぼんでいるのだ。グロテスクな生へ嘲笑を浴びせてきたお陰で瞼には皺がよっている。眼差しはこの哄笑すら一仕事だったと言わんばかりにどんよりしている。はげ上がった額の上で一方の眉がぴくりと痙攣すると、ロマン主義の髪の毛が、若気という嘘の残滓のごとくに耳の下へと落ちてゆく。俺はもう四十歳で、このガレー船から脱出できる希望もない。また、そうしたいとも思わないのだ。」(S. 89f.、Ⅲ章)

そして結婚も話題に上る。サンドに結婚を勧められたフロベールはそれを断わって、「一生自分という人間を他人に任せるには、私は余りに潔癖です」と言うのだが、これをハインリヒは、行動し生きることを不潔と見て芸術に没頭する自分を純粋と見なすものだと批判する(S. 97f.、Ⅳ章)。そしてフロベールとの結婚を望みながら遂げられなかった女流作家ルイーズ・コレに言及し、彼も結婚を考えたことがないわけではなかったがそうしなかったのだと述べる(S. 98、Ⅳ章)。そしてルイーズは彼の生涯を見通していたのだとも(S. 98f.、Ⅳ章)。

また、五十の声を聞く頃になって母や親しい友人に次々と死なれ、悲嘆と孤独の中に生きる初老のフロベールをハインリヒは、《この老独身者にはもう妻をめとるための、或いは年に六カ月をパリで暮らすためだけの十分な財産もなかった》と描写する(S. 114、Ⅶ章)。フロベールはサンドにこう訴えるのだ。「今私は一人に、完全に一人になってしまいました」と(S. 114、Ⅶ章)。そしてそういうフロベールの様子を見たサンドは、「自分の息子にしてもいいと思うような男の子がどこかにいないのですか。いたら養子になさい」と手紙に書いて、結婚はせずともせめて家族を作るよう勧めるのである(S. 115f.、Ⅶ章)。

結婚をし新しい家族を作ろうとしているトーマスの姿を目の当たりにして、ハインリヒが何を考えていたかは、以上のように作中に少なからず挿入されている「独身」や「結婚」や「家族」に関わる記述から明らかではなかろうか。
一方、「芸術」に打ち込む余り袋小路に陥ったフロベールを乗り越える道は、ジョルジュ・サンドによって示されている。

彼は平和と自然の人間ではなかった。芝生の上に横たわると、草が自分の上まで伸びないかと不安になる男だった。彼は芸術の人間だったのだ。芸術はジョルジュ・サンドにとって何だったろうか。芸術のために煩悶するですって？　未来の人間を驚かす完璧さを求めて？　「健康で若々しい才能はいつでもインスピレーションが湧くものです。」「風が私の古い竪琴を気の向くままに奏でます。ある時は高く、ある時は低く、ある時は間違えて。」外面に関してはちょっとばかり嘘をついて、小説をあとから「ローカル・カラーで色づけて」も構わない。心が正しく鼓動しているなら、作品が彼女自身や他の人たちの気に入るなら、そのくらい何だと言うのだろう。芸術は生に奉仕しなくてはならない。(S. 102、V章)。

《芸術は生に奉仕しなくてはならない》――これこそは、このエッセイのエッセンスとも言うべき言葉である。フロベールの芸術とサンドの芸術との対比は別の箇所でもなされている。サンドの劇作『あだし男』の上演を見て感涙にむせんだとフロベールは彼女宛ての手紙で報告するのだが、ハインリヒはこれを解説して以下のように述べる。

彼は彼女の作品を芸術作品として吟味したのではなかった。(……) 芸術は彼にとって生の断念と放棄であり、生への冷酷な支配であり、仮借なく人間性に対峙しその最後の審判者となる作業であり、そして芸術家を容赦なく消耗させるものだった。それに対し、ここでは芸術は生と盟約をかわし、万人に好意的で、芸術を生み出す者にとっても軽やかなものとなっていたのである。(S. 105、Ⅵ章)

「人間性」や「生」と結びついた芸術、それこそがサンドの芸術であり、自ら生きることをせずに冷厳に生の営みを解剖するフロベールの芸術とは異なるのだとハインリヒは言う。そしてサンドは民衆と結びつき、革命を嘲笑せず恐れず、労働者のように感受し思考し、人類の未来と進歩を信じたのだと。

ハインリヒによれば、フロベールはそうしたサンドの芸術観に同意せぬままに彼女の人間性に惹かれて交際を続けたが、晩年彼女に感化されて、『三つの物語』に収録された『聖ジュリアン伝』と『素朴な心』を書いたのだという。『素朴な心』についてはこう述べられている。

彼はいつにない速筆で作品を完成させ、ジョルジュ・サンドにこれを見せようとした。彼女が自分に示してくれた善意に感謝して手に接吻したいと思った。だがそれはかなわなかった。彼女は直前に死んでいたのである。「ノアンの奥様」は沢山の貧しい人たちに祝福された。素朴な心をもって(そしてだからこそこの事実を知るよしもなかったが)彼女はおびただしい祝福を刈り取ったのだった。(S. 119、Ⅶ章末尾)

民衆に近いところで生き、社会生活に奉仕するために作品を書いたが故に、彼女は沢山の人々から惜しまれたのだ、それは「芸術」に没頭して孤独に生きたフロベールとは正反対だったのだとハインリヒは書くのである。

さて、以上のようなフロベール・エッセイの内容を、この時期にハインリヒがおかれていた立場に照らし合わせて考えるなら、その意味は明らかだろう。これまでのおのれの生き方はフロベール同様に芸術に凝り固まった不自然なものだった、そこから脱却して、サンドのように民衆や社会と触れ合う生き方をしなくてはならない、「芸術は生に奉仕しなくてはならない」――これこそがこのエッセイで表明されたハインリヒの宣言だったのだ。トーマスが『トニオ・クレーガー』で十九世紀的な芸術家に訣別を告げたとするなら、ハインリヒにとっての『トニオ・クレーガー』は『ギュスターヴ・フロベールとジョルジュ・サンド』だったのである。

後年のハインリヒに見られないでもなかった、理念が勝ってやや論の運びが単調になるような欠点は、ここではほとんど感じられない。フロベールの文学的意義を正確に評価し、また彼の私生活の細かい感情の襞も比較的ていねいに追っている。サンドの人間性を指摘する場合でも、空疎な概念が先行して生身の肉体性がないがしろにされるようなことはない。その意味で、このエッセイはハインリヒの代表作の一つと言うに値するのである。

トーマスは後年、一九一九年にある雑誌とのインタヴューで、兄をエッセイストとして評価していると述べ、ゾラ・エッセイと並べてこのフロベール・エッセイを推賞している。(53) 本書第七章第一節で述べたように、トーマスは結婚の半年前に友人イーダ・ボイ゠エトに手紙を書き、おのれに真剣な関心を抱く者こそが真の作家なのであり、自分をうっちゃって美を賛美したりするような作家は駄目だと述べて、兄を批判しているが、その意味で言えばハインリヒはこのエッセイによって自己の本質を仮借なくえぐり出したのであり、トーマスもそうした部分には一目おかざるを得なかったということなのであろう。

C　フロベール・エッセイに写し出されたハインリヒ・マンの歩み

ここで改めてこのエッセイをたどりながら若いハインリヒの歩んだ道を振り返ってみよう。ニーチェ風に言うなら、彼はいわば三様の変化を遂げたのであった。三様とは彼にあっては、「ボヘミアン－芸術家－知識人」という名だ。実際、『ギュスターヴ・フロベールとジョルジュ・サンド』を読むと、フロベールに仮託してこの三つの段階がはっきり提示されている。

最初ロマン主義に陶酔しておのれの人生を歩み始めたとき、フロベールはボヘミアンだった。やがて時代の変遷によって追い越されてしまうにせよ、それが幸福な時期であったことは間違いない。ボヘミアンの生活とは、文学や美術の創造に従事していようとも、第一義的には市民社会の規範から離脱し自由を謳歌するところにその特色がある。フロベール・エッセイには、すでに過去のものとなってしまったロマン主義＝ボヘミアン時代を惜しむように回想する箇所がある。イタリアの風物に陶酔した若いハインリヒの姿と二重写しになる叙述だ。

客観的な小説のスタイルを作り上げた彼は、叙情詩を内に隠していた。
若かった頃、ロマン主義の嵐のもたらした風が彼の田舎まで届いた。彼も仲間も胸が裂けるほどにこれに酔い、周囲の平凡な人間と自分は違うのだと感じた。（……）パリの思想上の流行は、遅れて、すでにパリではすたれ始めた頃彼らのもとに届くのだった。例えばエンマ・ボヴァリーが夢想的な少女時代を送っていた修道院もそうだったように。この若い娘の成長期に頭脳を形作った想像や欲望――これに対してはほどなく現実全体が敵対し始める運命だったのだ。現実の犠牲になる者がいた。エンマ・ボヴァリーも犠牲になった。とりわけそれは、実際には見たことがなかったパリがいつも彼女を惑わす火であり続けたからだ。フロベールはパリを見た。そしてわが身とパリを比べて恥ずかしいと思った。それでも自分の若い心の感じた中から紙に書かざるを得なかったことがあった。（……）それらはこの〔『ボヴァリー夫人』を書き始めた〕瞬間から断罪され、お蔵入りとなった。彼は成熟した人間として世に出るために、自分の青春期を抑圧した。（……）

（……）だがこの若者は、最初にロマン主義に遭遇した世代では根強い生命力を保っているようだった。フロベールの親しい友人ルイ・ブイエは生涯ボヘミアン時代を忘れぬ詩人であり、のちにやってきた時代、彼自身も生きなくてはならなかった時代に腹立たしい思いをし続けた。だからフロベールのペシミズムもまた熱狂的なロマン主義時代にその淵源を持っていたのである。詩人のロドルフォは絶望の余り蒼ざめて冬の屋根裏部屋に籠っている。汲めども尽きぬと信じていた詩の原稿で燃やした暖炉の火は、消えてしまっている。仲間たちはどこに行ったのか。月は沈み、ミミは死んでしまった。（S. 82ff.、II章）

そしてボヘミアン時代に訣別したフロベールは、小説の完成に心血を注ぐ「芸術家」になる。芸術家はやはり市民社会に距離をおきながらも、「芸術」という信じるべき価値を持っている点でボヘミアンとは区別される。しかしこの価値観には矛盾がつきまとう。普通の市民には理解できない、芸術家自身やそれを囲む一部の人間にしか理解できない高邁な芸術――しかし市民に認められなければ芸術家は芸術家としてのプライドと地位を保てないのだ。トーマスが『ブッデンブローク家の人々』で得たような成功に到達し得ていなかったハインリヒには、これは他人事ではなかった。

これほどの断念、これほどの自己抑制が少なくとも名声をもたらしてくれたなら！　フロベールは懐疑主義者の体質を持ち合わせてはいなかった。彼の精神性が平凡な人々の喧噪を軽蔑していたにせよ、彼の感性は周囲から認められることを渇望していた。彼はこう感じた。「永続性のあるものを創作するためには、名声を莫迦にしてはならない。」そして『サランボー』がほどほどの成功しか収めなかったことにひどく苦しんだ。(S. 87、Ⅲ章)

そして芸術という価値を信じきって人間社会から遠ざかるとき、その生き方には一種不健全な部分が生じてくる。芸術を苦労して作り上げた後に残るのは空しさだけだ(S. 97、Ⅳ章)。そもそも「芸術家」は人間として成熟していないのではないか。実社会を知らず、いつまでも未成熟な青年のような人間、それが芸術家なのではないか、そんな疑問がフロベールの独白の形で提示される。

「よくよく考えてみると俺には自分がまだ若者みたいに思われる。やつれて神経過敏で、成熟することが不可能な若者のようだ。いまだに、行動しようとするや否や、幻滅に陥りかねないと感じてしまう。なぜなら俺は、二十歳の青年のごとき無私の理想、物事に精通していないが故の純粋に空想的な考えを持つ一方で、理論的なペシミズムをも持ち合わせているからだ。いまだに生に実際的に関与したことがなくこれまでどんな隊列にも加わったことのない人間のようなペシミズムを。(……)俺は社会的に言えば学校を卒業したときと同じ地点にいるのだ。」(S. 90、Ⅲ章)

そして芸術家なる人間は、市民社会の中にあってどのような位置にいるのだろうか。ハインリヒの筆はここに来ると、鮮やかな分析の冴えを見せる。

フロベールは万事にわたって自分の出身階級と対立していた。しかし彼の敵たちは（そして彼らの後にはニーチェも）、この市民階級憎悪者自身が市民に他ならないことを発見したのだった。彼が市民でなかったら奇妙なことになろう。笑いの餌食にしている当の対象に何らかの形で属さずに、優れた風刺文学を生み出せた人間（……）などいたためしがないのだ。（S. 106、VI章）

芸術家についてジョルジュ・サンドはより優れた、人間的な考え方をしていた。「絶対的な文学者など存在しません。」なぜなら芸術家はそれ自体独立したタイプではなく、終わりに立つ者であり、種族の末裔であり、また種族の極めて精妙に震える頂点でもあるから。芸術家は一つの階級を形成しない。芸術家は自分が出てきた階級の精髄に過ぎない。（S. 106f.、VI章）。

以上のような「芸術家」としてのフロベールの意義と限界は、そのまま『女神たち』という唯美主義的長篇を書いたハインリヒ自身の姿を暗示している。そして晩年になってサンドの社会性や人間性を理解するフロベール（S. 117、VII章）は、ちょうどこのエッセイを書いた頃のハインリヒの転回と二重写しになるのである。

といっても、老いたフロベールはもうサンドのように積極的に社会にアンガージュしていくことは不可能だった。だが三十四歳になろうとしているハインリヒにはそれが可能なのだ。ハインリヒはこうして「知識人」になる。市民から離れた高邁な芸術を作る人間ではなく、社会のあるべき姿を予見し、万人のためになるような活動をする知識人に。市民と彼の距離はこの三段階目にして克服される。

以上のような「社会性」は、フランス共和制や民主主義を理想とし、この模範によってドイツの現実を斬るという方向性故に、まさに「知識人」の存在を——ハインリヒ自身の存在を——合理化するものであって、あるべき方向性を示すというよりは現実の醜悪な側面を描写することに力を注いだドイツ自然主義の社会性とは異なるものであった。(54)

D　フロベール・エッセイの限界

さて、このエッセイの意義と出来ばえをきちんと評価した上で、しかし同時にその欠点をも指摘しなくてはならないだろう。

ハインリヒはここでフロベールとサンドの対照性を強調する余り、ややフロベールに対して苛酷になっている。例えばルイーズ・コレとの関係を見るなら、ルイーズは決して純情なおぼこ娘ではなく何人もの有名人と浮名を流したプレイガールだったわけだが、このエッセイからはそうした側面はまるで分からない。一方的にフロベールの身勝手さだけが槍玉に上げられていて、まるでルイーズは清廉潔白で全面的に被害者であるかのごとき印象を読者は抱いてしまう。

またフロベールが可愛がっていた姪カロリーヌとの関係がほとんど無視されているのも、論の運びを都合よくするための単純化である。カロリーヌはフロベールの愛妹の遺児であるが、彼女の夫が事業に失敗した際にフロベールは財産の大半を投げうって救済し、ために自分が生活に窮するようになってしまう。このエッセイではその事実は一応簡単に触れられてはいるが、《こうしなければ自分自身を観察するのが耐え難くなったろうからだ》（S. 98、Ⅳ章）と実にそっけなく斬り捨てられている。

以上のような欠点は、単に論理上の都合から来るのではなく、実はハインリヒの認識上の欠陥につながるものであるが故に、決して軽視できない。表層的な言い方をするなら、ハインリヒは「女」に甘いということである。これはルイーズの扱いにまず現れているが、より深層から見ると男と女を対比させるハインリヒの思考法に由来している。Ⅴ章ではこう述べられている。

男と女がお互いの本質を究めようとする時いつでもそうであるように、この友情においては女性の天才の方が客観的で現実に足をつけたものであることが明らかになる。ジョルジュ・サンドの最も初期の作品にもすでに、男にはなし得ない生理学的な観察が現れていた。病人の介護や子供に関する女の細々とした深い知識、肉体的な異常をとらえる感覚。不変の理想を語りつつ生をでっちあげるなどということを、彼女はしない。彼女は苦虫を噛みつぶしたような夢想家に対して、あなたは「幸福」を余りに実体的なものと考えすぎているようだと示唆する。自分は珍しい植物を見つければ満足する。たとえそれが野糞のすぐそばに咲いていようと。彼女にとって小説は人生の外への逃避ではない。歴史の中にすら彼女は芸術への手段ではなく、人間的なものへと至る手段を見いだした。彼女は歴史の中へ入ってゆく。歴史から外へ出はしない。彼女は歴史から現在と模範とを作り出す。（S. 103、Ⅴ章）

ここで私が問題にしたいのは、実際のサンドがそういう人間だったか、女が一般にそうであるのかといったことではない。ハインリヒにとってサンドはフロベールに欠けているものすべてなのであって、こうした認識の布置結構が、これ以前のハインリヒとこれ以降のハインリヒとで根本的に変わっていないのではないか、そしてそこに「知識人」ハインリヒ・マンの特徴と限界があるのではないかというところなのである。

『女神たち』におけるヒロインの扱いを思い出してみよう。かの長篇三部作においてはヒロインのアッシイ公爵夫人が作品のすべてであって、彼女に近づく男たちは皆弱い人間、精神的に下位におかれた人間であった。『愛を求めて』にあっても、ヒロイン・ウーテは部分的にはクロードに批判されはするが、結局クロードの遺産の残りを得るという形で生き延びクロードは死ぬ。『ピッポ・スパーノ』でも直情径行で健康な少女ジェンマに対して作家マリオは臆病な男である。これが、作家ハインリヒ・マンの「男＝自分、女＝他者」という図式であることはすでに第五章第二節Bで述べた。ハインリヒが「女」に甘いと私が言うのはそういう意味である。ただ、これまでは「女＝他者」はあくまで自分とは対極的な存在であって、憧れに満ちた眼差しを向けはしても、この存在が自分とどう関わりを持つかは曖昧なままに放置されていた。それがここにきて積極的な意義を帯びることになったのである。「女＝他者」はサンドの生き方を経由して、彼女の抱いた社会性重視の文学観に移し換えられ、ハインリヒはこの文学観に同化してゆく。《芸術は生に奉仕しなくてはならない》が彼の新たな目標となるのだ。

これを先に第八章第四節で引用したフランス共和制擁護の文章と並べてみれば、ハインリヒのめざす方向は明白であろう。ドイツ帝政からフランス共和制へ、芸術のための芸術から社会のための芸術へ、そして自分はそれを実現するために積極的にアンガージュしてゆく「知識人」になる――これこそがここでハインリヒが確定したプログラムだった。一般に人がハインリヒ・マンの名を聞いたときにまず思い浮かべるイメージは、ここで誕生したのである。その意味で「知識人 Intellektuelle」という単語が、フランス共和制擁護の文章に現れていたのは象徴的なことであったと言えよう。なぜなら、そもそも「知識人」という言い方が登場したのは、フランスのドレフュス事件で、ドレフュス支持派の呼称として用いられたのが契機だったからである。[55] ドレフュスが終身刑を宣告されたのが一八九四年、この判決への疑惑が広まり始めたのが九六年、ゾラが有名な『私は弾劾する』を発表したのが九八年、そしてドレフュスの無罪が確定するのが一九〇六年だった。この『ギュスターヴ・フロベールとジョルジュ・サンド』は一九〇五年の執筆であるから、ハインリヒはここではっきりと一つの潮流を選びとったのだと言っていい。

すでに一九〇四年四月十日付けエーヴァース宛て書簡で彼はドレフュス事件に言及してこう述べた。

ドイツの軍事法廷ならドレフュス事件のような真似を十回はやっていただろう。民衆か、少なくともましな人間が権力者の野蛮に対抗して振るう理想主義的な力が、この国には欠けているからね。フランス人にはこの力があるのだ。（……）フランスのことを考え、それからヴィルヘルム二世のことを考えると僕らのことが恥ずかしくなってくる気持ちを抑えきれない。[56]

前述のフランス共和制擁護の文章を書くわずか半年前に出された書簡であるが、この論法はハインリヒの思考法の特徴を余すところなく示している。フランスで実際に起こったスキャンダラスな事件を見てフランスを批判するのではなく、むしろドイツで同じ事件が起こった場合を想定して自国を恥じる論法。これは、或る意味で後発資本主義国の知識人の姿勢そのものである。フランスは現実としてよりは理念として存在する。先進国知識人の理念は、本国でよりはむしろ植民地で声高に唱えられ、また実現もされやすいという事情を考えるとき、[57] この書簡はハインリヒが一つのタイプとしての知識人に変化してゆく必然性をうかがわせるものと言っていい。それはこの転回以前から彼につきまとっていた二元論的な思考法が――「女＝他者」という思考法が――生み出したものに他ならなかった。「他者」が自己実現の目標に転じたとき、新たなる自己として――しかし他者に同化したハインリヒからすれば批判すべき新たなる「他者」であるが――取り込まれたのは帝政ドイツだったのであり、二元論自体はいささかも疑われることなく温存されたのだった。彼が十年後に『ゾラ』を書くのは必然的な道程であった。

さて、ハインリヒのフロベール論に戻ろう。トーマスが兄と自分とを対照させて、つまり兄をだしに使って自分の進むべき道を確定した際、兄を一面的に見ていたように、ハインリヒもこのエッセイによってフロベールを断罪しておのれの新しい生き方を宣言したとき、フロベールを不当に遇していた。先に述べたようにそれは「女」への甘さにつながり、フロベールの「人間性」を過小評価する姿勢となって現れる。すなわち、芸術創造と実生活との素朴な混同がここにはある。

そもそも、「芸術」の純粋性を信じる人間は生身の人間との交際を軽視すると決まっているのだろうか。そして「社会性」を重視する作家は、いつでも現実生活において立派な態度をとっているのだろうか。批評家ティボーデはこの点について『フロベール論』の中でこう述べている。

キリスト教は、人間は神の恩寵によってしか救済と栄光に到達し得ないと言う。芸術家とはそこに到達し得ないものなのだ。彼に代わって彼の作品が到達するのである。芸術家が自分と離れたところですぐれた作品を作ることはある。が彼の生活そのものがすぐれた作品になっている例はまずない。しかしその努力はしていいはずだ。その努力を勇敢になすことは立派であり、そしてフロベール以上にその努力をなしたものはいないのだ。(……) フロベールの貴重な書簡はいずれも文学的生活の問題にもとづいたものばかりである。そこでは文学は (……) かたわらに他に何物も存在せぬ一種の即自体となっている。それは芸術のための芸術という理論的な問題ではない。それは芸術のための生活という実際的な問題であり、芸術家の意識にたえずつきつけられる問題、それも (……) 往々にして悲劇的な形でつきつけられる問題である。なぜなら、文学生活か、それとも政治・宗教・社会・家庭といった他の形の生活か、そのどちらかを選ばねばならない時期が必ず来るからである。(……)〔カッサーニュ『芸術のための芸術の理論』は次のように言う。〕「〔……〕フロベールも〔他の『芸術のための芸術』派も〕きわめて誠実な人間であったことはよく知られている。〔……〕彼らはこっそり目立たぬように、友人には無私で忠実で献身的な行為のかずかずをなし、家庭的には立派につとめをはたしたのである。」これに対して、道徳主義すなわち善のための芸術は、多くの作家の場合、平凡で低俗で貪欲な流派であった。(58)

そしてティボーデは、文学生活が純粋なものに映じるのは作家の無名時代である、と述べつつ、その比喩として《共和制が美しく見えるのは帝政下においてである》と言う。無論、一九二二年に書かれたこのフロベール論は、時代的に見てもハインリヒのフロベール・エッセイより有利な場所で成立したのだ。しかし文学作品の成立と人間との関係について、根本的な洞察力の相違を私は認めざるを得ない。

また、短篇小説『素朴な心』について、ハインリヒはこれがサンドの人間性をフロベールが受け入れたしるしであるとするのだが、ティボーデはこの作品を仕上げるフロベールがいつもながら時間をかけ、描写に苦労したのだと指摘している。(59)

こうして、一大転換期におけるマン兄弟は、おのおのの認識に欠落部分を抱えていた。これは彼らの作家的資質をあわせ見るとき、決して無視できないところだと言えよう。

第五節　イーネス・シュミート

以上のようにハインリヒ・マンは、弟トーマスが作家として名を上げカチアと結婚したことを契機として、自分自身の生き方を全面的に見直し、新しい方向性を確立してそれを文学的に宣言した。しかしフロベール・エッセイは理論に過ぎなかった。トーマスにとって、『トニオ・クレーガー』で「私は生を愛する」と宣言した結果がカチアとの結婚であったように、ハインリヒの実生活にも愛するべきパートナーが欠けていた。

ここに登場したのがイーネス・シュミートである。彼女はハインリヒがのちに婚約者と称することになる女性で、結局結婚はしないまま一九一〇年頃に別れているが(60)、ともかくも数年間ステディな関係を保っている。イーネスは一八八八年生まれだからハインリヒより十二歳年下、ドイツからアルゼンチンに移住した農園所有者の娘で、母及び文学者である兄と一緒にヨーロッパを旅行していた。大変な美人で奔放な性格であり、歌手か女優になりたいと考えていた(61)。

二人が出会った場所はフィレンツェで、一九〇五年のことである。しかし何月かまでは判然としていなかったため、ハインリヒがトーマスの結婚式に来なかったのは彼女と知り合って離れたくなかったからだという説がP・d・メンデルスゾーンにより提唱され、若干の研究者に無批判的に受け入れられていることは先に述べた（本章第二節参照）。

この説への批判を以下で述べよう。トーマスの結婚式は一九〇五年二月十一日であるから、もしこの説が正しいとすると二人は遅くとも二月初めには知り合っていなくてはならない。しかし現在入手可能な資料からするとその可能性は小さいと言わざるを得ないのである。トーマスと違ってハインリヒは（東独に版権があったこともあって）書簡類が余り公刊されておらず、その行動の具体的な事実関係には案外不明な点が多かった。メンデルスゾーンの説もそうした条件下で唱えられたのである。しかしドイツ統一以降、旧東ベルリンにあるハインリヒ・マン・アルヒーフの資料をもとにした研究書が少しずつ出るようになった。その一冊、一九九三年に出たアリアーネ・マルティンの初期ハインリヒ・マン論によれば、ハインリヒがイーネスと知り合ったのは一九〇五年の三月だったという。(62) ただしマルティンはそう述べていながら論拠を示していない。それで私は直接マルティンに手紙を書き、論拠を問いただした。マルティンからはすぐ丁寧な返答が届いた。

マルティンの説明は要約次のとおりである。現存している最初のイーネスのハインリヒ宛ての郵便は一九〇五年四月二日付け絵葉書であり、ミラノからフィレンツェ宛てで、内容は簡単な挨拶だけである。同じくハインリヒからイーネス宛ての最初の手紙は四月十一日付けで、内容はまださほど親密な関係を暗示していない（「敬愛するお嬢さん、あなたのお葉書を落手したいへんうれしく思いました…… Verehrtes gnädiges Fräulein, Ihre Grüße haben mich sehr erfreut...」という書き出しで、二人称も敬称である）。二人が知り合った場所がフィレンツェであることはエーヴァース宛ての書簡から明らかなので、(63) 可能性としては（ハインリヒがフィレンツェに行ったことが明らかになっている）三月末か二月初めかどちらかだが、ハインリヒはあちこち移動する人間で、もし二月初めに知り合ったとすると、最初のイーネスの葉書は八週間を経て相手がフィレンツェにいると知っていて出したことになり、これは考えにくい。むしろ三月末にフィレンツェで知り合って、直後にイーネスがミラノへ行き、そこからすぐに葉書を出したと考えた方が辻褄が合うというのである。

ハインリヒとイーネスの往復書簡集はマルティンが右の研究書を出した当時はまだ活字になっていなかったが、その後マルティン自身の編纂によって『ハインリヒ・マン研究年報』に二回に分けて掲載され[64]、私も彼らの書簡を読んで、マルティンの説が説得力を持つことを確認した。また百歩譲って知り合ったのが二月初めだったとしても、四月初めの二人の書簡がさほど親密な関係を示していないのだから、イーネスと離れたくなくてハインリヒがトーマスの結婚式に欠席したという説は成り立ちにくい。

したがって一九〇五年初め頃のハインリヒは、一月末から二月初めにかけてフロベール・エッセイを書いて厳しい自己対決を行いつつトーマスの結婚式をやりすごし、その一カ月半後の三月末にイーネスと出会ったと考えるのが現段階では妥当であろう。

弟の結婚式の一カ月半後に婚約者となる女性と出会う——それは、偶然といえば偶然かも知れない。しかし先にも引いたように、トーマスは『結婚について』というエッセイでヘーゲルを引用しつつ有名な文句を吐いている。《結婚しようという意志があって、然るのちに愛情が生まれる[65]》と。これがトーマスの場合に当てはまるとすれば、弟の結婚の直後に婚約者となる女性とめぐり会ったハインリヒについても、同じことが言えるのではないだろうか。そしてそれはもしかすると、多分に弟の結婚によって触発されたものだったのかも知れないのである。ちなみにハインリヒはイーネスとの関係を、一九〇六年六月に初めてトーマスに打ち明けた[66]。彼女と知り合って一年余りたってからではあるが、母や親友エーヴァースにはさらに二年たってようやく打ち明けているのだから[67]、これよりはるかに早い時期であることに注目すべきであろう。ここに弟への一種の対抗意識を見るのは容易であろう。

では ハインリヒはイーネスと出会って婚約する頃にどんな結婚観を抱いていたのだろうか。次の長篇小説『種族の狭間で』でこの点を見ておこう。

第六節　『種族の狭間で』に見るハインリヒ・マンの結婚観
――トーマス・マンの『大公殿下』と比較しつつ

『種族の狭間で Zwischen den Rassen』は、『ウンラート教授』に続くハインリヒ・マンの長篇小説第六作である。執筆には一九〇五年半ばから二年ほどを要し一九〇七年に出版されている。本来一九〇五年頃までを対象とする本書の範囲を逸脱するが、その構想は一九〇四年末にさかのぼり、また内容的に見てこの時期のハインリヒの一大転換を考える際には無視できない要素を含んでいる。そこで以下、本論考のテーマに関わる部分に限定してこの長篇小説に触れておきたい。

そして弟トーマスの第二長篇『大公殿下 Königliche Hoheit』も、一九〇六年から三年にわたって執筆され一九〇九年に出版されており、また第七章でも述べたように邦訳も出ている著名な作品であるから細かく内容に立ち入ることはしないが、構想を得たのが先に指摘したとおり妻となるカチアと出会う前後の一九〇三年秋であることを勘案し、彼が兄ハインリヒをどう見ていたかという問題、そして彼のハインリヒ観と結婚観との関連に限って見ておくことにしたい。

A　『大公殿下』に見る兄弟関係とトーマス・マンの結婚観

トーマス・マンの『大公殿下』は、小国を統べる王の次男クラウス・ハインリヒが、父の死後兄の代わりに実質的に王位を継ぎ、妃を見つけるまでの物語である。本来は兄で長男のアルブレヒトが世継ぎのはずであったが、兄は虚弱な体質故に、また形式的な仕事をこなす日常に耐えられないことを理由に、弟に王の仕事を委嘱するのである。

この兄アルブレヒトがトーマス・マンから見た兄ハインリヒ・マンの姿を写していることは、比較的分かりやすい。まずアルブレヒトという名である。少し前にトーマスが構想していた『恋人たち』の登場人物の一人、ルネッサンスに熱中するデカダントが、つまりハインリヒ・マンを暗示する人物がこの名であったことを思い出してみたい（第七章第二節A参照）。アルブレヒトという名は特に貴族に愛好された名であり、[68]「賤民」（この単語が兄弟間で何を意味していたかは、本章第四節Bで触れた）トーマスから見た高踏的な芸術家ハインリヒを暗示するのには恰好の名前であったのだろう。ちなみに『トニオ・クレーガー』には作品を仕上げるために喫茶店に出かけていく作家がトニオとリザヴェータの会話の中に登場するが、その名はアーダルベルト Adalbert であり、語源的にアルブレヒト Albrecht と同じであることもつけ加えておこう。[69]

次にこのアルブレヒトの容姿である。《こめかみが狭く面長の賢そうな顔をしている》(S. 53)、[70]《先のとがったブロンドのひげをはやした細面》(S. 158)、[71]《青い目》(S. 347) などはハインリヒ・マンを模したものと考えられる。そして小さい頃大病をわずらい現在も病弱であること、そのために《彼独特の臆したような気品》があり、《極度に控え目で、内気なあまり冷淡に、無愛想なあまり傲慢に見え》(S. 347)、また父王の生前は冬の寒さを避けるために南国に滞在する習慣があったこと (S. 89f., 142) など、いずれもハインリヒ・マンを彷彿とさせる。

さて、兄アルブレヒトから弟クラウス・ハインリヒは実質的な王の仕事をまかされるのだが、兄の言い分は「私は結婚していない。この先結婚する気になるとも思えないんだ。だから子供もできない。」(S. 156) である。つまり結婚して世継ぎを作ることが王たる者の務めであり、その意志のない自分は王の職務を勤める資格がないというのである。

またその少し前の場面でアルブレヒトは、国民の人気は私よりお前の方が高い、私は孤独な人間で群衆の歓呼になど興味がない、私は理性でもって人気不人気を超越していると言うのだが（S. 145f.）、このあたりの彼の言辞は、恐らく一九〇三年十二月五日のトーマスのハインリヒ批判へのハインリヒ側の反応を下敷きにしているものと推測される。すでに述べたように、この時期のハインリヒ側の書簡が下書き一つを除いて残っていないので実証はできないが、友人エーヴァースへの書簡でハインリヒはそうした意味のことを述べており（第六章註13参照）『ブッデンブローク家の人々』が認められて一躍人気作家となった弟へも、恐らくアルブレヒトのこうした言い回しで対応したと見ていいだろう。

そしてこの会見の最後にクラウス・ハインリヒは兄にこう言う。

「僕はいつでも感じていたし分かっていました。あなたの方が僕ら二人の中で貴族的で高いところに立つ人間なのだ、僕はあなたに比べれば賤民に過ぎないと。」（S. 158）

以上のような長男アルブレヒトと次男クラウス・ハインリヒの関係を、一九〇三年から〇五年にかけてのハインリヒ・マンとトーマス・マンの関係と比較するなら、『大公殿下』という作品の意味しているところは明らかであろう。次男クラウス・ハインリヒ＝トーマス・マンは、結婚と日常生活という俗世間の職務を、芸術家＝貴族であり俗世間の仕事には興味がない長男アルブレヒト＝ハインリヒ・マンから委託されたのだというトーマス側の論理が、この長篇の下敷きになっているのだ。『大公殿下』は、言うならばトーマス・マン側の結婚の論理を、兄を自分の対極として図式化することによって正当化しようとした作品なのである。

この小説は最初に雑誌に連載されたのちに単行本化されたが、トーマスは雑誌連載を読んでいるという兄に対して、一九〇九年四月一日付けの書簡で、作品に盛り込まれた兄弟関係を文字どおりには受け取ってくれないのではないかと危惧の念を表明している。[72]この書簡はハインリヒの婚約者イーネスとマン兄弟の上の妹ユーリアとの折り合いが悪くなったために出されたもので、何であれ兄弟関係を悪化させる要因には神経質になっているトーマスの姿をうかがわせて興味深いが、アルブレヒト像が誰を下敷きにしているか、兄が一読すればすぐ分かるだろうとトーマスが考えていたことは明らかである。

また結婚直後に新婚旅行先から出した手紙では、

> 兄さんは芸術家以外の何ものでもないのですが、そのせいで私と逆の極端に走っているような気がします。
> ——詩人というものは単なる芸術家以上のものでなくてはならないと思うのです。[73]

と『トニオ・クレーガー』で表明した考え方を繰り返している。結婚し市民的な日常生活を送ろうというトーマス側の論理が、ここでも兄を対極におくやり方で表現されている。

実際、トーマスは結婚以降ナチ政権の成立までミュンヘンに定住したが、ハインリヒはイーネスと知り合ったのちも相変わらず旅行がちであり、『ゾラ』と『臣下』で名を上げたヴァイマル共和国時代はベルリンに居を構えた。一九二三年のことになるが、母ユーリアが死去した際はトーマスが墓の名義人となっている。[74]マン家の精神的な家督相続を次男トーマスが引き受けたということを暗に示す事実と言えよう。

B 『種族の狭間で』に示されたもの

さて、以上で『大公殿下』に表明されたトーマス・マンの論理を一瞥した。しかしこれはあくまでトーマス側の論理である。特にアルブレヒト像は、自分を規定するためにまずその対極にある者として兄を描いたという面があった。要するに自分を正当化するために兄をダシに使ったわけである。ではハインリヒ側の論理はどうだったか。長篇小説『種族の狭間で』によってこの点を見ておこう。

『種族の狭間で』の構想は、先にも述べたように一九〇四年末にさかのぼる。〇四年十二月二十三日付けエーヴァースへの書簡でハインリヒは《新しい長篇のための材料を集めたい》と書いていて、曖昧な記述ではあるが、FS版『種族の狭間で』収録の「資料集」はこれがこの長篇について言及された最初としている[75]。また「種族の狭間で zwischen den Rassen」という表現自体は、先にも触れた（第八章第二節）ランゲン書店のための自己紹介文中に「二つの種族の間で zwischen zwei Rassen」という言い回しですでに現れており、作品の観念的な骨格のようなものは作者の脳裏に少し前から生成しつつあったと見ていいだろう。実際ハインリヒは右のエーヴァース宛て書簡で《精神はすでに出来上がっているのだが、現実が欠けている。実際的な事実がだ》と述べている。作品の観念構図はできていてもそこに肉付けするための材料探しに苦労しているという意味であろう。執筆開始は一九〇五年七月、出版は一九〇七年春であった[76]。

「二つの種族の間で」というテーマはハインリヒ自身の生き方と密接に関わっている。若い頃から旅行好きで特にイタリアを好んだ彼は、執筆を開始して間もない時期にエーヴァースに宛てた手紙で、《私が例外的な存在となっているのは、二つの国の間を行ったり来たりし、双方の文化からそれぞれ影響を受け、どちらか一方に完全に所属しているとは言えないからなのだ》と述べている。[77]

このテーマは作中、まずヒロイン・ローラの生い立ちに反映されている。南米に移住したドイツ人の娘であるローラが幼くして父にドイツに送られ、様々な過程を経て成長してゆくというのがこの長篇の筋書きだが、ローラは多分にイーネス・シュミートの面影をとどめている。イーネス自身南米に育ったドイツ人であり、ヒロインのモデルとなるにうってつけの経歴の主であった。さらに、ローラの幼年期の描写には、マン兄弟の母ユーリアが自らの幼少期を綴ったメモワールも利用されている。ユーリアもまた南米に移住したドイツ人の娘であり、経歴がイーネスと似ていたのである。[78] ハインリヒがイーネスに惹かれたのは、単に彼女個人の魅力のためだけではなかったのかも知れないのである。

また、この長篇にはローラの相手役としてアルノルト・アクトンというドイツ青年が登場する。彼の姿と作者ハインリヒは多分に重なり合っている。アルノルトは若くしてイタリアに旅して圧倒的な感銘を受け、七年間滞在して創作に打ち込んだが、やがてそれも終わりになって、イタリアに何の魅力も感じられなくなってしまう。彼は内的な共同体への憧れを感じて故郷ドイツに戻る。しかし周囲の人間とうまく付き合うことができない。一人暮らしが長すぎたので、他人と一緒にいても異境にいるかのように感じるのだ。[79]

彼は政治的意識についてローラに話す。人間性や精神を重要視しなくてはいけない、と言いつつルソーを引用し、自分は新しい国の市民になりたい、一七八九年以来人間にはアルカディアが可能になったのだ、と力説する。[80] どういう女性なら自分に合うかという話題も出る。[81] アルノルトは言う。ドイツでは解放されたばかりの女性によく会ったが、彼女らはまだ粗野で趣味がよくない。一方、これと対極的なのがイタリア女で、よく私を誘惑したものだ。彼女らはチャーミングで、知り合って半年とたたないうちに彼女らと結婚する男の気持ちも分かるが、後年そういう男は相手の目に空虚さを見いだして後悔するだろう。永遠の未成年のような女、モラルの繊細さという私のドイツ的遺産を軽蔑するような女を、私はそばにおくことはできない。

あなたは精神を持った美人を望んでいらっしゃるのね、難しいわと言うローラに、アルノルトはこう答える。混血女性と何人か近づきになった経験があるが、彼女らは自分を作った種族の一方だけを肯定し、他方を否定していた。私はそうでない混血女性を想像する。体も精神も古くて強靭な文化に満ち、エレガントで趣味のよい女性を。そういう女性は私に似ている。なぜなら私も種族の狭間におかれた人間だから。

こんなアルノルトにローラは惹かれながらも、結局は美男のイタリア人パルディィ伯爵と結婚する。そして官能の喜びを味わうのだが、ほどなく夫の欠点が目につき始める。金持ちのようでいてそうでもなく、吝嗇で、賭博好きで、何かと妻を拘束しようとするパルディィ。男らしいとはいっても野獣のごとき男らしさの権化がパルディィなのだ。ローラはやがて夫の身勝手に愛想をつかし、アルノルトと再会して一緒に暮らすようになる。アルノルトと真に結ばれるまでには彼女の方もパルディィを介して自分なりにイタリア体験を積まねばならなかったことになる。最後にパルディィの行為に憤激したアルノルトが彼と決闘しようとするところで小説は終わる。内気で思索型の青年だったアルノルトが、決闘によって行為の人間に転じていく様が暗示されているのだ。ちなみに彼の姓アクトン Acton には「行動 Akt」の含意があろうし、ファーストネームのアルノルト Arnold とイニシャルがA－Aで一致するのは、最終的に彼が思想と行動の一致にたどりつくことを暗示しているとも考えられる。

ここにはまた、かつての『女神たち』のような、ニーチェ流の「金髪の野獣」讃美（パルディィは金髪の野獣の一種である）から、ルソー流の社会変革讃美への言わばパラダイム変換が見て取れる。アルノルトがローラにルソーやフランス革命の意義を力説する場面があることは上述のとおりだが、その直前には作中人物の一人ティニが「善悪の彼岸」や「支配者の道徳」といった言葉を口にするシーンがある。[82] 言うならば、著者がその分身である作中人物に思想を披瀝させる前座として、別の人物を介してニーチェ主義を登場させているのであって、この前座の後に来るアルノルトの言葉が暗にニーチェ主義を批判する形になっているのである。ここは、著者ハインリヒ・マンがおのれの思想遍歴を示した箇所と見ていいだろう。

また、アルノルトの生き方は『女神たち』や『ピッポ・スパーノ』に見られた芸術家像の革新を狙ったものでもある。これらの作品では芸術家は、すぐれた作品を生みだしはしても社会的には無能で、強い生命力を持つ人間に翻弄される存在でしかなかった。それがこの『種族の狭間で』にあっては、アルノルト＝芸術家＝知識人は、社会のあるべき姿をフランス革命やルソーによって理念化し、その実現のために努力する有用な人間として、高邁な役割が付与されているのである。

以上のような『種族の狭間で』の内容を見るなら、『ギュスターヴ・フロベールとジョルジュ・サンド』で語られたハインリヒ自身の経歴、そしてそこで宣言された新しい道が、小説の形で肉化されているのは明らかであろう。ドイツ人でありながら南米に育ったローラ＝イーネスは、ドイツ人でありながら一時期イタリアに心酔し北方的なものと南方的なものの統合をめざす（その結果としての思想的基盤がルソー＝フランス革命となる）アルノルト＝ハインリヒ・マンにとって理想的な女性として現れる。「種族の狭間で」というテーマが、文字どおり肉体の上でも理念の上でも、アルノルトとローラという男女の結びつきにおいて実現される――この長篇小説はそうした理想を語った作品なのである。そしてトーマスの『大公殿下』と比べてみるとき、ハインリヒにとってこの小説が自分の生き方との関連でどれほど切実な作品であったかは、言を俟たない。トーマスが妻となったカチアとの交際・結婚を土台に『大公殿下』を書いたように、ハインリヒは（結局は結婚には至らなかったが）婚約者となったイーネス

をヒロインのモデルとしながら、ほぼ同時期に進行したおのれの思想的転換を『種族の狭間で』に刻み込んだのであった。(83)

結　語

ハインリヒとトーマスのマン兄弟は、こうして一九〇三年から〇五年にかけて様々な葛藤を経験し、確執や対立を重ねながら青年期を終えた。この時期に二人を襲った危機は、若く自由なボヘミアン時代から充実した仕事をする円熟した年代への転換期そのものに他ならず、二人の対立も新しい段階の生みの苦しみであったと言えるだろう。「文学」や「芸術」の自立的な価値を信じ続けること、その信念によってのみ生き続けることは、誰にとっても難しい。この問題に何らかの形で決着をつけ新しい道を選択する作業は、青春期の終わりには必然的にやってこなくてはならなかったのである。

それまでの自分を対象化して自己対決を行い、妻もしくは婚約者となる女性と出会って人生の新しい段階に進んでいった二人の姿には共通する部分も多い。しかし同時に二人の選んだ道の相違点も看過するわけにはいかない。トーマスにあっては否定の対象は「芸術家」であって、芸術そのものではなかった。トニオ・クレーガーは、月並みな市民を見下し冷然と構える芸術家よりは普通の市民を愛するとしながらも、誰にでも分かる芸術をめざすなどとは言わない。トーマス・マン自身も、カチアとの結婚生活という安定した地盤を得て（別の言い方をすれば「厳しい幸福」(1)に耐える日常を送りつつ）、すぐれた文学作品を書こうと模索する。「あれもこれも」がトーマスの基本的な思考法なのだ。

しかしトーマスは「厳しい幸福」に復讐されはしなかっただろうか。日々の平凡な暮らしの中ですぐれた作品を書く——言うはやすく行うは難い。彼が処女長篇『ブッデンブローク家の人々』と肩を並べる長篇を書き得たのはようやく『魔の山』になってからであり、両長篇の間には四半世紀という時間が経過しなくてはならなかった。そして『魔の山』以降の作品群は、戦争・政治的混乱・亡命という非日常の中で書き継がれていった。

それに対してハインリヒは、トーマスとは違って長い間家庭に安定した地盤を持つことがなかった。「婚約者」となったイーネスとは数年後に別れ、一九一四年に女優マリア・カノヴァと結婚して一女をもうけるが約十五年後に別れ、その後二十八歳年下の通称ネリー・クレーガーと再婚するが亡命先のアメリカで自殺されてしまう。運不運もあろうが、結局ここに絡んでくるのはハインリヒの女の好みの問題であろう。(2) 彼は生涯、安定した家庭を作るような女性と一緒になることがなかった。ヴィスリングが指摘したように、交際相手は「女優か娼婦、或いはその双方を兼ねた」女性だったのである。(3)

しかし「知識人」として共和制や民主主義に加担してゆく道を選んだハインリヒは、その作品に「社会のためになる」という明確な方向性を持つことになった。トーマスが家庭によって一種の安定を得たとするなら、ハインリヒはその文学観によって安定を得たのだった。ハインリヒにあってはおのれの芸術家としての性格とともに生み出すべき芸術の性格も一大転換を来たした。その基盤をなしたのは彼の二元論的な思考法である（第四章第二節Dを参照）。芸術のための芸術か、社会のための芸術かという二者択一は、彼が以前から有していた二元論的思考法の帰結だったと言えよう。

だがここにもそれなりの問題があった。トーマスが安定した家庭生活故に作品制作に困難をきたしながらも、同時に作品に一種の純粋さを保ち得たのに対し、ハインリヒは「社会性」を唱えたがためにその作品の性格を限定される危険性にさらされた。彼が一定の政治的プログラムに従って小説を書くだけの作家であったなら、むしろ「文学の社会性」は簡単な作業だったろう。だが彼の資質は果たしてそんな風にできていただろうか。やがて彼は『臣下』や『ゾラ』によって弟に劣らぬ名声を獲得するが、そうなると逆に、政治性によってのみ価値を許られる風潮に彼自身が異議を唱えるようになる。(4) 彼は芸術そのものの価値に未練を残していたのだ。

ここにはまた別の側面もある。トーマスが結婚によって得た安定は何よりも市民としての家庭生活に立脚していたから、彼は以後ふだんの暮らしから生まれる日常的な視点を手放すことがなかった。それは言い換えれば、自分の生きるドイツの現実を丸ごと否定することはしないという、ある種の保守主義である。一方ハインリヒは文学の社会性を唱えつつ、芸術の無意味さに背を向けることによって安定を得た。それは、おのれの身の回りの平凡さに耐え日常のあるがままを肯定する生き方とは正反対の方向性であった。「知識人」としてフランスやその共和制に加担しドイツの帝政を撃つ進歩主義的姿勢は、その必然的な結果である。

約十年後、二人は第一次世界大戦に際して本格的な兄弟喧嘩をすることになるが、それはすでにこの青春時代への訣別の仕方そのものに胚胎していたのであった。

付　録

ハインリヒ・マン『ギュスターヴ・フロベールとジョルジュ・サンド』

I 章

　十六世紀がイタリア絵画と建築で輝いていたように、十九世紀はフランス小説で輝いている。一八五〇年から八〇年にかけて、フロベールは一人きりで田舎に何カ月もこもり、六冊の本を書いた。この時代の代表的な芸術ジャンルをその頂点へと導くべき最後の努力が、ここで行われたのである。

　それまでシャトーブリアンが近代の自然感情を発見し、古い社会が解体した後孤独に耐える男の抱く苦しみと誇りを書いていた。だから彼の描いた叙情的な、或いはヒロイックな風景には人間が余りにまばらだったのだ。その中ではルネ(1)だけが生きている。社交家だったスタンダールも、革命以前のサロンがまだあるからというだけの理由でイタリアを愛した。だが彼はすでに近代の無遠慮な感覚で、二つの時代に生きる人間(2)を啓蒙的に分析しようとしたのだった。彼はとりわけ様々な人物に注意を向け、その心理が社会的条件に制約されている様を観察した。これに対してバルザックは、この世紀のカオスの中から一つの世界を作り上げ、文学の中産階級と下層階級を征服していた。文学の価値を新興勢力たる出版業と金融によって判断し、すでに解放された激しい情熱ばかりか金銭をも文学の中で表現した。ヘラクレスのような彼の天才は豊富な素材を誰にも不可能なほど奔放に利用した。ただそれらは必ずしも偉大な芸術によって純化されたり、軽やかなものになったというわけではなかったのである。テオフィル・ゴーティエは、言葉を絵具や大理石に変えた。彼が書いた小説には通常文学の養分となるものが完全に欠けていたが、にもかかわらず作品は重要だった。

作中人物は魂がなく美しい事物に囲まれた付け足しに過ぎず、作品は非の打ちどころがないけれど生に対しては何の関係も持たなかった。

フロベールの才能は、以上の四人によったものだった。言わばそれは四頭だての馬車で、彼の気質と知恵が欲するままにそれを操ったのである。右の一人の持っていた社会的展望を彼も持ち、しかも先達につきまとっていた幻想はフロベールにはなかった。別の一人の分析力から、彼は前代未聞とも言うべき表現手段を作り上げ、初めて精神的なものが感覚的に感じられるようにしたのである。彼は造型力を根本的に必要なものとして駆使し、絵画的な言語芸術を作って印象主義に道を開いた。そして彼にあって最も深かったのは、孤独の意識だった。ルネ以来きわめて深刻なものとなっていて、はやその誇りも消え失せるほどの孤独感だった。彼はこれらどの能力にも優れていた。これら全てを発揮したとき、彼は偉大になった。彼の本には二、三(必然的ながら二、三だけ)そうした力を極端に発揮した例が見られる。田舎の祭である。(3) 波のような家畜の群れ、農民の服装、名士たち、それに役人たちが、テントや馬車や旗を立てた建物の回りにうごめく。もったいぶった挨拶や群衆の中のお喋り、求愛の言葉が聞こえる。人々の中から一人が現れるかと思うとまた中に呑み込まれて行く。しかめっつらをした連中の中から何かが見えたかと思うとまたすぐに他のものに取って代わられる。釣鐘型のドレス、断片的な仕草、雲を追い払う風。地上に映じた雲の影が動く。様々な匂いが声のように立ち現れてはまた消えてゆく。読者はこうした事どもが語られるのを聞くのではない。じかにそれを体験するのだ。作中の事物は自らおのれのひそやかな意味を開示する。もしそんなものが可能だとすればだが、ここにあるのは総合的な芸術作品である。その創造は唯一無二の頭脳にのみ可能であり、凡庸な者には到底なし得ないことだった。

彼の最初の本『ボヴァリー夫人』が知られるようになったとき、フロベールについて以下のようなイメージが広まっていった。彼は現実の精確な再現を目指しているのだ。彼は現実を「客観的に」、「科学的に」、しかしやはり暗い面を誇張して見ているのだ、と。いずれにせよ彼は完全な近代人であって、社会的な問題に芸術の衣をかぶせて興味を惹くすべを心得ていた。そして裁判で認められたとおり[4]、彼の確かに大胆な描写は教育的で倫理的な動機を持っていた。彼は次の本で——これは第一作とは正反対の性格の作品であったが——観察の才能を共感を持てる人物に向け、良き心の主を描いてみせなくてはならぬ。そうすれば人々は彼に感謝するであろう。だが読者は五年間待たねばならなかった。そしてそれが完成したとき、何と不快な驚きが広がったことだろう。この『サランボー』は前作よりとっつきにくいというだけではなかった。この作品は近代的ですらなく、『ボヴァリー夫人』が長期間にわたって公衆に提示した問題には何の関係もなく、全く「外面的」であり、はるか大昔の途方もない事物の描写に没頭していて、「観察」なんぞは影も形もなかったのだ。批評家や学者は、大部分を大胆な想像の産物とした。サント=ブーヴはここにサディスティックな空想の刃を嗅ぎつけさえした。いまやフロベールに関する世間のイメージは幾分醜悪なものとなる。まさにこのとき、彼がパリで非難の嵐に耐えていた頃、友人として近づいてきた人物がいた。ジョルジュ・サンドだった。彼女は『サランボー』をかつて書かれた中で最も美しい書物のひとつと考え、この意見を論文として公にし、彼に手紙を書いてこの論文の存在を知らせた。二つの魂が触れ合って、以後年上の方〔サンド〕が死ぬまで離れられないこととなる。

　ジョルジュ・サンドは人間研究家として登場した。彼女の天才、女の天才は、純粋に心理学的なものだった。彼女の興味の対象は世界ではなく、男であり、男が彼女に感じさせるものだった。彼女が若かった頃、彼女の世代は男っぽくて嵐のように荒れまくっていた。文学は、輝きと喧噪をもって、形而下的な事物に向かっていた。しかし彼女は故郷にあって女としての自分の一生を書き、ただ愛の名においてのみ感情を高ぶらせた。当時彼女が真剣につきあうことのできた男性は一人だけだった。なぜなら当時心を持って生きている者は彼しかいなかったからである。ミュッセだった。だがそのあとは？　「彼女をこれほどの多方面へと駆り立てた動機が——劇作や文学の才能の開化、世の喧噪への突然の腹立ち、劇場監督としての仕事、そしてゆったりとした田舎での生活、こういったものへと彼女を駆り立てた動機が、つまるところ途絶えることを知らぬ恋愛遍歴であることは、疑いようもない。」彼女は、自分に最も似た作中人物であるルクレツィア・フロリアーニ(5)についてそう述べている。

彼女が六十歳に近づくと、男を求める衝動の中で最も深いものだけが残った。女の欲情のごとき好奇心、心理学的な欲望である。そして彼女はフロベールの中に何かしら奇妙なもの、発見するに値するものを嗅ぎつけたのだ。彼女が批評を交わし合ったバルザック、その人によって彼女が大きく成長したバルザック、今は死んでしまったこの友人の代わりが見つかったのだ。いま一度男の心によって自分を富ますことができる。彼にとってはほとんど負担にはならないだろう。自分は彼に善意を差しだして、お返しの善意以外の報酬は望むまい。ところで相手の男の方でもこういう出会いを喜んでいた。なぜなら彼は他に何も女に与えるものを持たなかったのだし、「どんなに御しがたいミューズですら女ほどは苦痛を与えない(6)」ことを知っていたから。そして彼は、彼自身の言葉によれば、「第三の性(7)」であるような女を女友だちとして必要としていたから。

彼女が最初に気づいたこと、それは彼が思いやりのある心を持っているということだった。一度彼の別荘を訪れたとき、彼が母に「娘よ」と呼びかけているのを聞いた。サンドは泣いた(8)。滑稽にも、と彼女は思う。彼にはその著作には現れていない側面がある、自分自身も気づいていないかも知れないような側面があるのだ。彼女は彼にそのことを書き送って次のように付け足した。「きっと将来は現れてくるでしょう。(9)」彼が心を開くよう彼女はドアをノックしたのだ。それも非常に用心深く、理解をこめて。「私が扱えるのは、ただ自分の不幸だけです。偉大な精神は創造を行うためには不幸に耐え抜かなくてはなりませんから、この不幸を私は神聖なものと考え、それに触れるときには軽はずみにも粗雑にもならぬようにするのです。(10)」彼女は様々な感情を手紙で書き送ったから、彼の方も自らの様々な感情を返事に認めた。その結果彼女が知ったのは、彼を洪水のように襲う鬱々たる気分であり、文体を彫琢する際に彼が感じる死ぬような不安の念であった。彼女は貞潔の問題を切り出した。返ってきた答は、貞潔はただ力試しとしてのみ価値を持つというものだった。そして彼の時代、勇ましいロマン主義の時代にあっては、愛と芸術を同時に征服するだけの強さを人々は感じていたというのだった。彼女が信じられないと書くと、本当は自分はとうに選択をしてしまったのだという答が来た。「芸術家たち（つまり祭司たち）にとっては、貞潔は危険なものではありません、むしろその逆なのです。」……私は自分の肖像を描くべきでしょうか。いや、違う。なぜなら任意に選んだ人間のほうが、典型的であるが故に興味を惹くのですから。理想的な芸術家など怪物のようなものでしょう。「自分の心が感じたことを紙に書き写すのには、私はどうしようもない嫌悪を感じます。(11)」自分の心が感じたこと以外は紙に書いた経験がなかった彼女には、理解できなかった。そしてこのことに関する彼とのやりとりから、彼女は彼の本質の最初のスケッチを描いた。後代の観察者は、彼の示した特質から彼女が見た以上のものを看取する。なぜならその者はこうしたこと万事がどんな結末に至るか知っているから。ある種族の末裔を知る者は、彼らの力にあふれた時代の肖像からも衰頽の予兆を読み取るものだから。

II 章

フロベールはその全作品を自分自身と闘いながら生み出した。リアリズムに最終的な勝利をもたらした彼は現実を愛さなかった。この近代人は市民社会を憎悪した。客観的な小説のスタイルを作り上げた彼は、叙情詩を内に隠していた。若かった頃、ロマン主義の嵐のもたらした風が彼の田舎まで届いた。彼も仲間も胸が裂けるほどにこれに酔い、周囲の平凡な人間と自分は違うのだと感じた。彼らは盗賊の生活や貴婦人との愛や回教のための戦いを夢想した。何より初期のヴィクトル・ユゴーに夢中になった。短剣を持ち歩き、実際にそれを使った。死ぬ者もいた。パリの思想上の流行は、遅れて、すでにパリではすたれ始めた頃彼らのもとに届くのだった。例えばエンマ・ボヴァリーが夢想的な少女時代を送っていた修道院もそうだったように。この若い娘の成長期に頭脳を形作った想像や欲望――これに対してはほどなく現実全体が敵対し始める運命だったのだ。現実の犠牲になる者がいた。エンマ・ボヴァリーも犠牲になった。とりわけそれは、実際には見たことがなかったパリがいつも彼女を惑わす火であり続けたからだ。フロベールはパリを見た。そしてわが身とパリを比べて恥ずかしいと思った。それでも自分の若い心の感じた中から紙に書かざるを得なかったことがあった。情緒ある散文、十一月の空のように雲の立ちこめた散文、尊敬するシャトーブリアンへの思い、生誕の地と墓。それらはこの〔『ボヴァリー夫人』を書き始めた〕瞬間から断罪され、お蔵入りとなった。彼は成熟した人間として世に出るために、自分の青春期を抑圧した。三十歳になる直前に書き始められたこの作品は、著者が見えないとされ、目に見えぬ神のうかがい知れない目の下で事件が一人でに展開したものだと言われた。

しかし、しかとは指摘し得ないながら猫の目のように至るところその存在を感じざるを得ない荒々しいイロニーがあった。事件の背後、文体の背後、仮構のヒロインの激情の背後にひそむイロニー、これはどうして生じたのか。敢えてこれほどイローニッシュであるために、一体誰が苦しんだのか。一人の哀れな女だった。彼女は自分の受けた感覚や印象を放棄せず、市民の決まりにではなくそれらに従ったがために、ひどい辱めを受け、苦しんだあげくに死なねばならなかったのである。冷厳な事実が彼女を追い回す。彼女のために目を潤ませる者、彼女を理解してやる者はいない。こうして彼女を生んだ作家は厳しい教育者と呼ばれることになったのである。確かに、彼は教育家だった。しかし市民階級の婦人方のための良心的な忠告者などではなかった。そしてエンマ・ボヴァリーという女のために作品を執筆したのでもなかった。彼は自分の心を教育したのだ。彼がのちに作品にもした「感情教育」ということこそが、ここで行われた仕事に他ならなかった。誰かが自分自身の心に心底立腹し、心が詩的に欲している姦通を戒める、そこにこそこの本の苛酷なまでの力が宿っているのである。一旦心の欲求に従ったが最後、時代に押し退けられ、役立たずのままでのたれ死にする運命が待っている。時代が、近代的で科学的で冷静であれと求めているのだ。時代はこの要求を彼自身の内に芽生えさせる。おのれの精神性が増すにつれ、彼は自分自身の心と敵対するようになる。こうして彼はおのれの過去を征服せんと出陣する。いまだ自分の中に生きている若者との闘いに従事するのである。だがこの若者は、最初にロマン主義に遭遇した世代では根強い生命力を保っているようだった。フロベールの親しい友人ルイ・ブイエ(12)は生涯ボヘミアン時代を忘れぬ詩人であり、のちにやってきた時代、彼自身も生きなくてはならなかった時代に腹立たしい思いをし続けた。だからフロベールのペシミズムもまた熱狂的なロマン主義時代にその淵源を持っていたのである。詩人のロドルフォ(13)は絶望の余り蒼ざめて冬の屋根裏部屋に籠っている。汲めども尽きぬと信じていた詩の原稿で燃やした暖炉の火は、消えてしまっている。仲間たちはどこに行ったのか。月は沈み、ミミは死んでしまった。

『ボヴァリー夫人』の誤解に満ちた成功からフロベールは苦い満足感を汲み取ったのかも知れない。ひょっとしたら、彼はまだ若かったのだから、酔って錯覚を起こしていたのかも知れない。ひょっとしたら――なぜなら本を書き上げたということは我々にとっては端緒に過ぎず、本の意味の方は全く意識に上らないという場合もしばしばあるのだから――その瞬間には、人が言うとおり自分は透徹したリアリストだと思ったのかも知れない。彼が自分の本のペシミズムを冷徹な現実感覚だと考えたという可能性はある。実際にはそれは苦しみに満ちた復讐だったのだけれど。自分がペシミズムに与えた形式、すなわちグロテスクなものを、現実を知った者の冷静な強さだと思ったということはあり得よう。実際にはそれは自己主張の衝動から来ているに過ぎなかったし、彼は苦しみに駆られて仕事に着手し、カリカチュアを書きながら自己の弱さを告白していたのである。

若い頃の理想にまだ疑念を持たなかった時代の初期散文には、グロテスクなものは見られない。オリエント旅行中に(14)グロテスクなものは急速に現れてくる。オリエントといえば、ロマン主義者なら、ベドウィン族風の外套を着て奴隷を従え、薔薇の香水をたたえた泉のほとりに憩う自分を想像したであろう。だが彼はそこでくる日もくる日も想像上の旧弊なフランス人をからかうことで過ごしたのだ。彼の敵である市民が彼を取り囲んで、もはや夢想に浸って休息をとることを許さなかったのである。帰国後彼は一人閉じ込もり、人間の幻に様々な劇を演じさせた。まだ若く尊大だった彼の気持ちは暗くなっていった。しかしエンマ・ボヴァリーよりオメー氏(15)の方が早く彼の頭に浮かんだこと、書きたいという彼の衝動が何といっても支配への欲望であったことは疑いようがない。この欲求が彼をして、世界を自らの配下に置こう、そのためには世界を哀れな戯画として描くようにしようと思わせたのである。自らは決して前面に歩み出てはならぬ。復讐のため「客観性」を標榜し、それを孤高の中で他のいかなる享楽にもまして賛美すること。なぜなら彼が文学によって凌駕し得ない他の享楽があっただろうか。愛なら文学は彼に最上のものを与えた。知的な情欲、没頭と支配、完全性の抱擁の中で我を忘れること。最高度にいかがわしいもの、刺戟的なもの、数々の享楽、或いは喘ぎながらの断念が『感情教育』にはある。或いはサランボーの飼う大蛇、或いはヘロディアスの娘(16)。文学は実人生以上に創造による心の高揚をもたらした。文学は実人生にもまして、不安な中にも登場人物たちを育て上げる凝縮した楽しみを与えた。文学は様々な冒険や旅行、予期せぬ知己の数々を提供した。そして苦悩や病気、種々の危機をももたらした。ボヴァリー夫人が用いたあの毒を、彼は数日にわたって舌の上に乗せてその甘味を味わっていたのだ。

この酔いは急速になくてはならぬものとなったが、これを維持するには次第に豊富な道具立てを必要とするようになっていった。同時代の市民たちを以前からフロベールはこの点では魅力に乏しいと思っていたし、彼らのグロテスクさも貧弱だと感じていた。彼に必要なのは刺戟の強い風変りな事件であり、怪物と毒とに満ちた世界であり、悪夢のような空であった。言葉が鎧兜のようにカシャカシャギリギリと音をたて読者を締めつける世界、言葉が象のようにお叫びを上げる世界、芳香に中毒した巫女のように言葉がヒステリックに体を震わせる世界、言葉が太陽のように眼に叫びかけ眼を焦がし、無慈悲な南欧の仮借ない美のように眼を神へと祭り上げ拷問にかける、そんな世界。『サランボー』を生んだ真の動機はそんな世界への欲求だった。自分自身にはフロベールは別の動機があると言い聞かせていたかも知れない。最初の小説ではモラリスト、社会批評家、教育家を興奮させたのだから、今度は考古学者を驚かせてやろう、最も近代的な学問の徒らを。彼は——何と言ってもそれは事実なのだから——誰も知らない、彼だけがどうにか収集できた事実を提出しようとした。それによって彼らを喜ばせようとしたのだ。大切なのは身振りだった。これら全てを投げ出してみせる、王侯のような揺るぎない身振り。踏みつぶされる軍隊、半原始人の阿鼻叫喚と血にまみれた狂気の愛、赤く輝く腕に子供たちを抱えたバール神、峡道にあふれる人間たち、それに襲いかかる獣の群れ。この地獄を何年にもわたって描き続けた彼が、ここでまたしても厳しい現実から昔の夢想世界へと戻ったことに気づいていたかどうか、それは分からない。輝かしい風景のあふれんばかりの描写を読むと、シャトーブリアンとの親近性がうかがわれる。サランボーには神秘的な愛の女性ヴェレダ[17]の面影がある。そしてハミルカルの娘〔サランボー〕を歌うように描く叙情作家の絶えてない優しさ。これがなくてはあの魔法は描き得なかったろう――この小さな乙女が登場するや否や、人間の顔をしたブラックハウンド〔猟犬〕同然の奴ら皆にかけたあの魔法は。ここにはルネ以外は誰も欠けてはいない。いや、彼は欠けていただろうか。あのガリア人の将軍はどうか。シロッコにむせ、広大な砂漠にうんざりし、閉め切ったテントの空気孔でぜいぜい喉を鳴らし、ガリアの牧草地に郷愁を抱き、森の奥にある自分の藁ぶき小屋から洩れる光を見たいと切望するあの将軍は？[18]そんな悪しき世界に自分を委ねてしまった彼、人のいない孤独に踏み迷った心の持ち主こそが、他ならぬルネではなかったのか？

III 章

これほどの断念、これほどの自己抑制が少なくとも名声をもたらしてくれたなら！　フロベールは懐疑主義者の体質を持ちあわせてはいなかった。彼の精神性が平凡な人々の喧噪を軽蔑していたにせよ、彼の感性は周りから認められることを渇望していた。彼はこう感じた。「永続性のあるものを創作するためには、名声を莫迦にしてはならない。[19]」そして『サランボー』がほどほどの成功しか収めなかったことにひどく苦しんだ。このとき初めて彼は自身を振り返って見、自分の運命との関係を清算したのかも知れない。そのうち幾分かを彼はジョルジュ・サンドに伝えている。それ以外の部分は悲痛で驚愕に満ちた問いであり、誰も聞くことのないままに終わった。

「どうして俺はこうなってしまったのだろうか。[20] 世間から離れて住まい、四十歳になってまだ独身だなんて。ここに閉じ込もってから十二年が過ぎた。俺がボヴァリーによって生み出した衝撃はもう世間では消化されてしまった。その間俺は一人離れてこの『サランボー』に打ち込んだのだが、世人は皆この作品が技巧的だと言う。つまり俺は連中を欺くのに成功し過ぎたというわけだ。自分の過敏な心を光の束やらっぱの響きの中にうまく隠しおおせたので、誰にも作者の心が分からなかったのだ。若かった頃、俺は素晴らしい婦人方にぞっこんになったが、それを打ち明けたことは決してなかった。俺は同様にサランボーを、残酷なアフリカを愛している。ところが、これら美しい事物、ほとんど人間らしさをとどめぬ遠方の人物たちを生み出すために苦悩しなければならないことを、誰も知らないのだ。魂のこもらない美などと人はたわごとを言う。彼らは芸術家について知らなさすぎるので、芸術家が気軽に美を生み出せると思ってしまう。彼らは美というものに通暁していないので、美はいつの間にか仕上げられるもので、のみをまだ手にしたまま苦悩がその背後にひそんでいることなど考えてもみないのだ。俺は彼らに決して本当のことをもらすまい。誰かが『サランボー』について話をし、それがとても好意的な女友だちだったとしても、俺は彼女にこう答えるだろう。[21] この娯楽本には倒置法を多少省いてやる必要があったでしょうね、〈当時〉〈しかし〉〈そして〉が多すぎますね、いかにも力が入っているという風じゃありませんか。

世間は俺のことを技巧家だと言っていないだろうか。実際俺は技巧家になったと言っていいくらいだ。情熱に沸きかえる一八三〇年の男を演じていた俺は、『エルナニ』支持派[22]として世に出られたら幸福だったろうに。そうだったなら、俺は雷鳴とどろくごとくに詩作をし、ふくれる胸に光輝く素材を抱き、ただ一人の女性に変わらぬ愛を捧げていただろうに。このさめた時代には、仕事場にこもって文章に磨きをかけ、分析と人物描写と会話の続き具合いの妙に誇りを持ち、ある感情を表現するのに新しいやり方を工夫し、感情そのものは副次的なものだと称し、外的なものをこそ最も重要視しなくてはならないのだ。しかし実際には俺は芸術に外的なものがあるなどとは思っていない。かつてアクロポリスの外壁を見たとき、心がときめき胸踊る喜びをおぼえたことを思い出す。プロピュレエンの方に上ってゆくと左側にある裸の壁だ。そして俺は、本も内容とは無関係に同じような効果を喚起することはできないものだろうかと自問自答する。文章構造の正確さ、語彙の珍しさ、表面の流麗さ、全体の統一感――こういったものの中には内的な美徳が、一種の神的な力が、原理とでも呼びたいような朽ちぬものがひそんでいるのではなかろうか（俺はプラトン主義者として発言している）。例えば、正確な言葉と音楽的な言葉との間に必然的な関係があるのはなぜだろうか。人が思考を突き詰めていくと必ず韻文になるのはなぜだろうか。つまり言葉の響きの法則は感情と形象を同時に支配しているということになるのだろうか。そして外的なものとは、内的なものに他ならないのでは？……形式の職人である俺は、神秘主義者なのだ。形式を得て初めて俺の想像は輝き、淀みなく流れ始める。華麗で響きのよい名前に満ちた頁を読むと俺は酔い、これらの名がかつてたどった運命を共有したのだという気になる。俺の内部は古い美で一杯なので、人生が始まるという感情や、目新しいものに接した際の強烈な驚きを経験したことがない。歴史の奥深く埋もれてしまったものが俺を惹きつける。俺はとうにその場にいたのだ。オリエントの祭司たちと俺は話すことができた。そして俺の町の市門の外でジプシーたちが緑の馬車からこちらをうかがっていると、俺の内部には何かしら親近感が湧いてきたものだ。[24]というのも俺には――先祖が北から来たせいだろうか――洗練された野蛮人の体質、巨人の持つ過敏な神経、感性のかすをふりほどこうとしてもがいている精神性といったものが備わっているからだ。[25]精神が現れる前に、俺は恐るべき動物性をやすりにかけて取り去らなくてはならぬ。この動物性を飼い慣らすために、俺は不健康という健康法をとらざるを得ない。家から一歩も出ないし、夜仕事をするから、しまいには目が痛くなってくる。俺の部屋の五つある窓の向こうには、昔修道院だったこの建物の周りには、広大な灰色の風景が眠り、月は川に沿って動いている。そしてこの恐るべき静けさの中で、俺は薪がぱちっと音を立てただけで縮み上がるのだ。来るのか？　俺の集めた魔法の言葉の中で動くものがあり、気違いじみて刺激的なヴェールをかぶり、今は亡き踊り子たちの足取りで、俺の作品が立ち現れる！

自分を見てみるがいい。もうどれだけ作品に痛めつけられていることか。修道服みたいな上着の中で丸まった肩。ガリア風口ひげを生やした顔は昔は丸くてふっくらしていたが、魂の苦闘のせいで今は見る陰もなくやつれている。仕事に抑制を欠いて赤く染まり、眼の回りが落ちくぼんでいるのだ。グロテスクな生へ嘲笑を浴びせているうちに瞼には皺がよっている。眼差しはこの哄笑すら一仕事だったと言わんばかりにどんよりしている。はげ上がった額の上で一方の眉がぴくりと痙攣すると、ロマン主義の髪の毛が、若気という嘘の残滓のごとくに耳の下へと落ちてゆく。俺はもう四十歳で、このガレー船から脱出できる希望もない。また、そうしたいとも思わないのだ。一つの作品のもたらす苦しみが終わると、同時に情熱のもたらす薬効も失せてしまう。俺[26]はこの情熱を、金切声を上げてかきむしらずにはおれない発疹に喩える。

……俺はこれまで生きてはこなかった。俺は賤民同然だ。最底辺部同様、この高みにだって賤民はいるのだから。どういうわけだろう。文士というのは以前は名称通りの存在だった。ヴォルテール氏はどうだったか。才気あふれた大市民であり、それ以外のものではなかった。然るべき美徳と悪徳、虚栄心、物欲を持ち、体調には臆病なくらい気をつかい、大胆なモラル破りの発作、精神的な進歩への衝動に襲われる。専制君主が彼と意見を同じくする限りは政治的には反動で、坊主どもに代わって民衆への権力を持ちたいがために坊主に敵対し、それでいて自分の召使を恐れて民衆には永劫の罰への信仰を守らせようとする。ルソーのようないかがわしい人間、かつて存在した中で最も扇動的で天才的な奴隷根性の主ですら、昔の社交界に受け入れられたのだ。彼は伯爵夫人たちを愛し、一時にせよ自分を育ちのよい申し分のない人間と感じることができた。今はもうそんなことは不可能だ。革命が我々を余りに解放し過ぎたのだ。ロマン主義の時代には、市民社会、つまり低俗な連中から解き放たれたことを、シニカルな詩に歌って楽しんだものだ。最初の大はしゃぎが過ぎ去った今となって、我々の感受性は善人どもには理解不可能となってしまった。我々は取り残されたのだ。よくよく考えてみると俺には自分がまだ若者みたいに思われる。やつれて神経過敏で、成熟することが不可能な若者のようだ。いまだに、行動しようとするや否や、幻滅に陥りかねないと感じてしまう。なぜなら俺は、二十歳の青年のごとき無私の理想、物事に精通していないが故の純粋に空想的な考えを持つ一方で、理論的なペシミズムをも持ち合わせているからだ。いまだ生に実際的に関与したことがなくこれまでどんな隊列にも加わったことのない人間のようなペシミズムを。実際俺は誰かと隊列を組むことはあるまい。俺は社会的に言えば学校を卒業した時と同じ地点にいるのだ。[27] だから俺は二十歳の若者たちの世界を描きたい。よい素質を持った二十歳の若者は俺に似ている。そういう若者はいつでも少しばかり芸術家なのだし詩人なのだ。

そこでなら俺は詩作をすることが許されよう！　そして愛することも！　俺が自分自身への苛酷さから『ボヴァリー夫人』の中で嘲笑し追い払ったロマンティックな愛が、今度は真面目に呼び戻されどんな攻撃にも負けぬものとなるのだ。ああ、俺は惜しまず叙情性を発揮したい。それで市民を憤激させるのだ。理想を心に抱いた若者が市民の顔をまじまじと見つめるような具合いに、俺は市民に面と向かってものを言うだろう、こういう風に。彼が街を歩いていると、気分が悪くなる。なにしろすれ違う顔は皆卑しいし、話されていることといったら下らないし、汗の出た額に浮かぶ満足感と言ったら単純そのものだったから。おまけに俺はこう付け加える。〈でも、こういった連中より自分は価値あるものだという意識が、苦痛を和らげてくれた。[28]〉そんな風にイローニッシュに、ともあれ俺が自分の描いた二十歳の若者よりは上に立っていることを確認するのだ。それに俺は、どんな恋愛沙汰にも責任を問われないよう注意するだろう。

そしてみんながリアリズムの司祭に祭り上げているこの俺が、一たびリアリズムに関する意見を開陳すると、このリアリズムたるや誰もが信用できないような代物になるのだ。〈あんたがたの嫌らしい「現実」で俺を煩わさないでくれ。一体現実とは何のことだ。ある人には黒く、ある人には青い。大衆は莫迦げた見方しかしない。ミケランジェロほど「自然」から遠いものはない、しかし彼ほど力強いものもないのに！　外面的な真実への配慮はこの時代の低い志操の特徴と言えるだろう。このままいくと、芸術はどんながらくたになるやら分かったものではない。宗教ほど詩的ではなく、政治ほど面白くもない。芸術の目標は――そうだ、「目標」だとも！――個人的ならざる興奮を我々の中に引き起こすところにあるのだが、あんた方のちっぽけな作品によっては、どんなに洗練された言葉を並べても決して達成されないだろう。思考のないところには偉大さはない。偉大さのないところに美はない。オリュンポスは何といっても山なのだ。ピラミッドに勝る大胆な記念碑は存在しない。趣味なんぞよりは溢れかえる豊かさ、こぎれいな歩道よりは砂漠、理髪師よりは野蛮人を！[29]〉

心がこれで軽くなる！　この作品でなら俺を苦しめてきたものをようやく打ち明けることができるのだ。つまり俺があんたたちの月並みな真心を決して共有できなかったってことと、俺の愛がどういう性質のものかをだ。女性を見て、あたかも強すぎる香水をつけたように[30]どれほど我々が軟弱になり興奮するかを示すためには、形象を発見することが肝要なのだ。神経をズタズタにするような禁欲が、この本にひそむいかがわしい欲情に復讐するだろう。恋人たちが板のきしみを聞いてまるで罪人みたいに飛び上がったり、彼らが異常に興奮して、深淵を覗いたり周りに洪水が起こったりしたように感じる様を描いたら、次に俺は自分の夜を描いてやる。俺が作品に取り組んで過ごす夜だ。あのロマンティックな日々の愛は、あらゆる幻想が一八四八年に打ちのめされて消え去った末の苦々しさと一緒に並べられるのだ。思う存分書いてやる。だが誰にもそうとはけどられまい。あの頃の大言壮語を、自由と愛国を謳うほら吹きの口から語らせるのだ。けばけばしい名前の大莫迦者にだ。どう名づけよう？　ルジャンバール[31]だ！　この男に加えてグロテスクな絵巻物が俺の繊細さを隠してくれよう。といって完全にというわけではない。俺はそんなことには耐えられないからな。人間を一人登場させせよう。手代みたいに素朴な人間、それだけだ。彼は正義を可能だと思い、国家を憎み、人生にただ一回限りの愛を望み、そしてあるとき――これはうまく置かねばならんぞ――叫び声を上げるのだ。〈共和国万歳！[32]〉俺がかつてそうなりたかったもの全てを彼は体現するのだ。おまけに彼は子供のような心を失わず、いつも最後の幻滅から逃れるのだ。たとえ適当な時期に警察に切り殺されるという手段をもってしてもだ。だが他の連中は生き残る。彼らに何を言わせよう。彼らが五十歳近くになって心から生に感謝しつつお互いの昔を思うとき、何を想起させたらいいだろう。野心に燃えていた男も愛に燃えていた男も、どちらも童貞を捨てるために出かけたあの若い時分のことにしか言及しないのだ。ちょっとした月並みな肉体体験、それが心うつろなまま過ごした後に残った唯一のものというわけだ(33)。これは幻滅の書物となるだろう。そこでは沢山の動きはあっても何も起こらず、何も目的地にはたどり着かず、ただ流れているうちに水が泌みこんでくるだけなのだ。……この本は理解されるだろうか？」

IV章

『感情教育』は理解されなかった。この本の成立に立ち会ったジョルジュ・サンドによっても理解されなかった。彼女はこの書物の技巧を完璧に見通していた。「作中人物がそれを理解するしないにおかまいなく、あなたは手に一杯の叙情をこの絵巻物の中に投げ込んでいるのですね。(34)」だが、徹底的な楽天家たる彼女は、これが現に存在するものへの闘いの書だと考えた。しかし実際には待ちこがれるに値するもの全ての断念に他ならなかった。

以後この小説の技巧を凌ぐ作品は不可能となった。芸術の一ジャンルとしての小説を高みに導くためには、芸術家が思想家に優っている或る一点が必要だった。つまり、芸術家の頭には思想が沢山詰まっているとは言えないが、形象ならぎっしり寿司詰め状態になっている。そして芸術家は目に見えぬ精神的な事件や心の中の動きを、形象的な比喩を用いて、視覚的で分かりやすい事物に近づけることができる。それだけではない。比喩は近づけるだけにはとどまらない。比喩は思想と一体となるのだ。精神は自己の源泉たる五感の中に戻ってゆく。思想に代わって感覚が登場する。どんなに曖昧模糊としたものでも触れ感じられるものとなる。或る男が愛する女を見つめながら誰かの話を聞いている。「その話は、金属が溶鉱炉の中に落ちるように、彼の精神の中に落ちていき、彼の情熱と結合して愛を生み出した。[35]」古い小説では形象化されていない分析が間々見られ、冒険とエッセイが溶け合わぬまま一つの鞘に収められていたが、もうそんな代物はおしまいなのだ。そしてこの手の分析と一緒に解説の類もお払い箱となる。――何しろ著者はもはや自己の名では語ることがなく、昔なら物語が始まる前に予備知識として報告しておいた事柄を、今度は劇の進行に合わせて、沢山の感覚に分解して、作品そのものの中から生きた形で現れるようにするのだから。ここで初めて方法というものが完璧に用いられることになる。『ボヴァリー夫人』においてはまだ最初の頁では著者自身が言葉を語り、自らと、自分がこれから光を当てようとしている新しい世界との橋渡し役を務めていた。つまりここに至って以下のような事態が生じたのだ。彼のひそやかな感じ易さが際限もなくふくれ上がったので、この感じ易さが露見するのではないかという不安が彼をして一層潔癖に作品への距離をとらせたのである。彼の「客観性《ウンペルゼーンリヒカイト》」は、彼の個人的《ペルゼーンリヒ》な必要性から生まれたものだったのだ。彼の後からきた作家たちにあっては、客観性は理解し難い信仰のごときものとなってしまう。

失われた青春のこの告白に惑溺させるような魅力を添えて唯一無比のものとしているのは、他ならぬこの不健康なまでの潔癖さである。『感情教育』には一定の生命力があって、二度とこれに類するものが生まれることはなかった。『サランボー』なら腕を上げた職人的作家によって追いつかれることもあり得た。ボヴァリーは（或いは彼女の目につき易い一面は）、幾度となく模倣されたのである。『感情教育』の場合はそうはいかなかった。二つの世代、夢想家の世代とファウスト的人間の世代との間に、夢想家の共和国と軍人独裁との間に開いた深淵を、この特殊な関係に通暁して、目を反らさずに見つめられる者は以後現れなかったのである。

『感情教育』の中の若い立身出世主義者は、社会をいつでも自分の熱っぽい欲求を通してのみ見ようとする。彼にとって社会は「数学的な法則によって動く人工的な創造物なのだ。正餐、ひとかどの地位にある人物との会見、可愛い女の微笑み、こういったものは次々と並べることによって大きな成果をもたらすことができる。ある種のパリのサロンは、原料を呑み込んで百倍も価値あるものを作り上げる機械に似ているのである。外交官に助言する高等娼婦、策謀によって成し遂げられる金持ちとの結婚、ガレー船奴隷の天才、強者が制御する偶然といったものを、彼は信じていた。[36]」この若き立身出世主義者は、こうして道を誤り目的を達しない。しかし同じ道を行ったラスティニャック[37]は目的を達するのである。

フロベールが肩をすくめながら拒絶した社会観は、バルザックの持っていた社会観と同じものである。両者の間にはこの世紀を二分する裂け目がかすかながら走っている。フロベールは立身出世主義者の冒険的な社会観を否定しつつ、実現可能であろうものもあっさり不可能なものと一緒くたにしてしまう。というのも本当のところ、彼は単に冒険的な行動のみならず、あらゆる行動を信じなくなっていたからである。彼の生を分断した幻滅が、彼を世間から逃避させたのだった。彼はかろうじて禁欲のうちに理性を見、潔癖のうちに傷ついた満足感を見いだしたのだった。

潔癖さは彼をうまく隠しすぎた。同時代人は「教育」の意味も分からなければフロベールの文体も理解できなかった。彼の有名な文体、ロマン主義のそれが色彩に向けられているのに対し彼のものは響きに向けられていると称されたあの文体をである。輝かしくどよめくようなその響きは、『サランボー』の中で蛮人どもがたてる武器の音や『聖アントワーヌの誘惑』に出てくる神話的動物の叫びに現れている。この文体が生み出す喧噪は、しかしそれが深い静寂を破って現れ、人を麻痺させるような静けさの中にまた戻ってゆくからこそ多少の意味があったのだ。シバの女王[38]の霊が現れるときの魅惑的な静けさ、そしてサランボーの謎めいて処女的な静けさ。

そして『感情教育』のためにフロベールは同時代人に否定されたのだったが、この作品こそ不健康な潔癖さに浸る彼が生んだあの文体を最高度に押し進めたものだったのである。優しさを示すまいとする中をグロテスクなものが尊大な態度で姿を見せる。モーパッサンがその衣鉢をつぐであろう、人間に敵対するあのグロテスクなものが。仰々しい情動の中から厳しく寡黙に人間たちの夢想が立ち上る。深いところで興奮している血の彼方を様々な心の主が音もなく通り過ぎてゆく。感覚的に震える言葉が、わっという叫び声のように、天使のごとく飛翔する文章と行動を共にする。燃える形象が平日の陰気さの中へと降りてゆく。市民的な素材は文体によって高雅なもの、遠方のものを予感させられる。すでに『ボヴァリー夫人』で、ホメロス風のリズムが一八四〇年の田舎風俗の中に脈打つようにしたのは、文体の力であった。老ルオーが死んだ娘のところに馬を走らせる場面である。[39] そして今、文体は鈍い苦悩を離れ、かつてない感激の沸騰を可能ならしめる。それは、たとえそのために死ぬのであれ砦から出て突撃せよと自分に申し渡す者の感激なのだ。

『感情教育』は芸術的には失敗作と見なされ、精神的には憎まれた。まさにこの国の圧制が揺るがされ始めたときに出版されたからである。『感情教育』によって戯画化された夢想家たちが再び仕事を始めたのだ。そして、風刺は実は幻滅のもたらす優しさなのではないかなどと考えている暇は夢想家たちにはなかった。『ボヴァリー夫人』では、田舎に住んでいるオメー氏を笑っていれば読者は優越感を味わうことができた。しかし今度はパリが舞台なのだ。そしてルジャンバールはいまやほとんどあらゆる人間の肖像と言ってよかった。ひどい中傷が行われた。当時の代表的な芸術ジャンルたる小説には、それに相応しい狂信的なまでの注目が向けられていたのである。その度合はきょうび劇場に向けられるものの比ではない。薄莫迦、悪党、あいつが下水で体を洗うと下水の方が汚れるなどと言われた[40]劇作家が今までいただろうか。フロベールは文字どおりこう評されたのである。彼の評価が地に墜ちることで文学上の敵対者たちはしばらく利を得た。彼らは次のように言い続けた。フロベールは『ボヴァリー夫人』の作者であって、この処女作を越えることがなかったのだ、それに処女作だって運がよかったに過ぎない、自分の知っている田舎暮しの人たちをそのまま描いただけで、自分独自のものを付け加える必要がなかったのだから。芸術家フロベールに何の関わりも持たず、彼の「客観主義」を愚かにも真に受けてしまった批評家ブリュネティエール[41]が、今度は、フロベールは成功が得られなかったので不機嫌になったと言ったものだ。実際は逆で、彼は不機嫌だったから成功を得られなかったのである。彼は余りに気むずかしい孤独の内にいたから、誰にも彼の行き先が見えなかったのだ。彼の人生は、人間への侮蔑によって養われた猛烈な芸術熱と、平明さと人間性への憧れに満ちた時代との間を行き来しつつ過ぎていったのだった。「そして私は、自分が望むことを書いたりはしません。なぜなら作家が素材を選ぶのではないからです。素材の方からこちらにやって来るのです。」[42]遠く隔たった地を舞台とした空想的な作品を書いているときは、彼はいつもこう予告していた。「これが終わったら私はまた単純で純粋な小説に戻ります。」しかし『感情教育』に打ち込んだ最後の数年間は、市民の重圧に絶えずうめき続ける日々だったのである。「以後当分市民を描くことはありますまい。今度は自分の楽しみのために書く番です。」[43]

この楽しみといったら！ 孤独な悪徳漢が自分のカムフラージュされた神経に暴力をふるうのだ！ じりじりと後退する陶酔を求めての狩猟行！ 彼は若かった頃に構想したものの中から最も空想的な素材を選び出す。[44]あの頃より増加した知識と進歩した技巧を用いて、不健康な陶酔を高めようとする。灼熱の砂漠を渡って聖アントワーヌの小屋の前に——文学に憑かれた男の庵の前に——やってきた怪物や神々や奇妙な出来事が、しばし彼を楽しませる。

それから？ それだけだった。からになった麻薬のびんを前にしての不安と絶望だけが残った。ここで芸術は、一人の人間を完全に手中に収め高慢さを植えつけてしまったから、この人間はもはや部屋から出ることもできなかった。彼は神経が鋭敏になっていたから、どこに出ても現実の容赦のなさと莫迦莫迦しさに打ちひしがれ、[45]泣いたり喧嘩を始めたりするのだった。行動せよと強制されるたびに、彼は人生への倦怠感を覚えた。生はいつでも彼にとって芸術に仕えるグロテスクな操り人形に過ぎなかった。そして彼はひげをそりながら鏡の自分を見つめると哄笑しないではいられなかった。[46]しかし沢山のポーズをとらせた操り人形は厭わしいまでに滑稽だったので、彼は自分の鏡像に向かってナイフを喉に突き刺したい衝動に駆られるのだった。

まだ遅くないから結婚したらと勧められもした。[47]それには色々不都合があるし、「一生自分という人間を他の人間にまかせるには、私は余りに潔癖です。」[48]最も深いところから漏れた言葉だ。行動する者たち、積極的にことを押し進める性質の主は不潔というわけだ。そういう者たちは不潔であるが故にまさしくグロテスクなのであり、エゴの闘いにまみれて汚れをまき散らす。文学者たる自分は、僧侶のごとく身を純潔に保ち、自己の純正さを守る。なぜって、自分は周囲より意識的な人間だから。沢山の人間の運命を見てきたから、自分自身の運命に大きな価値を置くのは軽蔑すべきことと思えたのである。他人の苦悩を見通す者は、自分では容易に苦悩の原因を作りはすまい。苛酷なことの大半は、そして卑しいことは全て、想像力の欠如によって行われるのだから。文学者たる自分は、想像力によって精神的な存在になっている。また美を司ることによって高貴になってもいる。傑作に没頭している人間は、行動的な人間が関わり合うことの大半を好まない。彼の純正さは心に発するものではない。それは趣味と観念によるものなのだ。それは強き者の行いではなく、断念した認識者の振舞いに他ならぬ。彼は困窮した親類[49]に財産の半分を譲るが、これはそうしなくては自分を観察し続けることに耐えられなくなったろうからだ。そして彼は結婚を考えることができない。なぜならもし結婚すれば誰かが――少なくとも彼自身が――彼を人間的とみるだろう、そして人間的なものはグロテスクで不潔だから。

昔、彼がまだ自分の弱点を知らずそれを誇りに思っていた頃、実人生を送る余地を残しておこうと心の奥底では考えていた。それはまるで持ち家の所有は諦めた町に宿屋だけは確保しておこうとでもいうかのようだった。当時パリに恋人がいた。無論聡明な女性で、彼が筆を投げ捨てクロワッセ[50]から自分のところに駆けつけてくるのをいつも待っていたのである。彼は自分が強いと感じていた。今すぐ、時計が鳴ったら、作品の抱擁から身をもぎ離し、その女性の抱擁に身を委ねる――彼にはできないことだったのだろうか。彼はそうはしなかった。それは力試し以外の何であったろう。だがそれは、「仕事」をやめて生きようとし始めるや、彼を襲う良心の呵責、空虚さと後悔との予感だったのである。

ちなみに彼を見抜き裁いた人間がいた。世捨て人や禁欲主義者は周囲から好かれなくても驚いてはならない。彼らの最も鋭い批評家は女であろう。実際若いフロベールの愛したその女[51]は、彼との顚末から作り上げた物語の中で全てを先取りして書いている。彼が人生の初期にいたその段階で、のちに彼の仇敵たちが嗅ぎつけたこと全てを先取りして認識していたのである。何年も何年もどうして一つの作品を書いていられるのかしら。それも喧噪からほど遠い田舎でなんか。これで成果が上がるとは彼女には思われない。彼はまだ無名だから、その交際で彼女の周囲に騒ぎが起こることもない。おまけにこの恋人ときたら、彼自身を与える代わりに手紙をよこして孤独の素晴らしさを述べたてるのである。情熱に身を焦がしながら肉体と心はターボル[52]の嫉妬深い神に捧げている荒野の聖人たちに似ている。ここでの神は芸術という名だ。しばらくはそれで人を感心させられるだろう。だがその後でこう言われている。「自分の体を傷つければ自分が豊かになるなどと思っているこれら芸術の小オリゲネスたちは[53]、一体どんな芸術を望んでいるというのでしょう！」しまいには女の憎悪が本の中に漏れ出てくる。この憎悪は、感覚と自然が精神と芸術とに抱く不信感と一体になっている。『ボヴァリー夫人』の完成を許さぬこと、少なくとも邪魔をすることが恋人たる女の職務だというわけだ。彼女はしかし失敗した。彼はおのれを彼女と仕事との双方に配分することをしなかったのである。こうして彼は愛情を受ける資格を喪失した。そして後年、人生が下り坂にさしかかった頃、もう一度友人たる女に出会って喜ばないではいられなかったのだった。彼女は何も望まず、贈り慰めることしかしなかった。すでに老いて、同性の友人のように親切で謙虚な女だった。つまり、ジョルジュ・サンドである。

Ⅴ章

彼女にとって愛することはいつでも慰めることと同義だった。いや、それどころか病人の介護と同じだった。乞うような情熱に負けて応じてやるとき、彼女はいつもキリスト教の慈善家のような気持ちになったものだ。彼女が不幸な男のもとを去るのは、もっと不幸な男に自分を委ねるためだった。彼女の愛はいつも初めは頭の中にしかない。相手に説得されてようやく心に入るのである。そして全てを与えてなお、その貞潔は失われることがない。本当のところは、彼女は弱い男以外は愛することができなかったのである。「私は誰かのために苦しまないではいられません。力と感情の余剰を使わずにはいられないのです。苦悩する疲れきった人のために、私の母性はいつも目覚めているのです。」ミュッセとの付き合いで初めて彼女はおのれを認識したのだったが、ミュッセはこのことを知りすぎるほどよく知っていた。「私を憐れんで欲しい。だが軽蔑はしないでいただきたい。へべれけに酔った皮膚病の娼婦なら抱くことができます。しかし自分の母に接吻はできません。」放蕩三昧で二十歳の男〔ミュッセ〕の感受性はすでにすり減っていた。放蕩は彼を分析家にし――放蕩で莫迦にならない者は精神過多になるものだから――、俳優に、強烈な言葉を口にするペシミストにしていた。こんな男を三十歳のジョルジュ・サンドはかいがいしく愛したのだった。そして今度は六十歳で同様の男を愛することになるのである。心の孤独な俳優気質、書き物机に向かっての感情の濫用、虚構のエクスタシー、こういったものはしまいには、乱交パーティーや肉体の放蕩やあらゆる女に向けられた情欲と同じ効果を発揮するものだ。芸術家とドン・ファンは舌に同じ苦味を感じている。「あなたは抱く女皆から力の火花を奪われてゆく。代わりに彼女の力の火花をもらうことなく。あなたは幻影を抱いて力を消耗しているのです。」ミュッセの『世紀児の告白』にはそう書かれている。そしてフロベールにとっても、こう考えることほど力を奪うものはなかった。だから彼女は、六十歳の女性の言葉に直して、ミュッセに書いたのと全く同じことを彼に言ったのである。「おお、後生ですから、もうワインはやめて下さい。女遊びもやめて下さい。」ミュッセにこう言った彼女は、フロベールには次のように書く。「お体を大切に、運動をなさって下さい。私たちが頭でものを考えると思われるならそれは間違いです。私たちは足でも考えるのですから。」[54]「未来のことをお考えなさい。未来は沢山の現代人たちの笑止千万な誇りを打ち砕き、今日有名なあなたの事どもを忘却の彼方に追いやるのですから。」[55] かつて名声を誇る若者に警告したのと同じことを、彼女は今度は世に認められぬまま老いつつある男に慰めとして語ったのである。そして感激をまじえた優しさは、かつては言葉の域にとどまっていたが――「私はあなたを世界の玉座の上に据えて、あなたを招きたい。あなたが折々私の部屋の呼び鈴を鳴らし、私と哲学的な議論ができるように。」[56]――今は、フランス全土の中で最も有名なこの女性は、自分にでき得る限りのことを最後の友人になしたのである。

彼女は若い頃の情熱から遠ざかるにつれ利己心をも捨て去った。彼女がミュッセと行ったのは闘いだった。危険な病人だった彼は、時々憐れみ深いこの姉を自分の狂気へと引きずりこんだものだ。そして彼女の方もさいなまれるような情欲にふけったが、そこに自己欺瞞がなかったとは言えなかった。ちなみに彼女を病的な情熱の道へと導いたのは彼ではなかった。彼はこの道の上で彼女に出会い、道を同じくする者である彼女に対し、彼女の第一作『アンディアナ』[57]へ詩を捧げつつ声をかけたのである。これは一八三〇年の生んだ、女による叛乱の書だった。そこでは夫は粗野な奴隷使いの役を、情夫は月並みなエゴイストの役を演じている。波乱万丈の心理劇。男たちは無力感へと落ち込む。たった今過ぎ去ったばかりの時代が刺戟的かつ多義的に吹き出している。政治的な策略と詭弁とが不自然な信仰心と結びついている。国民経済学と、幽霊への恐怖も。彼女は徐々に公正な見方ができるようになり、平和と牧歌に、すなわち『魔の沼』[58]の慎ましやかで善良さにあふれた魅力に至るのである。この作品を読むと、自然の核心に触れ、自然と友人になれるのだ。こうした自然との関係は、慣れぬ人にとっては、ラ・フォンテーヌ同様の寓話のごとく思われてしまうのである。そこには真実でないものは何もない。もっとも、背後にかすかに嫌らしいものが暗示されてはいるけれども。しかし風景は真であり、人々の心も真である。ただし衣装は虫干しされている。自然は馥郁と香っているが、農夫は汗の匂いと無縁である。標準語で交わされる農夫の会話の中に時折、育ちのよい牧人が言うかと思われるような言葉が斜字体で紛れ込んでくる。「お役に立ちますれば喜んで。」というのも、結局この牧人劇は都会人のためのもので、著者は彼らに自然に回帰せよと訴えているからである。ジョルジュ・サンドは折々都会人を、かつての華々しい色情文学からこうした世界へと運んだのだった。そこでは静かで素朴な魂が古典的に、しかし情感をこめて、おのが営みをなすように配慮されているのだ。

十八世紀最初の女性像が示された——そこでは女は肉体と精神を歓楽以外のものに奉仕させている——ルソーの『新エロイーズ』以来、「自然へ帰れ」はいつも「女に帰れ」と同義であるように思われた。人はジョルジュ・サンドのうちに作家を見なかった。彼女によって女性の天才そのものを体験したのだ。融和を目指す彼女の性癖、善と真とを同一のものとして感じようとする彼女の傾向こそがそうだった。善と真という言葉が一緒に使われたなら、フロベールのように非常に男性的な作家は、自分が揺るぎないと感じていた時分には哄笑しないではいられなかっただろう。そして後年になってからなら頭を垂れただろう。彼は平和と自然の人間ではなかった。芝生の上に横たわると、草が自分の上まで伸びないかと不安になる男だった。彼は芸術の人間だったのだ。芸術はジョルジュ・サンドにとって何だったろうか。芸術のために煩悶するですって？　未来の人間を驚かす完璧さを求めて？　「健康で若々しい才能はいつでもインスピレーションが湧くものです。」[59]「風が私の古い竪琴を気の向くままに奏でます。ある時は高く、ある時は低く、ある時は間違えて。」[60]外面に関してはちょっとばかり嘘をついて、小説をあとから「ローカル・カラーで色づけて」も構わない。心が正しく鼓動しているなら、作品が彼女自身や他の人たちの気に入るなら、そのくらい何だと言うのだろう。芸術は生に奉仕しなくてはならない。

冬の夜ジョルジュ・サンドの邸宅では、召使たちが皆引き上げた後、鎧戸を閉め切って何やら神秘的なことがとり行われた。近くを通る農民たちは聞き慣れぬ会話や叫び声を聞いて悪魔の所行がなされていると思い込んだ。実際には劇が上演されていたのだ。これは静まり返った夜に興奮をもたらし、仮装としゃれた小晩餐会の機会を与えた。大ざっぱな構想を、まるで各人の心に彼女がささやきかけるかのように、彼女の創案が埋め尽くしていた。子供たちは楽しみながら練習し、アドヴァイスを受けながら演技を向上させたのである。小説を興にまかせて書くこともこれと違いはなかった。そしてこの場合には子供たちではなく十万もの読者が彼女の周りに群がったのである。僧侶のごとく世間から身を離した芸術家の突飛な言動には、彼女は優しく同情をこめた微笑みを送るだろう。ひどく高邁なもの、現実を離れたもの、聖アントワーヌには、彼女は目をくらまされて茫然とせざるを得ない。

男と女がお互いの本質を究めようとする時いつでもそうであるように、この友情においては女性の天才の方が客観的で現実に足をつけたものであることが明らかになる。ジョルジュ・サンドの最も初期の作品にもすでに、男にはなし得ない生理学的な観察が現れていた。病人の介護や子供に関する女の細々とした深い知識、肉体的な異常をとらえる感覚。不変の理想を語りつつ生をでっちあげるなどということを、彼女はしない。彼女は苦虫を嚙みつぶしたような夢想家に対して、あなたは「幸福」を余りに実体的なものと考えすぎているようだと示唆する。自分は珍しい植物を見つければ満足する。たとえそれが野糞のすぐそばに咲いていようと。(61)彼女にとって小説は人生の外への逃避ではない。歴史の中にすら彼女は芸術への手段ではなく、人間的なものへと至る手段を見いだした。彼女は歴史の中へ入ってゆく。歴史から外へ出はしない。彼女は歴史から現在と模範とを作り出す。彼女は何度も革命を起こそうかと考えたし、一七九三年(62)にもしりごみすることはなかった。なぜならあの頃ほど人間の行動が思いもかけない、つまり楽しいものであった時期はないからだ。普通の人々の中に様々な人間の躍動する大事件の反響を読み取ろうとする好奇心は、『カディオ』(63)のような織物の中に際限もなく現れている。だが彼女の本当の舞台は一七八九年だった。つまりあのアルカディア的な万民兄弟の祭典であり、生まれ変わってなべてを愛そうと思い至った人類が凝視するあの大規模な曙光だったのである。『ナノン』(64)がそういう作品であるが、これは完全に地に足のついたものとなっている。ここに見られる善意と柔和さは作り物ではない。純粋な現実感覚がそれらを我々の前に突きつける。「さあ、ごらん！」我々はこう感じる。人類のこの年を心の深いところで共に体験した者は、もはや絶望することはあり得ないのだと。

ジョルジュ・サンドがそういった体験をしたのは、後年になってからである。或いは、要するに老いた故かも知れない。彼女は知っていた。自分の今の安らぎ、自分の「徳」（必要に迫られて自分は人畜無害の徒と化していますと述べているに過ぎない「力の入った莫迦げた言葉」[65]）は功績ではないと。しかし安らぎや徳で友人を幸せにすることはできる、そして本を書くことで安らぎや徳を広め、さらに人々を幸せにできる。芸術は幸せへの道の一つだ。何本もある道の一本に過ぎないのだ。それよりずっと良いのは、動植物で心を一杯にすること、「無限を飲みほすこと」[66]。実際それこそが人間の定めと言える。なぜって、それが人間の夢であり情熱だから。我々を取り囲む万物を愛すること、あらゆる意見、あらゆるざわめきを愛すること。『感情教育』に登場し一八四八年を体験する者たちのために、彼女はフロベールにそう訴えたのである[67]。そして彼女は自分の看護下にあるこの不幸な巨人に、セーヌ河の曳船の鎖が発するきりきりという音に耐えることを教えたのだった。大いなる秩序に適応すること、論理性を持つこと、自然界に起こらずにはいない大変動に際しても平静を保つこと。自然の真理の皿から飲んだ者は、つまらぬ日常の問題に煩わされることはない。この老いた女性には、自我に関わるその日だけの悩みなどなくなってしまっていた。そして彼女は、自分が生涯をかけてなした仕事も要するに一つの段階に過ぎないと考えていた。自分の小さな孫娘はこの段階を踏台にして、自分よりさらに高い知恵と大いなる善へと到達するであろう……。彼女は安らぎと美しさを獲得し、高貴に老いることで公正さを身につけている。漆黒の髪と白い肌で情熱的に愛した若い頃と比べて、大きく動物的な目、「お人好しのスフィンクス」[68]の目だけは変わっていないが、かつて持っていたキリスト教徒的慈愛特有のうさんくさいカルロ・ドルチ[69]風な眼差しはもはや宿ってはいない。今の彼女は異教徒風だ。自由で理性に満ちた博愛を体現し、温かい血の通った牧羊女神なのだ。そんな彼女が自然の慰めと祝福を、長期に渡る不自然な闘いで消耗しきった男の住まう古い修道院の庵へと運び込んだのである。

彼は彼女にこう書いた。「昨晩『あだし男』[70]を観て何度か涙を流しました。私には気持ちのよい作品でした。そうです。なんと優しく感動的なことでしょう。心の常日頃の緊張が解けていきました。これからは私も調子が良くなりそうです。[71]」彼は彼女の作品を芸術作品として吟味したのではなかった。彼の意識にこのことが上らなかったのは、或いは後になってようやく上ったのは、そして彼女の人間性の力が芸術という固定観念をしばし彼の意識から駆逐してくれたのは幸いなことだった。芸術は彼にとって生の断念と放棄であり、生への冷酷な支配であり、仮借なく人間性に対峙しその最後の審判者となる作業であり、そして芸術家を容赦なく消耗させるものだった。それに対し、ここでは芸術は生と盟約をかわし、万人に好意的で、芸術を生み出す者にとっても軽やかなものとなっていたのである。

たまたまサンドの実に美しい作品、短篇小説『マリアンヌ[72]』の中で、彼に似た人物が桎梏から解かれ幸せになるという筋書きが展開された。作中人物もまた、成就不可能な願い故に人生には苦痛しか覚えず、若い時分に生からひきこもってしまったのであった。にもかかわらずこの男は幸せになるのである。ちょうどジョルジュ・サンドと一緒にいる人間が幸せになるように。つまり幸福とは彼女が呼び出してくれる幸福の響きと香りに包まれることだったのである。フロベールは思った。彼女はこれを俺のために作ったのだ、と。彼女は自分の持つ詩的才能を、つまり豊饒さの中にあって畏敬の念を起こさせるあの素朴さを結集して、彼に語りかけてはこう感じさせたのである。お前はまだ終わりじゃない、お前は孤独な呻吟と生の断念の中で最期を迎えるわけじゃないのだ。

それが善良ではあっても愚かしい心で彼と運命を共にする女であればよかったろうに！　だが彼女は彼の中に押し入ってその本質を見通したのである。お喋り好きで嘲笑的な陽気さを持った彼の見かけに彼女は騙されなかった。その下に悲惨さが隠されていること、孤独な彼にはプライドと並んで自己への深い不信感や沢山の疑い、そして功名心が傷つけられ滑稽に見えはしないかという恐れが同居しているのを彼女は知っていた。自分が根本では生への恐れを抱いているということ、彼はそれを誰にも漏らさないつもりだったが、彼女には告白した。[73] なぜなら彼女はとうにそれを知っていたのだから。他の場合なら決して彼の唇から出てこないような事柄が何と多く彼女に語られたことだろう。自分が年と共に段々女のような感受性を持つに至ったこと、五十歳にして自殺愛好者に対する理解と共感を持つようになったこと。それどころかこうも書きさえした。「私は人間より表現を愛するほど莫迦ではありません。[74]」彼女に対してなら、まるで自分の厳格さが優しさの抑圧以外の何かででもあるかのように、創作ということに固執する謂れがあっただろうか。彼女は彼の攻撃的な心の秘密をとうに見抜いていた。「あなたは怒りっぽ過ぎます。つまり、善良過ぎるのです。[75]」彼は自分が憎悪していると思っていた。返事には、ただ自分の孤独を保つ勇気を得るために、まずあらゆる方面に感じる憎悪があると認めた。自分はもし運命が許すならむしろ愛するだろうし、ジョルジュ・サンドのようなものを書くであろう。時々憧憬の念からものがよく見えるようになり、こう感じることがある。ある種の素質の助けを借りれば、実に軽やかに実に自由に動き回っていられただろうと。確かに昔そんな素質が我々の体の中に備わっていた――それがあった場所が空洞になっているような気がする――のだけれど、いつか失われてしまい、今では失われた経緯すら思い出せなくなっている。自分と異なった存在への好奇心、永遠に制約がつきまとう人間の性質を完全なものにしたいという衝動、それこそがフロベールがジョルジュ・サンドへ抱いた友情の土台をなしていた。

この七十歳の女性が自分より幸せであるばかりか若々しい感受性を保っているのが彼には分かった。だがそのためには彼女と同じ血を持たねばならぬ。なぜなら彼女は「その母性的な根を直接民衆の中に持っていて、そしてこの根が自分の中にいまだ生きていることに気づいているから。[76]」彼女は自らを民衆の子と称するのを好んだ。

フロベールは万事にわたって自分の出てきた階級と対立していた。しかし彼の敵たちは（そして彼らの後にはニーチエも）、この市民憎悪者自身が市民に他ならないことを発見したのだった。彼が市民でなかったら奇妙なことになろう。笑いの餌食にしている当の対象に何らかの形で属さずに、優れた風刺文学を生み出せた人間――それが背教者だろうとはぐれ者だろうと――などいたためしがないのだ。風刺文学の中にあるものが嫉妬であれ嫌悪感であれ、憎しみのこもった共同感覚が欠けることはない。よそ者には風刺はなし得ないものだ。フロベールは純粋な芸術家の立場を、諸階級の外にある支那高官《マンダリン》(77)の地位のごときものと考えた。

芸術家についてジョルジュ・サンドはよりすぐれた、人間的な考え方をしていた。「絶対的な文学者など存在しません。」なぜなら芸術家はそれ自体独立したタイプではなく、終わりに立つ者であり、種族の末裔であり、また種族の極めて精妙に震える頂点でもあるから。芸術家は一つの階級を形成しない。芸術家は自分が出てきた階級の精髄に過ぎない。深く暗い種族たちが、長いこと健康を保ち上機嫌かつ忍耐強く体を動かし、精神の使用を控えてきたが、一方で苦悩を称揚し、感動的なもの、理性を越えて心に響いてくるもの全てへの偏愛を育んできた。これらの種族が、ジョルジュ・サンドの情感と善意に満ちた自然な芸術をもってついに光の当たる場所に現れてきたのだ。

フロベールの先祖は、遠い昔までさかのぼれば精神を心にかけた定住市民であったが、精神が次第に積もり積もって身体を損ない循環器障害を起こし、この病気と共に生じる諸理念にたどり着いた。彼らは段々特殊専門化してゆき、人間そのものよりは「学問」や「商会」といった諸概念に没頭し、自己を取り囲む概念、自己形成に用いられた概念によって次第に「歴史的」になり自然から離れていった。なぜなら自然には「今ここで」しか存在しないからだ。そしてたまたま彼らの欲求が芸術創造に向かうとき、生を越え生に敵対し生を恐れつつ、純粋な芸術作品が生まれることになったのだった。唯美主義者は、第三階級がどんづまりに来る以前には知られざる存在だったのが、市民が最後に来るとその表現形式の一つとなるのである。

ジョルジュ・サンドにとって「民衆の本能は真理の顕現」だった。そして彼女は知識の教授より善き心の方を評価した。フロベールは法王に代えて諸科学の学士院をおくことを望んだ。[78] 政府もまた学士院の一部門以上の存在であってはならぬ、それも最も下位の部門でなくてはならぬとする。「国家という名の憎むべき空想物」、最終段階にあるこの市民はアナーキーな孤独の中からそう語るのである。民衆の子であり社会主義者であるサンドにとっては、国家は善き人、有用な人の集合体だった。彼女は国家に人間的で思いやりのある存在たれと望む。フロベールが厳しく求めたものは恩寵や共感ではなく公正だった。[79] 彼は平等思想の支配ということに絶えず駆り立てられていた。彼の芸術上の「客観性」は、彼が公正にこだわったことと切り離せない。「公正さを芸術に導入する時期ではないでしょうか。描写の非党派性は法律の尊厳にまで高まるでしょうし、——そして科学の精確さにまで至るでしょう。[80]」愛情深い男であり、ロマン主義を求めた男である彼の皮膚の下では、祖父母や自分自身の階級が苛酷な要求を行っていた。彼の生の苦しみも、彼の美点も、この二つの性向の闘いに由来していたのだ。当時のフランス人が誰でも、革命を起こした人々の中に先祖を見いだせるとしたなら、フロベールの祖先は〔一七八九年の〕憲法制定議会の厳格なメンバーの中にいたことだろう。人権宣言に向けて「自由」と「公正」だけを掲げ、「平等」のためには、路地裏の連中に譲歩して小さな格子門を開いただけに終わったあの議会である。だがジョルジュ・サンドの先祖たちは、無名の人間として路地裏を駆けては、この世への新たな素晴らしい共感を胸に、お互い同士抱き合っていたのだった。

これが彼女において繰り返されたのだ。彼女は先祖の生き方を再現したのだ。『ナノン』が最初だったのではなく、すでに四八年にそうだったのである。彼女は感情に導かれたこの革命を我が故郷と感じた。僧侶や十字架像が行進に加わり、群衆の先頭には詩人[81]が立っていたあの革命を。当時の彼女は、民衆におびえる市民たちを嘲笑した。自分はおびえはしない。彼女の心臓は労働者と共に鼓動していた。彼女は労働者のように考え、労働者のように喧噪や派手な言動や雑踏を好み、労働者のように上機嫌だった。

相手のものの見方への攻撃は、いつもフロベールの側のみが行うのだった。彼女から発せられたのはただ、そうした攻撃は彼を病気にしてしまうという、情のこもった警告だけだった。彼女のオプティミズムは、重い真理が忽然と現れるとうろたえて舌打ちするような虚弱なオプティミズムではなかった。意識が力にあふれているが故に彼女は物事をよく見通した。そして彼女は他人に自分を閉ざすことなど必要ではなかった。実際当時彼女以上にフロベールの意義を十分に感じている者はなかったし、彼を入念に理解しようと努力している者もなかったのだ。「彼の精神は、彼自身と同じく、並の均整からはずれているのです。[82]」彼女は彼をバルザックやユゴーよりも偉大ではないかとすら思う。それには彼女なりの理由があった。つまり彼の欠点こそが偉大さで、それは彼女によれば次のようなものだった。彼は自分が現実をこととする人間なのか詩人であるのか分からない。そして彼はまだ理解されたいと欲して悶々としている。何しろ善良な彼は若い人たちから生きる勇気を取り上げることなど思いもよらないのだから。

バルザックとユゴーとフロベールの偉大さの順位？　これは下に立つ者たちにとっては躓きの石だろう。彼らに分かるのはせいぜい次の点だけだ。フロベールは前二者を統合したのだと。バルザックになかった気高い想像力と、ユゴーに欠けていた足が地についたところ、フロベールはその両方を持っている。彼の最初の作品のがっちりした出来具合いは、市民たる彼の父祖やもっと遠い祖先たちのたゆみない勤勉な日々が生み出したものだ。この末裔たる彼、芸術家たる彼は、破滅へと向かう巨人なのだ。彼は異教徒のように笑いながら作中人物を操っている。ちょうどヴァイキングが魔法の小人《グノーム》を操るように。彼は野蛮人のような夢想的で深い感覚を持っている。感覚が突然つかみかかってきて驚愕をもたらすのだ。こういったところが集積して——世故にたけた凡庸さからではなく——リアリスティックな長篇が生まれたのだ。

生まれたのはそればかりではなかった。野蛮人たる彼は古き国々と悪しき人物たちを思いだした。——そして彼の神経のせいで、加えてかつて彼の心が受けなくてはならなかった教育のせいで、作中の国々や人物像は光り輝き、腐敗の魅力をたたえ、人を不安にし麻痺させ、デカダンスへと誘うのだ。様式的に描かれた神秘的な異国女性たち、彼女たちは彼が書き始めてからというもの、ある時は宝石のように硬く、ある時は砂嵐のようにうっとうしく摑みどころがなく、舞台上や詩句の間を駆け回っている。彼女たちは皆、夜に修道院の魔法の部屋から生み出されたのだ。ヘロディアスの娘も、シバの女王も、サランボーも、その化粧した顔と熱っぽい眼差しをランプの下にかざしていたのだ。――そして今、血迷い倉皇として消え去ってゆく。

そこで、蒼ざめ首飾りの重みに打ちひしがれ、
余りに張りつめしヴィオロンの響きに苦しみて、
芸術は疲れはて――しかし偉大に！――自死す。(83)

それでおしまいだった。別の終焉はモーパッサンをへて現れた。彼はロマン主義にとどめを刺した。彼はフロベールよりきっちりした態度で孤独に耐えたし、絶望心にも世慣れた調子で対応した。彼はかつて師を苦しめた多くのものを平然と肩ごしに投げ捨て、一向意に介しなかった。作品数の多さも後継者故の気安さからだった。フロベールが一生かかって努力し獲得したものを彼は楽々身につけた。彼の文体にはしまいには軽やかさが備わってくるが、これはフロベールにはついに成し遂げられなかったものだった。師にとって文章技術は人格の深みから労苦の末にたぐりよせられた運命であったのだが、弟子にとっては容易に習得できる教科目であったのだ。人の心を純粋に感覚的にとらえる新しい方法――この方法のせいでフロベールの描く人物たちからはそれぞれ異なった強い響きが聞こえてきたのだが、モーパッサンにあってはこれが、人物たちに華麗なアリアを歌わせるために利用されたのである。彼は軽やかさの虜になっていた。だが彼が年長者より強かったのではなく単に冷酷であるに過ぎなかったように、彼はより豊饒であったわけではなく厳しい選択をしなかっただけだった。モーパッサンの三十巻に及ぶ作品集には豊かな人間性があふれている。しか

しそれは、フロベールが芸術の理想のために余りに長い間抑圧していた人間性ほどには豊かではない。（『素朴な心』[84]がそれを証明している。）人間の内奥にひそむグロテスクさに対してフロベールは揺るがぬ確信を持っていたが、師のこの感覚がなかったならモーパッサンは軽やかさに流されてセンチメンタルになっていただろう。同郷意識と教科目故に、彼はフロベールのもとから離れなかった。そして弟子たちの代になると感情が低俗化していくように、グロテスクなものも時に単なる道化役に堕し、皮相的類型的で味気ない様相を呈してしまう……。もう一歩先に進めば、オクターヴ・ミルボー[85]が現れる。そして弟子たちの心からは、単なる感覚の産物ではなく病理学的な症例が、そして彼ら自身からは、あらゆる結びつきや形式の解体の中で、悲痛な、或いは滑稽な精神異常者の行列ができあがるのだ。そして小説のなれの果ても。

最も見通しのよい地点に、あらゆる先達への関係を保ち未来を展望しながら、フロベールは立っていた。

VII　章

戦争！[86]　それはかつては人類の理想を信じた男がこうむった最後の打撃だった。彼らは二人とも戦争などあり得ないと思っており、六七年にはフランス人の対プロイセン恐怖症に憤激していた。[87]　ところが今はこう書くことになる。「おお、文士たる我々よ、人類は理想から遠いのです。[88]」それからすぐに、「もしもフランスが大衆などに支配されずに、高官の権力に委ねられていたなら、こんな屈辱をこうむったでしょうか。」そして八月にはすでにこう書いている。「私はフランス人に吐き気を催しました。彼らはイジドール（ナポレオン〔三世〕）と同じく袋詰めにするべきなのです。この民族は罰せられるに値します。本当にそうなりそうで懸念しています。[89]」戦争は、文明人が怒りに体を震わせたほどの恥辱であった。だがその後、戦争に負けることも恥辱なのだという事実に思い至らざるを得なくなる。

これまで彼は勝利にどれほどの価値をおいていただろう。人々の軽蔑の対象となっていた王家を、彼は今なお支持していた。少なくとも彼は、である。そこで人々は否応なく彼をも軽蔑していた。支配者たる王家は文学とも関係を持つことがあった。この国で王位についたヴュルテンベルク＝オランダ人男性とスペイン人女性[90]は、文学という権力をも計算に入れていたのである。皇妃はジョルジュ・サンドの作品で揶揄されたと感じたから、この作家を懐柔する仕事をフロベールに依頼したのだった。[91]そして最後に謝ったのは皇妃ウージェニーの方だった。自分は天才を侮辱する意図など露ほども持ち合わせていなかったと言って。[92]王子の一人はサンドの屋敷で夕食を共にし、彼女の仲間と一緒に狩をした。[93]その代わりに別の王子があるジャーナリストを宮殿に呼んで、あげくの果てに射殺した。[94]この王家の荒々しく冒険的な気質はことあるごとに表に現れ、人々を憤激させた。そして今、彼らは勝利からも見放されてしまったのだ。彼らは没落した。人々が喜ぶのも無理はない。

だが起こり得る事態は予見できた。すでに一度似た体験をしていたからだ。「あなたが共和国に熱狂されているのは、悲しいことです。明確な実証主義に打ち負かされるのを見たばかりだというのに、なぜまた幻想を信じるのですか。[95]」サンドは信じた。すでに彼女は立ち上がっていたのである。「ひょっとしたらこれで、古い世界の迷妄への回帰もおしまいになるかも知れません。」そして、「悪も善を生み出すのです。」そして、「嵐の真只中で私は小説を書き終えました。[96]」彼女は仕事をすることができたのだ！

「私に関して言えば」と彼は返事に書いた、「自分が終わってしまったと感じます。脳味噌が元に戻らないのです。自分を尊重しなければ書くことなどできるものではありません。[97]」「私が悲しみで打ちひしがれているのは、第一に人類の動物めいた野蛮さ故です。第二に、愚かしい時代にさしかかっているという確信からです。人々は功利主義化し、軍国主義化し、アメリカナイズされ、カトリック化するでしょう。ひどいカトリック化です。見ていてご覧なさい。プロイセンとの戦争はフランス革命を終焉させ、灰燼に帰さしめたのです。[98]」「ラテン民族は死にかかっています。」「何という転落でしょう……。民衆が――その中には学者が沢山混じっています――忌むべきことをするとすれば、科学とは一体何のためにあるのでしょう。民衆はフン族そのままで、しかも行動となるともっとひどいのです。なぜって、彼らの行動は組織的で冷徹で計画的だからです。荒々しい衝動とか飢えとかのためではないのです。なぜ彼らは我々をこんなに憎むのでしょう。あなたは四千万人の憎悪で押しつぶされそうだと感じないのでしょうか。」しまいには、まるで逆の衝動に駆られ、「哀れなパリ！　私はこの都市を英雄的だと思います。」彼は中尉に任官され、新兵を訓練した。彼は『聖アントワーヌの誘惑』に再びとりかかった。なぜなら「ペリクレス時代のギリシア人も、翌日の食物があるかどうかおぼつかない中で芸術を作り上げたのですから。[99]」そして彼は自分の血の中に、闘いたいという、遠い祖先の持っていた野蛮な欲求が混じっているのを感じるのだ。もしパリが占領されたらパリに向けて行軍しようという点で、彼はあらゆる市民と意見が一致する。彼は全市民の持つ幻想を一緒に分かち持ったのである……。

　だが長くは続かない。ほとぼりがさめ、恥入って、彼は元に戻る。「十二世紀の野蛮人の感情を私に吹き込んだ同時代人を、恨みに思います。[100]」そして、「彼らはドイツに復讐することばかり考えるようになるでしょう。政府というものは、どんなものであれ、こういった情熱をかき立てることで自らを維持するのですから。我が国の努力目標は、そしてフランスの理想は、大量殺戮ということになるでしょう！」人類の退歩が始まったことは間違いないように思われた。パリのコミュニストに対しては、「何と後退した連中でしょう！　何という野蛮人でしょう！　同盟[101]やマイヨッタン[102]の奴らに何と似ていることでしょう！　中世から抜けられないとは、何とフランスは哀れなことでしょう！　コミューンというゴシック風の思想を引きずっているのです。ローマの自治都市《ムニピッイウム》の域を出ていないのです。[103]」再び恩寵が公正に勝るようになってしまった。コミューンが殺人者たちを復権させたのだ。ちょうどイエスが十字架上の盗賊を許したように。「共和国はあらゆる議論を超越する」とは、「教皇に誤りなし」と同じことではないか。[104]

　フロベールとサンドがこの暴力的な日々から精神的な教訓を得るにつれ、双方の思想は燃え上がり、双方の気質は熱を帯びて高まり、双方の本質はその鋭さを倍加する。フロベールはすぐに最悪の事態に慣れた。そして事態がこうなることは最初から予想していたのだと考えた。ジョルジュ・サンドにはもっと長い時間が必要だった。彼女はこれまで生きてきて、自分の性向を一部矯正することに成功していた。だからこの時代も人類にとっては捨てたものではないと錯覚していたのだった。そしていまや彼女は「国民と民族の病気のせいで、自分も病気になりました。自分一人だけ理性を保っていたり、誰にも後ろ指を指されない状態にとどまっているなんて、まっぴらです。[105]」彼は、まっぴらではなかった。時が流れて何かしらひどく愚劣なことが明るみに出るたびに、苦々しくも意地の悪い満足感を味わった。例えば、ナポレオン〔三世〕の書き物机の中から出てきた小説草稿。この草稿が我々を統治していたというわけだ！　彼ほど利己的でない彼女は、深い同情から希望を汲み取るまでにもっと苦しんだに相違ない。何ですって？　人間というものがこの程度なのであって、犯罪が人間の表現行為であり、無法が人間の本質なのだと、あなたも諦めて認められては、ですって？　いいや、断じて認めません。「人類が私の中で、そして私と共に憤激しています。憤激は、愛の最も情熱的な形式の一つです。[106]」まるで一七八九年の人間が喋っているかのようだ。あらゆる挫折を通り抜けて一八七一年まで至り、最後に「にもかかわらず」と叫ぶ人間がである。遠い、奇妙に感動的な言葉だった。気むずかしい近代人はその前に頭を垂れた。なぜなら彼はこの言葉を信じることができなかったから。

……それも終わりになった。苦しみが滝のようにお前の心に落ちかかった。[107]お前はこれ以上生きるのは不可能だと思った。そしてある時、窓の向こうに陽がさんさんと射す静かな日、お前は再び作品に向かい、作品のこと以外には何も考えない。そして、今度こそは作品が完成するまで何も邪魔が——作品に伴う孤独な不安は別にして——入らないように思えたから、却ってこう感じるのだ。おさまってしまった高鳴る苦悩に憧れを抱くこともあろうと。

彼はまたしても本を出した。[108]誰のためかは分からなかったけれど。パリは変わり、よそよそしくなり、文学を受け入れる場所はなくなってしまった。そして五十歳にもなって従来の自分から脱却するのは難しかった。彼は母を失った。

終焉の最初の兆候だった。ジュール・ド・ゴンクールとサント＝ブーヴに続いてゴーティエも死んだ。[109] 友人で残っているのは、ジョルジュ・サンドを別にすればユゴーとツルゲーネフだけになった。老ユゴーが彼の前でラテン詩人の句を暗唱してみせたとき、彼は涙をこらえて、まるで施しものをもらうかのごとくおしいただいた。ヴィアルド[110]の歌が、生きている彼の慰めだった。「誰も、もはや私と同じ言葉を喋ってはいません。」「私の周りには影が広がっています。」近い目標までの距離を計り、ここに来るに至った経過をじっくり振り返ってみるべき時だった。「私は他の誰よりも多く愛してきました――と言うと大げさですが、〈他の人と同じくらいに〉程度の意味です。そしてひょっとするとそこらの人間よりは多く愛したかも知れません。私はどんな愛情でも体験してきました。ところが、偶然や時代状況の力のために、私は徐々に孤独になっていったのです。そして今私は一人に、完全に一人になってしまいました。[111]」この老独身者にはもう妻をめとるための、或いは年に六カ月パリで暮らすためだけの十分な資力もなかった。以前は強みであった条件が今は逆に彼を病気にする。以前は創作の原動力だった疎外感が彼を弱らせてゆく。ヒステリックで神経過敏な性格故に、自分で自分がグロテスクに見えてくる。「幻滅せる御婦人方の良心的指導者クリュシャルド教父[112]」と彼は名のった。そしてこの性格故に残った友人たちとの関係も駄目になってしまうのではないかと恐れた。彼は彼女の前に姿を現さなくなり、手紙は短くなった。もっとも彼は以前からノアン[113]にはまれにしか行かなかった。ジョルジュ・サンドと彼女を囲む人々を訪問すると、頭の中に組み立てた芸術世界が何週間にもわたって消えてしまうからだった。初対面の人たちと晩餐をとると、何日も仕事ができなくなってしまうのである。しかし昔は作品のために自分を犠牲にしてもそれだけの報いがあった。今彼は、何にとも知れぬ腹立ちを秘めたまま仕事机の上に体を投げ出していた。この『ブヴァールとペキュシェ』こそが彼の息の根を止め、彼を粉々に打ち砕いたのである。[114]

彼としてはこの作品で気分が軽くなることを望んでいたのだった。人間の愚かしさ故に感じてきた憤懣を全てぶちこんでやろう。二人のおっちょこちょいが、人間の全知識を少しずつ身につけて、しまいには知識同士がぶつかり合って爆発を起こし全てが無に帰す——これは面白くなる筈だった。下準備が始まった。二十行おきに独立したスタイルと笑劇を生み出そうという目的のためだけに、気違いじみた性急さであらゆる科学の知識を吸収しようとしたのだ。だが下準備をしているうちからもう自分の陥った袋小路が見えてくるのだった。彼に見えたのは自分の姿だった。だが仕事はやめなかった。あり得たかも知れない人生とのつながりをほとんど全て失ってしまった人間の内部にこそ、こうした精神の怪物が生まれ育つのだ。人類を代表した過去の人物たちがなした愚行のリストを作ろうとする荒涼たる喜び——この喜びは、有罪宣告を受けた男のひきつった哄笑以外の何物でもなかった。

控訴不可能で執行猶予もない有罪？　これを知ったら、ひょっとするとかえって人生への子供っぽい復讐を正当化したくなるかも知れない。そして老いた子供のように彼はサンドの声に逆らった。一人でいてはいけない、芸術に凝り固まってはいけない、彼女はいつだって彼にそう警告してきたのだ。自分の息子にしてもいいと思うような男の子がどこかにいないのですか、彼女はそう問うたことがあった。いたら養子になさい[115]。お金ですか？　私があなたの屋敷を買い取りましょう。あなたはそこに住み続けて結構ですから。軟体動物の研究をなさい。「博物学をかじれば、あなたも救われるでしょう[116]。」しまいには、あなたの苦難を描写してごらんなさいと彼女は言う。愚行や悪人は憎悪せずにお嘆きなさい、とも繰り返す。「嘆きは愛と切り離せません……[117]。」

彼はこれに対して何を言うことができたろう。善き意志を持つだけでは、これまでたどってきた運命の結果を変えることなどできはしない。彼が感傷的になり人間好きになったりしたら、周囲の人間は妙に思うだろう。彼の公的な顔はとうの昔に固まってしまい、彼の役割は——人間は役割を交換することなどできないものだ——誰にも馴染みになっていた。奇行に関する伝説が彼を取り巻いていた。風変りな発言が彼のものだとされていた。彼は近寄り難い変人なのだ。彼がいつも変わらぬナイトガウン姿で窓辺に現れると、日曜の散歩に来た人々があれをご覧とささやきかわすのだった。その生き方のせいで彼はどれほどの反感を買っていたことだろう。それはルアンの俗物どもの間だけではなかった。芸術創造の三十年間のうち二十五年を一人田舎で暮らすような人間は、民衆の本性に逆らうような行動をとるものだし、社交的な人たちには傲慢不遜な印象を与えてしまうのだ。正真正銘の偏執症をすら彼は持っていた。「文学への憎悪」という名の偏執である。文学はどこでも憎まれている、彼はそう思っていた。権力者からも然り。なぜなら話したり書いたりする人間はもう一人の権力者だから。[118] 精神的に怠惰な連中、あらゆる階級の保守主義者、或いは狂信主義者からも。要するに、愚昧な連中から憎まれているというのだ。精神の対極たることが本来の使命であるような人々のこの素質を彼は見誤っていたのであり、彼女が彼にいつも予言していたとおり、彼はこの連中を殺すことなどできないのだった。逆に彼は文学に殺されるだろう。そして人間の愚かしさに対する彼の憎悪――この憎悪は今彼を展望のない仕事に引き込んでいるけれども――にも殺されるだろう。[119]

彼にはまだそれが分からないのだろうか。彼は善意の女性[120]を意気阻喪させるようになっていた。彼女自身、最後の病気の床から苦労して起き上がった。そして今までなかったことが起こった。彼女の口からいらだたしげな言葉が洩らされたのである。「生きるということは、心に傷を負うことの連続です。でも、共に苦しみを背負う人たちを悲しませずに自分の仕事をするのが、義務というものではありませんか。[121]」そして或る批評家に言及して、一度だけ次のような見方をする誘惑に屈した。自分という看護婦は、自分自身が逝きかけている今になって、この病人の症状を絶望的だと思うようになった、と。とげとげしい対立が突然表面化してきた。いまや彼女は彼の美学に、彼の全てに異議を唱え出す。彼女は彼に対する理解と共感を一瞬にして失い、自分の党派が以前から彼に向けていたよそよそしい批判を自ら行うようになる。二人はお互い敵対し合う流派の領袖だったからだ。[122]

彼は答えた、それも最初はきっぱりと。自分を形作ったものが全部迷妄だったなどとは絶対に言えない、と。やがて彼の答は妥協的になった。彼の胸には疑いがきざしたのだろうか。とすればそれは幸せを呼ぶ疑いと言えただろう。見捨てられたと思った彼の心には甘美な驚きが広がったに違いない。俺を非難して従わせようとする珍しい人間がまだここにいたとは。俺を熱心に治療して根本から再生させようとする人間がいるとは。では再生はまだ可能なのか。それまでこの友情を彼は、晴やかな遊戯ではあっても根本においては非実用的なものと見ていたのだった。だがこの友情は、二人のいずれもが自己の領域にとどまることを不可能にしたのだろうか。そして、自己の人間性をいつまでも限定して考えてはならないだろうか。今、彼は親しげな声に耳を傾けた。今初めて真剣に。彼女は望んでいた。彼が今ようやく彼自身の善意と愛情に耳を傾けてくれることを、そして素朴な人たちの愛に共感を覚えると告白してくれることを、心の底から出たものを作品化してくれることを[123]。そして彼は、自分の心にたがをはめていなかった時代を思いだした。子供だった頃だ。有名な外科医だった父が勤めていた病院の中庭を、襟つき外套を着た患者たちが歩いていた。嵐がきたときには彼らはベッドでため息をつくのだった。どうだろう、もし誇りかな過去を持つ人物が悲惨と孤独の中で、嵐の川岸に立つ渡し守となっていたら。そして夜中にライ病患者が呼んだので、小屋に招じ入れてご馳走してやり、一緒のベッドに寝せて彼の膿瘍を自分の体に押しつけたら。そして彼が輝く救世主に変容し、渡し守を連れて天に上っていったとしたら。書き得ない小説〔『ブヴァールとペキュシェ』〕の重荷を彼は投げ捨て、客を大切に扱った聖ジュリアンの物語[124]を書く。この話は「私の生まれた村の教会の窓に描かれている」と彼は称した[125]。これは「芸術」であり「形式」であり、それ以外の何物でもない、とも。いつものように、人々は彼の言うことを信じた。

　両親の家にいた子供時代、発育が遅れ言葉も遅かった彼に、初めて色々な話を聞かせてくれたのは老婢だった。彼は彼女から空想を教わり、将来小説家となるべき才能を習得した。『ボヴァリー夫人』の最も華やかな場面である田舎の祭の真只中に、一人の老女が登場する。作中唯一温かい眼差しで描かれる人物で、時価二十五フランのメダルを受け取るために出頭したのだ。五十四年間というもの一つの農場で働き続けた報償がそのメダルだったのである。体は縮み、顔は干した林檎のように皺が寄り、両の手は半ば開いて、「まるで手自らが多年にわたって耐え忍んだ労苦を証言しようとするかのようだった。」修道女みたいに身じろぎもせず、自分が普段扱っている家畜のようにおし黙り従順であり、感動や悲しみとは無縁で、自分では知らないまま裁判の原告となっているかのように、「そのような様子で、半世紀にわたる従属の象徴は、市民たちの群れの前に立っていた。[126]」彼は彼女を二十年前こんな風に描いたのだった。今こそ彼女を壇上に居並ぶ表彰審査員たちから解放して、外貌の描写よりも内面の瘢痕を見せるべき時だ。或る老婢がいる。生涯一人の女主人に仕え、恋人に捨てられ、愛情を注いだ屋敷の子には死なれ、愛そうという情熱の余り少々頭がおかしくなって、ついには色あざやかなオウムの剥製にまるで聖霊の代わりだとでもいうかのように夢中になる――女中フェリシテ。[127]老独身者がいる。愛情からは苦い思い出だけを残し、かつて家族と称された人々からは取り残され、この先死ぬときはもうろうたる頭の中で、剥製の半ばぼろぼろになった羽根、エメラルド色になったり紫色になったりする羽根（すなわち芸術！）にとりすがっているだろう――フロベール。

彼はいつにない速筆で作品を完成させ、ジョルジュ・サンドにこれを見せようとした。彼女が自分に示してくれた善意に感謝して手に接吻したいと思った。だがそれはかなわなかった。彼女は直前に死んでいたのである。「ノアンの奥様」は沢山の貧しい人たちに祝福された。素朴な心をもって（そしてだからこそこの事実を知るよしもなかったが）彼女はおびただしい祝福を刈り取ったのだった。

こうして一つの友情が終わった。二つの精神はお互い離れることがなかった。それは好奇心からだと、一方は思い込んでいた。それでもきっと自分の感情の根底で再び自分自身を再発見することになるだろう、どんな感情でもそうであるようにと、他方は心得ていた。敵対し合う砦がどこに位置しようと、双方は違った陣営に属していた。一方が体現しているものは他方にとって非難と思われた。こちらが創ったものはあちらの創作への攻撃であるかのようだった。双方が同じものを憎み、同じ苦しみを味わっているときですら、双方を動かしてる欲求は異なっていた。にもかかわらず、説明のつかない不思議な親近感を二人は感じていたのである。そしてあなたとは違ってと言う時には、お互いの本質から外れた事柄を唇に上せているということも。双方が分かち難く結びついている深みからは言葉が発せられることがなかった。ただ時々、偶然の、言わば思わず知らずの言葉が切れ切れに出てくるだけだった。最後に、強靱な精神が別れに際してきつい言葉を放ったとき、脆弱な精神は、相変わらず一人ぼっちで他者からは動かされ得ないと信じながらも、深い驚きを感じ、同時に幸福な気持ちになったのである。そして双方の共有するものを表わす言葉、それまで語られることのなかった言葉が、ここに現れた。彼はそれまでこれほどに私的感情《ペルゼーンリヒ》の籠った言葉を発したことがなかった。しかもそれは相手の人間性のこだまを投げ返す言葉だった。[128] だが相手にはもはやこの言葉は届かなかった。棺がおおわれた。そして途方に暮れたすすり泣きが聞こえてきたのである。[129]

訳者解題

これは、ハインリヒ・マンのエッセイ『ギュスターヴ・フロベールとジョルジュ・サンド *Gustave Flaubert und George Sand*』を全訳したものである。初出誌は残念ながら入手できなかったが、以下の四種類のテクストを参照した。

1．Heinrich Mann: *Geist und Tat. Franzosen 1780–1930*. Berlin (Gustav Kiepenheuer Verlag) 1931.

2．Heinrich Mann: *Essays I*. Berlin (Aufbau) 1954.

3．Heinrich Mann: *Essays*. Hamburg (Claassen) 1960.

4．Renate Werner: *Heinrich Mann „Eine Freundschaft. Gustave Flaubert und George Sand" Text, Materialien, Kommentar*. München (Carl Hanser) 1976.

このうち3．が現在最も容易に入手できるハインリヒ・マン作品集の中の一巻であるので、これを底本とした。1．はヴァイマル共和国時代に彼のフランス文学関係のエッセイを集めて単行本化したものである。2．は戦後ハインリヒの版権を持っていた旧東独の書店から出された選集の一巻である。この版は（明記はしていないが）1．を底本としているようである。3．は旧西独の書店が版権を持つ東独の承認を得て販売していたハインリヒ・マン作品集の一巻であり、この巻は2．に依っている。4．は彼の原文に註や参考資料を添えた上で様々な側面からこのエッセイを論じた研究書で、訳者は原文の解釈や註を付けるに当たって助けられるところが多かった。この本に収められたハインリヒの原文は、雑誌発表直後に出た単行本に依っており、他の三つの版とは（誤植やコンマ等の打ち方以外でも）若干異なった部分がある。

なお1．には、フロベール没後五十年を記念して「死後五十年」という章が新たに付け加えられており、2．と3．

もこの体裁を踏襲しているが、発表年代に二十五年もの開きがある以上別のエッセイと考えるのが適切であろうと判断し、ここには訳出しなかった。

原文は一段落がかなり長く、現代人にはとっつきにくい感もあるので、訳者の判断で適宜段落を挿入した。（ ）は原文にもある括弧であるが、若干の箇所では訳文の都合から、原文でそうなっていない場合でも（ ）を使用した。

〔 〕は訳者による補足である。

巻末に付けた註について一言お断りしておきたい。本文ではフロベールの書簡や作品からの縦横な引用がなされており、訳者も右記4．のR・ヴェルナーの詳細な註釈に頼りつつ、自分でもフロベールの作品を読むなどしてなるべく遺漏のないよう努めたつもりであるが、なお見落としている部分は少なくないと思われる。お気づきの点があれば指摘していただきたい。その中で、フロベールの書簡の日付が参考文献ごとに微妙に異なっていることに触れておきたいと思う。訳者が参照したフロベールのサンド宛て書簡は、（A）戦前に出た中村光夫訳のサンド宛て書簡集、（B）フランス本国で出たフロベール書簡全集（一九二九年版）、（C）一九九二年に出た独訳のフロベール・サンド往復書簡集、（D）一九九八年に出た持田明子編訳の往復書簡集の四点であり（巻末の使用参考文献一覧参照）、R・ヴェルナーは（B）をもとにして註釈をつけている。しかし四点とも日付に違いがある。まず（A）は日付不詳の書簡が多く、ただ年代順に並べてあるだけである。（B）ではもともと日付のない書簡にも何年何月の単位まで編者によって日付がつけられている。（C）（D）になるとさらに何日の単位まで編者によって日付がつけられている書簡が多く、また月と日に関しては必ずしも（B）と一致していない。こうした違いは無論フランス本国におけるフロベール研究の進展によるものであろう。（C）（D）は一九八一年に出たフランス語版を底本にしているが、訳者はこのフランス語版を参照できなかった。しかしともあれ一番新しい（C）と（D）によって日付を入れることを原則とした点、ここに明記しておく。

なおサンド宛て以外の書簡は、邦訳フロベール全集と独訳のフロベール書簡集を参照し、日付の違いがある場合は出版年の新しい方によった。

あとがき

ハインリヒ・マンの作品を初めて（翻訳で）読んだのはいつのことだったろうか。トーマス・マンなら、中学三年の冬休み前後に岩波文庫で『魔の山』を読んだのが最初だと鮮明に覚えているのに、記憶が曖昧だ。しかしハインリヒの存在や思想を或る程度詳しく教わった書物ははっきりしている。脇圭平『知識人と政治』（岩波新書）である。一九七三年夏に出版されて大きな反響を呼んだこの本を、当時大学三年生だった私はすぐに購入して読んだからである。戦後長らく流通していた「民主主義の擁護者トーマス・マン」という平板なイメージをくつがえしたこの名著は、『非政治的人間の考察』を分析しつつ、トーマスにとっていかに兄の存在が大きなものであったかを教えてくれたのである。しかしそれですぐに私がハインリヒを読み始めたわけではない。そもそも、ハインリヒの作品は邦訳がきわめて少ないばかりか、大学でも原書をろくに所蔵していない有様だった。

他方、私が大学生活を送った一九七〇年代とは、六八年のパリ五月革命の頃から明瞭になったように、先進諸国が学生反乱や反体制運動に見舞われた時代であった。文学研究もその波を免れることはできず、トーマスをブルジョワ文士として批判し、逆にハインリヒを持ち上げる風潮が当時の西ドイツには濃厚だった。八〇年代に入ると、逆に西ドイツ文芸批評界の大御所マルセル・ライヒ＝ラニツキがハインリヒの作品の質を根底から批判し、返す刀でと言うべきか、西ドイツの文学研究者より東ドイツの研究者のほうがまだしも客観的だと述べて波紋を呼ぶ一幕もあった。

私がハインリヒを読むようになったのは、結局ドイツ本国でのそうした事情に引きずられたからだったと言える。マン兄弟についてかの地でどのような言説がいきかおうとも、自分が作品を読んでいないのでは正邪の判断をつけようがないと考えたのである。けれどもハインリヒの作品や関連文献を読み進むにつれ、ハインリヒを知らないではトーマスの作品も理解できないのだということが改めてよく分かってきた。無論、それにはトーマスの発言を追うだけではなく、つまりトーマスを通してハインリヒを見るだけではなく、ハインリヒの人と作品にじかに向かい合わなくてはならないのである。

今でもハインリヒを日本人が扱った文献は少ない。最初に述べた脇圭平の新書以外では、公刊されたものとしては山口裕『ハインリヒ・マンの文学』（東洋出版）くらいではなかろうか。したがって、若い頃限定とはいえ兄弟作家の転換点を詳細に論じた書物をここに上梓できるのは感無量の思いである。

マン兄弟については、最近になってドイツのトーマス・マン研究の大御所ヘルムート・コープマンが五百ページに及ぶ大部の研究書を出した。しかし、私が本書後半で論述しているようなハインリヒの微妙な心理の綾やフロベール・エッセイの意義には触れていないので、本書の存在意義は十二分にあると信じる。本文や註に若干書いたけれども、私は研究を進める過程で、ドイツ人作家やフランス人ゲルマニストに比してドイツ人ゲルマニストにはどこか思考の盲点があるという印象を消すことができなかった。言い換えれば、私はあくまで日本人のゲルマニストとしてこの本を書いたつもりである。なお、タイトルの「若きマン兄弟」は文語表現で、現代日本語なら「若いマン兄弟」とするところだが、『若きウェルテルの悩み』という超有名作を念頭において敢えて文語表現とした。日本におけるドイツ文学の伝統に従ったわけである。また、例えば『トニオ・クレーガー』のトニオは発音に忠実に表記するならトーニオとなるが、日本人に馴染みやすいように音引きを省いた。他にも同様のケースがある。諒とされたい。

本書のもとになった論文は、一九九一年から九七年にかけて八回に及び新潟大学の紀要に連載された。最初の二回、及び付録とした『ギュスターヴ・フロベールとジョルジュ・サンド』邦訳を教養部紀要に載せたところで教養部解体の嵐に巻き込まれ、人文学部に配置換えとなってから残り六回を人文学部紀要に掲載した。そしてそれに手を加えたものを母校の東北大学に提出し、九八年に博士号を取得した。本書はその博士論文にさらに加筆と削除を行ったものである。本来は博士論文として認められてからあまり間をおかずに出版するのが筋だが、少なからず遅れてしまった。それにはいくつかの理由があるけれども、手許不如意がその最たるものだった——ということにしておこう。二〇〇四年度に日本学術振興会の研究成果公開促進費に申請したが、設定価格が低すぎるという不思議な理由で実質審査に入ることなく送り返されてきた。その後、新潟大学人文学部研究叢書として刊行援助をいただけることになり、ようやく陽の目を見たことを喜びたい。ただ、研究成果公開促進費申請時に書類作りをお願いしたD社と担当のS氏に対してはとっていただいた労を無にする形となり、申し訳なく思う。ここでお詫びしておきたい。

本書が、新潟大学人文学部から援助をいただいて研究叢書として刊行されること自体は、最近の「大学改革」の成果である。そのプラス面は素直に評価しなくてはならないが、それだけでは済まない側面があることは書いておかねばならない。新潟大学における研究条件は教養部解体の頃から悪化の一途をたどっている。そして国立大独法化によって研究費は激減し（従来の半分以下）、日本の国立大学は研究の場ではなくなりつつある。そもそもドイツ文学のような非実用的な基礎学問には恒常的な文献収集が欠かせないのに、プロジェクト方式が学内ですら大手を振ってまかり通っている現状では、まともな研究などできる道理もないのである。十何年、或いは何十年という長い時間をかけて刊行される基本文献が、一年や二年といった短いスパンでしか認められないプロジェクト経費で購入できるはずがないからだ。例えばグリム・ドイツ語辞典である。童話で有名なグリム兄弟が編纂を始めたこの辞書は、兄弟の死後沢山の学者によって仕事が連綿と受け継がれ、百年余りの年月をかけて一九六〇年に完成した。しかしその間に内容の一部が古くなってしまっていたため、補巻が今なお刊行中である。そして、この補巻は以前は新潟大学では教養部のドイツ語教室共通経費で購入していたが、現在は私の半減した研究費で買っている。私が退職したらどうなるか、誰も知らない。研究者ならこういう状態がおかしいと感じて当然なのであるが、そもそもが研究者である（はずの）学長を初めとする大学上層部がその辺に無頓着なのは理解に苦しむ。マスコミもこうした側面には知らん顔である。

暗い話題はこの程度にしておこう。本書ができあがるまでには色々な方の恩恵をこうむっている。本文第九章にも書いたが、アリアーネ・マルティンさんは見ず知らずの人間である私が手紙で送った質問に丁寧に答えてくれた。新潟大学の外国人教師を勤めたベアーテ・フォン・デア・オステンさんとシュテファン・フーク氏にはドイツ語の読解について何度かお世話になった。また本書のもととなった論文の連載中に日本独文学会でマン家に関するシンポジウムが行われ（一九九五年秋）、私もパネリストに名を連ねたが、他のパネリストの方々から貴重な示唆をいただいたことも忘れがたい。そして本書を研究叢書として出版することを認めてくれた新潟大学人文学部研究推進委員会の方々、そして出版元の知泉書館と小山光夫氏にもお礼を申し上げたい。

最後に、大学の組織が激変し研究条件などが悪化するなか、しきりに思い出されるのは故郷（福島県いわき市）のことである。大学でドイツ文学をやるというのはあまり常識的な道とは言えないが、そういう進路選択を促した基盤は――反面教師的な意味合いも含めてであるが――まぎれもなく高校卒業までを過ごした場所と時代にある。

だから、いささか私事にわたるが、私を送り出してくれた故郷の恩師と知友に本書を捧げたいと思う。

二〇〇六年一月　新潟にて

著者識

新潟大学人文学部研究叢書の
刊行にあたって

社会が高度化し，複雑化すればするほど，明快な語り口で未来社会を描く智が求められます。しかしその明快さは，地道な，地をはうような研究の蓄積によってしか生まれないでしょう。であれば，わたしたちは，これまで培った知の体系を総結集して，持続可能な社会を模索する協同の船を運航する努力を着実に続けるしかありません。

わたしたち新潟大学人文学部の教員は，これまで様々な研究に取り組む中で，今日の時代が求めている役割を果たすべく努力してきました。このたび刊行にこぎつけた「人文学部研究叢書」シリーズも，このような課題に応えるための一環として位置づけられています。人文学部が蓄積してきた多彩で豊かな研究の実績をふまえつつ，研究の成果を読者に提供することを目ざしています。

人文学部は，人文科学の伝統を継承しながら，21世紀の地球社会をリードしうる先端的研究までを視野におさめた幅広い充実した教育研究を行ってきました。哲学・史学・文学を柱とした人文科学の分野を基盤としながら，文献研究をはじめ実験やフィールドワーク，コンピュータ科学やサブカルチャーの分析を含む新しい研究方法を積極的に取り入れた教育研究拠点としての活動を続けています。

人文学部では，2004年4月に国立大学法人新潟大学となると同時に，四つの基軸となる研究分野を立ち上げました。人間行動研究，環日本海地域研究，テキスト論研究，比較メディア研究です。その具体的な研究成果は，学部の紀要である『人文科学研究』をはじめ各種の報告書や学術雑誌等に公表されつつあります。また活動概要は，人文学部のWebページ等に随時紹介しております。

このような日常的研究活動のなかで得られた豊かな果実は，大学内はもとより，社会や，さらには世界で共有されることが望ましいでしょう。この叢書が，そのようなものとして広く受け入れられることを心から願っています。

2006年3月

新潟大学人文学部長
芳 井 研 一

三　浦　　淳（みうら・あつし）

1952年生まれ。福島県いわき市に育つ。東北大学文学部卒業。同大学院博士後期課程中退。博士（文学）。東北大学文学部助手，新潟大学教養部講師などをへて，現在新潟大学人文学部教授。ドイツ文学専攻。

著書に『〈女〉で読むドイツ文学』（新潟日報事業社）が，訳書に『ハインリヒ・マン短篇集　全3巻』（松籟社，責任編集・共訳），ヴィクトル・マン『マン家の肖像』（同学社），バッハオーフェン『母権論』（三元社，共訳）がある。

miura@human.niigata-u.ac.jp

〈新潟大学人文学部研究叢書 1〉

〔若きマン兄弟の確執〕　　ISBN4-901654-69-1

2006年 3 月25日　第1刷印刷
2006年 3 月31日　第1刷発行

著　者　三　浦　　淳
発行者　小　山　光　夫
印刷者　向　井　哲　夫

発行所　〒113-0033 東京都文京区本郷1-13-2
電話03(3814)6161　振替00120-6-117170
http://www.chisen.co.jp
株式会社 知泉書館

Printed in Japan　　印刷・製本／藤原印刷

人 名 索 引

（マン兄弟の名は頻出するので省いてある）

アンダーゼン，ヴィルヘルム（文筆家）　35
イエス・キリスト（宗教家）　6,45,46,261
イェーリング，ヘルベルト（研究者）　97
イェンチュ，カルル（文筆家）　163
イーダ → シュプリンガー，イーダ
イプセン，ヘンリク（作家）　102
ヴァザーリ，ジョルジョ（画家・美術史家）　28
ヴィアルド，パウリーネ（歌手）　263
ヴィスリング，ハンス（研究者）　44,62,140,141,144,224
ヴィーラー，ミヒャエル（研究者）　189
ヴィラモーヴィツ=メレンドルフ，ウルリヒ・フォン（古典文献学者）　28
ヴィルヘルム２世（ドイツ帝国皇帝）　96,160,207
ウィンストン，リチャード（研究者）　96
ヴェーデキント，フランク（作家）　58,109
ヴェルナー，レナーテ（研究者）　57,59-62,189,269,270
ヴォルテール（哲学者）　238
ウージェニー（ナポレオン３世の妃）　260
エーヴァース，ルートヴィヒ（ハインリヒ・マンの友人）　63,101,102,123,154,156,157,207,211,212,215,217
エートシュミット，カージミール（作家）　32
エーバースバハ，フォルカー（研究者）　189
エルゼ → ドーム，イーダ・マリー・エルスベト
エーレンベルク，カルル（トーマス・マンの友人）　135,142
エーレンベルク，パウル（トーマス・マンの友人）　134-144,146,173
オーピツ，ヴァルター（作家）　145,146
オリゲネス（神学者）　247

カスターニョ，アンドレス・デル（画家）　66
カッサーニュ，アルベール（研究者）　209
カノヴァ，マリア（女優，ハインリヒ・マンの最初の妻）　224
ガリバルディ，ジュゼッペ（政治運動家）　25,28
カントロヴィチュ，アルフレート（研究者）　30,94
ギボー，アルチュール（カルラ・マンの婚約者）　185,186
クライン，アルベルト（研究者）　156
グラウトフ，オットー（トーマス・マンの友人）　101,106,136,137,143,145,182,183
グラウトフ，フェルディナント（オットー・グラウトフの兄）　101
グリム兄弟（研究者・童話収集家）　100
クリュル，マリアンネ（研究者）　176-78,185
クルツケ，ヘルマン（研究者）　176,177
クルフト，ハノー=ヴァルター（研究者）　61
クレーガー，ネリー（ハインリヒ・マンの二度目の妻）　224
ゲーテ，ヨハン・ヴォルフガング・フォン（作家）　23,111,180
ケル，アルフレート（批評家）　143,144
ゴーティエ，テオフィル（作家）　191,227,263
ゴビノー，ジョゼフ=アルチュール・ド（作家）　28

コープマン，ヘルムート（研究者）　176,177,188
コマンヴィル，カロリーヌ（フロベールの姪）　204,246
コレ，ルイーズ（作家）　196,204,205,246,247
ゴンクール，ジュール・ド（作家）　263
コンラッド，ジョゼフ（作家）　22,23

サヴォナローラ，ジロラモ（宗教家）　46,48,110
サンド，ジョルジュ（作家）　25,187,191,193,196–99,203–06,229–31,235,241,247–57,259–70
サント=ブーブ，シャルル=オーギュスタン（批評家）　229,263
シャウカル，リヒャルト（文筆家）　36,37,109,110
シャトーブリアン，フランソワ=ルネ・ド（作家）　191,227,232,235
シャルル10世（フランス王）　163
シュヴァーベ，トーニ（作家）　39,193
シュトラウス，リヒャルト（作曲家）　27
シュニッツラー，アルトゥール（作家）　58
シュプリンガー，イーダ（マン家の子守女中）　101
シュミート，イーネス（ハインリヒ・マンの婚約者）　30,161,177,181,184,210–12,216,218,220,224
シュレーター，クラウス（研究者）　24,32,95,160,178,188
ジョレス，ジャン（政治家）　164,165
スタンダール（作家）　227
ゾラ，エミール（作家）　207

ダヌンツィオ，ガブリエレ（作家）　27,28,81
ツルゲーネフ，イワン・セルゲーヴィチ（作家）　263
ディステル，ヒルデ（トーマス・マンの友人）　140,141
ティボーデ，アルベール（文筆家）　172,208,209
ディットベルナー，フーゴー（研究者）　97
ディートリヒ，マレーネ（女優）　155,156
テーヌ，イッポリト（哲学者）　28
デーメル・リヒャルト（作家）　27
デューラー，アルブレヒト（画家）　62
ドーデ，アルフォンス（作家）　24
ドーム，イーダ・マリー・エルスベト（愛称エルゼ，カチア・プリングスハイムの叔母）　132
ドルチ，カルロ（画家）　252
ドレフュス，アルフレッド（軍人）　188,207

ナポレオン，ピエール（ナポレオン３世の従弟）　260
ナポレオン３世（フランス皇帝）　163,259,260,262
ニーチェ，フリードリヒ（哲学者）　20,21,26–28,41,42,44,57,58,62,110,154,161,194,200,203,219,220,254

ハイゼ，パウル（作家）　27
ハイメル，アルフレート・ヴァルター（芸術家のパトロン）　91
ハウプト，ユルゲン（研究者）　189
ハウプトマン，ゲルハルト（作家）　27,102
ハトヴァニ，パウル（文筆家）　156
バニュル，アンドレ（研究者）　24,25,31,62,96,190
ハムスン，クヌート（作家）　22,23,27
バルザック，オノレ・ド（作家）　24,191,227,230,243,257
ハルデン，マクシミリアン（出版者・文筆家）　163
ハルトゥンゲン，クリストフ・ハルトゥング・フォン（医師）　127
ハルプレヒト，クラウス（研究者）　176,177

ビー，オスカル（文筆家・編集者）　100
ビーアバウム，オットー・ユリウス（文筆家）　169
ヒトラー，アドルフ（政治家）　vii
ブイエ，ルイ（詩人）　201，233
フィッシャー，ザームエル（出版者）　100，102
フィーリツ，アレクサンダー・フォン（音楽家）　108
フェスト，ヨアヒム（文筆家）　25，51
フーシェ，アデール（ヴィクトル・ユゴーの妻）　118
プッチーニ，ジャコモ（作曲家）　93
フーフ・リカルダ（作家）　58
ブラウニング，エリザベス・バレット（詩人）　114
プラトン（哲学者）　237
ブラーム，オットー（演出家）　102
フランス，アナトール（作家）　24
ブランデス，ゲーオア・モリス・ホーエン（研究者）　27
ブリュネティエール，フェルディナント（文芸史家・批評家）　244
プリングスハイム，カチア（トーマス・マンの妻）　49，116，124-33，144-47，167，171，173，174，179，213，220，223
プリングスハイム，ゲルトルート・ヘートヴィヒ・アンナ（カチア・プリングスハイムの母）　174
ブルクハルト，ヤーコプ（歴史家）　28，45
ブールジェ，ポール（作家）　23，24，152
プルチ，ルイジ（詩人）　111
プレイター，ドナルド・A（研究者）　176，177
フロベール，アンヌ・ジュスティーヌ（ギュスターヴ・フロベールの母）　230，262
フロベール，ギュスターヴ（作家）　25，26，81，96，97，134，172，187，189-210，227-72
ヘイマン，ロナルド（研究者）　176，177
ヘーゲル，ゲオルク・ヴィルヘルム・フリードリヒ（哲学者）　146，212
ベーベル，アウグスト（政治家）　164，165
ペリクレス（古代ギリシアの政治家）　261
ヘルツォーク，ヴィルヘルム（作家）　190
ベルネ，ルートヴィヒ（文筆家）　110
ベン，ゴットフリート（作家・詩人）　20-23，29，189
ボイアルド，マッテオ・マリア（詩人）　111
ボイ=エト，イーダ（作家）　38，128-30，199
ポッサルト，エルンスト・リッター・フォン（俳優）　104，106
ホフマンスタール，フーゴー・フォン（作家）　57，58
ホメロス（古代ギリシアの詩人）　244
ボルジア，チェーザレ（政治家）　41，42，44，57，76

マーラー，グスタフ（作曲家）　27
マルティン，アリアーネ（研究者）　211，212
マルテンス，クルト（作家，トーマス・マンの友人）　95，128，130，179
マン，ヴィクトル（マン兄弟の末弟）　126，168，182-86
マン，エーリカ（トーマス・マンの長女）　132
マン，カチア　→　プリングスハイム，カチア
マン，カルラ（マン兄弟の次妹）　90，132，174，176，179，181-86
マン，ゴーロ（トーマス・マンの次男）　133
マン，フリードリヒ（マン兄弟の叔父）　126
マン，ユーリア（マン兄弟の母）　33，71，126，128，133，166-75，177-80，182，184，187，212，216，218
マン，ユーリア（愛称ルーラ，マン兄弟の長妹）　91，126，128，147，168-170，173，177，

182,183,216
ミケランジェロ（画家）　239
ミュッセ，アルフレッド・ド（作家）　229,248,249
ミルボー，オクターヴ（作家）　259
メディチ，ロレンツォ・デ（政治家）　48
メンデルスゾーン，ペーター・ド（研究者）　70,71,81,95,127,129,137,140,143,144,163,177-81,188,210,211
モーパッサン，ギー・ド（作家）　24,191,243,258,259
モーム，サマーセット（作家）　65
モルゲンシュテルン，クリスティアン（詩人）　27

ヤーコプス，モンティ（研究者）　60
ヤスパー，ヴィリー（研究者）　156
ヤニングス，エーミール（俳優）　155
ユゴー，ヴィクトル（作家）　118,191,231,257,263
ユゴー，ウジェーヌ（ヴィクトル・ユゴーの兄）　118

ライヒ=ラニツキ，マルセル（批評家）　160
ラ・フォンテーヌ，ジャン・ド（詩人）　249
ラマルティーヌ，アルフォンス・ド（詩人）　256
ランゲン，アルベルト（出版者）　26,127
リルケ，ライナー・マリア（詩人）　58
ルイ14世（フランス王）　172
ルイ16世（フランス王）　163
ルイ・フィリップ（フランス王）　163
ルソー，ジャン=ジャック（思想家）　218-20,238,250
ルーラ　→　マン，ユーリア（マン兄弟の長妹）
レーア，ユーリア　→　マン，ユーリア（マン兄弟の長妹）
レーア，ヨーゼフ（マン兄弟の長妹の夫）　126,128,147,168-70,173
レーナート，ヘルベルト（研究者）　62
レーム，ヴァルター（研究者）　58-61,64
レムケ，カルル（研究者）　69,117,156
ロイター，ガブリエレ（作家）　35,38

作品名索引

ハインリヒ・マンの作品

トーマス・マンの作品

（構想のみに終わったものも含む）

マン兄弟の共著

マン兄弟以外の人物による著作，および楽曲・絵画・新聞・雑誌名

参考文献

略号表

GW	ハインリヒ・マン全集（1）
CL	ハインリヒ・マン全集（2）
FS	ハインリヒ・マン全集（3）
AW	ハインリヒ・マン全集（4）
KW	ハインリヒ・マン全集（5）
HMBE	ハインリヒ・マン：ルートヴィヒ・エーヴァース宛て書簡集
HMBLP	ハインリヒ・マン：カルル・レムケおよびクラウス・ピンクス宛て書簡集
THBW	トーマス・マン／ハインリヒ・マン往復書簡集
TMN	トーマス・マン：ノート
BTMRR	トーマス・マン書簡要約索引集
TMB	（エーリカ・マン編）トーマス・マン書簡集全３巻
TMBGB	トーマス・マン：オットー・グラウトフおよびイーダ・ボイ＝エト宛て書簡集

I．ハインリヒ・マンの著作・書簡類など

ハインリヒ・マンの作品は，弟のものに比べて種々の事情から──量が多い，生前幾つもの出版社から出された，亡命生活で作品が散逸しやすかった，没後は版権が東独にあったなど──出版が困難で，満足できる全集版はまだ存在しない。ハインリヒの作品集について概観すると，

（1） 1965年から旧東独で全25巻予定のハインリヒ・マン全集（Heinrich Mann: *Gesammelte Werke*. Berlin [Aufbau-Verlag]）の刊行が開始された。この全集は正式な批判版全集ではないが，ある程度の本文批判を行っており，巻によっても異なるが解説や資料類も付されていることが多く，研究者にとっては東独崩壊まで最も信頼するに足る全集であった。しかし完結を見ないうちに東独が消滅し，その後様々な事情があって版権が旧西独の出版社に移り，途中で刊行が停止されてしまった。ともあれ，本書で扱う時期のハインリヒの小説については全部が刊行済みなので，以下GW版の略号で引用する。出版年と版数はそのつど示す。ただしこの全集は部数が余り出ておらず，特に西側では入手が容易でなかったこともあり，ドイツのハインリヒ・マン研究書でも引用にそれほど用いられていないという難点がある。

（2） そこでGW版と並んで，旧西独のClaassen社版全集を用いる（Heinrich Mann: *Gesammelte Werke in Einzelausgaben*）。これは旧東独の許可を得て，東独では販売しないという条件で発売されていたものである。1958年に第１巻の『臣下』が出て以

来断続的に刊行がなされ，80年代終わりまで刊行が続いた。これもハインリヒ・マンの作品を全部収めたとは言えない状態であるが，戦後長らく最も普及しまた一般的に入手しやすい作品集であったので，以下CL版と略記して随時ページ数等を表示する。

ただしCL版にも色々問題がある。この全集に誤植が多いことはDittbernerもその『ハインリヒ・マン研究史』の13ページで指摘しているが，肝腎の本文が初めは当時東独で出ていたハインリヒ・マン選集（後述のAW版）に依り，途中から上記のGW版に依るようになったところが最大の問題点と言える。そのため最初の頃刊行された巻と後から出た巻とが異なった底本を用いているという，不統一を絵に書いたような結果となった。東独の文献学的作業の進行に左右されたためとはいえ，同じ作品集の中にこうしたちぐはぐがあることは言うまでもなく望ましくない。

（3） CL版にも解説はついているが（ついていない巻もある），東独版の東独ゲルマニストによるものをそのまま載せているようである。これに対し（旧）西独ゲルマニストによる解説に加えて作品成立や評価をめぐる様々な資料を共に収録し，ペーパーバックの形で1986年以来S. Fischer書店から発売されているハインリヒ・マン作品集が「研究版 *Studienausgabe*」である。またこの版の本文は上記（1）のGW版全集の最新版に依っており，その点からも信頼できると言えよう。以下，解説・資料やテクストの異同などでこの版を引用する時はＦＳ版と略記する。FS版は第1巻，第2巻といった巻数表示をしない方針で出されているので，作品名で各巻を示さざるを得ない。註に作品名があっても資料や解説部分の引用である場合が多く，必ずしも作品そのものを指してはいないことに注意していただきたい。

以上の三作品集に加えて，補完的に次の二作品集を用いる。

（4） 東独Aufbau版の選集。(Heinrich Mann: *Ausgewählte Werke in Einzelausgaben*. Berlin 1951-1962 以下AW版と略記)

（5） 1917年にKurt Wolff書店から出た小説全集。(Heinrich Mann: *Gesammelte Romane und Novellen*. Leibzig 10 Bde. 以下KW版と略記)

・現時点で全集に収録されていない作品

Heinrich Mann: *In einer Familie*. München (Dr. E. Albert & Co.) 1894

・書簡類

Heinrich Mann: *Briefe an Ludwig Ewers*. Berlin und Weimar (Aufbau) 1980（HMBEと略記）

Heinrich Mann: *Briefe an Karl Lemke und Klaus Prinkus*. Hamburg (Claassen) o. J. ［1964］（HMBLPと略記）

・定期刊行されているハインリヒ・マン研究誌

Heinrich Mann Jahrbuch, hrsg. von Helmut Koopmann und Hans Wißkirchen, Lübeck (Schmidt-Römhild)

・作品の邦訳（本書で扱う時代のもののみ）

三浦淳（編）『ハインリヒ・マン短篇集　全3巻』（松籟社，1998-2000年）

II. トーマス・マンの著作・ノート・書簡類など

・トーマス・マンの作品からの引用は，次の全集によって行い，ローマ数字で巻数を，アラビア数字でページ数を示す。

Thomas Mann: *Gesammelte Werke in 13 Bänden*. Frankfurt a. M. (S. Fischer) 1974

・それ以外に以下も参照した（エッセイ集，ノート，インタヴュー，作品別発言集)。

Thomas Mann: *Essays. Bd. I* Frankfurt a. M. (S. Fischer) 1993

Thomas Mann: *Notizbücher. 2 Bde.* Frankfurt a. M. (S. Fischer) 1992（TMN と略記)

Frage und Antwort. Interviews mit Thomas Mann 1909-1955. hg. v. Volkmar Hansen und Gert Heine. Hamburg (A. Knaus) 1983

Wysling, Hans (hg.): *Dichter über ihre Dichtungen. Bd. 14/1 Thomas Mann. Teil I.* (Heimeran/S. Fischer) 1975

・書簡類

Die Briefe Thomas Manns. Regesten und Register. 5 Bde. (hrsg. v. Hans Bürgin und Hans -Otto Mayer) Frankfurt a. M. (S. Fisscher) 1976-1987（BTMRR と略記)

Thomas Mann Briefe 3 Bde. (hrsg. v. Erika Mann) Frankfurt a. M. (S. Fischer) 1962 -1965（TMB と略記)

Thomas Mann: *Briefe an Otto Grautoff 1894-1901 und Ida Boy-Ed 1903-1928.* Frankfurt a. M. (S. Fischer) 1975（TMBGB と略記)

Thomas Mann: *Tagebücher 1949-1950*. Frankfurt a. M. (S. Fischer) 1991.

・作品の邦訳

『トーマス・マン全集　全12巻＋別巻１』(新潮社，1971-1972年)

トーマス・マン『非政治的人間の考察（全三巻)』(前田敬作・山口知三訳，筑摩書房，1969-71年)

III. マン兄弟の往復書簡集

Thomas Mann/Heinrich Mann: *Briefwechsel. Erweiterte Neuausgabe.* Frankfurt a. M. (S. Fischer) 1984（THBW と略記)

IV. ドイツ語（一部英語仏語）参考文献

Anger, Sigrid (hg.): *Heinrich Mann 1871-1950*. Berlin (Aufbau) 1977

Arnold, Heinz Ludwig (hg.): *text + kritik. Heinrich Mann*. München (text + kritik) 1986

Baedeker's Deutschland in einem Bande. Leibzig 1909

Banuls, Anderé:

① *Heinrich Mann.* Stuttgart (Kohlhammer) 1970

② *Thomas Mann und sein Bruder Heinrich.* Stuttgart (Kohlhammer) 1968

Bellmann, Werner (hg.): *Erläuterungen und Dokumente. Thomas Mann Tonio Kröger.* Stuttgart (Reclam) 1983

Benn, Gottfried: *Gesammelte Werke in 4 Bdn.* Wiesbaden (Limes) 1959

Berendsohn, Walter A.: *Thomas Mann und die Seinen.* Bern (Francke Verlag) 1973

Buck, August (hg.): *Renaissance und Renaissancismus von Jacob Burckhardt bis Thomas Mann.* Tübingen (Max Niemeyer) 1990

Bürgin, Hans: *Das Werk Thomas Manns. Eine Bibliographie.* Berlin (Akademie Verlag) 1959

Bürgin, Hans/Mayer, Hans-Otto: *Thomas Mann. Eine Chronik seines Lebens.* Frankfurt a. M. (S. Fischer) 1965

Dittberner, Hugo: *Heinrich Mann. Eine kritische Einführung in die Forschung.* Frankfurt a. M. (Athenäum-Fischer) 1974

Ebersbach, Volker: *Heinrich Mann. Leben•Werk•Wirken.* Frankfurt a. M./Leibzig (Röderberg) 1978

Fest, Joachim: *Die unwissenden Magier. Über Thomas und Heinrich Mann.* Berlin (Siedler) 1985

Flaubert, Gustave: *Œuvre complètes de Gustave Flaubert. Correspondance. Nouvelle édition augmentée.* Paris 1929.

Flaubert, Gustave: *Briefe.* Herausgegeben und übersetzt von Helmut Scheffel. Zürich 1977

Gustave Flaubert/Geroge Sand: *Eine Freundschaft in Briefen.* München (C. H. Beck) 1992.

Glaser, Horst Albert: *Deutsche Literatur. Eine Sozialgeschichte. Bd. 8. 1880-1918.* Reinbek (rowohlt) 1982

Harpprecht, Klaus: *Thomas Mann. Eine Biographie.* Reinbek bei Hamburg (Rowohlt) 1995（邦訳：ハープレヒト，クラウス『トーマス・マン物語 第1巻』〔岡田浩平訳，三元社，2005年〕）

Haupt, Jürgen: *Heinrich Mann.* Stuttgart (Metzler) 1980

Hayman, Ronald: *Thomas Mann. A Biography.* London (Scribner) 1995

Heine, Gert/Schommer, Paul: *Thomas Mann Chronik.* Frankfurt a. M. (Vittorio Klostermann) 2004

Hillebrand, Bruno (hg.): *Nietzsche und die deutsche Literatur.* Tübingen (Max Niemeyer) 1978

Jasper, Willi: *Der Bruder, Heinrich Mann: eine Biographie.* München (Carl Hanser Verlag) 1992

Jehring, Herbert: *Heinrich Mann.* Berlin (Aufbau) 1951

Kindlers Literatur Lexikon im dtv. München (dtv) 1986

Klein, Albert: *Der aus dem Häuschen geratene Schulmeister. Zur Entstehungsgeschichte von Heinrich Manns „Professor Unrat“.* (In: Hans Georg Kirchhoff [hg.]: *Der Lehrer in Bild und Zerrbild. 200 Jahre Lehrerausbildung.* Bochum [N. Brock-

meyer〕1986)

Koopmann, Helmut (hg.): *Thomas-Mann Handbuch*. Stuttgart (A. Kröner) 1990

Koopmann, Helmut: *Thomas Mann—Heinrich Mann. Die ungleichen Brüder*. München (C. H. Beck) 2005

Krüll, Marianne: *Im Netz der Zauberer*. 1991 (Arche) (邦訳：クリュル，マリアンネ『トーマス・マンと魔術師たち　マン家のもう一つの物語』〔山下公子・三浦国泰訳，新曜社，1997年〕)

Kurzke, Hermann: *Thomas Mann. Das Leben als Kunstwerk. Eine Biographie*. Frankfurt a. M. (S. Fischer) 2001

Lehnert, Herbert: *Thomas-Mann-Forschung*. Stuttgart (Metzler) 1969

Lexikon der Vornamen. 2. Auflage. Mannheim (Dudenverlag) 1974

Mann, Golo: *Erinnerungen und Gedanken. Eine Jugend in Deutschland*. Frankfurt a. M. (S. Fischer) 1986 (邦訳：マン，ゴーロ『ドイツの青春（全2巻)』〔林部圭一・岩切千代子・岩切正介訳，みすず書房，1993年〕)

Mann, Julia: *Ich spreche so gern mit meinen Kindern*. Berlin (Aufbau) 1991

Mann, Katia: *Meine ungeschriebenen Memoiren*. Frankfurt a. M. (Fischer TB) 1976 (邦訳：マン，カーチャ『夫トーマス・マンの思い出』〔山口知三訳，筑摩書房，1975年〕)

Mann, Viktor: *Wir waren fünf. Bildnis der Familie Mann*. Konstanz (Suderverlag) 1949 (邦訳：マン，ヴィクトル『われら五人　マン家の肖像』〔三浦淳訳，同学社，1992年〕)

Martin, Ariane: *Erotische Politik. Heinrich Manns erzäherisches Frühwerk*. Würzburg (Königshausen & Neumann) 1993

Matthias, Klaus (hg.): *Heinrich Mann 1871/1971*. München (Fink) 1973

Mendelssohn, Peter de:

① *Der Zauberer. Das Leben des deutschen Schriftstellers Thomas Mann. Erster Teil*. Frankfurt a. M. (Fischer) 1975

② *Nachbemerkungen zu Thomas Mann. 2Bde*. Frankfurt a. M. (S. Fischer) 1982

Nestler, Brigitte: *Heinrich Mann-Bibliographie. Bd. 1 Das Werk*. Morsum/Sylt (Cicero Presse) 2000

Nietzsche, Friedrich: *Werke in 3 Bänden*. Hg. von Karl Schlechta. München (Carl Hanser) 1956

Prater, Donald A.: *Thomas Mann. Deutscher und Weltbürger. Eine Biographie*. München (Hanser) 1995

Pütz, Peter (hg.): *Thomas Mann und die Tradition*. Frankfurt a. M. (Atenäum) 1971

Rehm, Walther: *Der Renaissancekult um 1900 und seine Überwindung*. In: *Der Dichter und die neue Einsamkeit*. Göttingen 1969

Reich-Ranicki, Marcel: *Thomas Mann und die Seinen*. Stuttgart (DVA) 1987

Ringel, Stefan: *Heinrich Mann. Ein Leben wird besichtigt*. Darmstadt (Primus) 2000
Schlichtling, Ralf: *Heinrich Mann und Friedrich Nietzsche*. Frankfurt am Main (P. Lang) 1984
Schröter, Klaus:
① *Heinrich Mann (rororo Bildmonographie)*. Hamburg (Rowohlt) 1967
② *Anfänge Heinrich Manns. Zu den Grundlagen seines Gesamtwerkes*. Stuttgart (Metzler) 1965
Vaget, Hans Rudolf: *Thomas Mann Kommentar. Zu sämtlichen Erzählungen*. München (Winkler) 1984
Werner, Renate:
① (hg.) *Heinrich Mann. Texte zu seiner Wirkungsgeschichte in Deutschland*. Tübingen (Max Niemeyer) 1977
② *Heinrich Mann „Eine Freundschaft. Gustave Flaubert und George Sand“ Text, Materialien, Kommentar*. München (Carl Hanser) 1976
Wieler, Michael: *Dilettantismus-Wesen und Geschichte. Am Beispiel von Heinrich und Thomas Mann*. Würzburg (Königshausen & Neumann) 1996
Winston, Richard: *Thomas Mann. Das Werden eines Künstlers*. München (A. Kraus) 1985
Wolff, Rudolf (hg.): *Heinrich Mann-Das essayistische Werk*. Bonn (Bouvier) 1986
Wysling, Hans:
① *Zu Thomas Manns 《Maja》-Projekt*. (In: Scherrer, Paul/ Wysling, Hans: *Quellenkritische Studien zum Werk Thomas Manns.* [*Thomas-Mann-Studien. Bd. 1*] Bern [Francke] 1967)
② *Die Fragmente zu Thomas Manns „Fürsten-Novelle: Zur Urhandschrift der Königliche Hoheit*“ (In: Scherrer, Paul/Wysling, Hans: *Quellenkritische Studien zum Werk Thomas Manns.* [*Thomas-Mann-Studien. Bd. 1*] Bern [Francke] 1967)
③ *Dokumente zur Entstehung des 《Tonio Kröger》* (In: Scherrer, Paul/Wysling, Hans: *Quellenkritische Studien zum Werk Thomas Manns.* [*Thomas-Mann-Studien. Bd. 1*] Bern [Francke] 1967)
Zenker, Edith: *Heinrich-Mann-Bibliographie. Werke*. Berlin (Aufbau) 1967
Zug der Zeit-Zeit der Züge. Deutsche Eisenbahn 1835-1985. 2Bde. Berlin (Siedler) 1985

V. 日本語参考文献

饗庭孝男（ほか編）『新版フランス文学史』（白水社,1992年）
猪俣勝人『世界映画名作全史・戦前編』（社会思想社，1974年）
今泉文子『ミュンヘン　倒錯の都』（筑摩書房，1992年）
今村仁司（ほか）『現代思想の源流 : マルクス ニーチェ フロイト フッサール』（講談社，

1996年）
上山安敏『世紀末ドイツの若者』（三省堂，1986年）
大石紀一郎（ほか，編）『ニーチェ事典』（弘文堂，1995年）
小塩節『トーマス・マンとドイツの時代』（中公新書，1992年）
菊盛英夫『評伝トーマス・マン』（筑摩書房，1977年）
『キネマ旬報増刊・ヨーロッパ映画作品全集』（キネマ旬報社，1972年）
カイザー，ヴォルフガング「物語るのは誰か？」（丘澤静也訳，『現代思想』1978年3号所収）
ゲイ，ピーター『ドイツの中のユダヤ』（河内恵子訳，思索社，1987年）
坂口尚史「ハインリッヒ・マンの短篇『ピッポ・スパーノ』における芸術家像」（慶応大学法学研究会『教養論叢』第64号〔1983年〕所収）
三光長治（編）『ミュンヘン　耀ける日々』（国書刊行会，1987年）
新潮社辞典編集部『改訂増補　新潮世界文学辞典』（新潮社，1990年）
辻昶・丸岡高弘『ヴィクトル・ユゴー』（清水書院，1981年）
ティボーデ，アルベール『フローベール論』（戸田吉信訳，冬樹社，1966年）
手塚富雄（編）『世界の名著　46　ニーチェ』（中央公論社，1966年）
バルト，ロラン『テクストの快楽』（沢崎浩平訳，みすず書房，1977年）
氷上英廣（ほか）『ニーチェ　ツァラトゥストラ』（有斐閣新書，1980年）
プティフィス，J.-C.『フランスの右翼』（池部雅英訳，白水社［文庫クセジュ］，1975年）
フロベール，ギュスターヴ『フロオベエル全集』（改造社，1935年）
――『フローベール全集』（筑摩書房，1965-67年）
――『世界の文学・第十五巻・フロベール』（中央公論社，1965年）
――『ボヴァリー夫人』（生島遼一訳，新潮文庫，1965年）
――『サランボオ』（神部孝訳，角川文庫，1953年）
――『感情教育』（生島遼一訳，岩波文庫，1971年）
――『聖アントワヌの誘惑』（渡辺一夫訳，岩波文庫，1957年）
――『三つの物語』（山田九朗訳，岩波文庫，1940年）
――『ブヴァールとペキュシェ』（鈴木健郎訳，岩波文庫，1954年）
――『ジョルジュ・サンドへの書簡』（中村光夫訳，創元社，1939年）
フロベール，ギュスターヴ／サンド，ジョルジュ『往復書簡　サンド＝フロベール』（持田明子編訳，藤原書店，1998年）
ベル，ダニエル『二十世紀文化の散歩道』（正慶孝訳，ダイヤモンド社，1990年）
ベン，ゴットフリート『ゴットフリート・ベン著作集（全３巻）』（社会思想社，1972年）
ボダン，ルイ『知識人』（野沢協訳，文庫クセジュ・白水社，1963年）
長塚隆二『ジョルジュ・サンド評伝』（読売新聞社，1977年）
藤本淳雄ほか『ドイツ文学史』（東京大学出版会，1977年）
中村光夫

①『志賀直哉論』(筑摩書房，1966年)
②『フロオベルとモウパッサン』(講談社，1967年)
三浦淳
①「第二次大戦後のトーマス・マン受容への一視点」(『新潟大学教養部研究紀要』第19集［1988年］所収)
②「書評：Marcel Reich-Ranicki 著『トーマス・マンとその家族』」(『東北ドイツ文学研究』第33号［1989年］所収)
③「書評　山口裕『ハインリヒ・マンの文学』」(『ドイツ文学』第93号［1994年］所収)
④「『ブッデンブローク家の人々』とトーマス・マン（その２）」(『東北ドイツ文学研究』第22号［1978年］所収)
村田経和『トーマス・マン』(清水書院，1991年)
森田茂「ハインリヒ・マンの世界観」(『慶応大学商学部日吉論文集』第12号所収，1972年)
山口裕『ハインリヒ・マンの文学』(東洋出版，1993年)
レーヴィット，カール『ニーチェの哲学』(柴田治三郎訳，岩波書店，1960年)
脇圭平『知識人と政治』(岩波新書，1973年)

註

はじめに

1） マン兄弟の第一次大戦期の対立を知るための文献として次の二点を挙げておく。
脇圭平『知識人と政治』（岩波新書）
トーマス・マン『非政治的人間の考察（全三巻）』（筑摩書房）

2） 一人の作家の発展過程を初・中・後の三段階に分ける方法を採用すると，トーマス・マンの場合第一次大戦までを初期とすることにまず問題はないと思われる。しかしハインリヒ・マンの場合はそれほど簡単ではない。彼の政治思想に重きをおいて，私が本書で扱おうとしている時期までを初期とし，以後亡命する1933年までを中期とする見方がある。（以下を参照せよ。J. Haupt, S. 12ff.）確かに1905年前後はハインリヒにとって大きな転換期ではあった。しかしこの分け方だと，実質的に作家活動を始めて十年余りで初期が終わって中期が三十年近く続くということになり，いささかアンバランスな感じがするのは否めない。私としては今新しい区分法を提示することはできないが，彼の実質的な作家活動が約五十五年間であり，ここに挙げた作品がいずれもその最初のほぼ二十年のうちに書かれていることにとりあえず注意を向けておきたいと思う。

なおハインリヒ・マンの研究史を書いたDittbernerは四分法を採用し，1897年までを「若年期Jugendwerk」，それ以降第一次大戦勃発までを「初期」としている。H. Dittberner, S. 98

第一章　ハインリヒ・マンの『女神たち』三部作

1） 以下，『女神たち』からの引用はGW版とCL版により本文中に括弧してページ数を示す。
Heinrich Mann: *Gesammelte Werke. Bd. 2 „Die Göttinnen“* Berlin (Aufbau) 1969 (1. Auflage)
Heinrich Mann: *Die Göttinnen*. Düsseldorf (Claassen) 1969

2） このヴィオランテ（Violante）というヒロインの名についてはバニュルが次のように指摘している。《ボッカッチョやスタンダールの『イタリア年代記』に前例があり，Viola と Andante と暴力 violence とを官能的につなぎあわせたものである。》 *„Diana“* (FS) S. 283

また，彼女のモデルは無論特定の人物に限定できるものではないが，その有力な一人として，Studholmia Latizia Bonaparte-Solms-Ratazzi がいることを，ハインリヒ・マン自身が，本になった『女神たち』の表紙見返し部分に書いている。彼女はナポレオンを大伯父に持ち，三十年間にわたって政治的策謀と恋愛騒動でヨーロッパ中を騒がせた。P. d. Mendelssohn, ① S. 521f.

3） 中村光夫，① 147ページ

4） GW版（S. 192）とFS版による（S. 211）。CL版ではこの箇所は「ユーノ」となっており（S. 182）違った女神を指示している。AW版（S. 196）もKW版（S. 252）も同じく「ユーノ」となっている。またこの後でも同様な箇所があり，GW版（S. 232）とFS版（S. 253）ではペルゴラがヒロインを「意地の悪いディアナ」と内心呼ぶのに対し，CL版（S. 220），AW版（S. 237），KW版（S. 306）では「意地の悪いユーノ」となっている。これは恐らく，当初第一部は「ディアナ」ではなく「ユーノ」の題のもとに構想されたことと関係があろう。Vgl. V. Ebersbach, S. 330　CL版の『女神たち』は，依拠したテクストが東独のAW版なのかGW版なのか明記していない。しかしAW版と同じカントロヴィチュのあとがきを載せているところから判断して，この版に依ったものと思われる。恐らく『女神たち』は，東独ではAW版，西独ではCL版まではKW版と同じテクストが用いられ，新しいGW版全集になってこの改訂がなされたのであろう。GW版『女神たち』のあとがきによれば（S. 744f.），第一部「ディアナ」の手稿と清書（Handschrift und Reinschrift）はハインリヒ・マン・アルヒーフにも残されておらず，GW版は1902年末に出された初版を底本とし，ハインリヒが手沢本に自ら書き込んだ十七箇所の訂正をそのまま採用したという。具体的にどの箇所かは呈示されていないが（GW版はある程度のテクスト・クリティークを行っているが，異稿（Lesarten）は収録されていない巻が多い），恐らく「ユーノ」から「ディアナ」へのテクスト変更も，ハインリヒ自身の訂正によっているのであろう。

5） この作品での彫刻の描写が成功しておらず，むしろ退屈な印象を与えていることは，バニュルも指摘している。A. Banuls, ① S. 67

6） この時ヒロインは教会の中で婦人二人と男の子一人を描いた絵を見るのだが（GW, S. 96f. CL, S. 91f.），これは彼女の死（ニーノ及びジーナとほぼ同時の）を予告しているという。Dittberner, S. 18

7） Heinrich Mann: *Diana* (FS). S. 294f.

8） ゴットフリート・ベン「ハインリヒ・マンに寄せる」，『ゴットフリート・ベン著作集』第2巻，24，27ページ，飛鷹節訳。なお漢字表記と固有名詞表記を一部変更した。

9） 原文のまま。プロペルツィアは無論女である。ベンの記憶違いか，或いは誤植か。

10） Gottfried Benn: *Heinrich Mann zum sechzigsten Geburtstag*. In: G. Benn, Bd. 1 S. 129

11） Ibid. S. 138

12） ベンは1950年に次のように述べた。《私の世代のドイツ文学は，かつてどの国のどの世代も同時代人からは受けなかったであろう程の大きな影響をハインリヒ・マンの長篇や短篇から受けた。ハインリヒ・マンの初期作品のまさにセンセーショナルな影響がなかったなら，この世代は，そのスタイルやリズムやテーマは，あり得なかっただろう。》 Banuls, ① S. 14

13） Ebersbach, S. 62

14） Vgl. Bernt M. Kraske: *Heinrich Mann als Herausgeber der Zeitschrift „Das*

zwanzigste Jahrhundert". In: R. Wolff

ハインリヒ・マンが若い頃反ユダヤ主義の雑誌を発行していたという事実は，日本では十分知られていないようなので，上記の論文に依って若干補足する。

ハインリヒ自身は生前若い頃のこの経歴には一切触れなかった。バニュルによれば，上の事実は東独の学者カントロヴィチュ（後年西独に移住）によって1950年代に発見され，61年頃から一般に知られるようになった。(Vgl. Banuls, ① S. 38, 208) ドイツでは例えばrororoのBildmonographie――ハインリヒ・マンに関するものはKlaus Schröterの執筆で1967年に出ている――のようなポピュラーな研究書にも書かれている。日本では1972年に慶応大学の森田茂が発表した「ハインリヒ・マンの世界観」が最初の文献であろう。その後菊盛英夫『評伝トーマス・マン』(1977年) でも紹介がなされたが，これは恐らくＰ・ｄ・メンデルスゾーンの詳細なトーマス・マン伝に依ったものと思われる。しかしここでは上述のKraskeの論文に依拠することにする。

なおここでハインリヒの反ユダヤ主義を紹介するのは，若い頃の一時的な行動や発言をあげつらって当人ののちの仕事を全面的に否定するという，政治家や政治的運動家がよくやる手口を真似ようとしてのことではない。左や右という思想の方向性とは別に，作家や思想家には生得の発想や行動のパターンというものがあって，一見逆に見える思想の中にも実は変わらぬものがひそんでいる場合が少なくないからである。(小塩節『トーマス・マンとドイツの時代』での記述のように，単にこの件をスキャンダル暴露のレベルで捉える向きがあるので，特にその点は強調しておく。)

Kraskeによれば，若い頃のハインリヒの書いたものや書簡を見ると，資本主義を悪としつつ資本主義の元凶がユダヤ人だという考え方が見られる。この頃出ていた本にConrad Arbertiなる人物の『ユダヤ性と反ユダヤ主義 *Judentum und Antisemitismus*』があったが，彼はこの本にかなり共鳴していた節がある。ここには反ユダヤ主義的言辞が集められており，ユダヤ人は資本主義を操り世界の経済を支配している，しかしユダヤ人は芸術を創造する能力はない，だが若いユダヤ人はドイツに同化しつつあるからこの欠点を克服できるだろう，ドイツは経済面ではユダヤによって破壊された部分を早急に修復し，若いユダヤ人を自らに同化しつつ，世界におけるドイツ精神の発展のために進んでいくべきだ，といったことが書かれているという。このArbertiなる男は実は自分も半分ユダヤ人で，この本は若いユダヤ人の自己憎悪の産物とも見られるのであるが，それはともかく，この頃のハインリヒはフランスの作家の中でも人種差別的なポール・ブールジェや，保守派のドーデやバルベー・ドールヴィリに惹かれていた。

こうした状態にあったハインリヒが，1895年４月から96年12月までの間『二十世紀』誌の発行人となり，また96年４月以降は編集責任者を務めたわけである。この雑誌は1890年から出ていて，ハインリヒが発行者を止めた時点で出なくなった。この雑誌を彼が出していた間，半分以上の記事が彼の書くもので占められた。それらの内容をまとめてみるとおよそ次のようになるという。我々の時代は段々悪い方向に向かっている，モラル的に堕落している，その原因はマテリアリズム（物質主義・唯物主義）である，マテリアリズムを広めたのはリベラリズムである，それによってキリスト教信仰は腐敗し

た，だから一般大衆（Pöbel）に権力を渡さないようにするべきだ，資本主義は大衆による革命を促すような働きをしている，こういったマテリアリズムの元凶がユダヤ人なのだ。

Kraske は，ここでのハインリヒの反ユダヤ主義をかなりひどいものとしつつ，彼がこういう雑誌の発行人となった理由として，当時彼が抱いていた思想はともかくとして，自分が書き編集したものが世に出るということが魅力的だったのではないかと言っている。この点についてはヨアヒム・フェストも同様の見方をしており，発行人として世に認められたいという名誉欲によるのではないか，と推測している。(J. Fest, S. 77) こうした名誉欲——これは文筆業を志す人間にはありがちなものであろうが——と，世界観を語るに際して一定の悪者を想定し，それを攻撃するような論の運びを好むという点，この二点はのちのハインリヒを考えるとき意外な共通点として浮かび上がってくるように思われる。

なおトーマス・マンも兄の編集するこの雑誌には幾度か寄稿しており，兄のように派手なユダヤ人攻撃こそしなかったものの，露骨な反ユダヤ主義的詩を書評でほめていたりするという。(Mendelssohn，① S.215ff.) メンデルスゾーンは，ハインリヒは後にこの雑誌のような世界観から完全に脱却したけれどもトーマスには『非政治的人間の考察』まで尾をひいたと言っているが，私はこの見方は表面的すぎると思う。思考のパターンとして見た場合，のちのハインリヒと共通するところが，少なくともその萌芽のようなものがあるのではないかと思えるのである。

ちなみにバニュルは，ここで初めてハインリヒの生涯を貫く思考が見られるようになったとして，それはマルクスが予言したような，産業とプロレタリアートに挟撃された中産階級の死滅という考え方であるという。中産階級は防御的な立場におかれ，テクノロジーや新興富裕階級，そしてユダヤ人を憎悪する。ここでのハインリヒは無論中産階級側に肩入れしている。(Banuls, ① S. 40) どの社会階層に共感するかは違っても，本質的な認識の枠組みはここで得たのだというバニュルの示唆には興味深いものがある。

ところで，上で述べたような反ユダヤ主義的思想や，ユダヤ人自身が反ユダヤ的な言辞を弄するといった現象は，当時特に珍しいものではなくむしろしばしば見られるものだった。以下を参照されたい。ピーター・ゲイ『ドイツの中のユダヤ』(特に第 2 - 4 章) また，若いハインリヒに影響を与えたブールジェなどの抱いていた右からの資本主義批判思想について，J.-C.プティフィスは十九世紀末頃のフランス・ナショナリズムを説明しつつ次のように述べている。《本来的に反議会主義的であるナショナリズムは，既成秩序にはある一定の敬意しか払わず，また金権や国際金融資本の独占に対する憎悪から反資本主義を進んで宣告し，貧者，労働者，そして無国籍資本主義によって欺かれた零細な貯蓄者を擁護した。ナショナリズムは排外的かつ反ユダヤ的であり，(……) フランスの反ユダヤ主義の二つの源流，すなわち反資本主義と結びついた左翼の源流（フーリエ，プルードン）及びカトリシズムに結びついた右翼の源流からそれぞれ着想を汲みとっている。》プティフィス，81ページ以下

なお，こうした過去の民族差別的思想を振り返る際，今日の一部ヒステリックとも言

える「差別＝悪」という観念から一旦身を離して物事を見なければならないことは，強調しておく必要があろう。ピーター・ゲイは上記の著作で，現在の目からみるとかなりひどいユダヤ人蔑視的な風刺漫画を当時のユダヤ人が無害なものと受けとっていたことを指摘し，《歴史家は，今日私たちがやれ無風流だ，やれ不手際だ，やれ偏屈だと評する言動が当時においては，今世紀に起こった事件〔ナチによるユダヤ人虐殺〕によって負わされてしまった重荷を必ずしも担ってはいなかったのだ，ということを心に銘記しておくべきであろう。》と言っている。(245ページ以下。〔 〕内は三浦の補足）またゲイは，有名な風刺漫画家W・ブッシュがその作品ではユダヤ人を徹底的にコケにしていた一方で，個人的にはユダヤ人と親しく交際していた事実を挙げ，《反ユダヤ主義的な言葉を口にしながらもユダヤ人の友人を大切に思っていたドイツ人が多くいたということも，何ら驚くべきことではないのだ。》と述べている（247ページ)。

15）1947年１月29日付け，Karl Lemke 宛て書簡。K. Schröter ① S. 43

16）Ibid. S. 46

17）Banuls, ① S. 44, 73f.

18）J. Fest, S. 79

19）ハインリヒ・マンは執筆中に読んだ新聞記事にヒントを得てこの部分を書いた。当時の作者の政治的意見はさておき，実際にその頃はこうした思想を抱いて行動する人物がいたという事実は知っておいていいことであろう。Banuls, ① S. 56

20）Ebersbach, S. 70

21）ハインリヒ・マン自身の言葉。„*ImSchlaraffenland*“ (FS) S. 445

22）Schröter, ① S. 50f.

23）Banuls, ① S. 48

24）CL („*Im Schlaraffenland. Professor Unrat*“), S. 251 GW, Bd. 1 (2. Auflage), S. 254

25）レーヴィット，269ページ以下，氷上英廣，218ページ以下

26）上山安敏，60ページ以下

27）W. Jasper, S. 53

28）Ebersbach, S. 85, Jasper, S. 54　また CL 版のカントロヴィチュの解説も参照。CL, Bd. 9. S. 714

29）ハインリヒ・マン自身出版主に次のように書いている。《主人公以外の登場人物は，大抵が『逸楽境にて』と同様愉快な野獣です。》(1900年12月２日付け．CL, Bd. 9. S. 703）しかし南国の異郷における方が野獣は一層野獣らしく見えるだろう。

30）Banuls, ① S. 48 なおゴビノーには『ルネッサンス』という戯曲があり，テーヌは自らの環境理論をルネッサンスにも適用している。『改訂増補・新潮世界文学辞典』参照。

31）„*Berliner Tageblatt*“ 誌に載った書評へのハインリヒ・マン自身の反論による。„*Diana*“ (FS), S. 338 Sieh auch S. 288

32）この「ヒステリックなルネッサンス」という表現は，のちにトーマス・マンが『非政治的人間の考察』で兄の芸術・思想的気質を表すのに用いたことでよく知られるようになった。しかしトーマスがこの表現にこめた意味と『女神たち』でヤーコプスが使用

している意味とは同一ではない。一般にはトーマスのハインリヒ批判の方が有名になってしまったためにこの点が誤解される恐れがあるので，バニュルの分析を紹介しておきたい。

それによれば，ここでの「ヒステリック」概念には色々な影響関係が考えられるが，その有力な一つは恐らくニーチェが『権力への意志』813節で行った Hysterismus 批判である。Hysterismus とは，虚偽，見せかけ，病的な虚栄心，自己欺瞞等々であり，これは『ある家庭にて』以来のディレッタンティズムの問題に他ならないのだという。（ディレッタント概念にはここでは詳しく触れる余裕はないが，プロフェッショナルの対立概念ではなく，むしろ高等遊民といった意味に近い。経済的に恵まれた若者によく見られる，精神的方向性が定まらない状態のことで，無論これは若いハインリヒ自身の問題に他ならないのである。）Banuls, ① S. 61

33） 例えば，J. Haupt, S. 37, Schröter, ① S. 51, Ebersbach, S. 99

34） 1901年2月24日付けA・ランゲン宛て書簡。CL. Bd. 9. S. 706

35） CL. Bd. 9. S. 726f.

36） Banuls, ① S. 49

37） Ibid. S. 54

38） „*Diana*“ (FS), S. 285

39） いささか蛇足を付け加えると，バニュルと他のドイツ人ゲルマニストの見方の相違に文芸学者のお国ぶりの違いを読みとるのはうがち過ぎだろうか。大ざっぱな言い方になるが，ドイツ人ゲルマニストは，思想史的な学問の伝統（社会性重視といった，近年のゲルマニスティクがとっている方向性も，この延長上にあると私は思う）のせいか，文学作品に思想や同時代批判を読み込み過ぎるように思う。読み込むのは構わないが，作家がそのために作品を書いているなどと言われると鼻白む思いがする。ドイツの思想史的伝統と対極にある内在解釈派のW・カイザーが，語り手に関する論考の中で作家フォンターネの言葉を引いているのは，この意味から言って当然のことである。《繊細な感覚を備えた素人の判断はいつも傾聴に値します。学問的素養を積んだ美学者の判断は大抵の場合全く無価値です。学者たちはいつも脇を通り過ぎるだけで，何が重要なのか分からないのです。（……）造型が問題である場所において，哲学者たちの言うことは例外なく無意味です。彼らには物事の本質を感じとる器官がすっかり抜けおちているのです。》（W・カイザー「物語るのは誰か？」） ついでにロラン・バルトの言葉も引いておこう。《先日アミエルを読もうとしたとき，生真面目な刊行者があの『日記』から日常的な細部，ジュネーヴの湖畔の天候を削除して，無味乾燥な倫理的考察だけを残した方がいいと考えているのを見て，いらいらした。古びないのはあの天候であって，アミエルの哲学ではないはずなのに。》（R・バルト，101ページ）

40） Ebersbach, S. 330

41） Schröter, ① S. 67

42） Ebersbach, S. 49ff.

第二章　『女神たち』に対するトーマス・マンの反応

1）　BTMRR, Bd. 1 S. 50 この書簡は公刊されておらず，要約の形でしか内容が分からないのは残念である。

2）　Ibid. S. 52

3）　THBW, S. 28

4）　Ibid. S. 34ff.

5）　BTMRR, Bd. I. S. 57

6）　1903年12月30日にトーマス・マンはクルト・マルテンスに宛てて手紙を書いた。その中には次のような一節が含まれている。《兄が最近出した本について，兄と深刻な手紙のやり取りをしました。（この作品をご存じですか。どう思います。私は途方にくれています。)》

この書簡はトーマスの娘エーリカが編集した『トーマス・マン書簡集第1巻1889－1936』に収録されているが，編者は註の中で，この《兄が最近出した本 sein neuestes Buch》を『女神たち』のことだとしている。（TMB, Bde. I. S. 448）H. Bürgin と H.-O. Mayer による『トーマス・マン年譜』もこの見解を踏襲している。（H. Bürgin/H.-O. Mayer, S. 26）新潮社版の邦訳『トーマス・マン全集』別巻に収録されている年譜は Bürgin と Mayer の『年譜』を訳したものであるから，そこでも当然ながら同様の記述がなされている。（473ページ）

だがこれは誤りである。『女神たち』はこの時点で出版されてから丸一年経過しているのであり，《最近出した本》とは当然1903年の末に出た長篇『愛を求めて』のことでなくてはならない。こうした誤りが生じた原因は，第一に，同じ月にトーマスがガブリエレ・ロイター宛てに手紙を書き，『女神たち』について兄と多岐にわたる文通をしたと述べていることだろう。だがこれは，本文中で私が書いたように，『愛を求めて』をロイターが読んでいるかどうか分からないための便宜的な表現と見るべきであろう。誤りが生じた第二の原因は，《兄と深刻な手紙のやり取り》と書かれていながら，肝腎のその書簡が1981年まで発見されなかったことである。したがってマン兄弟の往復書簡集も1969年に出た旧版はこの（1903年12月5日付け）書簡を含んでおらず，1984年の新版になって収録した。

P・d・メンデルスゾーンは，この書簡が発見される以前の1975年に出したトーマス・マン伝第一部の中で上記の誤りに触れている。（Mendelssohn, ① S. 576）そして1976年に出た『トーマス・マン書簡要約索引集』第1巻では，正しい註がつけられている。（BTMRR, Bd. I. S. 57）

7）　TMBGB, S. 151

8）　HTBW, S. 156ff.

9）　この「ふいご文学 Blasebalg-Poesie」という表現についてバニュルは，ニーチェからとられたものではないかと推測している。 Banuls, ② S. 21

ニーチェは『偶像の黄昏』の「反時代的人間の踏査行」第六節で，ジョルジュ・サンドをルソーと並んでふいご（Blasebalg）のようだと評している。ちなみにハインリ

ヒ・マンは二年後にエッセイ『ギュスターヴ・フロベールとジョルジュ・サンド』を著して，サンドを称揚することになる（本書第九章参照)。

10） XIII, S. 383ff.

11） ハインリヒがこの頃トーマスに宛てて出した書簡はほとんど残っておらず，往復書簡集にも収録されていない。のちに第一次大戦終結間際になって彼がトーマスに出した手紙の草稿が残っているが，そこに次のような箇所がある。《お前の攻撃は，『フライシュタット』という雑誌の頃から最新刊の本〔『非政治的人間の考察』〕に至るまで続いている。》THBW, S. 135（本書第六章参照）

12） THBW, S. 41

13） 以下『トニオ・クレーガー』からの引用箇所は，全集第VIII巻のページ数のみを本文（ ）内に示す。

14） この点については研究者の見解はほぼ一致している。Mendelssohn, ① S.502 W. Bellmann S. 57f. H. R. Vaget, S. 111

15） 『トニオ・クレーガー』の原稿は残っていないが，その仕事の進め方と難渋ぶりについては，トーマス・マン自身『略伝 *Lebensabriß*』の中で書き記している。(XI, S. 115) また次の書も参照のこと。P. d. Mendelssohn, ② Bd. 2. S. 33f.

16） TMN, Bd. 2 S. 41

17） H. Wysling, ③ S. 82

18） Ibid. S. 51

19） Ibid. S. 62

20） THBW, S. XXIII.

21） THBW, S. 10

22） THBW, S. 3ff. 現存する最初のハインリヒ宛て書簡である1900年10月24日付けから始まって，1901年4月1日付けまでの何通もの手紙では，ほとんど例外なくフィレンツェ旅行の計画に言及がなされている。

23） THBW, S. 11f.

24） これは作品完成後の発言であるが，1908年にあるカトリック系新聞に載った『フィオレンツァ』批判に答えて，トーマス・マンは書簡を送り，こう述べている。《私が『フィオレンツァ』でイタリア・ルネッサンスを讃美したとお考えのようですが，それは誤りです。あの作品で私は最初から最後までルネッサンスを批判したのでした。勿論それは，批判する対象の中に入り込んで，それを完全に理解し，相手の言葉で語ることを覚えるまでになるという意味においての批判ですが。》(XI, S. 561)

25） この作品へのトーマスの最初の言及は，先にも触れた1900年11月25日付けの兄宛て書簡である。

26） Renate Werner: *„Cultur der Oberfläche“. Zur Rezeption der Artisten-Metaphisik im frühen Werk Heinrich und Thomas Mann*. In: Bruno Hillebrand (hg.): *Nietzsche und die deutsche Literatur. II*. S. 83

27） Helmut Koopmann (hg.): *Thomas-Mann Handbuch*. S. 255 u. 563

Lothar Pikulik: *Thomas Mann und die Renaissance*. In: Peter Pütz (hg.): *Thomas Mann und die Tradition*. S. 107

28） 今泉文子『ミュンヘン 倒錯の都』82，86ページ

29） VIII, 198f.

30） VIII, 1062

31） Lothar Pikulik, a. a. O. S. 110

第三章 『トニオ・クレーガー』

1） Fest, S. 92

2） TMN, Bd. 2 S. 71

3） Vgl. Bellmann, a. a. O. S. 45

4） XII, S. 543

5） ハンス・ハンゼンの描写に，トーマス・マンがリューベック時代に思いを寄せていた少年アルミン・マルテスの姿が投影されていること，また1901年頃のパウル・エーレンベルクとの友情体験が作品に大きな影響を及ぼしたことは，しばしば指摘されている。

6） R. Werner, ① S. 36f.

7） W. Rehm, S. 62ff.（初出は，„*Zeitschrift für deutsche Philologie*“ 54号［1929］で，一部は R. Werner の前掲書に再録されている。）

なお Rehm の論考にはルネッサンス主義の文学作品が列挙されており（特に51ページ以下），世紀転換期のルネッサンス熱を知るのに格好の文献となっている。ホフマンスタールやシュニッツラーのルネッサンス熱についても詳しい言及がなされており，ハインリヒのルネッサンス信仰が彼一人のものではなく，時代の流行であったことがよく分かる。

8） R. Werner, ① S. 52f.

9） Ibid. S. 37

10） Monty Jacobs: *Herzogin von Assy*. (1902, Berlin) In: R. Werner, ① S. 55

この冷静な計算ということをヤーコプスが，公爵夫人が政治活動に熱中する第一部「ディアナ」について特に強調しているのは興味深い。暗に三部作の中で第一部こそが最上の出来だと語っているように思われるからだ。第一部にあっては，その鮮烈で美的な描写にもかかわらず，公爵夫人の政治活動の無効性が読者にもはっきり感得されるようになっている。それは政治をダシに使って自己を燃焼させる公爵夫人自身への批判意識にまで高まることはないのであるが，政治活動とその挫折を描きながら政治の裏面を冷静に描いて感傷から無縁であるところに，第一部の成功している理由があると私も考える。

11） 1968年のいわゆるパリ五月革命は有名だが，同様の動きは西ドイツにもあった。60年代末から70年代にかけての西ドイツは社会全体が政治的ラディカリズムの洗礼を受け，それが文芸思潮にも影響を及ぼした。これがマン兄弟を論ずるに際しても一定の傾向を生んだことについては，私自身かつて紀要論文等で触れている。巻末「参考文献」の三浦①②を参照のこと。

なお，（近年ドイツ本国のゲルマニスティクに多く見られる）社会史的な観点の限界についてもここで簡単に述べておきたい。H. A. Glaser『ドイツ文学社会史第8巻』では，世紀転換期のドイツの政治的膨張が強調された後，文化的デカダンスがそれに抵抗するものだったと述べられ，ハインリヒ・マンについてこう言われている。《雑誌『二十世紀』の保守的・国家主義的な発行人からデカダンな文士にして『女神たち』三部作の作者へと至る道には，人を幻惑する美の力が示されているが，彼の社会批判小説『逸楽境にて』を加えるなら，美の解放的な力をも認識できよう。デカダンスと唯美主義は美の輝きであるが，同時に社会主義がヨーロッパ中で力を失っていた時代のエリート的な対抗勢力であり，詩的・演劇的な啓蒙でもあったのである。》(S. 55)

ここに見られるのは，「社会性」を強調する余り万事を一元的に当時の支配権力への批判と見る言わば金太郎飴的な論理である。この見方に従えば，「社会批判小説」である『逸楽境にて』の力を借りなくては唯美主義的な『女神たち』が説明できないことになり，唯美主義のエリート意識は大衆に向けられる「啓蒙」とは相容れないということも無視されてしまう（ヒロインが第一部の最後で言う台詞を思い出していただきたい)。またダヌンツィオのような唯美主義者が愛国主義者に転じていった例を考えるなら，唯美主義を簡単に支配勢力への抵抗などと言えないことは明瞭なはずである。

12) Hanno-Walter *Kruft: Renaissance und Renaissancismus bei Thomas Mann*. In: A. Buck, S. 90

13) H. Lehnert, S. 94.

14) 拙訳『ハインリヒ・マン短篇集第一巻初期篇』（松籟社，1998年）を参照のこと。

15) Fest, S. 101

16) V. Mann, S. 292（拙訳226ページ）

17) W. Rehm は，ハインリヒが絶えず外国，特にロマンス語圏を舞台として作品を書いたことに言及し，ヒステリックなルネッサンス主義は結局エキゾチシズムにとどまらざるを得ない，と批判している。(Rehm, S. 75f.) しかしこれはいささか偏狭な見方と言うべきだろう。ハインリヒの知識人としての体質がロマンス語圏への傾斜と切り離せないことは確かであり，この点については私も第一章の最後のあたりで指摘した。しかしエキゾチシズムは「文明の文士」だけではなく，万人の内部に宿っている。トーマス・マンがロマンス語圏からの影響を完全に拒絶して自己形成を成し遂げたというのは虚偽である。トーマスは後年，《リューベックのゴシック風なところと，一筋混じったラテン気質。私たち二人がそれぞれこれらの一方だけを受け継いでいると見なすなら，それは誤りでしょう》と述べている（THBW, S. 158)。

18) HMBE, S. 384

第四章　ハインリヒ・マンの『ピッポ・スパーノ』

1）ピッポ・スパーノ Pippo　Spano というのは通称だったらしいが，本名は GW 版［Bd. 17. Novellen II. 1. Auflage 1978］の註では Filippo Buondelmonti degli Scolari となっており（S. 411)，FS 版 „*Flöten und Dolche*“ の註では（S. 99) Philippus

Hispanus となっている。

2） GW, Bd. 17. S. 34, CL, Bd. 7. *Novellen*. S. 306

3） GW, S. 58, CL, S. 330

本文で述べた通り，『ピッポ・スパーノ』には三種類の邦訳が出ている。そのうち1960年代に出た二種類について，訳語の問題があることを指摘しておく。

① モーム『世界文学百選』第２巻所収，河出書房，1961年，吉田正己訳。

② 筑摩書房版『世界文学全集』第45巻，1967年，渡辺健訳。

それはKomödiant（in）及びKomödieの訳し方で，両訳とも一律に前者を「喜劇役者」，後者を「喜劇」としている。しかしこれでは適訳とは言い難い場合が多いように思う。ここでは私は試みにKomödiantを「河原乞食」としてみたが，この作品のKomödiant（in）は一般に「役者」「演技者」，Komödieは「芝居」「演技」とすべきではないか。

作中にはTragödie及びTragödinという単語も出てくる（GW, S. 16, 18, CL, S. 288, 290)。これは文字どおり「悲劇」「悲劇俳優」でよい。前者は主人公が書いた実際の劇作品としての「悲劇」であり，後者はそれを演ずるプロの役者という意味での「悲劇俳優」であるからだ。それに対してここでのKomödiant（in）は，職業的に喜劇だけを演じる俳優という意味ではない。またその所作や考え方が世間の人から滑稽に思われるような人物という意味でもない。そもそもKomödiant（in）という単語には，辞書を見れば分かるとおり，「喜劇」専門の俳優という意味はなく，単に「俳優」という意味しかないのである。無論しばしば軽蔑的なニュアンスをこめて使われるのだが，それはKomödiant（in）が「喜劇」を演ずるからではなく，俳優という職業が物真似屋で河原乞食だからなのだ。「絵空事に過ぎない」のに「いつわりの感動に我とわが身を欺き，目には涙をため，顔色蒼然としてとりみだし，声も苦しげに，一挙一投足，その人物になりきっている」（『ハムレット』福田恆存訳より）からなのである。

『ピッポ・スパーノ』でのKomödiant（in）は，必ずしも職業的な俳優だけではなく，劇に限らず虚構（文学・芸術）に身を捧げ，その思考や行動が虚構を生み出すことにのみ向けられているような人物を指しているのである。したがってKomödiant（in）の反対語はTragöde（Tragödin）ではなく，虚構に染まらず自分の欲望や感情に忠実に生きているという意味での「人間 Mensch」である。同様に，Komödieの反対語はTragödieではなく「生きること Leben」なのである。

実際の作品に即して見ていこう。第一章で主人公マリオは帰宅する途中様々な女たちのことを脳裏に浮かべるが，そのうちに悲劇女優のティーナのことを思い出す（GW, S. 18f. CL, S. 290f.)。彼女は今晩大成功を収めた俺の劇に出演してくれなかった。劇作家たる自分と俳優たる彼女の協力関係がすぐれた劇効果を幾度となく生み出してきたというのに。俺の方はともかく，彼女の方は俺に気があったから，そのためだろうか。そんなことを主人公は考え，引き続き次のように思念をめぐらせる。《俺たちの恋愛ほどのKomödieはこの世にありゃしない。俺たちのあらゆる情熱，生命を燃やすような俺たちの姿の背後からは，芸術が，いかがわしい笑みを浮かべた楽屋ずまいの人間が，新

しい役柄の効果を探ろうと顔をのぞかせているのだ。／時折一方が，相手はただKomödieを演じているに過ぎないことに気づく。すると急に二人とも吐き気をもよおして，喧嘩別れする。だが四カ月後には再びリハーサルで顔を合わせるのだ。あれは職業上やっていることだ。恋愛なんぞでは微塵もない。》

ここで二回出てくるKomödieという単語のうち，最初の方は「喜劇」と訳してもいいだろう。職業上恋愛を創作したり演じたりすることに慣れてしまった者同士の恋愛は虚構感覚を抜けでられないと言っている箇所であるが，同時にそういう恋愛は滑稽だという含みもあるからだ。だが後の方を「喜劇」と訳したのでは収まりが悪い。劇作家・俳優として人間の情熱を研究するために恋愛をしてみせていると言っているのだから，「恋愛の演技をしている」とでもすべきところだろう。

次にいこう。第二章に入って，帰宅したマリオの眼前に若く美しい娘ジェンマが現れる。彼女はすでに有名な道楽者と婚約している。この種の女性が誰であるか，マリオは知っていると思う。長期間にわたって社交界の中心となり，時が過ぎても老人たちに陶酔の記憶を残すような女なのだ。この種の女が何者で何を体験するかは分かっている。夫が犠牲になり，大衆が喝采するのだ。そして，マリオはこう考える。《この女は同業者として，Komödiantinとして，芸術家たる俺のところにやってきたのだろうか。どうしたら素晴らしい成功を収められるか，忠告を得ようとして来たのだろうか。》（GW, S. 27, CL, S. 299）

ここで言われているのは，社交界の女王としての役割が，劇作家や俳優のそれと同じだということである。社交界にデビューする若い娘が，すでに劇作家として著名な自分にその意味での成功の秘訣を尋ねにきたのか，そう主人公は思ったわけだ。したがってここでKomödiantinを「喜劇役者」とするのは具合いが悪い。「俳優」なり「演技者」なり，もう少し意味のとれるような訳にすべきだろう。

参考までに，ハインリヒ・マンが他の作品でKomödieやKomödiant（in）をどういう意味で使っているかを少し見ておこう。『ピッポ・スパーノ』からあまり時を経ずに書かれた短篇に，『女優 *Schauspielerin*』がある。女優を志して大成せず後年自殺した下の妹カルラをモデルにした作品で，1904年９月から10月にかけて書かれ，1905年に単行本化された。

市民階級の娘レオニはミュンヘン宮廷劇場の俳優ヘルフリートに夢中になる。そして劇場への出入りにまで彼の姿を求めるようになる（今の言葉で言えば，親衛隊になったわけだ）。ヘルフリートは舞台を離れても，少女たちに見られていることを意識して振舞っている。そして，《レオニは言いようもなく彼のことを誇らしく思った。彼がちらと自分を見てくれたことよりも，街路上ですら彼が続けているKomödienspielが彼女を幸せな気持ちにしたのだった。／彼女は家族親戚の前で，Komödienspielenこそがこの世で最も素晴らしいものだと公言するようになった。》（GW, Bd. 17. S. 100, CL, Bd. 7. S. 369）ここでのKomödienspielが「喜劇」ではなく「芝居」の意味であることは明らかであろう。そして作品の最後はこうなっている。不幸な愛を経験しながら，演劇への情熱でそれを乗り越えようとする彼女。《彼女は自分に言い聞かせた。「私はやり通

すわ。だって，――」／彼女は憂鬱と誇りをこめた身震いをした。／「私は Komödiantin なんだもの。」》(GW, S. 169, CL, S. 438)

どれほど不幸な目に会おうと，役作りがどれほどの困難を伴おうとも，私は演劇をやり通す，なぜなら自分は Komödiantin なのだから――この独白は，市民階級からは河原者と蔑まれている俳優という職業に，自分は至高の価値を認めるのだという決意表明である。どういう訳をつけるべきかは言うまでもあるまい。

また，『ピッポ・スパーノ』によって執筆が一時中断した長篇『愛を求めて』にも女優ウーテが登場し，上記と同様の用例が散見される。(例えば，GW, Bd. 3 [3. Auflage 1988]. S. 27, 44, CL, Bd. 10. S. 35, 56)

ちなみに，初期のハインリヒ・マンにとり Komödiant (in) という言葉及びテーマがきわめて重要であったことについては，Klaus Schröter が1965年に指摘している (K. Schröter, ② S. 108f.)。ただし Schröter はこの書で，1896年の短篇『幻滅 *Enttäuschung*』で初めて Komödiant のテーマが扱われたとしているが，Komödiantin という単語自体はすでに1892年から93年にかけて執筆された処女長篇小説『ある家庭にて』にも出てくる。そもそもの文学的出発の段階からこの単語がハインリヒの心にかかっていたことは確かと言えよう。Heinrich Mann: *In einer Familie*. S. 214

4） HMBLP, S. 66 この書簡集で『ピッポ・スパーノ』に触れられた箇所は，すべて FS 版の„*Flöten und Dolche*“に収録されている。

5） Ibid. S. 45

6） 上の註４に引用した書簡で，ハインリヒはさらにこう述べている。《晩に〔フィレンツェの〕人けのない通りを橋を幾つも渡って政庁前広場まで，創作のことを考えながら散歩しました。そこの聖リパラタ修道院でそれまでもしばしば見ていた絵が，少し前に書き始めていた長篇『愛を求めて』を押し退ける勢いで私に迫ってきたのです。私はこれに従い，最初に短篇を書き上げました。うまくできたのです。》 Ibid. S. 66

また一カ月後の５月27日にレムケに宛てた書簡 (Ibid. S. 68f.)，1932年の自伝的な文章『少年少女へ』(GW, Bd. 17. S. 411)，1946年に書いた自伝的な文章 (H. Mann: *Flöten und Dolche* (FS) S. 127) でもこの短篇の成立について述べているが，内容的に重要とは思われないので省略する。

なお，本論考はマン兄弟の関係に焦点を定めたものであるから，『ピッポ・スパーノ』成立に関しても『トニオ・クレーガー』からの影響の可能性を主として論じたが，一篇の小説ができあがるには様々な経緯が考えられるので，弟の芸術家小説だけが『ピッポ・スパーノ』を生み出したと主張したいのではない。坂口尚史は，ダヌンツィオの『死の勝利』からの影響を，GW 版所収の資料や R. Werner の研究書を引用しつつ指摘している。ハインリヒが若い頃愛読したブールジェの影響等も主張されているが，ここではその点に深入りはしない。

7） Mendelssohn, ① S. 528, 521

8） THBW, S. 40

9） Mendelssohn, ① S. 527ff. なお，この時期に二人が話した事柄については，2004年に出た最新の『トーマス・マン年譜』も記述していない。 G. Heine/P. Schommer, S. 31

10） Komödiant の訳し方については，上の註３を見よ。

11） GW, S. 35f. CL, S. 307f.

12） これは，トーマスの表現がオリジナルでハインリヒのが模倣だというような単純な話ではない。『トニオ・クレーガー』のこのあたりの表現が，ニーチェやブールジェの影響を受けていることはバニュルが指摘している。（Banuls, ② S. 105ff.）お互いの芸術家小説について兄弟がほとんど発言していないという事実について，私が《暗黙の了解のようなものがあったのでは》と本文に書いたのは，二人の共通の読書基盤を含めてのことである。例えば，本文で引用した『トニオ・クレーガー』と『ピッポ・スパーノ』の芸術・芸術家分析の背後には，ニーチェの次の発言があると考えられる。

《芸術家は大いなる情熱の人間ではない。（……）彼らには自分自身への恥らいが欠けている（彼らは自分自身を観察しながら生きるのだ。彼らは自分自身をうかがっている。彼らは余りに好奇心旺盛だ。）そして彼らには大いなる情熱への恥じらいも欠けている（彼ら芸術家は情熱を食い物にするのだ）。》（傍点部分は原文で斜字体）Fr. Nietzsche: *Werke in 3 Bänden*. Bd. III S. 622f.

13） 第二章の註11を見よ。

14） GW, S. 24f. CL, S. 296f. なおバニュルもこの箇所に『トニオ・クレーガー』に対するハインリヒの回答を読み込んでいる。Banuls, ② S. 116

15） Mendelssohn, ① S. 528

16） 私のように外国語としてドイツ語を読む者の立場から，いささか頼りない印象批評のごときものになるが，文体の違いについて感じたところを付け加えておくと，ハインリヒ・マンのイタリアを舞台とした小説は非常に読みやすいと思う。きっちりとした構文，鮮烈でイメージが明快な形容詞，ドラマティックでとらえやすい各人物の動作や心理など，あたかも外国語としてドイツ語を習得した人間が書いた小説であるかのごとく（或いは，外国小説をドイツ語に翻訳したもののごとく）外国人に読みやすい文体となっている。そこには，外国人としてイタリアに暮らしその風物を観察したハインリヒの心理と姿勢が反映しているとは考えられないだろうか。これに比べるとドイツを舞台とした『愛を求めて』の文体は構築的ではなく，省略が多いので読みにくいところがある。

17） GW, S. 49f. CL, S. 321f.

「生」を前にした芸術家がおのれの原稿を燃やしてしまうというシーンは，この後に書かれた長篇『ウンラート教授』でも多少設定を変えて出てくる。堅物の教授は女芸人のフレーリヒに恋をして手紙を書こうとするが，適当な便箋が見あたらなかったので，それまで精魂を傾けて書いてきた論文原稿の裏を利用し，ついには論文などどうでもよくなってしまうのである。（GW, Bd. 4. [3. Auflage 1984] S. 164, 177f. CL, Bd. 8. S. 497, 507）

ハインリヒの二元論と想像力の働き方に，この頃まで変化がなかった証拠と言えよう。

ちなみに，ハインリヒにとって「生」とは事実上，異性愛のことである。『ピッポ・スパーノ』の最初のあたりで，自分たちの活動はすべて女のためになされると主人公が考えるように，また『女神たち』に登場する芸術家たちが異性との愛故に死に，或いは芸術の無力を痛感するように。これに対してトーマスの場合，「生」とはもう少し広く，一般的な市民，及びその生き方に結びついている。近年トーマスの日記公開と共に彼の同性愛的嗜好が指摘されるようになっており，この側面からアプローチすると，マン兄弟がセクシャリティにおいても対照的で，それが作品の違いを生み出したのだという議論も可能である。『トニオ・クレーガー』におけるアルミン・マルテンスやパウル・エーレンベルクの影を考えてみてもこれは看過し得ない要素であるが，ここでは深入りはしないでおく。1950年3月12日の日記でトーマスは，ハインリヒが死ぬ間際まで女の裸体画を描き続けていた事実に言及し，性的なものは末弟ヴィクトルを除く我々兄弟姉妹四人にとって問題だったと記している。(Thomas Mann: *Tagebücher 1949-1950*. S. 175) マルセル・ライヒ＝ラニツキは，トーマスの上記の日記をもとに，ヘテロ・セクシュアルであることをおおっぴらにし得たハインリヒと，それに嫉妬しつつ自分のホモ・セクシュアルな性向を公にし得なかったトーマスという図式から二人の関係を論述しているが，これも一つの見方ではあろう。(ライヒ＝ラニツキは3月11日の日記と記しているが3月12日が正しい。彼はトーマスの1950年の日記が公刊される前に論じているから，いずれの筋からか情報を得て，その際誤記が生じたのであろう。) M. Reich-Ranicki, S. 166f.

第五章　ハインリヒ・マンの『愛を求めて』

1) 以下,『愛を求めて』の引用箇所をGW版（1988年発行第3版）とCL版で示す。
2) 「君は芸術作品になりたいとばかり思っている。君は人間じゃないんだ。(……) 君ら芸術家は自分が自分の作品なんだ」とクロードはウーテを批判する。先に見た『ピッポ・スパーノ』に出てくる台詞と共通性があることは一目瞭然である。
3) Schröter, ① S. 54
4) Mendelssohn, ① S. 580
5) ヴィスリングによる『マン兄弟往復書簡集』序文（THBW, S. XXXf.）参照。
6) Wolfdietrich Rasch: *Decadence und Gesellschaftskritik in Heinrich Manns Roman „Die Jagd nach Liebe“*. In: K. Matthias, S. 104
7) Dagny-Bettina Hirschberg: *„Kunststadt München“-Zur Genese des München-Bildes in Heinrich Manns Roman „Die Jagd nach Liebe“*. In: *Heinrich Mann Jahrbuch. 6/1988* S. 12ff.
8) Ibid. S. 22
9) 拙訳『ハインリヒ・マン短篇集 第1巻初期篇』を参照のこと。
10) H. Mann: *Ein Zeitalter wird besichtigt*. Berlin (GW, 2. Auflage, 1982) S. 284
11) Rasch, a. a. O. S. 108f.
12) Dagny-Bettina Hirschberg, a. a. O. S. 8

13） H. Mann: *Die Jagd nach Liebe* (FS). S. 488
14） Schröter, ① S. 53
15） *Kindlers Literatur Lexikon*. S. 4947
16） クルト・マルテンス宛て，1903年12月30日付け書簡。なおこの《最新長篇》という表現が，『トーマス・マン書簡集』編者のエーリカ・マンや若干の研究者に誤って『女神たち』を指すものと思われた事情については，第二章の註6を参照のこと。
17） Mendelssohn, ① S. 577
18） R. Winston, S. 238　なお同書は紙型を変えずにペーパーバック化され（1987, Ullstein），„*Der junge Thomas Mann*“ と改題された。
19） Banuls, ① S. 58
20） H. Mann: *Essays 1.* (AW) S. 85f. 97　本書第九章，および付録『ギュスターヴ・フロベールとジョルジュ・サンド』II，IV章を参照。
21） 本書第一章第二節Bを参照のこと。
22） Herbert Jehring, S. 25
23） Ibid. S. 25f.
24） Dittberner, S. 26

第六章　確執の顕在化——トーマス・マンのハインリヒ・マン批判

1） THBW, S. 28ff.
2） 処女長篇『ある家庭にて』の発行部数は，Edith Zenkerの『ハインリヒ・マン書誌』にも明記されていないが，千部程度の少部数であったと見て間違いあるまい。初期短篇集二冊の発行部数については，GW版第16巻（短篇集1）のあとがきに記述がある。それによると1897年に出た第一短篇集は初版が二千部，1903年に若干の変更を加えた第二版三千部が出，合計五千部が印刷されたが，1910年現在で約二千四百部が売れ残っていたという（GW, Bd. 16, S. 623ff.）。また1898年に出た第二短篇集は初版千部が刷られただけで終わった（Ibid, S. 623）。
3） H. Mann: *Im Schlaraffenland* (FS). S. 435
4） H. Mann: *Diana* (FS). S. 293f.
5） R. Schlichtling, S. 465　ちなみに，1954年に生まれ70年代後半に学生時代を過ごした研究者によるこの本は，70年代西ドイツの偏向した知的雰囲気を示して余すところがない。マン兄弟を扱った箇所での著者の論調は一方的なハインリヒへの加担とトーマスの断罪であり，アジ演説のような趣きがある。80年代になってマルセル・ライヒ＝ラニツキがハインリヒを讃美する西ドイツのゲルマニストを論難し，東ドイツの学者の方が客観的だと述べたのもむべなるかなと思わせる。この点についてはライヒ＝ラニツキの„*Thomas Mann und die Seinen*“ への私の書評（参考文献の三浦②）及び山口裕『ハインリヒ・マンの文学』への私の書評（参考文献の三浦③）を参照されたい。
6） HMBLP, S. 45
7） TMBRR, Bd. I. S. 49 トーマスのブランデス宛て書簡。また H. Bürgin, S. 19

8） 辻昶・丸岡高弘，34－39ページ

9） 厳密に言うとイタリア離れは1899年にはすでに起こっていたとＰ・ｄ・メンデルスゾーンは見る。ノート３に見られるイタリア批判の記述によって（本書第二章を参照）。また同年９月にトーマスは『トニオ・クレーガー』構想のもととなった北方旅行をして，詐欺師と間違えられる体験をしている。Mendelssohn, ① S. 359-364

10） Lehnert, S. 22f.

11） Mendelssohn, ① S. 507f.

12） H. Mann: *Die Jagd nach Liebe*. GW, S. 61, CL, S. 78

13） HMBE, S. 410

14） THBW, S. 3

第七章　トーマス・マンの結婚

1） THBW, S. 41

2） THBW, S. 41ff.

3） THBW, S. 47ff.

4） THBW, S. 52

5） THBW, S. 53ff.

6） Mendelssohn, ① S. 600

7） Julia Mann, S. 131

8） TMBRR, Bd. I. S. 58ff.

9） Mendelssohn, ① S. 608, G. Heine/P. Schommer, S. 34

10） TMBGB, S. 150f.

11） THBW, S. 56

12） THBW, S. 351

なお，ハインリヒとカルラ名義の贈物は，実際は上の妹ユーリア（愛称ルーラ）によって調達されたらしい。母ユーリアはハインリヒに結婚式に出るよう依頼した手紙の中でそう書いている（J. Mann, S. 138)。また母は結婚式後ハインリヒへ宛てた手紙で，お前たちの贈物であるコーヒーセットは魅力的で手に取りたくなるような品で，日常生活で楽しんで使えるでしょう，と述べている（Ibid. S. 143)。

13） Golo Mann, S. 20, S. 212f.（邦訳第１巻17ページ，232ページ以下）

14） 三浦淳 ④

15） AW. Bd. XI. S. 84　本書付録ハインリヒ・マン『ギュスターヴ・フロベールとジュルジュ・サンド』のII章を参照。

16） Ⅷ, S. 305

17） Mendelssohn, ① S. 376

18） XI, S. 107

19） TMB, Bd. III S. 109f.　またメンデルスゾーンは，晩年にカルルが自伝的スケッチを書いてこの頃に触れていることに言及し，該当箇所を引用している。Mendelssohn, ①

S. 381f.
20） TMN, Bd2 S. 72
21） Ⅷ, S. 303
22） THBW, S. 19
23） THBW, S. 22
24） 無論，彼の同性愛的傾向は日記が現存する中年期以降になって顕在化したわけではなく，十代の少年期の頃からその傾向があった。1890年11月，兄ハインリヒはエーヴァース宛て書簡（HMBE, S. 195）で，哀れな弟は早いところ相応の年齢になってチャーミングな女と寝れば治るだろうと述べて，弟のホモセクシャルな傾向を暗示している。また同年３月27日のエーヴァース宛て書簡で，弟の最近の詩を読むと痛ましい気分になり，プラーテンの詩を想起すると書いているのもその暗示かも知れない（Ibid. S. 106f.)。
25） Mendelssohn, ① S. 480
26） TMB, Bd. III S. 432f.
27） TMN, Bd. 2 S. 54
28） TMB, Bd. III S. 434
29） Mendelssohn, ① S. 489
30） Hans Wysling, ①
31） TMN, Bd. 1 S. 42f.
32） TMB, Bd. I S. 31f.
33） Ibid. S. 294
34） TMN, Bd2 S. 18
35） Wysling, ① S. 25
36） Mendelssohn, ① S. 378
37） XI, S. 107 マン自身の『略伝』中の記述。なおマンはこの箇所でパウルをカルルの弟と書いているが，これは彼の勘違いで，実際はパウルの方が兄である。
38） Mendelssohn, ① S. 487
39） Ⅷ, S. 300f.
40） TMN, Bd. 2 S. 89
41） Mendelssohn, ① S. 541
42） Katia Mann, S. 19 (邦訳, 22 ページ)
43） Wysling, ① S. 30
44） K. Mann, S. 17（邦訳，19ページ）
45） Wysling, ① S. 30 では一年余り文通が途絶えたとされているが，これは恐らくこの論文が書かれた60年代は資料が十分ではなかったためで，実際にはわずかながら手紙のやりとりはあった。TMBRR の1904年の項を参照せよ。しかしその頻度が落ち二人の仲が疎遠になったことは間違いない。
46） TMBRR I. S. 68

47） TMN, Bd2 S. 90f.

48） 「大公殿下」という表現自体はノート6の23ページと57ページにも出てくる。ただしノートの番号は後世の研究者が便宜的につけたものであり，ノートの判型や用途も一様ではなく，一冊を終えてから次に行くという使い方をトーマス・マンはしていない。ノート6は全体としてアドレスブックとして利用されている側面が大きい。「大公殿下」というノート6の書き込みはその前後の記述からみて恐らく1903年10月初め頃と推測されるから，ノート7の記述より後であろう。トーマスはノートを自宅用・持ち歩き用などに分けていたらしい。TMN, Bd. 2 S. 289, 304

ノート使い分けについては，Hans Wysling, ② S. 65 の記述参照。

49） THBW, S. 33ff.

50） TMB, Bd. I S. 40 なお芸術家を王侯に喩える思考は，すでに『トニオ・クレーガー』に見られる。VIII, S. 297

51） X, S. 201

第八章　作品に見る転換期のハインリヒ・マン

1） THBW, S. 47f.

2） GW, Bd. 17 *Novellen II*. S. 421 なお FS 版 „*Flöten und Dolche*“ では S. 117 に収録。

3） GW, Bd. 17 S. 386, 388, FS, S. 112

4） GW, Bd. 17 S. 81-92

5） この表現には，前作『愛を求めて』や直後の短篇『女優』同様，妹カルラへのハインリヒの想いがこめられていると見ていいだろう。

6） S. Anger, S. 77

7） Bürgin, S. 19

8） 例えば『キネマ旬報増刊・ヨーロッパ映画作品全集』（1972年）や猪俣勝人『世界映画名作全史・戦前編』。

9） H. L. Arnold, S. 9

10） A. Klein, S. 118-141

11） Jasper, S. 204f., 379

12） HMBLP, S. 45

13） Arnold, S. 10

14） HMBE, S. 410

15） Ibid. S. 416

16） H. Mann: *Professor Unrat* (FS). S. 261

17） Max Schroeder は次のように言う。《『ウンラート教授』が1905年に出版された時（……）リューベックの市民たちには好意を持たれなかった。この本に登場する人物のモデルに利用された人間が多かったからだ。》In: Anger, S. 100

18） Klein, S. 121

19） Schröter, ① S. 62
20） Reich-Ranicki, S. 130f.
21） 1905年7月25日付け，ハインリヒからイーネスへの書簡。Anger, S. 106f. また „*Zwischen den Rassen*“ (FS) S. 488 にも収録。
22） TMN, Bd. 2 S. 115
23） Mendelssohn, ① S. 651
24） 『マン兄弟往復書簡集』への Wysling の序文を参照。THBW, S.XXXIVf.
25） Anger, S. 77ff.

第九章　トーマス・マンの結婚とハインリヒ・マン

1） J. Mann, S. 130ff.
2） THBW, S. 40
3） アルベール・ティボーデ，198ページ。訳文は一部変更してある。
4） パウル・エーレンベルクの婚約については1905年10月17日付けのトーマスの兄宛て書簡を参照。THBW, S. 60
またパウルの結婚については Mendelssohn, ① S. 621 参照。
5） J. Mann, S. 134
6） Ibid. S. 136　なおこの手紙の内容を深刻にとる立場もあるようだが（K. Schröter, ① S. 56)，私はそれにくみしない。家風を異にする家族同士の結びつきではこうしたごたごたは起こりがちで，結婚する当人より周囲の方が神経質になるものだからである。実際この母の手紙には，長女ユーリアに同じような話をしたところ，「私はカチアがトーマスを愛していると信じるわ」と言われたとある。年齢的にトーマスやカチアに近く，自らも四年前に結婚したばかりだった彼女は，母の心配が杞憂に過ぎないと判断する理由を持っていたのだろう。
7） Ibid. S. 138
8） Ibid. S. 141
9） THBW, S. 53ff.
10） R. Hayman, p. 207sq.
11） D. A. Prater, S. 94
12） K. Harpprecht, S. 248（邦訳221ページ）
13） M. Krüll, S. 262
14） H. Kurzke, S. 129
15） Mendelssohn, ① S. 597f.
16） Ibid. S. 627f.
17） H. Mann: GW, Bd. 17 *Novellen II* S. 425f.
18） 流布しているハインリヒ・マン作品集の誤った記述の例をこの『女優』について挙げるなら，レクラム文庫版の『ハインリヒ・マン芸術家小説集 Heinrich Mann: *Künstlernovellen*』がそうである。この版は1987年に出ているからアウフバウ書店版の全集

を参照できたはずなのに，『女優』は1904年から05年にかけて成立し単行本になったのは1910年であると，解説の Heide Eilert は誤記している（同書173ページ）。

19） *Zug der Zeit-Zeit der Züge. Deutsche Eisenbahn 1835-1985.* Bd. 1 S. 116

20） *Baedeker's Deutschland in einem Bande.* 1909 S. 410

21） Mendelssohn, ① S. 629

22） Ibid. S. 579

23） V. Mann, S. 165ff., S. 223f.（邦訳127ページ以下，および172ページ以下）

24） Krüll, S. 125f.（邦訳137ページ）

25） GW, Bd. 17 (*Novellen* Bd. II) S. 99 CL (*Novellen*), S. 368（邦訳『ハインリヒ・マン短篇集 第二巻中期篇』109ページ）

26） 例えばカルラはハインリヒに宛てて『愛を求めて』の感想を次のように書き送っている。「ウーテにはとても興味が湧きました。私はお兄さんが考えているより芸術的に見て彼女にずっと似たところがありますからなおさらです。（……）ウーテには病的なところもあるみたい。私も実は激情を秘めていないわけではないのです。でも私の激情は異常なところがあるようです。悲運や不幸に襲われ全身全霊をかたむけておののいたり悲しんだりしている人々には，私は昔も今も興味が持てません。私が演じることができるのは，精神的にであれ肉体的にであれ，ある日突然くずおれてしまう人たちだけなのです。それから言うまでもなく，先天的にヒステリーやその他の病いを抱えている人もです。ウーテもそうじゃないかと思うのですが，いかがですか？」（1903年11月21日付け書簡） S. Anger, S. 97f.

27） 彼女の女優としての経歴は，Krüll, S. 132, 213（邦訳134ページ以下，および226ページ）

28） V. Mann, S. 297f.（邦訳230ページ以下）

29） Ibid. S. 314（邦訳243ページ）

30） Krüll, S. 218f.（邦訳231ページ以下）なお，Krüll の本が出た当時はこの書簡は公刊されていなかったが，その後ハインリヒ・マン研究誌で活字化された。*Heinrich Mann Jahrbuch 21-22/2003-2004*, S. 253

31） S. Anger, S. 461ff.

32） なおクリュルは，トーマスにも次妹の自殺の原因が分かっていなかったとして，彼がカルラの自殺直後にハインリヒに宛てた手紙を引用して批判しているが，この辺の省察は——クリュルの本全体に見られる欠陥だが——書簡中の語句を俗流心理学を介してマン家の過去と結びつけすぎる解釈であろう。自殺した妹は兄弟の連帯感を置き忘れたのだとトーマスは書いているのだが，これは率直にマン家の兄弟たちの自尊心を表明したものと受け取っておけばよいと私は考える。Krüll, S. 220f.（邦訳233ページ以下）

なおトーマスは1930年になって書いた『略伝』中で，妹は演劇で生きて行くには「根本的な才能に欠けていた」と述べている。そっけない表現だが，二人の兄によって「芸術」の世界に誘われながらも十分な才能がないままに活動を続け，そのために若い命を散らすことになった妹への，苦い思いが籠もった文章と見たい。XI, S. 119

33) V. Mann, S. 46ff.（邦訳34ページ以下）
34) R. Werner, ② S. 43
35) K. Schröter, ① S. 61
36) V. Ebersbach, S. 110
37) J. Haupt, S. 37f. 44f.
38) M. Wieler, S. 261
39) Werner, ② S. 73
40) 邦訳『ゴットフリート・ベン著作集』第2巻，22ページ以下。ただしここでの引用は拙訳による。Vgl. Werner, ② S. 124
41) Werner, ② S. 124
42) Banuls, ① S. 80
43) Banuls, ② S. 126
44) 第一章の註39で述べたことを，私はここで改めて繰り返したいという誘惑に抗しきれない。一般にドイツのゲルマニストの論考を読むと，思想的関連や社会的背景については詳細な分析が見られるが，生身の人間である作家の息吹きや悩みといったものが無視されがちなのに物足りなさを覚えることが少なくない。その点，フランスのドイツ文学者バニュルの論考は，『トニオ・クレーガー』に見られるトーマスの，文学的というよりはむしろ人間としての生き方そのものに関わる生々しい懊悩が，フロベール・エッセイでハインリヒにも現れたのだということを見抜いていて，私としては共感を覚える。文学研究者のお国ぶりの違いを感じざるを得ない。
45) Vgl. H. Dittberner, S. 141
46) 以下，『ギュスターヴ・フロベールとジョルジュ・サンド』からの引用は，AW, Bd. XI *Essays. I*. からのページ数と章を最後に示す。
この引用箇所については以下も参照。R. Werner, ② S. 129f.　なおハインリヒの短篇小説『ピッポ・スパーノ』にも類似した表現がある。AW, Bd. 8 S. 298, GW, Bd. 17 (*Novellen Bd. II*) S. 20（邦訳『ハインリヒ・マン短篇集 第二巻中期篇』14ページ）
47) Ⅷ, S. 275, 291
48) 『往復書簡　サンド＝フロベール』（持田明子編訳）81ページ。 Vgl. Banuls, ② S. 118
またヴェルナーはハインリヒが二十歳前に書いた短篇小説『寄る辺なし *Haltlos*』に「現代のジプシーたち」という言葉で始まる詩を挿入していることに言及し（なおヴェルナーがこの指摘をした当時はまだドイツでも『寄る辺なし』は印刷された形で出ておらず，ヴェルナーも気づかなかったようであるが，この詩はハインリヒ自身ではなく，オーストリアの女流作家アーダ・クリステンの書いたものである。H. Mann, GW, Bd. 16 S. 632ff.)，マン兄弟のジプシー・モチーフの出発点がここにあるかも知れないとしているが（Werner, ② S. 126)，時期的に離れすぎており，むしろ（ヴェルナーも後で述べているが）ドイツ文学の伝統的なジプシー・モチーフを考えた方がよかろうと私は思う。ちなみに，マン兄弟の本格的な確執のきっかけになったハインリヒの長篇『愛を

求めて』にもジプシー・モチーフが見られることは，本書第五章第二節Ｄで触れた。

49） THBW, S. 32

50） XIII, S. 387

51） Vgl. Thomas Mann: *Essays. Bd. I* Frankfurt a. M. (Fischer) 1993 S. 317

52） トーマスはノート７に《貴族的でひややかなハインリヒに比べれば僕は感じやすい賤民（Plebejer）であり》と記し，（TMN, Bd. 2 S. 83）『大公殿下』でもクラウス・ハインリヒに《僕はいつでも感じていたし分かっていました。あなたの方が僕ら二人の中で貴族的で高いところに立つ人間なのだ，僕はあなたに比べれば賤民（Plebejer）に過ぎないと》(II, S. 158）と言わせている。

53） *Frage und Antwort. Interviews mit Thomas Mann 1909-1955.* S. 44

54） Vgl. Werner, ② S. 104ff.

55） ルイ・ボダン『知識人』，６ページ以下。ダニエル・ベル『二十世紀文化の散歩道』254ページ以下

56） HMBE, S. 407

57） ルイ・ボダン，77ページ以下

58） ティボーデ，371ページ以下。訳文は一部変更してある。

59） 同上，229ページ

60） THBW, S. 364

61） Mendelssohn, ① S. 628

62） A. Martin, S. 213

63） HMBE, S. 440

64） *Heinrich Mann Jahrbuch 17 (1999) und 19 (2001)*

65） X, S. 201

66） THBW, S. 78f.

67） 母に関しては THBW, S. 364, エーヴァースについては HMBE, S. 440

68） Vgl. *Lexikon der Vornamen.*

69） Ibid.

70） 以下，『大公殿下』からの引用は Thomas Mann: *Gesammelte Werke* 第２巻からのページ数を（ ）内に示す。

71） Vgl. Mendelssohn, ① S. 798

72） THBW, S. 97

73） THBW, S. 58

74） V. Mann, S. 493（邦訳382ページ）

75） H. Mann: *Zwischen den Rassen.* (FS) S. 487

76） 執筆過程については „*Zwischen den Rassen*“ (GW) S. 431ff. を参照。

77） HMBE, S. 415

78） なお母ユーリアのメモワールは彼女の生前は出版されず，1923年に彼女が死去したのちはマン兄弟の末弟ヴィクトルが，さらにヴィクトルが1949年に死去してからはヴィ

クトル夫人ネリーが生原稿を保管し，1958年にようやく『ドードの幼少期の思い出 *Erinnerungen aus Dodos Kindheit*』（ドードはユーリアの幼少期の愛称）のタイトルで出版された。その後1991年になって Aufbau 書店から書簡類と合わせた形で改めて出版された。このメモワールそのものの邦訳はないが，ヴィクトル・マンの回想録（註74参照）によりある程度内容を知ることができる。

79） H. Mann: *Zwischen den Rassen* (FS). S. 161ff. GW, S. 144ff. AW, S. 152ff.

80） Ibid. S. 152ff. GW, S. 135ff. AW, S. 143ff.

81） Ibid. S. 168ff. GW, S. 151ff. AW, S. 159ff.

82） Ibid. S. 151 GW, S. 135 AW, S. 143

83） しかし，そうしたハインリヒの思想的展開や個人史との関わりと，作品としての出来ばえとは，言うまでもなく別問題である。『大公殿下』がトーマスの長篇小説の中では決して高い評価を与えられていないように，ハインリヒの『種族の狭間で』も，作者の意図と読者の印象との間には齟齬があったようだ。それは，この作品を作者の側から読んだ人間の感想と純粋な読者の側から読んだ人間の感想とを比較してみると明瞭になろう。作者の側に身をおいて読んだ場合の代表例にはトーマスを挙げることができる。彼は1907年６月７日付けの兄宛て書簡でこう述べている。

《理解していただけるでしょうが，私はこの作品を主に個人的なドキュメントにして告白として読んだのでした。(……)『種族の狭間で』は——少なくとも現時点では——兄さんの作品中で最も好ましく親しみを持てるものです。なぜでしょうか？　第一に，先ほど書いたように，告白だからです。これほど熱意をこめた作品は初めてですね。そしてこの本は，美しさの中に厳しさを秘めているにもかかわらず，著者の熱意によって柔和さや人間らしさや慎ましい帰依といったものを獲得していて，そのために私は読んでいて抗しがたい感動に捕われることしばしばでした。しかし，作品の本当の魅力はもっと深いところに存しているのかも知れません。思うにその魅力は，この本が今まで兄さんが書いた中でも最も公正で最も熟達し最も穏当で最も自由な作品だからでしょう。ここには傾向性や偏狭さはなく，何かを美化したり嘲笑したりするところもありません。何かを勝ち誇ったり軽蔑したりするところもありません。精神やモラルや美学の領域で党派性に走るところもありません。ここにあるのは全方向に開かれた姿勢であり，認識と芸術の融合です。こうした成果は素材に負うところ大であるわけですが，素材とは他ならぬ兄さんなのですから。》(THBW, S. 81f.)

『愛を求めて』での苦い経験からかトーマスの筆致にはやや過褒の気があるが，作品の告白的性格を重視し，兄自身が「素材」であるからこそ素晴らしい作品になったのだとする見解は，『種族の狭間で』という小説の核心を突いたものと言えるだろう。

一方，下の妹カルラはハインリヒに次のような読後感を書き送っている。

《ローラ (……) は素敵です。(……) アルノルトには私はほとんど共感を持てません。パルディに比べても持てないのです。ローラは作中でこの二人を愛しますが，両方とも愛さなくてもよかったのでは。》(H. Mann: *Zwischen den Rassen*. [GW] S. 451, [FS] S. 514)

肉親愛を越える感情を抱いていた美しい妹に，おのれの思想的遍歴をそそぎ込んだ作中人物をこんな具合いに酷評されたのでは，ハインリヒとしても立つ瀬がなかっただろう。カルラは知人宛ての書簡でも次のように書いている。

《『種族の狭間で』は，若干の箇所を除いては余り好きではありません。特に不愉快なのがアルノルトです。私がローラの立場だったらきっとアルノルトもパルディも愛さないでしょう。ハインリヒにも手紙でそう書きました。でも兄の返事は，そうなったら小説が成り立たなくなるということでした。確かにそのとおりなので，沈黙せざるを得なくなってしまうのです。》（H. Mann: *Zwischen den Rassen*.［GW］S. 451f.,［FS］S. 516）

カルラもアルノルトの描写に兄の影が射していることを知らなかったわけではなかろうが，あくまで読者として，ヒロインに感情移入してこの小説を読み，ヒロインの相手役になる男性二人をいずれも魅力がないとする彼女の見解は，作品の告白的要素が小説としての出来ばえにうまく寄与しなかった事情を物語っているように思われる。

結　語

1）『大公殿下』の末尾参照。

2）ハインリヒ・マンの二度目の妻とその名前については，山口裕『ハインリヒ・マンの文学』の第６章に詳しい。

3）THBW, S. XL

4）Banuls, S. 7

付　録

1）シャトーブリアンの代表作『ルネ』の主人公。

2）底本ではZweiseitenseelen（二面的な心を持つ人々）であるが，他版のZweizeitenseelenに従う。

3）以下の描写は，『ボヴァリー夫人』第二部第八章の農事共進会の場面である。

4）『ボヴァリー夫人』を雑誌に連載した直後に作者は風俗紊乱のかどで起訴され（1857年），裁判で無罪となった。

5）サンドの同名の小説（1846年発表）のヒロイン。この作品はショパンとの関係をもとにしたものである。

6）フロベールのサンド宛て書簡，1869年１月１日付け。

7）フロベールは1868年９月19日付けサンド宛て書簡で相手をこう形容している。

8）サンドのフロベール宛て書簡，1866年11月13・14日付けにそう書かれている。

9）サンドのフロベール宛て書簡，1866年11月13・14日付け。

10）出典未詳。

11）フロベールのサンド宛て書簡，1866年12月５・６日付け。

12）1822－1869：彼の死後フロベールはサンドに，「私はもう少しも書きたいとは思いません。それというのも，今は亡きたった一人の友のために私はひたすら書いてきたので

す」（1870年５月21・22日付け）と書き送っている。

13）　フランスの作家アンリ・ミュルジェールの『ボヘミアンの生活情景』（1847年から雑誌連載，51年単行本化）に登場する詩人の名。後出のミミはその恋人の名。この作品はプッチーニによってオペラ『ラ・ボエーム〔ボヘミアン〕』となり，現在ではオペラの方が有名になっている。ハインリヒ・マンはプッチーニを好んだ。

14）　フロベールは1849年秋から50年初夏にかけて，友人マキシム・デュ・カンとともに近東に旅行した。この後『ボヴァリー夫人』の執筆を開始する。

15）　『ボヴァリー夫人』に登場する薬剤師で，典型的俗物市民。

16）　フロベール『三つの物語』所収「ヘロディアス」に登場するサロメのこと。洗礼者ヨハネの首を要求したことで有名。

17）　シャトーブリアンの『殉教者たち，或いはキリスト教の勝利』に登場する異教徒の女祭司。

18）　『サランボー』の登場人物を指して言っているのであろうが，これに正確に該当する人物は，訳者が見た限りでは存在しないようである。マトー，スペンディウス，ハミルカルなどが考えられるが，彼らはいずれも「ガリア人」ではない。またここでの描写に完全に対応する場面も見あたらない。ここでの記述は恐らくマトー（彼はリビア人）に関する幾つかの描写をつなぎ合わせたもので，「ガリア人」というのはハインリヒ・マンの勘違いではないかと思われる。フランス人（つまりガリア人）フロベールがアフリカという異郷を舞台とした小説を書いたことが念頭にあったための思い違いかも知れない。

19）　フロベールのルイーズ・コレ（彼女については註51参照）宛て書簡，1846年10月23日付け。

20）　以下引用符に囲まれた部分は，当時のフロベールの心境をハインリヒ・マンが推測して独白体で書いたものである。そこにはフロベールの作品や書簡等が活かされている。以下訳者の目についた限りでそれらの関連を指摘するが，フロベールの専門家でない訳者の能力には限界があり，完全な裏付けからは程遠いものであることをお断りしておく。

21）　フロベールの1867年10月30日付けサンド宛て書簡よりの引用。

22）　ユゴーの劇『エルナニ』初演（1830年）をめぐって古典派とロマン派が対立し，ロマン派が勝利を収めたことを指す。またこの年は七月革命の年でもあった。

23）　「かつて……」から「外的なものとは，内的なものに他ならないのでは？」まで，フロベールのサンド宛て書簡，1876年４月３日付けに見える。

24）　弟トーマス・マンの短篇『トニオ・クレーガー』の中で主人公が「自分は緑の馬車に乗ったジプシーではないのだ」と内心つぶやくのを受けている。またフロベールは1867年６月12日付けサンド宛て書簡で，ジプシーを見ると興味をそそられると書いている。

25）　「先祖が北から……」のようなフロベールの自己分析は，サンドやルイーズ・コレ宛ての書簡に見られる。

26）　「俺は……喩える」は，フロベールの1869年１月１日付けサンド宛て書簡に見える。

27) 「俺は社会的に……同じ地点にいるのだ」は，フロベールのサンド宛て書簡，1870年5月21・22日付けに見える。
28) 「彼が街を歩いて……」以下ここまでの文は，『感情教育』第一部第五章で，主人公フレデリックが街を歩く時の描写である。
29) 以上の引用符内は，『感情教育』第一部第四章で画家ペルランが言う台詞。
30) 『感情教育』第一部第五章に，主人公フレデリックがアルヌー夫人を見つめていて，「強すぎる香水を使った時のようにぼうっとしてしまう」とある。
31) 『感情教育』に登場する市民《シトワイヤン》。
32) 『感情教育』第三部第一章で，二月革命の際に急進的共和主義者デュサルディエが叫ぶ台詞。彼はその最期でも（第三部第五章）同じ台詞を叫ぶ。
33) 『感情教育』第一部第二章，及び第三部第七章（終章）参照。
34) サンドの1869年11月30日付けフロベール宛て書簡。
35) 『感情教育』第一部第四章に見られる表現。
36) 『感情教育』第一部第五章で，主人公の友人デローリエについてこう述べられている。
37) バルザックの作品に登場する人物。陰謀家。
38) 『聖アントワーヌの誘惑』に登場する。
39) 『ボヴァリー夫人』第三部第十章。ルオーはエンマ・ボヴァリーの実父。
40) フロベールのサンド宛て書簡，1869年12月3日付け，同12月7日付けを参照。
41) フェルディナンド・ブリュネティエール（1849～1906）：保守的な文芸史家・批評家。
42) 出典未詳。
43) フロベールのサンド宛て書簡，1868年12月19・20日付け。他にも同年9月9日付け，1869年2月2日付けなどで同様のことを書いている。
44) 『聖アントワーヌの誘惑』を指す。
45) 1867年4月13日付けのサンド宛て書簡でフロベールはこう書いている。「この間のレストラン・マニィで皆の会話はまるで門番同士みたいでした。余りひどいので，二度と来るまいと内心誓ったくらいです。（……）それに私は生活して行くのに段々気むずかしくなり始めました。私の感受性は鈍るどころか，ますます鋭くなり，些細なことがごたごたと私を苦しめるのです。」
46) R・ヴェルナーによれば，1846年のルイーズ・コレ宛て書簡でそのように言われているという。訳者未確認。
47) サンドのフロベール宛て書簡，1872年10月26日付け。
48) フロベールのサンド宛て書簡，1872年10月28・29日付け。
49) 姪カロリーヌの夫が事業に失敗したため，フロベールは自分の財産の半分をなげうって救済したが，今度は彼自身が困窮した生活を送る羽目に陥った。
50) フロベールが隠棲して創作にうちこんだ土地の名。
51) 女流作家のルイーズ・コレ（1810～76）のこと。フロベールより十一歳年長で，何人もの学者・作家などと浮名を流した。彼女は『彼』という自伝小説でフロベールの悪口を書いている。

52） ドイツ・ベーメンの都市。フス派の急進教徒がここを拠点とした。

53） オリゲネスは三世紀頃のキリスト教神学者。ここでは彼の禁欲的修道生活の思想が考えられているのであろう。

54） サンドのフロベール宛て書簡，1875年２月20日付け。

55） サンドのミュッセ宛て書簡，1834年４月29日付け（R・ヴェルナーの註釈による。訳者未確認。次註も同じ）。また，1866年10月１日付のフロベール宛て書簡では，最上の作品が現代人に受け入れられなくとも未来が救ってくれると書いている。

56） サンドのミュッセ宛て書簡，1834年４月29日付け。

57） サンド（本名オーロール・デュパン）がジョルジュ・サンドという筆名で初めて発表した長篇小説。女性の立場から男性の偽善を告発したもの。1832年作。

58） 1846年発表の田園小説。サンドの代表作の一つ。

59） 出典未詳。

60） サンドのフロベール宛て書簡。1866年11月29日付け。ただし実際に投函されたのは普仏戦争後。

61） 「珍しい植物を……」以下は，サンドのフロベール宛て書簡，1868年10月15日付けに見える。

62） フランス革命でルイ十六世が処刑された年。

63） 革命を素材としたサンドの長篇小説。1867年発表。

64） 1872年発表。のどかな地方を襲う内戦の嵐を描いた。

65） 出典未詳。

66） サンドのフロベール宛て書簡，1867年５月９日付け。

67） 1868年７月５日付けの書簡で，フロベールはサンドにこう書いた。「愛国者ども〔急進派を指す〕は私の小説〔『感情教育』〕を許しますまい。反動者ども〔ブルジョワ〕も同様でしょう。仕方がないことです。私は物事を感じた通りに，つまりそうだったと私が信じる通りに書いたのですから。」サンドはこれに対し，７月31日付けフロベール宛て書簡にこう認めた。「あなたの御本が急進派に災厄の責任を負わせていると聞いて，不安になりました。あなたの見解は正しいと言えるでしょうか。そして敗北した側は？自分の罪で打ち負かされたというだけで十分なのではありませんか。それをことさらあげつらわなくともよいのでは。同情心をお持ちなさい。彼らの中にだって善き心の持ち主はいた筈ですから。」

68） フロベールのサンド宛て書簡，1871年９月８日付け。

69） イタリアの画家（1816～86）。感傷的な細密画風の聖母子像で知られる。

70） 『あだし男』はサンド最後の劇作で1870年発表。なお，ハインリヒ・マンの原文ではこの箇所は《Die Andere》，つまり『あだし女』となっており，R・ヴェルナーの註釈もこの訳を踏襲している。サンドの原題は《L'Autre》であり，これだけでは男か女か分からない。独訳フロベール書簡集ではこの箇所はフランス語のままであり，中村光夫訳では『ロートル』と発音が示されているだけ，持田明子訳では『他者』で性別不明である。ここでは，《L'Autre》の簡単な内容要約も含まれている長塚隆二『ジョルジ

ュ・サンド評伝』に従って『あだし男』とした。

71) フロベールのサンド宛て書簡，1870年３月20日付け。

72) 1875年発表の『マリアンヌ・シュヴルーズ』のこと。フロベールは翌年２月18日付け書簡でサンドにこう書いている。「『マリアンヌ』には深く感動し二，三回泣きました。ピエールの中に私自身を見たのです。」

73) フロベールのサンド宛て書簡，1874年２月28日付けに，「私は若い頃臆病でした。生への恐れを持っていたのです」とある。

74) フロベールのサンド宛て書簡，1872年３月３日付け。

75) サンドのフロベール宛て書簡，1872年１月26日付けにこう書かれている。「私は今やっとあなたがお怒りになる理由が分かりました。でもあなたはひどい怒りに包まれておいでですね。つまり，善良すぎるということです。」

76) サンド宛て1871年９月８日付けの手紙でフロベールは，革命，民衆，共和制，ブルジョワなどを片っ端からこきおろした。サンドは９月14日にそれに反論する手紙を書いたが，これは広汎な問題だと考え，フロベールではなく雑誌『ル・タン *Le Temps*』に送付した。そしてこの書簡は「或る友人への返信」の題で発表された。引用されている箇所はその中の一節。サンドはフロベールに対しては別の，もっと柔らかな表現の返信を送っているが，同時に雑誌に掲載された文章も読むようとりはからった。

77) フロベールはサンド宛て書簡で何度か民主主義を否定し，支那高官のような官吏による政府が望ましいと書いている。例えば1871年４月30日付け。

78) フロベールのサンド宛て書簡，1871年９月８日付けでそのように言われている。

79) フロベールのサンド宛て書簡，1871年10月７日付けに「あなたのどこを探しても〈公正〉という言葉が見あたらないのですね。我々のあらゆる悲惨は，モラルの第一条たるこの言葉を忘れていることに起因しているのです」とある。

80) フロベールのサンド宛て書簡，1868年８月10日付け。

81) アルフォンス・ド・ラマルティーヌのこと。二月革命の臨時政府で外務大臣の職についた。

82) 出典未詳。

83) この詩の出典未詳。原文フランス語。

84) フロベール『三つの物語』の中の一篇。

85) フランスの作家（1850－1917)。写実主義の手法で社会悪を暴露する作品を書いた。

86) 普仏戦争（1870－71）のこと。

87) フロベールのサンド宛て書簡，1867年４月13日付け。

88) フロベールのサンド宛て書簡，1870年８月３日付け。

89) フロベールのサンド宛て書簡，1870年８月17日付け。

90) ナポレオン三世とその妻ウージェニーを指す。なおナポレオン三世の父ルイ・ボナパルト（＝ナポレオン一世の弟）はオランダ王であるが，ヴュルテンベルクと言っているのが何を指すのか，訳者にはよく分からない。ナポレオン一世の別の弟ジェローム・ボナパルトはヴュルテンベルク王女を妻としているが，これは三世の親ではない。ハイ

ンリヒ・マンの勘違いでないとすればどういう理由からこう言われているのか，歴史に詳しい方の教えを乞いたい。仮にハインリヒの勘違いだとすると，考えられる理由はフロベールのサンド宛て書簡である。1871年4月30日付け書簡で彼は，ブルジョワ，パリ・コミューン，労働者，カトリックなどあらゆるものを罵倒し，第三帝政の可能性もあるとして，「二十年後，もしくは四十年後，プロン-プロン〔ジェローム・ボナパルトのあだ名〕の孫が我々の君主になっていないと誰が言えましょう」と書いている。ここからナポレオン三世とジェロームの血統を混同した可能性はあるかも知れない。

91）　フロベールのサンド宛て書簡，1870年3月17日付け参照。皇妃はサンドの小説『マルグレトゥ』で風刺されたと思い，夫の乳妹を通してフロベールに，サンドに釈明させるよう依頼した。

92）　フロベールは1870年4月4日付けサンド宛て書簡で，皇妃のこの言葉を伝えている。

93）　サンドのフロベール宛て書簡，1869年12月19日付け。

94）　1870年1月10日にピエール・ナポレオン（ナポレオン三世の従弟）が新聞記者ヴィクトル・ノアールを射殺した事件。葬儀に共和主義者が多数参加し示威行為を行った。フロベールのサンド宛て書簡，1870年1月12日付けに書かれている。

95）　フロベールのサンド宛て書簡，1870年9月10日付け。

96）　サンドのフロベール宛て書簡，1870年8月15日付け。なお書き終えた小説とは，『セザリーヌ・ディートリヒ』。

97）　フロベールのサンド宛て書簡，1870年9月10日付け。

98）　フロベールのサンド宛て書簡，1870年11月27日付け。以下の引用も同じ。

99）　フロベールのサンド宛て書簡，1870年9月28日付け。その後の地の文で言われている「遠い祖先の持っていた…」という言い回しもこの書簡に見られる。

100）　フロベールのサンド宛て書簡，1871年3月11日付け。

101）　16世紀末の宗教戦争当時に存在したカトリック神聖同盟のことであろう。

102）　14世紀，シャルル六世時代に叛乱を起こした市民に対し与えられた名称。マイユという鎚に似た武器をもって闘ったためにこの名がある。

103）　フロベールのサンド宛て書簡，1871年4月24日付け。

104）　フロベールのサンド宛て書簡，1871年4月30日付け。その前の地の文も同書簡。

105）　サンドのフロベール宛て書簡，1871年9月6日付け。

106）　註76で述べたサンドの公開書簡，1871年9月14日付け。

107）　ここでエッセイの語り手は，フロベールに直接「お前」と語りかける叙述法をとっている。これは初出誌とその直後の単行本ではそうなっていなかったのが，のちに別の単行本に収録される際に書き改められたものらしい。訳者の参照したテクスト１．から３．まではここに訳出した通りの原文であるが（訳者解題参照），４．では，以下数行にあらわれる二人称 du は三人称の不定代名詞 man になっている。

108）『聖アントワーヌの誘惑』は1872年完成，74年出版。

109）　母の死は1872年4月。ゴンクールは1870年，サント-ブーヴは69年，ゴーティエは72年10月死去。

110)　女性歌手（1821－1910)。

111)　フロベールのサンド宛て書簡，1872年11月25日付け。

112)　フロベールは1873年4月24日付書簡の最後を始め，いくつかのサンド宛て書簡でこう名のっている。中村光夫によれば，クリュシャルド Cruchard という語は恐らく cruche（土瓶，莫迦，間抜け）から来ているのだろうということである。

なおここで「御婦人方」と訳した部分は底本では Dramen（ドラマ）となっているが，他版の Damen に従う。

113)　ノアンとは，サンドの邸宅のあった土地。フロベールは1868年11月24日付けサンド宛て書簡で次のように書いている。「もしノアンに行ったら，その後私は一カ月は旅行のことをぼんやり考えながら過ごすでしょう。現実の映像が，私の哀れな脳髄の中で苦心して作り上げた仮構の像に代わってしまうでしょう。私のボール紙の城は壊れてしまうでしょう。」

114)　『ブヴァールとペキュシェ』はフロベールの絶筆となった作品で未完。

115)　サンドのフロベール宛て書簡，1872年10月26日付け。

116)　サンドのフロベール宛て書簡，1875年10月8日付け。フロベールの屋敷を買い取る件も同書簡。

117)　サンドのフロベール宛て書簡，1875年5月7日付け。

118)　フロベールのサンド宛て書簡，1873年9月5日付け。

119)　サンドのフロベール宛て書簡，1874年12月8日付け。

120)　底本では die Wohlmeinenden（善意の人々）であるが，他版の die Wohlmeinende に従う。

121)　サンドのフロベール宛て書簡，1875年9月7日付け。

122)　「芸術のための芸術」派と「社会のための芸術」派の対立を指している。サンドは1875年12月18・19日付けフロベール宛て書簡で芸術と人間ということに触れてこう語っている。「彼らは私より知識も才能も豊かだろうと思います。ただ彼らには，そして就中あなたには，人生に関する確固たる包括的な見方が欠けているのです。芸術とは単なる描写ではありません。(……) 芸術とは批判や諷刺でもありません。批判と諷刺は現実の一面をしか描かないからです。私はあるがままの人間を見たいのです。悪い人間と善き人間がいるのではありません。人間は皆悪と善とをかかえているのです。そして人間は善悪を越えるものなのです。(……)／あなたの流派は物事の本質に十分迫らず，表層にのみ関わっているように見えます。形式を重視する余り，内容が軽視されているのです。この流派は〈読書人〉の方ばかりを向いています。でも〈読書人〉という範疇は虚偽なのです。人はまず何より人間なのですから。」

これに対してフロベールは同年12月31日付け書簡でこう述べている。「私は自分の目を変えることはできません。(……) 芸術上の理想として，怒りや憤激を作品に出してはならぬと思っています。芸術家はその作中では，自然における神以上には表れてはならないと考えるのです。人間とは何物でもありません。作品が全てです。(……)／私の友人のことであなたは〈私の流派〉とおっしゃる。だが私は流派を持たぬために骨折っ

てきたのです。ア・プリオリに私は全ての流派をしりぞけます。」
123）　サンドは1876年１月12日付けの長大なフロベール宛書簡でこうした意味のことを述べている。
124）『三つの物語』所収の「聖ジュリアン伝」のこと。
125）「聖ジュリアン伝」の最後にそう書かれている。
126）『ボヴァリー夫人』第二部第八章より。なお，訳はハインリヒ・マンの独訳を活かすようにしたので，必ずしもフロベールの原文や邦訳とは一致しない。
127）『三つの物語』所収「素朴な心」の主人公。
128）　フロベールは1876年５月29日付けの最後のサンド宛て書簡で，『三つの物語』中の「素朴な心」にはあなたの直接的な影響が認められるでしょうと書いている。
129）　フロベールは1876年６月19日付けデ・ジャネット夫人宛て書簡で，「この前の土曜日，ジョルジュ・サンドの埋葬に参列して（……）この古い友だちの棺を見た時には思わずすすり泣きました」と書いている。